AMADA

TONI MORRISON

Amada

Tradução
José Rubens Siqueira

9ª *reimpressão*

Copyright © 1987 by Toni Morrison

Grafia atualizada segundo o Acordo Ortográfico da Língua Portuguesa de 1990, que entrou em vigor no Brasil em 2009.

Título original
Beloved

Capa
Alceu Chiesorin Nunes

Imagem de capa
The Emancipation Approximation (detalhe), Kara Walker, 1999, recorte em papel, instalação. MAXXI — Museo Nazionale delle Arti del XXI Secolo, Roma

Preparação
Cacilda Guerra

Revisão
Ana Maria Barbosa
Marise S. Leal

Atualização ortográfica
Verba Editorial

Dados Internacionais de Catalogação na Publicação (CIP)
(Câmara Brasileira do Livro, SP, Brasil)

Morrison, Toni, 1931-2019.
    Amada / Toni Morrison ; tradução José Rubens Siqueira.
— 1ª ed. — São Paulo : Companhia das Letras, 2007.

    Título original : Beloved.
    ISBN 978-85-359-1069-8

    1. Romance norte-americano I. Título.

07-5650   CDD-813

Índice para catálogo sistemático:
1. Romances : Literatura norte-americana 813

Todos os direitos desta edição reservados à
EDITORA SCHWARCZ S.A.
Rua Bandeira Paulista, 702, cj. 32
04532-002 — São Paulo — SP
Telefone: (11) 3707-3500
www.companhiadasletras.com.br
www.blogdacompanhia.com.br
facebook.com/companhiadasletras
instagram.com/companhiadasletras
twitter.com/cialetras

*Sessenta milhões
e mais*

*Chamarei meu povo
ao que não era meu povo;
E amada
à que não era amada.*

Romanos 9, 25

Prefácio

Em 1983, perdi meu emprego — ou saí dele. Uma coisa, outra, ou as duas. De qualquer forma, eu já estava trabalhando meio período fazia algum tempo, ia à editora uma vez por semana para a sessão de correspondência-telefonemas-reuniões que eram parte do trabalho; editava os manuscritos em casa.

Sair da editora foi uma boa ideia por duas razões. Primeiro, eu havia escrito quatro romances e parecia claro para todo mundo que escrever era a minha atividade principal. A questão de prioridades — como se pode ser editora e escritora ao mesmo tempo — parecia-me estranha e previsível; soava assim: "Como se pode ao mesmo tempo dar aulas e criar?", "Como pode um pintor, um escultor, um ator fazer seu trabalho e orientar outros?". Mas para muita gente essa combinação editar-escrever era conflitante.

A segunda razão era menos ambígua. Os livros que eu editara não estavam rendendo rios de dinheiro, mesmo quando isso não significava a mesma coisa que hoje. Minha lista a meus olhos era espetacular: escritores de incrível talento (Toni Cade

Bambara, June Jordan, Gayl Jones, Lucille Clifton, Henry Dumas, Leon Forrest); acadêmicos com ideias originais e pesquisas experimentais (*Shenfan*, de William Hinton; *They came before Columbus* [Eles vieram antes de Colombo], de Ivan Van Sertima; *Sexist justice* [Justiça sexista], de Karen DeCrow; *The West and the rest of us* [O Ocidente e o resto de nós], de Chinweizu); personalidades públicas que queriam esclarecer as coisas (Angela Davis, Muhammad Ali, Huey Newton). E, quando achava que um livro precisava ser feito, procurava um autor para escrevê-lo. Meu entusiasmo, compartilhado por algumas pessoas, era silenciado por outras, refletindo os números inexpressivos nas vendas. Posso estar errada, mas, mesmo no final dos anos 70, conseguir autores que vendessem era mais importante que editar manuscritos ou dar apoio a autores emergentes ou autores velhos através de sua carreira. Basta dizer que convenci a mim mesma de que era hora de viver como uma escritora adulta: dos royalties e da escritura apenas. Não sei de que gibi saiu essa ideia, mas me agarrei a ela.

 Dias depois de meu último dia de trabalho, sentada na frente de minha casa, no píer que entra pelo rio Hudson, comecei a sentir uma inquietação em vez da calma que eu esperava. Percorri o meu índice de áreas problemáticas e não encontrei nada novo ou urgente. Não conseguia vislumbrar o que estava, tão inesperadamente, perturbando um dia tão perfeito, olhando um rio tão sereno. Não tinha nada na agenda e não dava para ouvir o telefone, se tocasse. Ouvia meu coração, porém, batendo dentro do peito como potro. Voltei para casa e examinei essa apreensão, esse pânico mesmo. Sabia como era o medo; aquilo era diferente. Então me veio como uma bofetada: eu estava feliz, livre, de um jeito que nunca havia estado, jamais. Era a sensação mais estranha. Não êxtase, não satisfação, não um excesso de prazer ou realização. Era um deleite mais puro, uma insidiosa expectativa com certeza. Entra em cena *Amada*.

Acho agora que foi o choque de liberação que levou minhas ideias para o que poderia significar ser "livre" para as mulheres. Nos anos 80, esse debate ainda estava em curso: pagamento igual, tratamento igual, acesso a profissões, escolas... e escolha sem estigma. Casar ou não. Ter filhos ou não. Inevitavelmente, essas ideias me levaram à história diferente das mulheres negras neste país — uma história na qual o casamento era desestimulado, impossível ou ilegal; em que era exigido ter filhos, mas "ter" os filhos, ser responsável por eles — ser, em outras palavras, mãe deles — era tão fora de questão quanto a liberdade. A afirmação de paternidade nas condições peculiares da lógica da escravidão institucional constituía crime.

A ideia era estimulante, mas esse panorama me era opressivo. Criar personagens que pudessem manifestar o intelecto e a ferocidade que essa lógica devia provocar me parecia demais para minha imaginação até que me lembrei de um dos livros que havia publicado quando ainda tinha um emprego. Um recorte de jornal do *The Black Book* [O livro negro] resumia a história de Margaret Garner, uma jovem que, depois de escapar da escravidão, foi presa por matar um de seus filhos (e tentar matar os outros), para impedir que fossem devolvidos à plantação do senhor. Ela se transformou numa *cause célèbre* da luta contra as leis dos Escravos Fugitivos, que determinava que os que escapavam fossem devolvidos a seus donos. O equilíbrio e a ausência de arrependimento dela chamaram a atenção dos abolicionistas, assim como dos jornais. Ela era, sem dúvida, determinada e, a julgar por seus comentários, tinha a inteligência, a ferocidade e a vontade de arriscar tudo por aquilo que, para ela, era a necessidade de liberdade.

A Margaret Garner histórica era fascinante, mas, para um

romancista, era limitadora. Muito pouco espaço imaginativo para o que eu queria. Então eu inventaria seus pensamentos, prenderia esses pensamentos a um subtexto que fosse historicamente verdadeiro em essência, mas não estritamente factual, a fim de relacionar sua história com questões contemporâneas sobre a liberdade, a responsabilidade e o "lugar" da mulher. A heroína representaria a aceitação indesculpada da vergonha e do terror; assumiria as consequências de escolher o infanticídio; reclamaria a própria liberdade. O terreno, a escravidão, era formidável e sem trilhas. Convidar os leitores (e eu própria) a percorrer a paisagem repelente (oculta, mas não completamente; deliberadamente enterrada, mas não esquecida) era armar uma tenda num cemitério habitado por fantasmas muito eloquentes.

Sentei na varanda, me embalando numa cadeira de balanço, olhei as pedras empilhadas para aparar os golpes ocasionais do rio. Acima das pedras, há um caminho pela relva, mas interrompido por um gazebo de madeira situado debaixo de um grupo de árvores, em sombra profunda.

Ela caminhou até a água, subiu pelas pedras e encostou-se no gazebo. Lindo chapéu.

Então ela estava ali desde o começo e, a não ser eu, todo mundo (os personagens) sabia — uma frase que depois se tornou "As mulheres da casa sabiam". A figura mais central da história teria de ser ela, a assassinada, não a assassina, aquela que perdeu tudo e não tivera nenhuma opção em nada. Ela não podia ficar do lado de fora; tinha de entrar na casa. Uma casa de verdade, não uma cabana. Uma casa com endereço, onde antigos escravos vivessem independentes. Não haveria saguão nessa casa, e não haveria nenhuma "introdução" nem para a casa, nem para o romance. Queria que o leitor fosse sequestrado, impiedosamente jogado num ambiente estranho como primeiro espaço para uma experiência comum com a população do livro —

assim como os personagens eram arrancados de um lugar para outro, de qualquer lugar para qualquer outro, sem preparação nem defesa.

Era importante dar nome a essa casa, mas não do jeito que "Doce Lar" ou outras plantações tinham nomes. Não haveria adjetivos sugerindo aconchego, grandeza, ou pretensão a um passado instantâneo e aristocrático. Apenas números aqui para identificar uma casa e ao mesmo tempo separá-la de uma rua ou cidade — marcar como é diferente das casas de outros negros no bairro; atribuir um indício de superioridade, de orgulho, que antigos escravos haviam de ter em possuir endereço próprio. Mas ao mesmo tempo uma casa que tem, literalmente, uma personalidade — que chamamos de "assombrada" quando essa personalidade é ostensiva.

Na tentativa de tornar a experiência do escravo íntima, eu esperava que a sensação de as coisas estarem ao mesmo tempo controladas e fora de controle fosse convincente de início a fim; que a ordem e a quietude da vida cotidiana fossem violentamente dilaceradas pelo caos dos mortos carentes; que o esforço hercúleo de esquecer fosse ameaçado pela lembrança desesperada para continuar viva. Para mostrar a escravatura como uma experiência pessoal, a língua não podia atrapalhar.

Eu prezo aquele momento no píer, o rio fugidio, a instantânea consciência das possibilidades, o pulsar forte do coração, a solidão, o perigo. E a garota com chapéu bonito. Depois, o foco.

I

O 124 era rancoroso. Cheio de um veneno de bebê. As mulheres da casa sabiam e sabiam também as crianças. Durante anos cada um lidou com o rancor de seu próprio jeito, mas em 1873 Sethe e sua filha Denver foram suas únicas vítimas. A avó, Baby Suggs, tinha morrido, e os filhos, Howard e Buglar, haviam fugido ainda com treze anos de idade, assim que o simples olhar no espelho o estilhaçava (foi esse o sinal para Buglar); assim que as marcas de duas mãozinhas apareceram no bolo (esse foi o de Howard). Nenhum dos dois rapazes esperou para ver mais; outro caldeirão de ervilhas fumegando amontoadas pelo chão; biscoitos esfarelados e espalhados numa linha junto ao batente da porta. Não esperaram nem por um dos períodos de alívio: as semanas, meses mesmo, em que nada acontecia. Não. Cada um fugiu de uma vez — no momento em que a casa cometeu o que para ele era o único insulto a não ser suportado nem visto uma segunda vez. No prazo de dois meses, no pico do inverno, deixaram a avó, Baby Suggs; Sethe, a mãe; e a irmãzinha pequena, Denver, completamente sozinhas na casa cinza e branca da rua Bluestone. A casa não tinha número então, porque Cincinnati não chegava até ali. Na verdade, Ohio se chamava de estado há apenas setenta anos quando primeiro um irmão depois o outro enterrou o chapéu na cabeça, agarrou os sapatos e se esgueirou para longe do rancor vivo que a casa sentia por eles.

Baby Suggs nem levantou a cabeça. De seu leito de doente, ouviu os dois irem embora, mas não era essa a razão de sua imobilidade. Era um mistério para ela seus netos terem levado tanto tempo para entender que nem todas as casas eram como a da rua Bluestone. Suspensa entre a sordidez da vida e a baixeza dos mortos, ela não conseguia se interessar por deixar a vida, nem por viver a vida, muito menos pelo pavor dos dois meninos fujões. Seu passado tinha sido igual a seu presente — intolerável — e, como ela sabia que a morte não era nada além de esquecimento, usou a pouca energia que lhe restava para ponderar sobre cor.

"Me traga um pouco de lilás, se tiver. Rosa, se não tiver."

E Sethe a satisfazia, com qualquer coisa, desde um pedaço de tecido até sua própria língua. O inverno em Ohio era especialmente duro para quem tinha apetite por cor. O céu só provia drama e contar com um horizonte de Cincinnati como alegria principal da vida era mesmo temerário. Então, Sethe e a menina Denver faziam por ela o que podiam, e o que a casa permitia. Juntas travavam uma inútil batalha contra o comportamento daquele lugar; contra penicos virados, tapas no traseiro e rajadas de ar viciado. Porque elas entendiam a fonte da infâmia tão bem quanto conheciam a fonte de luz.

Baby Suggs morreu logo depois que os irmãos foram embora, sem nenhum interesse na partida deles ou dela e, logo depois, Sethe e Denver resolveram encerrar a perseguição invocando o fantasma que tanto as atormentava. Talvez uma conversa, pensaram, uma troca de opiniões ou alguma outra coisa pudesse ajudar. Então deram-se as mãos e disseram: "Venha. Venha. Podia pelo menos aparecer".

O guarda-louça deu um passo adiante, mas nada mais se manifestou.

"Vovó Baby não deve estar deixando", disse Denver. Tinha dez anos e ainda estava furiosa com Baby Suggs por ter morrido.

Sethe abriu os olhos. "Duvido", disse ela.

"Então por que ela não aparece?"

"Está esquecendo como ela é pequena", disse a mãe. "Não tinha nem dois anos quando morreu. Muito pequena para entender. Muito pequena até para falar."

"Vai ver que ela não quer entender", disse Denver.

"Pode ser. Mas se ela viesse, eu pelo menos podia contar tudo para ela." Sethe largou a mão da filha e juntas empurraram de volta o guarda-louças até encostar na parede. Lá fora, um cocheiro chicoteou o cavalo para galopar como as pessoas dali achavam necessário fazer ao passar na frente do 124.

"Para um bebê ela tem bastante força", disse Denver.

"Não mais do que a força do meu amor por ela", Sethe respondeu, e lá estava de novo. O frescor de boas-vindas de lápides não lapidadas; aquela que, na ponta dos pés, ela escolhera para encostar, os joelhos tão abertos como qualquer túmulo. Rosa como uma unha e polvilhado de pontos cintilantes. Dez minutos, ele disse. Você tem dez minutos e eu faço grátis.

Dez minutos para cinco letras. Com mais dez ela podia ter conseguido "Bem" também? Não tinha pensado em perguntar a ele e ainda a incomodava aquilo ter sido possível — que em troca de vinte minutos, meia hora digamos, ela podia ter conseguido a coisa toda, todas as palavras que tinha ouvido o pregador dizer no enterro (e tudo o que havia para dizer, com certeza) entalhado na lápide: Bem-Amada. Mas o que ela havia conseguido, que escolhera, era a única palavra que importava. Ela achou que podia bastar, copular entre as lápides com o entalhador, o filho dele, menino, olhando, tão velho o ódio em seu rosto; bem novo o apetite nesse rosto. Aquilo com certeza devia bastar. Bastar para responder a mais um pregador, a mais um abolicionista e a uma cidade cheia de aversão.

Contando com a quietude de sua própria alma, ela esquecera a outra: a alma de sua filha bebê. Quem haveria de dizer que um velho bebezinho pudesse abrigar tanta raiva? Copular entre as lápides sob os olhos do filho do entalhador não bastou. Não só ela teve de viver seus anos numa casa paralisada pela fúria do bebê por lhe terem cortado a garganta, como aqueles dez minutos que passou esmagada contra a pedra cor de amanhecer salpicada de lascas de estrelas, os joelhos tão abertos como o túmulo, foram os mais longos de sua vida, mais vivos e mais pulsantes que o sangue do bebê que encharcaram seus dedos como óleo.

"Podemos mudar", ela sugeriu uma vez à sogra.

"Para quê?", Baby Suggs perguntou. "Não tem uma casa no país que não esteja recheada até o teto com a tristeza de algum negro morto. Sorte nossa que esse fantasma é um bebê. O espírito do meu marido podia baixar aqui? Ou do seu? Nem me fale. Sorte a sua. Ainda tem três sobrando. Três puxando suas saias e só uma infernizando do outro lado. Agradeça, por que não agradece? Eu tive oito. Um por um foram para longe de mim. Quatro levados, quatro perseguidos, e todos, acho, assombrando a casa de alguém para o mal." Baby Suggs esfregou as sobrancelhas. "Minha primeira. Dela só lembro é do quanto gostava da ponta queimada do pão. Dá para acreditar? Oito filhos e é só disso que eu lembro."

"É só isso que você deixa voltar na sua lembrança", Sethe disse, mas a ela havia sobrado só uma, uma viva, quer dizer, os meninos expulsos pela morta, e sua lembrança de Buglar estava se apagando depressa. Howard tinha pelo menos um formato de cabeça que ninguém conseguia esquecer. Quanto ao resto, ela batalhava para lembrar o mínimo possível. Infelizmente seu cérebro era tortuoso. Podia estar indo depressa pelo campo, praticamente correndo, para chegar rápido à bomba e lavar a seiva de camomila das pernas. Nada mais na cabeça. A imagem dos homens vindo para mamar nela era tão sem vida quanto os nervos de suas costas onde a pele era ondulada como uma tábua de lavar roupa. Também não havia mais nem o menor cheiro da tinta ou da goma de cereja e da casca de carvalho de que a tinta era feita. Nada. Só a brisa refrescando seu rosto enquanto corria para a água. E, então, enxaguando a camomila com a água da bomba e trapos, a cabeça pensando apenas em conseguir remover a seiva toda — em seu descuido de tomar um atalho pelo campo só para economizar meio quilômetro, e só perceber que as hastes estavam altas até a coceira já estar chegando aos joelhos. Depois, alguma coisa. O poço de água, a visão de suas meias e sapatos revirados no caminho onde os tinha jogado; ou Aqui Rapaz pulando na poça junto a seus pés, e, de repente, lá estava Doce Lar, se desdobrando, desdobrando, desdobrando diante de seus olhos e, embora não houvesse uma única folha naquela fazenda que não lhe desse vontade de gritar, a fazenda se desdobrava na sua frente em desavergonhada beleza. Nunca parecera tão terrível como agora e a fazia pensar se o inferno seria um lugar bonito também. Fogo e enxofre, sim, mas escondidos em bosques rendilhados. Rapazes pendurados nos sicômoros mais lindos do mundo. Sentia vergonha de lembrar das maravilhosas árvores sussurrantes mais que dos rapazes. Por mais que tentasse o contrário, os sicômoros venciam as crianças todas as vezes e não conseguia perdoar sua memória por isso.

Quando toda a camomila desapareceu, voltou para a frente

da casa, pegou os sapatos e as meias no caminho. Como para castigá-la ainda mais por sua memória terrível, sentado na varanda a menos de quinze metros estava Paul D, o último homem da Doce Lar. E embora ela jamais pudesse confundir sua cara com outro, perguntou: "É você?".

"O que sobrou." Ele se levantou e sorriu. "Como vai, menina, apesar de descalça?"

Quando ela riu, foi um riso solto e jovem: "Sujei a perna lá adiante. Camomila".

Ele fez uma careta, como se tivesse provado uma colher de alguma coisa amarga. "Não quero nem ouvir falar disso. Sempre detestei esse negócio."

Sethe embolou as meias e enfiou no bolso. "Vamos entrar."

"Está bom na varanda, Sethe. É fresco aqui." Ele voltou a se sentar e olhou o campo do outro lado da estrada, sabendo que a ansiedade que sentia apareceria no olhar.

"Dezoito anos", disse ela, de mansinho.

"Dezoito", ele repetiu. "E juro que andei durante esses anos todos. Se importa de eu imitar você?" Indicou com a cabeça os pés dela e começou a desamarrar os sapatos.

"Quer pôr na água? Vou buscar uma bacia de água para você." Ela chegou mais perto dele para entrar na casa.

"Não, não, não. Amolecer o pé, não. Muita estrada ainda pela frente."

"Não pode ir embora já, Paul D. Tem de ficar um pouco."

"Bom, um pouco só para ver a Baby Suggs, então. Onde é que ela está?"

"Morreu."

"Ah, não. Quando?"

"Faz oito anos já. Quase nove."

"Ela sofreu? Não foi duro morrer para ela, espero."

Sethe balançou a cabeça. "Macio feito creme. Viver é que

estava difícil. Pena você sentir falta dela. Foi isso que veio fazer aqui?"

"Uma parte do que eu vim fazer aqui. A outra parte é você. Mas se é para falar a verdade, eu não vou mais para lugar nenhum agora. Em nenhum lugar que me deixem sentar."

"Está com a cara boa."

"Confusão do diabo. Ele me deixa com a cara boa contanto que eu me sinta mal." Olhou para ela e a palavra "mal" assumiu outro sentido.

Sethe sorriu. Eles eram desse jeito — sempre tinham sido. Todos os homens da Doce Lar, antes e depois de Halle, a tratavam como um meigo flerte fraterno, tão sutil que era preciso olhar bem para ver.

A não ser por um monte de cabelo a mais e alguma expectativa nos olhos, ele estava com a mesma cara que tinha em Kentucky. Pele de caroço de pêssego; costas retas. Para um homem de cara dura, era incrível a prontidão com que sorria, se zangava, ou demonstrava pena. Como se só bastasse chamar sua atenção para, na mesma hora, ele demonstrar o sentimento que estava sentindo. Com menos que uma piscada, a cara dele parecia mudar: por baixo ficava a prontidão.

"Dele eu não preciso perguntar, preciso? Você me contava se tivesse alguma coisa para contar, não contava?" Sethe baixou os olhos para os pés e mais uma vez viu os sicômoros.

"Contava. Claro que contava. Mas não sei mais nada agora do que eu já sabia antes." A não ser pelo coalho, ele pensou, e isso você não precisa saber. "Você deve achar que ele ainda está vivo."

"Não. Eu acho que ele morreu. Não ter a certeza é que faz ele continuar vivo."

"O que a Baby Suggs achava?"

"A mesma coisa, mas para ela os filhos estavam todos mortos.

Dizia que sentia quando cada um ia embora no mesmo dia e hora."

"Quando ela disse que o Halle foi embora?"

"Mil oitocentos e cinquenta e cinco. No dia que meu bebê nasceu."

"Você teve aquele bebê, então? Nunca pensei que você ia ter." Ele riu. "Fugir grávida."

"Precisei. Não dava para esperar." Ela baixou a cabeça e pensou, como ele, como era improvável ter conseguido. E, se não fosse aquela menina procurando veludo, nunca teria tido.

"E sozinha ainda por cima." Ele ficou orgulhoso e incomodado por ela. Orgulhoso de ela ter feito aquilo; incomodado de ela não ter precisado nem de Halle nem dele no acontecido.

"Quase sozinha. Não sozinha de tudo. Uma moçabranca me ajudou."

"Então ela ajudou foi ela mesma, benza Deus."

"Você podia ficar para dormir, Paul D."

"Você não parece muito certa do convite."

Por cima do ombro dele, Sethe olhou a porta fechada.

"Ah, é sincero, sim. Só espero que não repare na casa. Vamos entrar. Converse com Denver enquanto eu faço alguma coisa para você comer."

Paul D amarrou os sapatos um no outro, pendurou no ombro e foi atrás dela porta adentro direto para uma poça de luz vermelha e ondulante que o imobilizou onde estava.

"Está com visita?", ele sussurrou, franzindo a testa.

"De vez em quando", disse Sethe.

"Meu Deus." Ele recuou da porta de volta à varanda. "Que mal é esse que tem aí dentro?"

"Não é mal, é só tristeza. Venha. Entre de uma vez."

Ele então olhou para ela, com atenção. Mais atenção do que quando ela chegara perto da casa com as pernas molhadas e brilhantes, segurando os sapatos e as meias numa mão, as saias na outra. A garota do Halle — de olhos de aço e tutano igual. Ele nunca tinha visto o cabelo dela em Kentucky. E, embora seu rosto estivesse dezoito anos mais velho que da última vez que a vira, estava mais suave agora. Por causa do cabelo. Um rosto imóvel demais para ser confortável; as íris da mesma cor da pele, coisa que, naquele rosto imóvel, costumava fazê-lo pensar numa máscara com olhos misericordiosamente perfurados. A mulher do Halle. Grávida todo ano, inclusive no ano em que, sentada ao lado do fogo, contou a ele que ia fugir. Os três filhos ela já havia despachado num carroção de outros em uma caravana de negros que ia atravessar o rio. Seriam deixados com a mãe de Halle perto de Cincinnati. Mesmo naquele barraco minúsculo, tão perto do fogo que dava para sentir o cheiro do calor do vestido dela, seus olhos não captavam nem uma faísca de luz. Eram como dois poços dentro dos quais ele tinha dificuldade para olhar. Mesmo perfurados tinham de ser cobertos, tapados, marcados com alguma placa para alertar as pessoas do vazio que continham. Então ele preferiu ficar olhando o fogo enquanto ela contava, porque o marido dela não estava lá para contar. Mr. Garner tinha morrido e a esposa dele estava com um caroço no pescoço do tamanho de uma batata-doce, não conseguia mais falar. Ela se inclinou para perto do fogo o máximo que a barriga de grávida permitia e contou para ele, Paul D, o último dos homens da Doce Lar.

Havia seis deles pertencentes à fazenda, Sethe era a única mulher. Mrs. Garner, chorando como um bebê, tinha vendido o irmão dele para pagar as contas que apareceram no momento em que ficou viúva. Aí, o professor chegou para colocar as coisas em ordem. Mas o que ele fez quebrou mais três homens da Doce Lar e perfurou o aço cintilante dos olhos de Sethe, deixando dois poços abertos no lugar, que não refletiam a luz do fogo.

Agora o aço tinha voltado, mas o rosto, amaciado pelo cabelo, o levou a confiar nela o suficiente para entrar porta dela adentro, direto para uma poça de luz vermelha pulsante.

Ela tinha razão. Era triste. Ao entrar, uma onda de tristeza o encharcou a tal ponto que ele sentiu vontade de chorar. Parecia muito longe da luz normal que cercava a mesa, mas ele conseguiu chegar: de olhos secos e com sorte.

"Você disse que ela morreu macio. Macio feito creme", ele recordou.

"Essa não é Baby Suggs", disse ela.

"Quem é então?"

"Minha filha. Aquela que eu mandei junto com os meninos."

"Ela não viveu?"

"Não. A que estava na minha barriga quando fugi foi a única que sobrou. Os meninos também foram embora. Os dois fugiram um pouco antes de Baby Suggs morrer."

Paul D olhou o ponto em que a tristeza o encharcara. O vermelho tinha desaparecido, mas uma espécie de choro permanecia no ar onde ele havia estado.

Talvez seja melhor, pensou. Se um negro tem pernas, é para usar. Se ficar sentado demais, alguém vai inventar um jeito de amarrá-las. Porém... se os meninos tinham ido embora...

"Sem homem? Você está sozinha aqui?"

"Eu e Denver", disse ela.

"Tudo bem para você?"

"Por mim, tudo bem."

Ela viu o ceticismo dele e continuou. "Sou cozinheira num restaurante na cidade. E costuro um pouco, escondido."

Paul D sorriu então, ao lembrar do vestido de ir para a cama. Sethe tinha treze anos quando foi para a Doce Lar, e já de olhos de aço. Ela foi um presente oportuno para mrs. Garner, que tinha perdido Baby Suggs por causa dos altos princípios do marido. Os cinco homens da Doce Lar olharam aquela menina nova e resolveram deixá-la em paz. Eles eram jovens e tão loucos com a ausência de mulher que tinham passado a fazer com as bezerras. Mesmo assim, deixaram a menina de olhos de aço sossegada, para ela poder escolher, apesar do fato de que, para ficar com ela, cada um deles era capaz de bater no outro até virar mingau. Levou um ano para ela escolher: um ano longo, duro de revirar na cama roída pelos sonhos com ela. Um ano de desejo, quando o estupro parecia um presente solitário de vida. O controle que exercitaram só possível porque eram homens da Doce Lar — os homens de quem mr. Garner se gabava enquanto outros fazendeiros sacudiam a cabeça desconfiados com a frase.

"Vocês todos só têm meninos", ele dizia. "Meninos novos, meninos velhos, meninos enjoados, meninos briguentos. Agora, na Doce Lar, meus negros são homens, todos. Comprei assim, criei assim. Homens, todos."

"Desculpe não concordar, Garner. Negro não é homem."

"Se estão com medo, não são mesmo." O sorriso de Garner, largo. "Mas se você próprio é homem, vai querer que seus negros sejam homens também."

"Eu não ia querer nenhum homem negro em volta da minha mulher."

Essa era a reação que Garner adorava e pela qual ficava esperando. "Nem eu", dizia. "Nem eu", e havia sempre uma pausa antes de o vizinho, estranho, mascate, cunhado ou fosse lá o que fosse entender o sentido da expressão. E começava uma discussão feroz, às vezes uma briga, e Garner voltava para casa contundido e contente, depois de demonstrar mais uma vez que era um kentuckiano de verdade: duro e esperto o bastante para fazer e chamar seus próprios negros de homens.

E eram mesmo: Paul D Garner, Paul F Garner, Paul A Garner, Halle Suggs e Seiso, o maluco. Todos com seus vinte anos, sem mulheres, trepando com as vacas, sonhando com estupro, revirando nos catres, esfregando as coxas e esperando a menina nova: a que tomou o lugar de Baby Suggs depois que Halle a comprou com cinco anos de domingos. Talvez por isso ela o tenha escolhido. Um homem de vinte anos tão apaixonado pela mãe a ponto de desistir de cinco anos de repouso semanal só para vê-la viver uma mudança era uma recomendação séria.

Ela esperou um ano. E os homens da Doce Lar abusavam das vacas enquanto esperavam por ela. Ela escolheu Halle e, para a primeira noite deles, costurou um vestido escondido.

"Não quer ficar um pouco por aqui? Não dá para botar em dia dezoito anos num dia só."

Da penumbra da sala onde estavam, uma escada branca subia para o papel de parede azul e branco do segundo andar. Paul D conseguia enxergar só o comecinho do papel: flocos discretos de amarelo pintalgando uma chuva de flocos de neve, tudo com fundo azul. O branco luminoso do corrimão e dos degraus prendeu seu olhar. Todos os seus sentidos lhe diziam que o ar acima do poço da escada era encantado e muito fino. Mas a garota que desceu daquele ar era redonda e marrom com uma cara de boneca alerta.

Paul D olhou a garota e depois para Sethe, que sorriu e disse: "Essa aí é a minha Denver. Este é o Paul D, querida, da Doce Lar".

"Bom dia, mr. D."

"Garner, *baby*. Paul D Garner."

"Sim, senhor."

"Que bom ver você. Da última vez que vi sua mãe, você estava esticando a barriga do vestido dela."

"Ainda estica", Sethe sorriu, "se conseguir entrar dentro dele."

Denver parou no último degrau e de repente se sentiu quente e tímida. Fazia muito tempo desde que alguém (mulherbranca de boa vontade, pregador, palestrante ou jornalista) se sentara à mesa deles, as vozes solidárias desmentidas pela repugnância dos olhos. Durante doze anos, muito antes de vovó Baby morrer, não tinha havido visitante nenhum e claro que nenhum amigo. Nada de gentepreta. Claro que nenhum homem cor de avelã de cabelo comprido demais e sem caderno, sem carvão, sem laranjas, sem perguntas. Alguém com quem sua mãe quisesse conversar e com quem sequer levasse em conta conversar estando descalça. Parecendo, na verdade agindo, como menina e não como a mulher quieta, majestosa que Denver conhecera a vida toda. Aquela que nunca desviava os olhos, que quando um homem foi pisoteado até a morte por uma égua bem na frente do Restaurante Sawyer não desviou os olhos; e quando uma porca começou a comer a própria ninhada também não desviou os olhos. E quando o espírito do bebê pegou Aqui Rapaz e jogou na parede com tanta força que quebrou duas pernas dele e deslocou um olho, com tanta força que ele entrou em convulsão e mordeu a própria língua, mesmo assim sua mãe não desviou os olhos. Ela havia pegado um martelo, batera para o cachorro ficar inconsciente, varrera o sangue e a saliva, empurrara o olho de volta para dentro da cabeça e arrumara os ossos das pernas. Ele se recuperou, mudo, e desequilibrado, mais por causa de seu olho pouco confiável que por causa das pernas tortas, e inverno, verão, chuva ou sol, nada conseguia convencê-lo a entrar na casa outra vez.

Agora ali estava aquela mulher com presença de espírito para remendar um cachorro enlouquecido de dor a balançar os tornozelos cruzados e desviar os olhos do corpo da própria filha. Como se o volume desse corpo fosse mais que seu olho conseguia suportar. E nem ela nem ele estavam de sapatos. Quente, tímida, Denver agora estava também solitária. Aquelas partidas todas: primeiro seus irmãos, depois sua avó — perdas severas, uma vez que não havia nenhuma criança disposta a convidá-la para uma brincadeira ou para se pendurar pelos joelhos da guarda da varanda. Nada daquilo importava, contanto que sua mãe não desviasse os olhos como estava fazendo agora, levando Denver a desejar, literalmente *desejar*, um sinal de ódio do fantasma do bebê.

"Ela é uma mocinha bem bonita", disse Paul D. "Bem bonita. Tem a cara doce do pai."

"O senhor conhece meu pai?"

"Conheci, sim. Conheci bem ele."

"Conheceu, mãe?" Denver lutou contra a urgência de realinhar seus afetos.

"Claro que ele conheceu seu pai. Eu te falei, ele é da Doce Lar."

Denver sentou-se no último degrau. Não havia nenhum outro lugar aonde pudesse ir com graça. Os dois formavam um par, dizendo "seu pai" e "Doce Lar" de um jeito que deixava bem claro que aquilo pertencia a eles, não a ela. Que a ausência de seu próprio pai não era dela. Houve tempo em que a ausência pertencera a vovó Baby — um filho, profundamente lamentado porque era o que a tinha comprado de lá. Depois, fora o marido ausente de sua mãe. Agora, era o amigo ausente daquele estranho cor de avelã. Só os que o conheciam ("conheci bem ele") podiam cobrar a ausência dele para si. Assim como só aqueles que tinham vivido na Doce Lar podiam lembrar, cochichar e olhar sorrateiramente um para o outro ao lembrar. Mais uma vez ela desejou o fantasma do bebê — a raiva dele agora a excitava, quando antes costumava deixá-la cansada. Cansada.

"Tem um fantasma aqui", disse ela, e funcionou. Os dois

não eram mais um par. A mãe parou de balançar os pés e se fazer de menina. A lembrança da Doce Lar sumiu dos olhos do homem para quem ela estava se fazendo de menina. Ele olhou depressa para a escada branco-relâmpago atrás dela.

"Foi o que eu soube", disse ele. "Mas triste, sua mãe disse. Não mau."

"Não, senhor", disse Denver, "mau não. Mas triste também não."

"O que então?"

"Castigada. Sozinha e castigada."

"É mesmo?", Paul D virou para Sethe.

"Sozinha, não sei", disse a mãe de Denver. "Louca, talvez, mas não vejo como pode estar sozinha se passa cada minuto com a gente desse jeito."

"Deve ser alguma coisa que você tem que ele quer."

Sethe deu de ombros. "É só um bebê."

"Minha irmã", disse Denver. "Ela morreu nesta casa."

Paul D coçou a barba do queixo. "Me lembra daquela noiva sem cabeça lá na Doce Lar. Lembra disso, Sethe? Sempre assombrando aquele bosque."

"Como posso esquecer? Atormentava..."

"Por que que todo mundo que foi embora da Doce Lar não consegue parar de falar de lá? Parece que se fosse tão doce lá vocês deviam ter ficado."

"Menina, olhe com quem está falando!"

Paul D riu. "Verdade, verdade. Ela tem razão, Sethe. Não era doce e com certeza não era lar." Ele balançou a cabeça.

"Mas era onde a gente estava", disse Sethe. "Todo mundo junto. Volta na cabeça nem que a gente não queira." Estremeceu um pouco. Um ligeiro arrepio no braço, que ela aquietou de volta, alisando. "Denver", disse, "acenda o fogão. Não dá pra receber um amigo e não dar nada para ele comer."

"Não precisa se incomodar por minha causa", disse Paul D.

"Pão não é trabalho. O resto eu trouxe do lugar onde eu trabalho. É o mínimo que eu posso fazer, depois de cozinhar de manhãzinha até o meio-dia, trazer a comida para casa. Tem algum problema com peixe?"

"Se ele não tem problema comigo, eu não tenho problema com ele."

Outra vez, Denver pensou. De costas para eles, derrubou a brasa e quase perdeu o fogo. "Por que não passa a noite aqui, mr. Garner? O senhor e a mãe podem conversar sobre a Doce Lar a noite inteira."

Sethe deu dois passos rápidos para o fogão, mas antes que conseguisse puxar a gola de Denver a menina dobrou-se para a frente e começou a chorar.

"O que você tem? Nunca vi você desse jeito."

"Deixe ela", disse Paul D. "Ela não me conhece."

"Por isso mesmo. Não tem motivo para ser malcriada com um estranho. Ah, *baby*, o que foi? Aconteceu alguma coisa?"

Mas Denver estava tremendo e soluçando tanto que não conseguia falar. As lágrimas que não derramara durante nove anos molhavam seus seios já muito de mulher.

"Não posso mais. Não posso mais."

"Não pode o quê? O que você não pode?"

"Não posso morar aqui. Não sei aonde ir, nem o que fazer, mas não posso morar aqui. Ninguém fala com a gente. Ninguém vem aqui. Os rapazes não gostam de mim. As garotas também não."

"Meu bem, meu bem."

"O que é isso de 'ninguém falar com vocês'?", perguntou Paul D.

"É a casa. As pessoas não..."

"Não é! Não é a casa. É a gente! É a senhora!"

"Denver!"

"Deixe para lá, Sethe. É difícil para uma menina morar numa casa assombrada. Não pode ser fácil."

"É mais fácil que algumas outras coisas."

"Pense, Sethe. Eu sou um homem adulto que já vi de tudo e estou te dizendo que não é fácil. Quem sabe vocês tinham é de se mudar. De quem é esta casa?"

Por cima do ombro de Denver, Sethe lançou a Paul D um olhar de neve. "O que você tem com isso?"

"Não deixam vocês mudarem?"

"Não."

"Sethe."

"Nada de mudar. Nada de ir embora. Está muito bom do jeito que está."

"Você vai me dizer que está tudo bem com essa menina quase fora de si?"

Alguma coisa na casa se retesou e, em seguida, no silêncio que dava para ouvir, Sethe falou.

"Tem uma árvore nas minhas costas e um fantasma na minha casa, e nada entre uma coisa e outra além da filha que está aqui nos meus braços. Chega de fugir — de qualquer coisa. Nunca mais vou fugir de nada neste mundo. Fiz uma viagem e paguei a passagem, mas vou te dizer uma coisa, Paul D Garner: custou muito caro! Está me ouvindo? Custou muito caro. Agora sente aí e coma com a gente ou deixe a gente em paz."

Paul D fisgou no bolso do colete uma bolsinha de fumo — concentrado em seu conteúdo e no nó do cordão enquanto Sethe levava Denver para a saleta que dava para a sala maior onde estava sentado. Não tinha papel de cigarro, então ficou brincando com a bolsinha e ouvindo pela porta aberta enquanto Sethe aquietava a filha. Quando ela voltou, evitou o olhar dele e foi direto para a mesinha ao lado do fogão. Estava de costas e ele podia ver todo o cabelo que quisesse sem se distrair com o rosto.

"Que árvore você tem nas costas?"

"Hã?" Sethe pôs a tigela na mesa e procurou a farinha, embaixo.

"Que árvore nas costas? Tem alguma coisa crescendo nas suas costas? Não vejo nada crescendo nas suas costas."

"Está aí, mesmo assim."

"Quem te disse isso?"

"A moçabranca. Era assim que ela falava. Eu nunca vi, nem nunca vou ver. Mas era isso que ela disse que parecia. Uma árvore de arônia. Tronco, galhos e até folhas. Folhinhas pequenas de arônia. Mas isso foi dezoito anos atrás. Agora, já podia até ter dado fruta."

Sethe molhou o dedo na saliva da ponta da língua. Tocou de leve o fogão, ligeira. Depois passou os dedos pela farinha, partindo, separando pequenas montanhas e vales na farinha, procurando carunchos. Não encontrou nenhum, pôs bicarbonato e sal no vinco da mão dobrada e jogou os dois na farinha. Depois enfiou a mão numa lata e pegou meio punhado de banha. Com destreza misturou nela a farinha, depois com a mão esquerda borrifou água, fez a massa.

"Eu tinha leite", disse ela. "Estava grávida da Denver, mas tinha leite da minha filhinha. Não tinha parado de amamentar ainda quando mandei ela na frente com o Howard e o Buglar."

Ela agora enrolava a massa com um palito de madeira. "Todo mundo sentia meu cheiro antes de me ver. E quando me viam, viam as gotas de leite no peito do vestido. Eu não podia fazer nada. Só sabia é que tinha de dar meu leite para minha filhinha. Ninguém ia amamentar ela como eu. Ninguém ia dar leite para ela na hora certa, nem tirar quando ela já tivesse mamado bastante e não percebesse. Ninguém sabia que ela não conseguia arrotar se levantasse no ombro, só deitada em cima dos meus joelhos. Ninguém sabia, só eu e ninguém tinha o leite para ela, só eu. Falei isso para as mulheres da carroça. Falei para pôr água com açúcar num pano para ela chupar, assim quando eu chegasse lá uns dias depois ela não ia ter esquecido de mim. O leite ia chegar e eu ia chegar junto com ele."

"Homem não sabe muita coisa", disse Paul D, guardando a bolsinha de volta no bolso do colete, "mas sabe que um bebê de peito não pode ficar muito tempo longe da mãe."

"Então homem sabe como é mandar embora seu filho quando o peito está cheio."

"A gente estava falando de uma árvore, Sethe."

"Depois que eu deixei vocês, aqueles rapazes entraram lá e tomaram meu leite. Foi para isso que eles entraram lá. Me seguraram e tomaram. Contei para mrs. Garner o que eles fizeram. Ela ficou com um nó, não conseguia falar, mas dos olhos rolaram lágrimas. Os rapazes descobriram que eu tinha contado deles. O professor fez um deles abrir minhas costas e quando fechou fez uma árvore. Ainda crescendo aqui."

"Usaram o chicote em você?"

"E tomaram meu leite."

"Bateram em você e você estava grávida?"

"E tomaram meu leite!"

Os círculos brancos e chatos de massa alinhados em fileiras na assadeira. Mais uma vez Sethe tocou o dedo molhado no fogão. Abriu a porta do forno e colocou dentro a assadeira de biscoitos. Ao se levantar do calor, sentiu Paul D atrás dela e suas mãos em seus seios. Endireitou-se e sabia, mas não conseguia sentir, que ele estava com o rosto apertado nos galhos de sua árvore de arônia.

Sem nem tentar, ele havia se transformado no tipo de homem capaz de entrar numa casa e fazer as mulheres chorarem. Porque com ele, na presença dele, elas podiam fazer isso. Havia algo abençoado em sua maneira. As mulheres o viam e sentiam vontade de chorar, de contar para ele que seu peito doía e seus joelhos também. Mulheres fortes e sábias olhavam para ele e contavam coisas que só contavam umas às outras: que muito depois da Mudança de Vida, o desejo nelas tinha ficado de repente enorme, feroz, mais selvagem do que quando tinham quinze anos e que isso as deixava envergonhadas e tristes; que no fundo desejavam morrer, para se livrar daquilo; que o sono era mais precioso para elas do que qualquer dia de vigília. Garotas o procuravam para confessar ou descrever como eram bem vestidas as visitas que lhes vinham direto de seus sonhos. Portanto, embora ele não entendesse por que as coisas eram assim, não se surpreendeu quando Denver derramou lágrimas em cima do fogão. Nem quando, quinze minutos depois, após contar do leite roubado, sua mãe também chorou. Por trás dela, curvado, o corpo num arco de brandura, ele segurou os seios dela na palma das mãos. Esfregou o rosto nas costas dela e desse jeito descobriu sua tristeza, as raízes dela; o tronco largo e os ramos intrincados. Ao levantar os dedos para os colchetes do vestido dela, ele sabia sem ver nem ouvir nenhum suspiro que as lágrimas estavam vindo depressa. E quando a parte de cima do vestido estava em torno de seus quadris e ele viu como suas costas estavam esculpidas, como o trabalho de um ourives apaixonado demais para mostrar, ele podia pensar, mas não dizer: "Ah, meu Deus, menina". E não encontrou paz enquanto não tocou cada rego e folha daquilo com a boca, coisa que Sethe não podia sentir porque a pele de suas costas estava morta havia anos. O que ela sabia era que a responsabilidade por seus seios, afinal, estava nas mãos de outra pessoa.

Haveria um espacinho, pensou ela, um tempinho, algum jeito de evitar acontecimentos, de empurrar as ocupações para o canto da sala e só ficar ali parada um minuto ou dois, nua das escápulas à cintura, aliviada do peso dos seios, sentindo o cheiro do leite roubado outra vez e o prazer de assar pão? Talvez dessa vez pudesse ficar parada imóvel no meio do preparo da comida, sem nem sair de perto do fogão, e sentir a dor que suas costas deviam doer. Confiar nas coisas e lembrar de coisas porque o último homem da Doce Lar ali estava para pegá-la se caísse?

 O fogão não estremeceu ao se ajustar a seu calor. Denver não se mexia no quarto ao lado. O pulsar de luz vermelha não voltara e Paul D não tremia desde 1856, quando tremera oitenta e três dias seguidos. Trancado e acorrentado, suas mãos tremiam tanto que ele não conseguia fumar nem se coçar direito. Agora estava tremendo de novo, mas nas pernas dessa vez. Levou um tempo para se dar conta de que suas pernas não estavam tremendo de preocupação, mas porque as tábuas do chão tremiam e o piso a ranger e empurrar era só parte da coisa. A casa em si estava arfando. Sethe escorregou para o chão e fez um esforço para se vestir. Enquanto ela estava de quatro, como se quisesse segurar a casa no chão, Denver irrompeu da saleta, terror nos olhos, um vago sorriso nos lábios.

 "Maldição! Quieta!" Paul D gritou, caiu, procurou se firmar. "Deixe este lugar em paz! Saia daqui!" Uma mesa veio depressa para cima dele e ele agarrou sua perna. De algum jeito, conseguiu se pôr de pé e, segurando a mesa por duas pernas, bateu-a para os lados, arrebentando tudo, berrando de volta para a casa aos berros. "Quer brigar, então venha! Maldição! Ela já sofre bastante sem você. Bastante!"

 O sacudir foi parando até uma ou outra guinada ocasional, mas Paul D não parou de bater com a mesa até tudo ficar completamente quieto. Suando e ofegante, ele se encostou na parede no espaço deixado pelo armário. Sethe ainda estava agachada junto ao fogão, apertando os sapatos salvos junto ao peito. Os três,

Sethe, Denver e Paul D, respiravam no mesmo ritmo, como uma só pessoa cansada. Uma outra respiração estava igualmente cansada.

Acabou-se. Denver vagou em meio ao silêncio até o fogão. Soprou as cinzas do fogo e tirou a assadeira de biscoitos do forno. O armário de geleia estava tombado, o conteúdo dele numa pilha no canto da prateleira de baixo. Ela pegou um frasco e ao procurar um prato encontrou metade de um junto à porta. Levou essas coisas para a escada da varanda, onde se sentou.

Os dois tinham subido lá para cima. Pisando leve, ágeis, tinham subido a escada branca, deixando-a no andar de baixo. Ela soltou o arame do topo do frasco, desrosqueou a tampa. Debaixo havia um pano e debaixo uma fina camada de cera. Tirou aquilo tudo e virou a geleia na metade de prato. Pegou um biscoito e arrancou a parte de cima queimada. A fumaça subiu do interior branco e macio.

Sentia saudade dos irmãos. Buglar e Howard deviam ter vinte e dois e vinte e três anos agora. Embora eles tivessem sido gentis com ela durante o tempo de calmaria e dado a ela toda a parte da cabeceira da cama, ela se lembrava de como era antes: o prazer que tinham de sentar apertados na escada branca, ela entre os joelhos de Howard ou de Buglar, enquanto inventavam histórias em que sempre matavam a bruxa! E Baby Suggs contando coisas para ela na saleta. Ela cheirava como casca de árvore de dia e como folhas à noite, porque Denver não queria dormir em seu velho quarto depois que os irmãos fugiram.

Agora sua mãe estava lá em cima com o homem que as tinha livrado da única outra companhia que possuía. Denver molhou o pão na geleia. Devagar, metódica, miserável, comeu.

Não exatamente apressados, mas sem perder tempo, Sethe e Paul D subiram a escada branca. Assombrado tanto pela mera sorte de encontrar a casa dela com ela dentro, como pela certeza de lhe dar seu sexo, Paul D atravessou vinte e cinco anos de sua memória recente. Um degrau à sua frente estava a substituta de Baby Suggs, a garota nova com que sonhavam de noite e por quem trepavam com as vacas de manhã enquanto esperavam que escolhesse. Meros beijos no ferro batido de suas costas haviam sacudido a casa, exigido que ele despedaçasse tudo. Agora, ia fazer mais.

Ela o levou até o alto da escada, onde a luz vinha direto do céu porque as janelas do segundo andar daquela casa tinham sido colocadas no teto inclinado e não nas paredes. Havia dois quartos e ela o levou para um deles, esperando que não fosse se importar com o fato de não estar preparada; de que, embora conseguisse lembrar do desejo, tivesse esquecido como o desejo funcionava; da força e desamparo que residiam nas mãos; de como a cegueira estava alterada de tal forma que o que saltava aos olhos eram lugares para deitar, e tudo o mais — maçanetas da porta, ganchos, a tristeza agachada nos cantos, e o passar do tempo — era interferência.

Acabaram antes de conseguir tirar a roupa. Semivestidos e ofegantes, ficaram deitados lado a lado, ressentidos um com o outro e com a claraboia acima deles. Os sonhos dele com ela tinham sido longos demais e havia tempo demais. A privação dela havia sido não ter nenhum sonho próprio. Agora estavam sentidos e tímidos demais para falar.

Sethe deitada de costas, o rosto virado para longe dele. Com o rabo dos olhos, Paul D viu o balançar dos seios dela e não gostou, a redondeza chata e espalhada deles sem a qual definitivamente poderia viver, independentemente de, lá embaixo, ele os ter segurado como se fossem a parte mais cara de si mesmo. E o labirinto de ferro batido que ele havia explorado na cozinha como um mineiro de ouro escavando um veio bom era, na verdade, um repulsivo emaranhado de cicatrizes. Não uma árvore, como ela disse. Talvez com a forma de uma, mas nada a ver com nenhuma árvore que ele conhecesse porque árvores são atraentes; coisas em que se pode confiar e estar perto; com que se pode conversar se quiser, como ele fez tantas vezes desde quando tomava a refeição do meio-dia nos campos da Doce Lar. Sempre no mesmo lugar se conseguisse, e escolher o lugar tinha sido difícil porque a Doce Lar tinha mais árvores bonitas que qualquer fazenda em volta. A escolhida ele chamara de Irmão, e sentava embaixo dela, às vezes sozinho, às vezes com Halle e os outros Pauls, mas quase sempre com Seiso, que era delicado na época e ainda falava inglês. Azul, com uma língua vermelho-fogo, Seiso experimentava batatas cozidas à noite, procurando determinar exatamente quando colocar pedras quentes de soltar fumaça dentro de um buraco, as batatas em cima, e cobrir a coisa toda com gravetos de forma que, quando chegasse a hora de parar para comer, amarrar os animais, sair do campo e ir para a Irmão, as batatas estivessem no pico da perfeição. Ele era capaz de levantar no meio da noite, ir até lá, começar o forno de terra à luz das estrelas; ou então deixar as pedras menos quentes e colocar as batatas do dia seguinte em cima delas depois da refeição. Seiso não conseguiu acertar nunca, mas eles comiam aquelas batatas malcozidas, supercozidas, ressecadas ou cruas mesmo assim, riam, cuspiam e lhe davam conselhos.

O tempo nunca funcionava do jeito que Seiso pensava, de forma que ele, claro, nunca conseguia acertar. Uma vez, ele planejou minuto a minuto uma viagem de mais de cinquenta quilômetros para ver uma mulher. Partiu num sábado quando a lua estava no lugar em que ele queria que estivesse, chegou à cabana dela antes da igreja no domingo e só teve tempo para dizer bom-dia antes de começar a viagem de volta para comparecer ao campo a tempo na segunda de manhã. Caminhou dezessete horas, sentou por uma hora, virou e andou mais dezessete horas. Halle e os Pauls passaram o dia inteiro escondendo de mr. Garner o cansaço de Seiso. Nesse dia, não comeram batatas, nem doces nem brancas. Estendido junto à Irmão, a língua vermelho-fogo escondida deles, o rosto azul fechado, Seiso dormiu até a hora do jantar, como um morto. Ora, *aquilo* era um homem e *aquilo* era uma árvore. Ele deitado na cama e a "árvore" deitada ao lado dele nem se comparavam.

Paul D olhou a janela acima de seus pés e cruzou as mãos debaixo da cabeça. Um cotovelo roçou o ombro de Sethe. Ela teve um sobressalto com o toque do tecido na pele. Tinha esquecido que ele não havia tirado a camisa. Cachorro, pensou, e então lembrou que ela não tinha dado tempo para ele tirar a camisa. Nem a si própria tempo para tirar a combinação, e pensar que ela havia começado a se despir antes de vê-lo na varanda, que suas meias e sapatos já estavam na mão e que nunca os tinha calçado de volta; que ele tinha olhado para os pés dela, nus e molhados, e pedira para imitá-la; que quando ela se levantara para cozinhar ele a despira ainda mais; considerando agora como eles tinham começado depressa a ficar nus, era de imaginar que agora já estivessem. Mas talvez um homem não fosse nada além de um homem, que era o que Baby Suggs sempre dizia. Eles convenciam você a deixar uma parte do peso nas mãos deles e, assim que você sentia o quanto aquilo era leve e bom, eles estudavam suas cicatrizes e tribulações, depois faziam o que ele tinha feito: expulsavam seus filhos e quebravam a casa.

Tinha de levantar dali, de descer e remendar tudo de novo. Essa casa, da qual ele dissera que ela devia se mudar como se uma casa fosse pouca coisa — uma blusa ou uma cesta de costura que se pode abandonar ou dar de presente a qualquer momento. Ela que nunca tivera nenhuma outra além daquela; que tinha deixado um chão de terra para vir para aquela; ela que tinha de levar um punhado de cercefi para a cozinha de mrs. Garner todo dia só para poder trabalhar ali, sentir que alguma parte daquilo era seu, porque queria gostar do trabalho que fazia, tirar a feiura dele e o único jeito como conseguia se sentir em casa na Doce Lar era colhendo alguma coisa bonita que crescia e levando com ela. No dia em que esquecia, era o dia em que a manteiga desandava ou a salmoura do barril lhe queimava os braços.

Pelo menos era o que parecia. Umas flores amarelas na mesa, um pouco de murta amarrada no pegador do ferro de passar que mantinha a porta aberta para ventilar a acalmavam e quando mrs. Garner e ela se sentavam para separar cerdas, ou fazer tinta, ela se sentia bem. Bem. Sem medo dos homens de lá. Os cinco que dormiam em cômodos perto dela, mas nunca vinham na noite. Só tocavam os chapéus esfarrapados quando a viam, e olhavam. E se ela levava comida para eles no campo, bacon com pão embrulhado num pedaço de pano limpo, eles nunca pegavam da mão dela. Davam um passo para trás e esperavam que ela pusesse no chão (ao pé de uma árvore) e fosse embora. Eles ou não queriam aceitar nada dela, ou não queriam que ela os visse comer. Duas ou três vezes ela ficou um pouco. Escondida atrás da madressilva, espiou os homens. Como eram diferentes sem ela, como riam e brincavam, urinavam e cantavam. Todos, menos Seiso, que riu um dia — no fim de tudo. Halle, claro, era o mais bonito. Oitavo e último filho de Baby Suggs, que trabalhava avulso por todo o condado para comprar a mãe de lá. Mas ele também, como acabou se revelando, não passava de um homem.

"Um homem não é nada mais que um homem", dizia Baby Suggs. "Mas um filho? Bom, isso já é *alguém*."

Fazia sentido por uma porção de razões porque em toda a vida de Baby, como também na de Sethe, homens e mulheres eram deslocados como se fossem peças de xadrez. Todo mundo que Baby Suggs conhecia, sem falar dos que amou, tinha fugido ou sido enforcado, tinha sido alugado, emprestado, comprado, trazido de volta, preso, hipotecado, ganhado, roubado ou tomado. Então, os oito filhos de Baby eram de seis pais. O que ela chamava de maldade da vida era o choque que ela recebia ao saber que ninguém parava de jogar as peças só porque entre as peças estavam seus filhos. Halle foi o que ela conseguiu conservar mais tempo. Vinte anos. Uma vida inteira. Coisa que lhe foi dada, sem dúvida, como compensação ao *ficar sabendo* que suas duas filhas, nenhuma das quais tinha ainda dentes permanentes, haviam sido vendidas e mandadas embora e que ela não pudera nem acenar adeus. Para compensar os quatro meses em que acasalou com um capataz em troca de conservar seu terceiro filho, um menino — só para vê-lo trocado por madeira na primavera do ano seguinte e se ver grávida do homem que tinha prometido não fazer isso e fez. "Deus pega o que quer", dizia ela. E Ele pegava, e Ele pegava, e Ele pegava e depois lhe deu o seu Halle, que lhe deu a liberdade quando isso não significava mais nada.

Sethe teve a incrível sorte de seis anos inteiros de casamento com aquele filho "alguém" que era pai de todos os seus filhos. Uma bênção que ela teve o descuido de tomar por garantida, contar com ela, como se a Doce Lar fosse mesmo isso. Como se um punhado de murta amarrado no cabo do ferro de passar roupa encostado na porta da cozinha de uma mulherbranca o tornasse dela. Como se um ramo de hortelã na boca mudasse o hálito como mudava seu odor. Nunca existiu ninguém tão bobo.

Sethe começou a virar de bruços, mas mudou de ideia. Não queria chamar a atenção de Paul D para ela, então se contentou em cruzar os tornozelos.

Mas Paul D notou o movimento, assim como a mudança em sua respiração. Sentiu-se obrigado a tentar de novo, dessa vez mais devagar, mas o apetite havia desaparecido. Na verdade, era uma sensação boa: não desejá-la. Vinte e cinco anos e plim! O tipo de coisa que Seiso teria feito — como aquela vez em que arranjou um encontro com Patsy, a Mulher dos Cinquenta Quilômetros. Levou três meses e duas viagens de cinquenta e quatro quilômetros para acontecer. Para convencê-la a andar um terço do caminho ao seu encontro, num lugar que ele conhecia. Uma estrutura de pedra deserta que os peles-vermelhas usavam na época em que achavam que a terra era deles. Seiso descobriu o lugar em uma de suas escapadas noturnas e pediu sua permissão para entrar. Lá dentro, depois de sentir como era, pediu à Presença Pele-Vermelha se podia levar lá sua mulher. A resposta foi sim e com grande dificuldade Seiso ensinou a ela como chegar lá, exatamente quando partir, como seriam seus assobios de boas-vindas ou de alerta. Como nenhum dos dois podia ir a parte alguma cuidar de questões pessoais e como a Mulher dos Cinquenta Quilômetros já tinha catorze anos e estava destinada aos braços de alguém, o perigo era real. Quando ele chegou, ela não estava. Ele assobiou e não houve resposta. Ele entrou no abrigo pele-vermelha deserto. Ela não estava lá. Ele esperou mais. Ela não veio. Ele ficou preocupado por ela e foi indo na direção da estrada por onde ela deveria vir. Quatro, cinco quilômetros, e ele parou. Não havia esperança em seguir naquela direção, então ele parou no vento e pediu ajuda. Atento na esperança de algum sinal, ouviu um gemido. Virou na direção do som, esperou e ouviu de novo. Descuidado, então, gritou o nome dela. Ela respondeu com uma voz que soou como a vida para ele — não a morte. "Não se mexa!", ele gritou. "Respire forte para eu encontrar você." E encontrou. Ela havia achado que já estava no ponto de encontro e chorou porque pensou que ele não cumprira a promessa. Agora já era tarde demais para terem o encontro na casa pele-vermelha, então deitaram onde estavam. Depois, ele furou a barriga da perna dela para simular uma picada de cobra que ela podia usar de algum jeito como desculpa por não ter chegado a tempo de sacudir as lagartas das folhas de fumo. Ele lhe deu instruções detalhadas para seguir o riacho num atalho de volta, e despediu-se dela. Quando voltou à estrada estava muito claro e ele estava com a roupa na mão. De repente, de uma curva veio rodando para cima dele um carroção. O cocheiro, de olhos arregalados, levantou o chicote enquanto a mulher sentada a seu lado cobria o rosto. Mas Seiso já havia se dissolvido no bosque antes de o chicote atingir seu traseiro azul.

 Ele contou a história para Paul F, Halle, Paul A e Paul D daquele jeito especial que os fazia gritar de rir. Seiso ia para o meio das árvores durante a noite. Para dançar, ele dizia, para manter abertas suas linhas de sangue, dizia. Em particular, sozinho, ele fazia isso. Nenhum dos outros o vira em ação, mas podiam imaginar, e a imagem que imaginavam lhes dava vontade de rir dele — quer dizer, durante o dia, quando era seguro.

Mas isso foi antes de ele parar de falar inglês porque o inglês não tinha futuro. Por causa da Mulher dos Cinquenta Quilômetros Seiso era o único que não estava paralisado de desejo por Sethe. Nada podia ser tão bom como o sexo com ela, Paul D imaginara intermitentemente durante vinte e cinco anos. Sua tolice o fez sorrir e pensar carinhosamente em si mesmo ao virar de lado, olhando para ela. Os olhos de Sethe estavam fechados, o rosto dela não era tão atraente. Então deviam ser os olhos dela que o deixavam ao mesmo tempo em guarda e agitado. Sem eles o rosto dela era suportável — um rosto que ele conseguia manejar. Talvez se ela os mantivesse fechados assim... Mas não, havia a boca. Bonita. Halle nunca avaliou tudo o que tinha.

Embora seus olhos estivessem fechados, Sethe sabia que ele estava olhando para seu rosto, e uma imagem em papel de como ela devia estar feia apareceu em seu olhar mental. Não havia, porém, caçoada no olhar que vinha dele. Macio. Dava a sensação de macio, num modo de espera. Ele não a estava julgando — ou melhor, estava julgando, mas não comparando. Desde Halle, nunca nenhum homem tinha olhado para ela assim: nem amoroso, nem apaixonado, mas interessado, como se estivesse examinando a qualidade de uma espiga de milho. Halle era mais como um irmão que um marido. O cuidado dele sugeria uma relação familiar, mais do que um homem reclamando propriedade. Durante anos os dois só se viam à luz plena do dia aos domingos. O resto do tempo se falavam, se tocavam, ou comiam, no escuro. O escuro antes do amanhecer e a pós-luz do entardecer. Então, olharem-se com intensidade era o prazer das manhãs de domingo e Halle a examinava como se armazenasse o que via ao sol para a sombra que via no resto da semana. E ele tinha tão pouco tempo. Depois do trabalho na Doce Lar e às tardes de domingo tinha de pagar com trabalho a dívida por sua mãe. Quando ele pediu para casar com ela, Sethe concordou alegremente e depois estacou, sem saber qual o próximo passo. Tinha de haver uma cerimônia, não tinha? Um pregador, alguma dança, uma festa, alguma coisa. Ela e mrs. Garner eram as únicas mulheres ali, então decidiu perguntar para ela.

"O Halle e eu queremos casar, mrs. Garner."

"Ouvi dizer." Ela sorriu. "Ele já conversou a respeito com mr. Garner. Você já está esperando?"

"Não, senhora."

"Bom, vai estar. Sabe disso, não sabe?"

"Sei, sim, senhora."

"O Halle é bom, Sethe. Vai ser bom para você."

"Mas eu quero dizer que a gente quer casar."

"Você acabou de dizer isso. E eu disse que tudo bem."

"Tem casamento?"

Mrs. Garner baixou a colher de pau. Riu um pouco, tocou a cabeça de Sethe e disse: "Você é um encanto de menina". E nada mais.

Sethe fez um vestido às escondidas e Halle pendurou sua corda de laço num prego na parede da cabana dela. E ali, num colchão em cima do chão de terra da cabana, se acasalaram pela terceira vez, tendo as duas primeiras acontecido no campinho de milho que mr. Garner cultivava porque era uma plantação que servia para os animais tanto quanto para os humanos. Tanto Halle como Sethe tinham a impressão de que estavam escondidos. Apertados entre os caules, eles não viam nada, nem o topo dos pés de milho balançando acima de suas cabeças e visível para todo mundo.

Sethe sorriu da bobagem dela e de Halle. Até os corvos

sabiam e vinham olhar. Descruzou os tornozelos e conseguiu não rir alto.

Saltar de uma novilha para uma garota, pensou Paul D, não era assim tão grandioso. Não o salto que Halle pensou que fosse ser. E levá-la para o milharal em vez da cabana dela, a um metro da cabana dos outros que tinham perdido, era um gesto de ternura. Halle queria privacidade com ela e recebeu exposição pública. Quem haveria de deixar passar uma agitação num milharal num dia quieto e sem nuvens? Ele, Seiso e os dois Pauls estavam sentados debaixo da Irmão vertendo água de uma cabaça em cima das próprias cabeças, e através da água de poço correndo pelos olhos observaram a confusão dos cabelos de milho no campo adiante. Tinha sido muito, muito duro, ficar ali eretos como cachorros, olhando os pés de milho dançarem ao meio-dia. A água que lhes corria pela cabeça piorava as coisas.

Paul D suspirou e virou-se. Sethe aproveitou a oportunidade desse movimento dele para se mexer também. Olhou as costas de Paul D e lembrou que alguns pés de milho quebraram, dobrados debaixo das costas de Halle, e entre as coisas que seus dedos agarravam havia palha e cabelos de milho.

Que solta a seda. Que preso o suco.

A ciumenta admiração dos homens que assistiam se dissolveu com a festa do milho verde que se permitiram essa noite. Colhidos dos pés quebrados que mr. Garner não tinha dúvida ser culpa dos racuns. Paul F quis o dele tostado; Paul A quis o dele cozido e agora Paul D não conseguia lembrar como acabaram preparando aquelas espigas novas demais para se comer. O que ele lembrava, sim, era de separar as palhas para chegar à ponta, a unha por baixo, para não machucar nem um grãozinho.

O puxar da cobertura apertada, o som de rasgar sempre a convenceram de que doía.

Assim que uma tira da palha saía, o resto obedecia e a espiga cedia a ele suas tímidas fileiras, expostas por fim. Que solta a seda. Que rápido o sabor preso corria solto.

Independentemente do que seus dentes e dedos molhados estivessem esperando, não dava para explicar como aquela alegria simples abalava a pessoa.

Que solta a seda. Que fina, solta, livre.

Os segredos de Denver eram doces. Acompanhados sempre de verônica silvestre até ela descobrir a colônia. O primeiro frasco foi um presente, o seguinte ela roubou de sua mãe e escondeu no meio do buxinho até que ele congelou e rachou. Foi no ano em que o inverno chegou apressado na hora do jantar e ficou durante oito meses. Um dos anos da Guerra em que miss Bodwin, a mulherbranca, trouxe a colônia de Natal para sua mãe e para ela, laranjas para os meninos e mais um bom xale de lã para Baby Suggs. Ao falar de uma guerra cheia de mortos ela parecia feliz — rosto afogueado e, embora sua voz fosse pesada como de homem, ela cheirava como uma sala cheia de flores, estímulo que Denver podia ter todo só para si no buxinho. Atrás do número 124 havia um campo estreito que ia dar num bosque. No lado de lá desse bosque, um ribeirão. Nesse bosque, entre o campo e o riacho, escondidos pelos carvalhos, cinco arbustos de buxinho, plantados num círculo, tinham começado a se expandir um para o outro a um metro e vinte do chão, formando um espaço redondo, vazio, de mais de dois metros de altura, as paredes de um metro e meio de largura de folhas murmurantes.

Abaixando bem, Denver conseguia engatinhar para dentro desse espaço e uma vez lá dentro podia ficar de pé na luz cor de esmeralda.

Isso havia começado como brincadeira de casinha de crianças, mas, à medida que seus desejos mudavam, mudava também a brincadeira. Quieta, privada e completamente secreta a não ser pelo ruidoso sinal da colônia que mais fascinava que confundia os coelhos. Primeiro um salão de brincadeiras (onde o silêncio era mais macio), depois um refúgio (do susto dos irmãos), o lugar logo virou o ponto. Naquele caramanchão, isolada da dor do mundo dolorido, a imaginação de Denver produzia sua própria fome e sua própria comida, de que ela precisava muito porque a solidão a esgotava. *Esgotava*. Velada e protegida pelas paredes verdes vivas, ela se sentia madura e esclarecida, e a salvação era tão fácil quanto um desejo.

Uma vez, quando estava no buxinho, todo um outono antes de Paul D se mudar para a casa de sua mãe, ela de repente ficou com frio por causa da combinação de vento e do perfume em sua pele. Vestiu-se, abaixou-se para sair e levantou-se numa nevasca: uma neve fina e fustigante muito parecida com o quadro que sua mãe tinha pintado ao descrever as condições do nascimento de Denver em uma canoa montada por uma moçabranca cujo nome possuía.

Tremendo, Denver chegou em casa, olhou para a casa como sempre olhava, mais como uma pessoa do que como uma construção. Uma pessoa que chorava, suspirava, tremia e tinha ataques. Seus passos e seu olhar eram os passos cuidadosos de uma criança que se aproxima de um parente nervoso, ocioso (alguém dependente, mas orgulhoso). Uma placa de escuro escondia todas as janelas, menos uma. O fulgor penumbroso vinha do quarto de Baby Suggs. Quando Denver olhou, viu sua mãe de joelhos, rezando, o que não era incomum. O que era incomum (mesmo para uma garota que passara a vida inteira numa casa povoada pela atividade viva dos mortos) era que um vestido branco estava ajoelhado ao lado de sua mãe, com uma manga em torno da cintura dela. E foi o terno abraço da manga do vestido que fez Denver se lembrar dos detalhes de seu nascimento — aquilo e a neve fina, fustigante em que estava parada, como a fruta de flores comuns. O vestido e sua mãe juntos pareciam duas mulheres adultas e amigas — uma (o vestido) ajudando a outra. E a mágica de seu nascimento, o milagre de fato, atestava essa amizade assim como o seu próprio nome.

Foi fácil penetrar na história contada que se estendia diante de seus olhos no trajeto que seguiu ao se afastar da janela. A casa tinha apenas uma porta e para chegar dos fundos até ela era preciso circundar até a frente do 124, passar pelo depósito, passar pela câmara fria, pela privada, pelo barracão, até a varanda. E, para chegar à parte da história de que ela gostava mais, tinha de começar lá atrás: ouvir os pássaros no bosque cerrado, o crepitar das folhas sob os pés; ver sua mãe chegando dos morros onde não era provável haver casas. Como Sethe andava sobre dois pés que serviam para ficar parada. Como eles eram tão inchados que ela não conseguia enxergar o arco, nem sentir os tornozelos. A haste das pernas terminava numa broa de carne embabadada com cinco unhas de artelhos. Mas ela não podia, não queria, parar, porque quando parava o pequeno antílope a atacava com os chifres e batia no fundo de seu útero com cascos impacientes. Enquanto estava andando, ele parecia pastar, quietinho — então ela andava, sobre dois pés que, no sexto mês de gravidez, serviam era para ficar parada. Parada, junto a um caldeirão; parada, junto a um batedor de manteiga; parada na banheira e na tábua de passar. Leite, pegajoso e azedo no vestido dela, atraía tudo o que era pequeno e voador, de mosquito a louva-deus. Quando chegava à falda da montanha, já tinha parado havia muito de espantá-los com a mão. O martelar na cabeça, que começara como um sino de igreja soando ao longe, tinha virado então uma touca apertada de sinos badalando em volta do ouvido dela. Ela se abaixou e teve de olhar em volta para ver se estava num buraco ou ajoelhada. Nada estava vivo a não ser seus mamilos e o pequeno antílope. Por fim, ela estava na horizontal — ou devia estar, porque folhas de cebola silvestre raspavam-lhe as têmporas e as faces. Preocupada como estava com a vida da mãe de seus filhos, Sethe contou a Denver, ela se lembrava de ter pensado: bom, pelo menos não tenho de dar mais nenhum passo. Uma ideia das mais moribundas e ela esperou o pequeno antílope protestar, e por que pensara num antílope Sethe não conseguia imaginar, uma vez que nunca tinha visto nenhum. Achava que devia ser uma invenção a que se apegara antes da Doce Lar, quando ainda era muito jovem. Daquele lugar onde nascera (Carolina talvez?, ou seria Louisiana?) ela só lembrava de música e dança. Nem mesmo de sua mãe, que lhe foi apontada pela menina de oito anos que tomava conta dos menores — apontada como uma das muitas costas voltadas para ela, curvadas num campo alagado. Pacientemente, Sethe esperou essas costas em particular ganharem o fim da fileira e levantarem-se. O que ela viu foi um chapéu de pano em vez de palha, coisa bastante singular naquele mundo de mulheres amorosas que eram todas chamadas de Dona.

"Seth-the."
"Dona."
"Se agarre nesse bebê."
"Sim, senhora."
"Seth-the."
"Dona."

"Traga uns gravetos para cá."

"Sim, senhora."

Ah, mas quando cantavam. E ah, mas quando dançavam e às vezes dançavam o antílope. Os homens assim como as madames, um dos quais certamente era o dela. Eles mudavam de formas e se transformavam em outra coisa. Outra coisa sem correntes, que exigia outros pés que conhecessem a pulsação dela melhor que ela mesma. Como aquele ali na barriga dela.

"Acredito que a mãe deste bebê vai morrer no meio das cebolas silvestres lá do lado maldito do rio Ohio." Era isso que tinha na cabeça e contou a Denver. Suas palavras exatas. E não pareceu má ideia, no fim das contas, em vista do passo que não teria de dar, mas a ideia dela própria estendida, morta, enquanto o pequeno antílope sobrevivia — uma hora? um dia? um dia e uma noite? — em seu corpo sem vida a deixava tão triste que a fez gemer, tanto que a pessoa que estava andando pelo caminho a menos de dez metros parou e ficou imóvel. Sethe não tinha ouvido os passos, mas de repente ouviu a parada e depois sentiu o cheiro do cabelo. A voz, dizendo "Quem está aí?", foi tudo o que precisou para saber que estava a ponto de ser descoberta por um meninobranco. Que ele também tinha musgo nos dentes, um apetite. Que, numa fileira de pinheiros perto do rio Ohio, tentava chegar a seus três filhos, um deles estava morrendo de fome pelo alimento que levava; que depois de seu marido ter desaparecido; que depois de seu leite ter sido roubado, suas costas dilaceradas, seus filhos ficado órfãos, ela não haveria de ter uma morte fácil. Não.

Disse a Denver que *alguma coisa* tinha subido da terra para dentro dela — como um congelamento, mas em movimento, sim, como maxilares por dentro. "Parecia que eu era só um maxilar frio mastigando", disse ela. De repente, sentiu vontade dos olhos dele, de morder os olhos dele; mascar sua bochecha.

"Eu estava com fome", disse ela a Denver, "com a minha maior fome pelos olhos dele. Não podia esperar."

Então ela se apoiou num cotovelo e se arrastou, um puxão, dois, três, quatro, para aquela jovem voz branca perguntando "Quem é que está aí?".

"'Venha ver', eu pensava. 'Vai ser a última coisa que você vai ver', e vieram mesmo, os pés, então eu pensei: bom, é agora que eu vou ter de começar o Deus faz o que Ele quer, vou comer os pés dele. Estou rindo agora, mas é verdade. Eu não estava só decidida a fazer aquilo. Estava com fome de fazer aquilo. Feito uma cobra. Só boca e fome."

"Não era meninobranco nenhum. Era uma menina. A porcaria mais esfarrapada que já se viu falando: 'Olhe ali. Uma negra. Que coisa mais incrível'."

E então a parte de que Denver mais gostava:

O nome dela era Amy e ela precisava de carne e de caldo mais que qualquer um neste mundo. Os braços feito dois caniços e cabelo que dava para quatro ou cinco cabeças. Olhos lentos. Ela não parecia rápida em nada. Falava tanto que não dava para entender como conseguia respirar ao mesmo tempo. E aqueles braços de caniço, que acabaram se revelando fortes como ferro.

"Você é a coisa mais assustadora que eu já vi. O que está fazendo aqui?"

Estendida na relva, como a cobra que achava ser, Sethe abriu a boca e, em vez de presas e língua bifurcada, saiu a verdade.

"Fugindo", Sethe disse a ela. Era a primeira palavra que falava o dia inteiro e saiu grossa por causa da língua mole.

"Com esses pés você está fugindo? Meu Deus meu." Ela se agachou e olhou os pés de Sethe. "Tem aí alguma coisa, moça, que dá para comer?"

"Não." Sethe tentou se pôr sentada, mas não conseguiu.

"Quero morrer de tanta fome." A garota mexeu os olhos devagar, examinando o mato em torno. "Acho que deve ter mirtilo. Parece. Foi para isso que vim aqui. Não esperava encontrar nenhuma negra. Se tinha algum, os passarinhos comeram. Gosta de mirtilo?"

"Eu vou ter um bebê, moça."

Amy olhou para ela. "Quer dizer que não tem apetite? Bom, eu tenho de comer alguma coisa."

Enquanto penteava o cabelo com os dedos, olhou cuidadosamente a paisagem mais uma vez. Verificando que não havia nada comestível em torno, se pôs de pé e o coração de Sethe se levantou também à ideia de ser deixada sozinha ali na grama sem presas na boca.

"Para onde é que está indo, moça?"

Ela se virou e olhou para Sethe com olhos que se iluminaram.

"Boston. Arranjar veludo pra mim. Tem uma loja lá chamada Wilson. Vi umas figuras e eles têm o veludo mais bonito. Eles não acreditam que eu vou conseguir, mas eu vou."

Sethe balançou a cabeça e mudou de cotovelo. "Sua mãe sabe que você está atrás desse veludo?"

A garota sacudiu o cabelo para longe do rosto. "Minha mãe trabalhava para essa gente aí para pagar a passagem dela. Mas aí ela teve eu e como ela morreu logo depois, bom, disseram que eu tinha de trabalhar para eles para pagar. Eu trabalhei, mas agora eu quero é um veludo para mim."

As duas não se olhavam diretamente, não olho no olho. Porém embarcavam sem nenhum esforço numa conversa sobre nada em particular — só que uma estava no chão.

"Boston", disse Sethe. "Fica longe?"

"Ahhh, fica. Cento e cinquenta quilômetros. Talvez mais."

"Deve ter veludo mais perto."

"Não que nem o de Boston. Boston tem o melhor. Vai ficar muito bonito em mim. Já encostou em veludo?"

"Não, moça. Nunca encostei em veludo nenhum." Sethe não sabia se era a voz, ou Boston ou o veludo, mas, enquanto a meninabranca falava, o bebê dormia. Nem um tranco, nem um chute, então achou que sua sorte tinha virado.

"Já viu algum?", ela perguntou a Sethe. "Aposto que nunca viu veludo nenhum."

"Se vi, não sabia. Como que é, veludo?"

Amy passou os olhos pelo rosto de Sethe como se jamais fosse dar uma informação tão confidencial para uma pessoa completamente desconhecida.

"Como chamam você?", ela perguntou.

Por mais longe que estivesse da Doce Lar, não havia por que dar seu nome verdadeiro para a primeira pessoa que encontrava. "Lu", disse Sethe. "Me chamam de Lu."

"Bom, Lu, veludo é igual o mundo recém-nascido. Limpo, novo e tão macio. O veludo que eu vi era marrom, mas em Boston eles têm de toda cor. Carmim. Isso quer dizer vermelho, mas quando é veludo tem de dizer 'carmim'." Ela levantou os olhos para o céu e então, como se já tivesse perdido muito tempo longe de Boston, foi-se embora, dizendo: "Tenho de ir".

Enquanto avançava pelas moitas, gritou para Sethe: "O que você vai fazer, só ficar deitada aí e parir?".

"Não consigo levantar daqui", disse Sethe.

"O quê?" Ela parou e virou para ouvir.

"Disse que não consigo levantar."

Amy passou o braço pelo nariz e voltou devagar até onde Sethe estava caída. "Tem uma casa lá para lá", disse.

"Uma casa?"

"Hmmmm. Passei por ela. Não é uma casa de verdade com gente dentro, não. Um barracão, mais ou menos."

"Muito longe?"

"Faz diferença, não é? Se passar a noite aí a cobra te pega."

"Bom, que venha a cobra. Não consigo levantar quanto mais andar e Deus me ajude, moça, nem me arrastar."

"Claro que pode, Lu. Vamos lá", disse Amy e, com uma sacudida de cabelo suficiente para cinco cabeças, seguiu pela trilha.

Ela então rastejou, e Amy foi andando ao lado dela, e quando Sethe precisava descansar Amy parava também e falava mais um pouco de Boston, do veludo, de coisas boas para comer. O som daquela voz, como de um menino de dezesseis anos, falando falando falando mantinha o antílope quieto e pastando. Durante todo o odioso rastejar até o barracão, ele não pulou nem uma vez.

Nada de Sethe estava intacto quando chegaram, a não ser o pano que cobria seu cabelo. Abaixo dos joelhos ensanguentados, não havia nenhuma sensação; seu peito era duas almofadas de alfinetes. Era a voz cheia de veludo, Boston e coisas boas para comer que a impulsionavam para a frente e faziam pensar que talvez, afinal, não fosse apenas um cemitério rastejante para as últimas horas de um bebê de seis meses.

O barracão estava cheio de folhas, que Amy empilhou para Sethe deitar em cima. Ela depois pegou pedras, cobriu com mais folhas e fez Sethe colocar os pés em cima, dizendo: "Conheço uma mulher que teve de cortar fora o pé de tão inchado". E fez gestos de serrar com a lâmina da mão nos tornozelos de Sethe: "Rrrec rrrec rrrec rrrec".

"Eu era boa de corpo. Braço bom e tudo. Nem dá para dizer, não é? Foi antes de me botarem no celeiro de raízes. Uma vez, estava pescando no Beaver. No rio Beaver tem lampreia macia feito galinha. Bom, eu estava pescando lá e veio um negro boiando perto de mim. Eu não gosto de gente afogada, você gosta? Seu pé me lembrou dele. Todo inchado assim."

Ela então fez a mágica: levantou os pés e as pernas de Sethe e massageou até ela chorar lágrimas salgadas.

"Vai doer agora", disse Amy. "Tudo que está morto dói para viver de novo."

Uma verdade para sempre, pensou Denver. Talvez o vestido branco segurando com o braço a cintura de sua mãe estivesse com dor. Se estivesse, talvez quisesse dizer que o bebê fantasma tinha planos. Quando abriu a porta, Sethe estava saindo da despensa.

"Eu vi o vestido branco segurando na senhora", disse Denver.

"Branco? Quem sabe era o meu vestido de ir para cama. Descreva para mim."

"Tinha gola alta. Um monte de botão descendo pelas costas."

"Botão. Bom, então não era o meu vestido. Eu nunca tive botão nenhum em nada."

"A vovó Suggs tinha?"

Sethe balançou a cabeça. "Ela não conseguia mexer com botão. Nem no sapato. Que mais?"

"Era grande atrás. Na parte de sentar."

"Uma anquinha? Tinha uma anquinha?"

"Não sei como é que chama."

"Meio franzido assim? Embaixo da cintura atrás?"

"Uhm-hum."

"Vestido de dama rica. De seda?"

"Algodão, parecia."

"Cambraia talvez. Cambraia de algodão branca. Disse que estava segurando em mim. Como?"

"Como a senhora. Parecia com a senhora. Ajoelhado do seu

lado enquanto a senhora estava rezando. Com o braço em volta da sua cintura."

"Bom, sei lá."

"Estava rezando para quê, mãe?"

"Não *para* nada. Não rezo mais. Só falo."

"Do que a senhora estava falando?"

"Você não ia entender, *baby*."

"Ia, sim."

"Estava falando do tempo. É tão difícil para mim acreditar no tempo. Algumas coisas vão embora. Passam. Algumas coisas ficam. Eu pensava que era minha rememória. Sabe. Algumas coisas você esquece. Outras coisas, não esquece nunca. Mas não é. Lugares, os lugares ainda estão lá. Se uma casa pega fogo, desaparece, mas o lugar — a imagem dela — fica, e não só na minha rememória, mas lá fora, no mundo. O que eu lembro é um quadro flutuando fora da minha cabeça. Quer dizer, mesmo que eu não pense, mesmo que eu morra, a imagem do que eu fiz, ou do que eu sabia, ou vi, ainda fica lá. Bem no lugar onde a coisa aconteceu."

"Outras pessoas conseguem ver?", Denver perguntou.

"Ah, conseguem. Ah, conseguem sim, sim, sim. Algum dia, você vai estar andando pela rua e vai ouvir alguma coisa ou ver alguma coisa acontecendo. Tão claro. E vai pensar que está imaginando. Uma imagem de pensamento. Mas não. É quando você topa com uma rememória que é de alguma outra pessoa. Lá onde eu estava antes de vir para cá, aquele lugar é de verdade. Não vai sumir nunca. Mesmo que a fazenda inteira — cada árvore, cada haste de grama dela morra. A imagem ainda está lá, e mais, se você for lá — você que nunca esteve lá —, se você for lá e ficar no lugar onde era, vai acontecer tudo de novo; vai estar ali para você, esperando você. Então, Denver, você não pode ir lá nunca. Nunca. Porque mesmo agora que está tudo acabado — acabado e encerrado —, vai estar sempre lá esperando você. Foi por isso que eu tive de tirar todos os meus filhos de lá. De qualquer jeito."

Denver mordeu as unhas. "Se ainda está lá, esperando, quer dizer que nada nunca morre."

Sethe olhou bem para o rosto de Denver: "Nada nunca morre", disse ela.

"A senhora nunca me contou tudo o que aconteceu. Só que chicotearam a senhora e que a senhora fugiu, grávida. De mim."

"Nada para contar, a não ser do professor. Ele era um homenzinho. Baixo. Sempre de colarinho, mesmo no campo. Um professor, ela disse. Isso fez ela se sentir bem: o marido da irmã do marido dela que tinha conhecimento de livro querer vir trabalhar na fazenda Doce Lar depois que mr. Garner faleceu. Os homens podiam cuidar daquilo, mesmo depois que venderam o Paul F. Mas era como o Halle dizia. Ela não queria ser a única pessoa branca na fazenda, e mulher ainda por cima. Então ela ficou satisfeita quando o professor concordou em vir. Ele trouxe dois meninos com ele. Filhos ou sobrinhos. Não sei. Chamavam ele de Onka e tinham bons modos, todos eles. Falavam macio e cuspiam no lenço. Delicados de muitos jeitos. Sabe, o tipo que conhece Jesus pelo primeiro nome, mas por delicadeza nunca usa, nem na frente Dele. Um bom fazendeiro, o Halle disse. Não forte como mr. Garner, mas bem esperto. Gostava da tinta que eu fazia. A receita era dela, mas ele preferia que eu misturasse e era importante para ele porque de noite ele sentava para escrever o livro dele. Era um livro sobre a gente, mas não ficamos sabendo disso logo. Pensamos só que era o jeito dele fazer pergunta para a gente. Ele começou a levar o caderno com ele e escrever o que a gente falava. Eu ainda acho que essas perguntas é que estragaram com o Seiso. Estragaram com ele para sempre."

Ela se deteve.

Denver sabia que sua mãe tinha silenciado — pelo menos por ora. A piscada lenta e única dos olhos; o lábio de baixo deslizando devagar por sobre o de cima; e depois um suspiro de narina, como o bafejo de uma chama de vela — sinais de que Sethe tinha chegado a um ponto de onde não conseguia prosseguir.

"Bom, acho que o bebê tem algum plano", disse Denver.

"Que plano?"

"Não sei, mas o vestido segurando na senhora deve querer dizer alguma coisa."

"Quem sabe", disse Sethe. "Quem sabe ele tem planos mesmo."

Fossem quais fossem ou pudessem ter sido, Paul D acabou com eles para sempre. Com uma mesa e uma voz forte de homem, livrara o 124 de sua pretensão à fama local. Denver tinha aprendido a se orgulhar da condenação que os negros acumulavam sobre eles; a suposição de que o assombramento era feito por uma coisa má que queria mais. Nenhum deles conhecia o prazer absoluto de encantamento, de não desconfiar, mas de *saber* das coisas por trás das coisas. Seus irmãos sabiam, mas tinham medo; vovó Baby sabia, mas ficava triste. Nenhum deles sabia apreciar a segurança da companhia de um fantasma. Nem mesmo Sethe gostava. Ela tomava por uma coisa normal — como uma súbita mudança no clima.

Mas agora estava acabado. Removido pela explosão dos gritos de um homem cor de avelã, e isso deixava o mundo de Denver chato, no geral, exceto pelo armário esmeralda de dois metros de altura no bosque. Sua mãe tinha seus segredos — coisas que ela não contava; coisas que contava pela metade. Bem, Denver também tinha suas coisas. E as suas eram doces — doces como colônia de lírios-do-vale.

Sethe não tinha pensado muito sobre o vestido branco até Paul D chegar, depois lembrou-se da interpretação de Denver: o fantasma tinha planos. Na manhã seguinte à primeira noite com Paul D, Sethe sorriu só de pensar no que a palavra podia significar. Era um luxo que ela não tivera ao longo de dezoito anos e só tivera uma vez. Antes disso e desde então, todo o seu esforço dirigia-se não para evitar a dor, mas em passar por ela o mais depressa possível. O único plano que tivera — ir embora da Doce Lar — tinha dado tão completamente errado que ela nunca mais desafiou a vida com outros planos.

Porém, na manhã em que acordou ao lado de Paul D, a palavra que sua filha usara anos antes lhe passou pela cabeça e ela pensou no que Denver tinha visto ajoelhado a seu lado, pensou também na tentação de confiar e lembrar que tomara conta dela quando estava parada na frente do fogão nos braços dele. Seria direito? Seria direito ir em frente e sentir? Ir em frente e *contar com alguma coisa?*

Não conseguia pensar direito, deitada ao lado dele, ouvindo sua respiração, então com muito, muito cuidado, saiu da cama.

Ajoelhada na saleta, onde geralmente ia para falar-pensar, entendeu com clareza por que Baby Suggs tinha tamanha fome de cor. Não havia cor nenhuma, exceto dois quadrados alaranjados numa colcha que tornavam gritante aquela ausência. As paredes eram cor de ardósia, o chão marrom-terra, a penteadeira cor de sua própria madeira, as cortinas brancas, e o traço dominante, a colcha em cima da cama de ferro, era feito de retalhos de sarja azul, lã preta, marrom e cinza — a gama toda de escuro, de surdina que a parcimônia e a modéstia permitiam. Nesse campo sóbrio, duas manchas de alaranjado pareciam loucas — como a vida nua e crua.

Sethe olhou para as mãos, as mangas verde-garrafa, e pensou em como havia pouca cor na casa e como era estranho ela não ter sentido falta disso do jeito que Baby sentia. É de propósito, pensou, só pode ser de propósito, porque a última cor de que se lembrava eram as lascas rosadas da lápide de sua filha bebê. Depois disso, sua consciência de cor passou a ser igual à de uma galinha.

Toda manhã, ela preparava as tortas de frutas, os pratos de batata e os vegetais enquanto a cozinheira fazia a sopa, a carne e o resto todo. E não se recordava de lembrar de uma bérberis vermelha ou de uma abóbora-amarela. Toda manhã ela via o amanhecer, mas nunca percebia ou reparava em sua cor. Havia algo errado naquilo. Era como se ela um dia tivesse visto o sangue vermelho do bebê, no dia seguinte as lascas rosadas da lápide, e ali terminou.

O 124 era tão cheio de sentimentos fortes, talvez porque não lembrasse da perda de nada. Houve tempo em que ela espiava o campo toda manhã e toda tarde em busca dos meninos. Quando parava na frente da janela aberta, indiferente às moscas, a cabeça inclinada para o ombro esquerdo, os olhos procurando por eles à direita. Sombra de nuvem na estrada, uma velha, uma cabra solta perdida, mascando espinheiro — cada coisa de início parecia o Howard, não, o Buglar. Pouco a pouco, ela parou de olhar e o rosto deles aos treze anos se fundiu completamente com seus rostos de bebê que lhe vinham apenas em sonho. Quando seus sonhos saíam vagando fora do 124, por onde bem entendessem, ela os via às vezes trepados em belas árvores, as perninhas nuas mal visíveis sob as folhas. Às vezes, eles corriam ao longo do trilho da estrada de ferro rindo, aparentemente alto demais para ouvi-la, porque nunca olhavam para trás. Quando acordava, a casa se fechava em cima dela: havia a porta onde as bolachas de água e sal estavam alinhadas; a escada branca que sua filhinha adorava subir; o canto onde Baby Suggs remendava sapatos, uma pilha deles ainda na câmara fria; o lugar exato do fogão onde Denver tinha queimado os dedos. E, claro, o ódio da casa em si. Não havia espaço para nenhuma outra coisa ou corpo até Paul D chegar e quebrar tudo, abrindo espaço, mudando, deslocando-o para algum outro lugar e se colocando no espaço que abrira.

Então, ajoelhada na saleta na manhã seguinte à chegada de Paul D, ela se distraiu com os dois quadrados alaranjados que mostravam o quanto o 124 era realmente estéril.

Ele era responsável por isso. As emoções afloravam à superfície na companhia dele. As coisas viravam o que eram: desmazelo parecia desmazelo; calor era quente. As janelas de repente tinham uma vista. E, imagine só!, ele era um homem que cantava.

> *Pouco feijão, pouco arroz,*
> *Nada de carne no meio dos dois.*
> *Trabalho duro não é moleza,*
> *Pão sem manteiga é uma tristeza.*

Ele tinha levantado agora e cantava enquanto consertava as coisas que quebrara no dia anterior. Algumas velhas canções tinha aprendido na fazenda-prisão ou na Guerra, depois. Nada igual ao que cantava na Doce Lar, onde o desejo moldava cada nota.

As canções que ele conhecia da Georgia eram pregos de cabeça para bater, bater, bater e bater.

> *Em cima do trilho eu deito a cabeça,*
> *Vem o trem e acaba esta aflição.*
> *Se eu ainda tivesse força à beça,*
> *Pegava o chicote e cegava o capitão.*
> *Moeda de tostão,*
> *Moeda de vintém,*
> *Quem quebra pedras quebra o tempo também.*

Mas não combinavam, essas canções. Eram barulhentas demais, tinham força demais para os trabalhinhos domésticos de que ele se ocupou — recolocar as pernas da mesa; trocar vidros.

Ele não podia voltar ao "Tormento sobre as águas" que cantavam debaixo das árvores da Doce Lar, então se contentava com mmmmmmmmm, soltava um verso se lhe ocorria algum, e o que lhe ocorria quase sempre era "Pé descalço na camomila correu,/ Tirei o sapato, tirei o chapéu".

Era tentador trocar as palavras (Devolva o sapato, devolva o chapéu), porque ele não acreditava que fosse capaz de viver com uma mulher — qualquer mulher — durante mais de dois em cada três meses. Isso era o máximo que ele conseguia ficar morando num lugar. Depois de Delaware e antes de Alfred, Georgia, onde dormia debaixo da terra e rastejava para a luz do sol com o único propósito de quebrar pedras, ir embora quando estava pronto era o único jeito de ele se convencer de que não teria mais de dormir, mijar, comer ou balançar uma marreta acorrentado.

Mas esta não era uma mulher normal numa casa normal. Assim que atravessou a luz vermelha, ele entendeu que, em comparação com o 124, o resto do mundo era sem graça. Depois de Alfred, havia fechado uma parte generosa de sua cabeça e usava só a parte que o ajudava a andar, comer, dormir, cantar. Se pudesse fazer essas coisas — com um pouquinho de trabalho e um pouquinho de sexo pelo meio —, não precisava de mais nada, porque mais exigiria que ele se detivesse no rosto de Halle e no riso de Seiso. Lembrar como era ficar tremendo dentro de uma caixa construída no chão. Agradecido pela luz do dia gasta a trabalhar como uma mula numa pedreira porque não tremia quando estava com a marreta nas mãos. A caixa tinha feito o que a Doce Lar não fizera, o que trabalhar como um burro e viver como cachorro não tinham feito: deixá-lo louco para ele não perder a cabeça.

Quando chegou a Ohio, depois a Cincinnati, depois à casa da mãe de Halle Suggs, achou que tinha visto e sentido tudo. Mesmo agora, ao recolocar a moldura da janela que havia quebrado, ele não conseguia explicar o prazer que sentira com a surpresa de ver a esposa de Halle viva, descalça e com o cabelo descoberto — virando a esquina da casa com os sapatos e as meias na mão. A parte fechada de sua cabeça se abriu como uma dobradiça azeitada.

"Eu estava pensando em procurar trabalho por aqui. O que você acha?"

"Não tem grande coisa. No rio principalmente. E porcos."

"Bom, nunca trabalhei na água, mas consigo carregar qualquer coisa com o mesmo peso que eu, porco também."

"Os brancos aqui são melhores que em Kentucky, mas você vai ter de batalhar um bocado."

"Batalhar não importa; importa é onde. Está dizendo que aqui é bom de batalhar?"

"Melhor que bom."

"Sua menina, a Denver. Estou achando que ela pensa diferente."

"Por que diz isso?"

"Tem um jeito de espera nela. Alguma coisa que ela está esperando e que não é eu."

"Não sei o que poderia ser."

"Bom, seja o que for, ela acha que eu estou interrompendo."

"Não se preocupe com ela. É uma menina encantada. Desde o começo."

"É mesmo?"

"Uhm-hum. Nada de ruim acontece com ela. Olhe só. Todo mundo que eu conheci morreu ou foi embora, ou morreu e foi embora. Ela, não. A minha Denver, não. Mesmo quando eu estava com ela na barriga, quando estava claro que eu não ia conseguir — o que queria dizer que ela também não ia —, ela fez aparecer a moçabranca no morro. A última coisa que se podia esperar para ajudar. E quando o professor encontrou a gente e partiu para cá com a lei e uma arma..."

"O professor encontrou você?"

"Demorou um pouco, mas encontrou. Afinal."

"E não levou você de volta?"

"Ah, não. Eu não voltava lá. Não me interessa quem encontrou quem. Qualquer vida, menos aquela. Preferi ir para a cadeia. A Denver ainda era bebê, então foi junto comigo. Ratos mordendo tudo por lá, menos ela."

Paul D virou o rosto. Queria saber mais sobre aquilo, mas conversa de cadeia o levava de volta a Alfred, Georgia.

"Preciso de prego. Tem alguém por aqui que possa me emprestar ou preciso ir até a cidade?"

"Melhor ir para a cidade. Vai precisar de outras coisas."

Uma noite e os dois estavam conversando como um casal.

Tinham pulado o amor e o compromisso e ido direto para o "Está dizendo que aqui é bom de batalhar?".

Para Sethe, o futuro era uma questão de manter o passado à distância. A "vida melhor" que ela e Denver estavam vivendo simplesmente não era aquela outra.

O fato de Paul D ter saído "daquela outra" para a cama dela era melhor também; e a ideia de um futuro com ele, ou sem ele que fosse, estava começando a lhe surgir na cabeça. Quanto a Denver, tudo o que importava era o trabalho de Sethe para mantê-la longe do passado que ainda estava à espera da garota.

Agradavelmente perturbada, Sethe evitou a saleta e os olhares de soslaio de Denver. Conforme ela esperava, já que a vida era assim — não adiantava nada. Denver exercia uma forte interferência e no terceiro dia perguntou direto a Paul D quanto tempo iam ter de aguentá-lo ali.

A expressão o feriu de tal forma que ele errou a mesa. A xícara de café caiu no chão e rolou pelas tábuas inclinadas até a porta da frente.

"Me aguentar?" Paul D nem olhou para a sujeira que fez.

"Denver! O que deu em você?" Sethe olhou para a filha, mais envergonhada que zangada.

Paul D coçou a barba do queixo. "Quem sabe eu devia seguir meu rumo."

"Não!" Sethe se surpreendeu com o volume com que disse aquilo.

"Ele sabe o que tem de fazer", disse Denver.

"Bom, você não sabe", Sethe disse, "e não deve saber também o que você tem de fazer. Não quero ouvir mais nem uma palavra sua."

"Eu só perguntei foi..."

"Quieta! *Você* siga seu rumo. Vá para algum lugar e sente, quieta."

Denver pegou o prato e saiu da mesa, mas não antes de colocar mais um costado de frango e mais pão à pilha que estava levando. Paul D abaixou-se para limpar o café derramado com seu lenço azul.

"Eu faço isso." Sethe deu um pulo e foi até o fogão. Atrás dele havia vários trapos pendurados, cada um num estágio de secagem. Em silêncio ela limpou o chão e pegou a xícara. Depois serviu mais um pouco e colocou cuidadosamente na frente dele. Paul D tocou a borda da xícara, mas não disse nada — como se até mesmo "obrigado" fosse um dever que ele não conseguia cumprir e o café em si um presente que não podia aceitar.

Sethe voltou a seu lugar e o silêncio continuou. Por fim, se deu conta de que para quebrar aquele silêncio ela é que teria de agir.

"Não eduquei ela assim."

Paul D alisou a borda da xícara.

"E estou tão surpresa com os modos dela quanto você ficou magoado."

Paul D olhou para Sethe. "Tem história essa pergunta dela?"

"História? O que você quer dizer com isso?"

"Quer dizer, ela já teve de perguntar isso, ou quis perguntar isso, para alguém antes de mim?"

Sethe cerrou os punhos e os pôs na cintura. "Você é igual a ela."

"Vai, Sethe."

"Ah, estou indo mesmo. Estou!"

"Sabe o que eu quero dizer."

"Sei e não gostei."

"Meu Deus", ele sussurrou.

"Quem?" Sethe estava falando alto de novo.

"Deus! Eu disse meu Deus! O que eu fiz foi só sentar aqui para jantar!, e me xingaram duas vezes. Uma vez por estar aqui e uma vez por perguntar por que me xingaram da primeira!"

"Ela não xingou."

"Não? Eu senti que sim."

"Escute. Peço desculpas por ela. Eu realmente..."

"Você não pode fazer isso. Não pode pedir desculpas por ninguém. Ela que tem de fazer isso."

"Então vou fazer ela pedir", Sethe suspirou.

"O que eu quero saber é: ela está fazendo uma pergunta que está na sua cabeça também?"

"Ah, não. Não, Paul D. Ah, não."

"Então ela pensa uma coisa e você outra? Quer dizer, se é que dá para chamar de pensar o que ela tem na cabeça."

"Me desculpe, mas não vou ouvir nem uma palavra contra ela. Eu castigo ela. Você deixe ela em paz."

Arriscado, pensou Paul D, muito arriscado. Para uma mulher que era escrava, amar alguma coisa tanto assim era perigoso, principalmente se era a própria filha que ela havia resolvido amar. A melhor coisa, ele sabia, era amar só um pouquinho; tudo, só um pouquinho, de forma que quando se rompesse, ou fosse jogado no saco, bem, talvez sobrasse um pouquinho para a próxima vez. "Por quê?", ele perguntou. "Por que você acha que tem de fazer as coisas por ela? Se desculpar por ela? Ela é crescida."

"Não interessa o que ela é. Crescida não quer dizer nada para uma mãe. Filho é filho. Ficam maiores, mais velhos, mas crescidos? O que é que isso quer dizer? No meu coração isso não quer dizer nada."

"Quer dizer que ela tem de responder pelo que faz. Não

pode proteger ela o tempo todo. O que vai acontecer quando você morrer?"

"Nada! Vou proteger enquanto estiver viva e vou proteger quando não estiver."

"Ah, bom, para mim chega", disse ele. "Desisto."

"Assim é que é, Paul D. Não tenho como explicar para você melhor do que isso, mas assim é que é. Se eu tiver de escolher... bom, não é nem uma escolha."

"A questão é essa. Essa é a questão. Não estou pedindo para você escolher. Ninguém pediria. Pensei... bom, pensei que você podia... que tinha algum espaço para mim."

"Ela está me pedindo."

"Não pode ir atrás disso. Tem de dizer isso para ela. Dizer para ela que não se trata de escolher ninguém no lugar dela — é abrir espaço para alguém junto com ela. Tem de dizer isso. E se disser e for sincera, então você tem de saber também que não pode me amordaçar. Não vou machucar ela de jeito nenhum, nem deixar de cuidar de qualquer coisa que ela precise, mas não posso aceitar que me digam para ficar de boca fechada quando ela faz uma coisa feia. Se quer que eu fique aqui, não ponha mordaça em mim."

"Quem sabe eu devia deixar as coisas do jeito que estão", disse ela.

"Como?"

"A gente se dá bem."

"E lá por dentro?"

"Não vou para dentro."

"Sethe, se eu ficar aqui com você, com a Denver, você pode ir para onde quiser. Pular, se você quiser, porque eu pego você, menina. Eu te pego antes de você cair. Pode ir para dentro se você precisar, eu seguro suas pernas. Cuido para você voltar. Não estou dizendo isso porque preciso de um lugar para ficar. Isso é a última coisa que eu preciso. Já disse, sou um homem que anda, mas estou vindo nesta direção faz sete anos. Andando à volta toda deste lugar. Para cima, para baixo, leste, oeste; já estive em território que não tem nome nenhum, nunca fiquei muito em lugar nenhum. Mas quando cheguei aqui e sentei lá fora na varanda, esperando você, bom, eu sabia que não era para um lugar que eu estava indo; era para você. A gente pode fazer uma vida, menina. Uma vida."

"Não sei. Não sei."

"Deixe comigo. Veja como a coisa vai. Sem promessas, se você não quiser fazer nenhuma. Só veja como vai. Tudo bem?"

"Tudo bem."

"Está disposta a deixar comigo?"

"Bom... uma parte."

"Uma parte?", ele sorriu. "Tudo bem. Uma parte. Tem uma festa na cidade. Quinta-feira, amanhã, é para pretos e eu tenho dois dólares. Eu, você e Denver vamos gastar até o último tostão. O que você diz?"

"Não", foi o que ela disse. Pelo menos o que ela começou a dizer (o que seu patrão diria se tirasse um dia de folga?), mas ao dizer isso estava pensando o quanto seus olhos gostavam de olhar para a cara dele.

Os grilos estavam gritando na quinta-feira e o céu, listrado de azul, estava branco de quente às onze da manhã. Sethe estava malvestida para o calor, mas, como era a sua primeira saída social em dezoito anos, ela se sentiu obrigada a usar um vestido bom, mesmo pesado, e um chapéu. Claro que chapéu. Ela não queria encontrar Lady Jones ou Ella com a cabeça enrolada num pano, do jeito que ia trabalhar. Um vestido, um bom refugo de lã, Baby Suggs tinha ganhado de presente de Natal de miss Bodwin, a mulherbranca que ela tanto amava. Denver e

Paul D se deram melhor no calor porque nenhum dos dois sentiu que a ocasião exigia roupa especial. A touca de Denver caída às costas; o colete de Paul D aberto, sem paletó e as mangas da camisa enroladas acima dos cotovelos. Não estavam de mãos dadas, mas as sombras deles estavam. Sethe olhou para sua esquerda e as sombras deles três deslizavam pela areia de mãos dadas. Talvez ele tivesse razão. Uma vida. Olhando as sombras de mãos dadas, ela ficou com vergonha de estar vestida para a igreja. Os outros, à frente e atrás deles, iam pensar que ela estava fazendo pose, mostrando a eles que era diferente porque morava numa casa de dois andares; mais forte, porque era capaz de fazer e sobreviver a coisas que ela não devia nem fazer, nem sobreviver. Ficou contente de Denver ter resistido à sua insistência para se arrumar — havia retrançado o cabelo ao menos. Mas Denver não faria nada para transformar esse passeio em prazer. Ela concordou em ir — mal-humorada —, mas sua atitude era "Tá bom. Tente me deixar contente". Contente estava era Paul D. Cumprimentava todo mundo cinco metros em torno. Brincou sobre o clima e sobre os efeitos que estava tendo sobre ele, berrou em resposta aos corvos e foi o primeiro a farejar as rosas condenadas. O tempo todo, independentemente do que estivessem fazendo — Denver podia enxugar o suor da testa ou curvar-se para amarrar os sapatos; Paul D podia chutar uma pedra ou estender a mão para alisar o rosto de uma criança deitada no ombro da mãe —, o tempo todo as três sombras que saíam de seus pés para a esquerda estavam de mãos dadas. Ninguém notou a não ser Sethe, e ela parou de olhar quando concluiu que era um bom sinal. Uma vida. Podia ser.

Acima e abaixo da cerca da madeireira as rosas velhas estavam morrendo. O serrador que as tinha plantado doze anos antes para dar uma aparência agradável a seu local de trabalho — algo que removesse o pecado de fatiar árvores como meio de vida — ficou perplexo com sua abundância; como elas se enredaram depressa na cerca de estacas que separava a madeireira do campo aberto ao lado, onde dormiam homens sem teto, crianças corriam e, uma vez por ano, o pessoal da festa armava suas barracas. Quanto mais perto de morrer chegavam as rosas, mais intenso era seu perfume, e todo mundo que ia à festa a associava com o fedor das rosas apodrecidas. Deixava-os um pouco tontos e com muita sede, mas em nada afetava a animação dos pretos que enchiam a rua. Alguns andavam nas margens de relva, outros evitavam as carroças que rodavam rangendo pelo meio poeirento da rua. Todos, como Paul D, estavam animados, coisa que o cheiro das rosas moribundas (para o qual Paul D chamou a atenção de todos) não conseguia abafar. Enquanto empurravam para chegar à entrada de corda, estavam acesos como lâmpadas. Sem fôlego com a excitação de ver gentebranca solta: fazendo mágica, palhaçadas, sem cabeça ou com duas cabeças, com seis metros de altura ou sessenta centímetros de altura, pesando uma tonelada, completamente tatuados, comendo vidro, engolindo fogo, cuspindo fitas, se enrolando em nós, formando pirâmides, brincando com cobras e se batendo.

Tudo isso eram anúncios, lidos por aqueles que sabiam e ouvidos por aqueles que não sabiam, e o fato de nada disso ser verdade não diminuía em nada o apetite deles. O pregoeiro chamava a eles e seus filhos por nomes ofensivos ("Negrinhos grátis!"), mas os restos de comida em seu colete e o buraco em sua calça tornavam isso bem inofensivo. De qualquer forma, era um preço baixo a pagar pelo divertimento que talvez nunca mais tivessem. Dois tostões e um insulto eram bem gastos se isso significava o espetáculo de gentebranca fazendo um espetáculo de si mesmos. Então, embora a festa fosse muito menos que medíocre (razão para terem aceitado uma quinta-feira para negros), fornecia aos quatrocentos negros de sua plateia emoção após emoção após emoção.

A Dama de Uma Tonelada cuspiu neles, mas seu volume

comprometeu a pontaria e eles se divertiram muito com a desamparada maldade em seus olhinhos. A Dançarina das Mil e Uma Noites reduziu sua apresentação a três minutos em vez dos quinze que fazia sempre — conquistando assim a gratidão das crianças, que mal podiam esperar Abu, o Encantador de Serpentes, que vinha em seguida.

Denver comprou balas de marroio-branco, alcaçuz, hortelã e limonada em uma mesa servida por meninasbrancas pequenas de sapatos altos de mulher. Acalmada pelo açúcar, cercada por uma multidão de gente que não a considerava a atração principal, que, na verdade, dizia "Oi, Denver" de vez em quando, estava satisfeita a ponto de considerar a possibilidade de Paul D não ser tão mau assim. Na verdade, havia alguma coisa nele — quando os três pararam lado a lado para assistir a Anã dançar — que abrandava e adoçava o olhar dos outros negros, alguma coisa que Denver não se lembrava de ter visto no rosto deles. Vários até cumprimentaram com a cabeça e sorriram para sua mãe, nenhum deles, aparentemente, capaz de resistir ao prazer que Paul D estava tendo. Ele deu um tapa nos joelhos quando o Gigante dançou com a Anã; quando o Homem de Duas Cabeças conversou consigo mesmo. Ele comprou tudo o que Denver pediu e muita coisa que ela não pediu. Convenceu Sethe a entrar em barracas nas quais ela relutava em entrar. Enfiou entre seus lábios pedaços de doce que ela não queria. Quando o Selvagem Africano sacudiu a grade e disse *wa wa*, Paul D contou para todo mundo que o conhecia de Roanoke. Paul D fez alguns conhecidos; conversou com eles sobre o trabalho que poderia encontrar. Sethe retribuiu os sorrisos que recebeu. Denver estava tonta de prazer. E a caminho de casa, embora à frente deles agora, as sombras das três pessoas ainda estavam de mãos dadas.

Uma mulher completamente vestida saiu de dentro da água. Mal chegou à margem seca do riacho, sentou-se e encostou numa amoreira. O dia inteiro e a noite inteira ficou ali sentada, a cabeça encostada no tronco numa posição tão abandonada que amassava a aba de seu chapéu de palha. Tudo lhe doía, mas os pulmões mais do que tudo. Encharcada e com a respiração curta, ela passou aquelas horas tentando controlar o peso das pálpebras. A brisa do dia secou seu vestido; o vento da noite o amassou. Ninguém a viu surgir nem passou acidentalmente por ali. Se vissem, o mais provável seria terem hesitado em se aproximar dela. Não porque estivesse molhada, ou cochilando, ou tivesse o que soava como asma, mas porque em meio a tudo aquilo ela estava sorrindo. Levou a manhã seguinte inteira para se levantar do chão e seguir pelo bosque, passando diante de um gigantesco templo de buxinho em direção ao campo e depois ao quintal da casa cor de ardósia. Exausta de novo, sentou-se no primeiro lugar à mão — um toco não longe da escada do 124. Então, manter os olhos abertos já era menos esforço. Ela conseguia, durante dois minutos inteiros, ou mais. Seu pescoço, cuja circunferência não era maior que o pires de uma xícara de chá, toda hora se curvava e o queixo roçava na rendinha que debruava o vestido.

Mulheres que bebem champanhe quando não há nada a comemorar podem ter esse aspecto: os chapéus de palha de abas quebradas muitas vezes tortos; elas balançam a cabeça em locais públicos; seus sapatos desamarrados. Mas sua pele não é como a da mulher que respira perto da escada do 124. Ela tem a pele nova, sem rugas e macia, inclusive nos nós dos dedos.

No fim da tarde, quando terminou a festa e os negros estavam voltando de carona para casa se tinham tido sorte — caminhando, se não —, a mulher estava dormindo de novo. Os raios do sol batiam diretamente em seu rosto, de forma que quando Sethe, Denver e Paul D viraram a curva da estrada, tudo o que viram foi um vestido preto, dois sapatos desamarrados embaixo e Aqui Rapaz em nenhum lugar.

"Olhe", disse Denver. "O que é aquilo?"

E, por alguma razão que ela não conseguiu entender de imediato, no momento em que chegou perto a ponto de ver o rosto, a bexiga de Sethe se encheu ao máximo. Ela disse: "Ah, desculpe", e correu para os fundos do 124. Nunca, desde que era uma menininha, cuidada pela menina de oito anos que lhe apontou sua mãe, tinha tido uma emergência tão incontrolável. Não chegou à casinha. Bem na frente da porta, teve de levantar as saias e a água que esvaziou era infindável. Como um cavalo, pensou, mas continuava, continuava, e ela pensou: não, mais como a inundação do barco quando Denver nasceu. Tanta água que Amy dissera: "Segure, Lu. Vai afundar a gente, aguente aí". Mas não havia como deter a água que jorrava de seu útero que se abria e não havia como parar agora. Ela esperava que Paul D não resolvesse se encarregar de vir procurá-la e ser obrigado a vê-la de cócoras na frente de sua própria privada, fazendo uma poça de lama funda demais para ser vista sem vergonha. Na hora em que começou a pensar se a feira da festa aceitaria mais um monstro, parou. Arrumou-se e correu para a varanda. Não havia ninguém lá. Os três tinham entrado: Paul D e Denver estavam de pé na frente da estranha, olhando enquanto ela tomava uma xícara de água.

"Ela disse que estava com sede", disse Paul D. Ele tirou o boné. "Muita sede, parece."

A mulher tragou a água numa caneca de lata manchada e estendeu pedindo mais. Quatro vezes Denver encheu a caneca e quatro vezes a mulher bebeu como se tivesse atravessado um deserto. Quando terminou havia um pouco de água em seu queixo, mas ela não enxugou. Em vez disso, olhou para Sethe com olhos sonolentos. Mal alimentada, Sethe pensou, e mais nova do que as roupas sugerem — renda boa no decote e chapéu de mulher rica. A pele era perfeita a não ser por três arranhões verticais na testa, tão finos e leves que de início pareciam cabelo, cabelo de bebê antes de irromper e se enrolar nas massas de fios negros debaixo do chapéu.

"Você é daqui de perto?", Sethe perguntou.

Ela balançou a cabeça negando e abaixou-se para tirar os sapatos. Levantou o vestido até os joelhos e enrolou as meias para baixo. Quando as meias estavam enfiadas nos sapatos, Sethe viu que seus pés eram como as mãos, novos e macios. Ela devia ter vindo de carroça, Sethe pensou. Provavelmente uma daquelas garotas da Virginia Ocidental procurando alguma coisa para escapar de uma vida de tabaco e melado. Sethe curvou-se para pegar os sapatos.

"Como será o seu nome?", Paul D perguntou.

"Amada", ela disse, e sua voz era tão baixa e áspera que todos olharam uns para os outros. Ouviram a voz primeiro — o nome depois.

"Amada. Você usa um sobrenome, Amada?", Paul D perguntou.

"Sobrenome?" Ela pareceu intrigada. Depois: "Não", e soletrou para eles, devagar como se as letras fossem se formando enquanto falava.

Sethe derrubou os sapatos; Denver sentou-se e Paul D sorriu. Pelo cuidado na enunciação das letras ele reconheceu alguém que, como ele, não sabia ler, mas tinha memorizado as letras do próprio nome. Ia perguntar quem era a família dela, mas achou melhor não. Uma jovem mulherpreta em fuga estava fugindo da ruína. Ele tinha estado em Rochester quatro anos antes e vira cinco mulheres chegando com catorze filhas. Todos os seus homens — irmãos, tios, pais, maridos, filhos — tinham sido mortos a tiro, um a um a um. Tudo o que tinham era um pedaço de papel recomendando-as a um pregador da rua DeVore. A Guerra tinha terminado havia quatro ou cinco anos, mas ninguém branco ou negro parecia saber disso. Bandos de negros isolados e perdidos vagavam pelas estradas secundárias e trilhas de Schenectady até Jackson. Tontos, mas insistentes, eles se procuravam em busca de uma notícia de um primo, uma tia, um amigo que um dia dissera: "Me procure. Quando estiver perto de Chicago, você me procure". Alguns estavam fugindo da família que não conseguia sustentá-los, alguns para a família; alguns estavam fugindo de colheitas mortas, parentes mortos, ameaças de vida e terra tomada. Meninos mais novos que Buglar e Howard; configurações e combinações de famílias de mulheres e crianças, enquanto em outros pontos, solitários, caçados e caçando, havia homens, homens, homens. Vedados no transporte público, perseguidos por dívidas e por infames "lençóis que falam", eles seguiam por rotas secundárias, examinavam o horizonte em busca de sinais e contavam pesadamente uns com os outros. Silenciosos, a não ser pelas cortesias sociais, quando se encontravam eles nem descreviam nem perguntavam sobre as tristezas que os levava de um lugar a outro. Os brancos não suportavam que se falasse deles. Todo mundo sabia.

Então ele não insistiu com a moça de chapéu quebrado para saber de onde vinha e por quê. Se ela quisesse que soubessem e tivesse forças para contar, contaria. O que os preocupava no momento era do que ela poderia estar precisando. Por baixo da questão principal, cada um tinha uma outra. Paul D se perguntava como seus sapatos eram tão novos. Sethe ficou profundamente tocada pela doçura do nome; a lembrança da lápide cintilante a deixou especialmente delicada com ela. Denver, porém, estava tremendo. Ela olhava aquela beleza sonolenta e queria mais.

Sethe pendurou o chapéu num gancho e virou-se graciosamente para a garota. "É um lindo nome, Amada. Tire seu chapéu, não quer?, e eu faço alguma coisa para nós. Acabamos de voltar da festa perto de Cincinnati. Tem muita coisa lá para a gente ver."

Ereta na cadeira, no meio das boas-vindas de Sethe, Amada havia adormecido de novo.

"Miss. Miss." Paul D a sacudiu de leve. "Quer deitar para tirar um cochilo?"

Ela abriu os olhos um pouquinho, pôs-se sobre seus macios pés novos, mal capacitados para sua função, e lentamente se encaminhou para a saleta. Lá dentro, despencou na cama de Baby Suggs. Denver tirou seu chapéu e cobriu seus pés com a colcha que tinha os dois quadrados de cor. Ela respirava como uma locomotiva.

"Parece crupe", disse Paul D ao fechar a porta.

"Ela está com febre? Denver, você percebeu?"

"Não. Está fria."
"Então está. Febre vai de quente a frio."
"Pode estar com cólera", disse Paul D.
"Acha?"
"Aquela água toda. Com certeza."
"Coitada. E nada na casa para dar para ela. Vai ter de sarar sozinha. É uma doença horrível, das piores."
"Ela não está doente!", disse Denver, e a paixão em sua voz os fez sorrir.

Quatro dias ela dormiu, só acordava e sentava para beber água. Denver cuidava dela, olhava seu sono profundo, ouvia a respiração pesada e, por amor e uma perigosa possessividade de que estava tomada, escondia como uma falha pessoal a incontinência de Amada. Lavava os lençóis em segredo, quando Sethe ia para o restaurante e Paul D ia atrás das barcaças para ajudar a descarregar. Fervia a roupa de baixo e mergulhava em anil, rezando para a febre passar sem sequelas. Tão dedicada estava em seus cuidados que esquecia de comer ou de visitar o armário esmeralda.

"Amada?", Denver sussurrava. "Amada?", e quando os olhos negros abriam uma frestinha, tudo o que conseguia dizer era "Estou aqui. Ainda estou aqui".

Às vezes, quando Amada ficava de olhos sonhadores durante muito tempo, sem dizer nada, lambendo os lábios e soltando profundos suspiros, Denver entrava em pânico. "O que foi?", perguntava.

"Pesado", Amada murmurava. "Este lugar é pesado."
"Quer sentar?"
"Não", respondia a voz rouca.

Levou três dias para Amada perceber os retalhos alaranjados no escuro da colcha. Denver ficou contente porque isso mantinha sua paciente acordada por mais tempo. Ela parecia totalmente tomada por aqueles desbotados retalhos alaranjados, chegou a fazer um esforço para se apoiar no cotovelo e tocá-los. Um esforço que logo a deixou exausta, de forma que Denver arrumou a colcha para a parte mais alegre ficar na linha de visão da moça doente.

A paciência, coisa que Denver nunca conhecera, a dominou. Enquanto a mãe não interferisse, ela era um modelo de compaixão, mas virava uma vespa quando Sethe tentava ajudar.

"Ela não tomou nem uma colherada de nada hoje?", Sethe perguntava.

"Com cólera não deve comer nada."

"Tem certeza que é isso? Foi só um palpite do Paul D."

"Não sei, mas ela não deve comer nada ainda."

"Acho que gente com cólera vomita o tempo todo."

"Mais razão ainda, não é?"

"Bom, mas ela também não pode morrer de fome, Denver."

"Deixe a gente em paz, mãe. Estou cuidando dela."

"Ela falou alguma coisa?"

"Eu contava se ela tivesse falado."

Sethe olhou a filha e pensou: é, ela anda solitária. Muito solitária.

"Me pergunto onde Aqui Rapaz foi parar." Sethe pensou que era preciso mudar de assunto.

"Ele não vai voltar", disse Denver.

"Como você sabe?"

"Eu sei, só." Denver pegou um quadrado de pão doce do prato.

De volta à saleta, Denver ia se sentar quando Amada abriu muito os olhos. Denver sentiu o coração disparar. Não porque pela primeira vez estivesse olhando aquele rosto sem nenhum traço de sono, ou porque os olhos fossem grandes e negros. Não porque o branco dos olhos era muito branco, azulado. Mas porque no fundo daqueles grandes olhos negros não havia nenhuma expressão.

"Quer que eu pegue alguma coisa para você?"

Amada olhou o pão doce na mão de Denver e Denver estendeu o pão para ela. Ela sorriu então e o coração de Denver parou de pular e assentou — aliviado e tranquilo como um viajante que chegou em casa.

A partir daquele momento e de tudo o que se seguiu, podia-se sempre contar com o açúcar para agradá-la. Era como se tivesse nascido para coisas doces. Mel assim como a cera dentro da qual vinha o mel, sanduíches de açúcar, o melado pegajoso que tinha ficado duro e bruto na lata, limonada, puxa-puxa e qualquer tipo de sobremesa que Sethe trouxesse do restaurante. Ela mascava um pedaço de cana até virar fibra e mantinha o bagaço na boca muito depois de ter chupado todo o caldo. Denver ria, Sethe sorria e Paul D disse que ficava com enjoo de estômago.

Sethe achava que era a necessidade de um corpo em recuperação — depois de uma doença —, para recobrar as forças depressa. Mas essa necessidade continuou e continuou até se tornar uma saúde brilhante, porque Amada não ia para lugar nenhum. Parecia que não havia lugar nenhum para ela ir. Ela não mencionou lugar nenhum, nem fazia muita ideia do que estava fazendo naquela parte do país ou por onde havia estado. Eles achavam que a febre tinha feito sua memória falhar do mesmo jeito que a mantinha lenta de movimentos. Jovem, devia ter dezenove, vinte anos, e magra, mexia-se como uma mulher muito mais pesada ou mais velha, apoiando-se na mobília, apoiando a cabeça na palma da mão como se fosse pesada demais para o pescoço sozinho.

"Vai simplesmente alimentar ela? Daqui para a frente?" Paul

D, sentindo-se pouco generoso, e surpreso por isso, ouviu a irritação na própria voz.

"Denver gosta dela. Ela não é problema. Achei que a gente podia esperar até a respiração melhorar. Ela ainda me parece um pouco congestionada."

"Tem alguma coisa esquisita com essa moça", disse Paul D, mais para si mesmo.

"Esquisita como?"

"Age como doente, faz ar de doente, mas não parece doente. Pele boa, olhos brilhantes e forte como um touro."

"Ela não está forte. Mal consegue andar sem apoiar em alguma coisa."

"É isso que eu quero dizer. Não consegue andar, mas vi ela levantar a cadeira de balanço com uma mão só."

"Não viu."

"Não *me* diga que não. Pergunte para Denver. Denver estava lá com ela."

"Denver! Venha aqui um pouco."

Denver parou de lavar a varanda e enfiou a cabeça pela janela.

"Paul D disse que você e ele viram Amada levantar a cadeira de balanço com uma mão só. É mesmo?"

Cílios longos, pesados, faziam os olhos de Denver parecerem mais ocupados do que eram; dissimulados, mesmo quando ela mantinha o olhar fixo como mantinha agora em Paul D. "Não", ela disse. "Não vi nada disso."

Paul D franziu a testa, mas não disse nada. Se havia uma porta aberta entre os dois, ela se fechou então.

A água da chuva grudava nas agulhas de pinheiro como salva-vidas e Amada não conseguia tirar os olhos de Sethe. Abaixada para sacudir as mais molhadas, ou quebrando gravetos para o fogo, Sethe foi lambida, provada, comida pelos olhos de Amada. Como um demônio familiar, ela rondava, sem nunca deixar o cômodo onde Sethe estivesse, a menos que isso lhe fosse ordenado ou solicitado. Levantava cedo, no escuro, para estar lá, esperando na cozinha quando Sethe descesse para fazer pão rápido antes de ir para o trabalho. À luz do lampião, e por cima das chamas do fogão, as sombras das duas se chocavam e cruzavam no teto, como espadas negras. Ela ficava à janela às duas da tarde, quando Sethe voltava, ou na porta; depois na varanda, na escada, no caminho, na estrada, até que finalmente, rendendo-se ao hábito, Amada começou a avançar cada dia mais pela rua Bluestone para encontrar com Sethe e voltar com ela para o 124. Era como se toda tarde ela duvidasse de novo da volta da mulher mais velha.

 Sethe ficava lisonjeada com a devoção aberta e silenciosa de

Amada. A mesma adoração em sua filha (se isso existisse) a teria incomodado; a ideia de criar uma filha ridiculamente dependente a deixava gelada. Mas a companhia daquela doce, embora estranha, hóspede a agradava do jeito que um aluno aplicado agrada um professor.

Chegou o tempo em que os lampiões tinham de ser acendidos cedo porque a noite chegava cada vez mais depressa. Sethe ia para o trabalho no escuro; Paul D voltava para casa no escuro. Num desses fins de tarde, escuros e frios, Sethe cortou em quatro um nabo e deixou cozinhando. Deu a Denver uma medida de ervilhas para escolher e deixar de molho de véspera. Depois sentou para descansar. O calor do fogão a deixou sonolenta e estava deslizando para o sono quando sentiu Amada tocar nela. Um toque não mais pesado que de uma pena, mas mesmo assim carregado de desejo. Sethe se mexeu e olhou em torno. Primeiro para a mão nova e macia em seu ombro, depois para seus olhos. O desejo que ali viu era sem fundo. Algum apelo apenas controlado. Sethe deu tapinhas nos dedos de Amada e olhou para Denver, cujos olhos estavam fixos em sua tarefa de escolher ervilhas.

"Cadê seus diamantes?" Amada observava o rosto de Sethe.

"Diamantes? O que eu ia fazer com diamantes?"

"Nas orelhas."

"Bem que eu gostaria. Tive uns cristais uma vez. Presente de uma senhora para quem eu trabalhava."

"Me conte", disse Amada, abrindo um amplo sorriso feliz. "Me conte dos seus diamantes."

Isso passou a ser um jeito de alimentá-la. Assim como Denver tinha descoberto o delicioso efeito que coisas doces tinham sobre Amada e passara a contar com isso, Sethe compreendeu a profunda satisfação que Amada sentia em ouvir histórias. Sethe se surpreendia (tanto quanto Amada se comprazia) porque toda menção a sua vida passada machucava. Tudo nela era doloroso ou perdido. Ela e Baby Suggs tinham concordado, sem falar, que aquilo era indizível; às perguntas de Denver, Sethe dava respostas curtas ou divagações incompletas. Mesmo com Paul D, que participara de parte dela e com quem podia falar com ao menos uma parcela de calma, a dor estava sempre presente — como o ponto sensível que uma mordida deixa no canto da boca.

Mas quando começou a contar dos brincos se descobriu querendo falar, gostando de falar. Talvez por Amada ser distante dos fatos em si, ou por sua sede de ouvir — de qualquer forma, era um prazer inesperado.

Por cima do ruído do escolher ervilhas e do cheiro mordente do nabo cozinhando, Sethe contou do cristal que um dia teve pendurado nas orelhas.

"Aquela senhora para quem eu trabalhava em Kentucky me deu quando eu casei. O que chamavam de casamento lá naquele tempo. Acho que ela percebeu como me senti mal quando descobri que não ia ter cerimônia nenhuma, nem um pregador. Nada. Achei que tinha de ter alguma coisa — alguma coisa para dizer que era certo e verdadeiro. Eu não queria que fosse só eu mudando para uma cama cheia de palha de milho. Ou só eu levando meu balde para a cabana dele. Achei que tinha de ter alguma cerimônia. Um baile quem sabe. Um buquê de cravinas no cabelo." Sethe sorriu. "Nunca vi um casamento, mas vi o vestido de casamento de mrs. Garner no jornal e ouvi ela contar como era. Um quilo de passas no bolo, ela contou, e quatro carneiros inteiros. As pessoas ainda estavam comendo no dia seguinte. Era isso que eu queria. Um jantar, talvez, onde eu e Halle, junto com todos os homens da Doce Lar, a gente pudesse sentar e comer alguma coisa especial. Convidar alguns dos outros negros de Covington ou de Árvores Grandes — aqueles lugares para onde o Seiso costumava escapar. Mas não ia ter nada. Disseram que tudo bem a gente ser marido e mulher e pronto, acabou-se. Só isso.

"Bom, eu resolvi que tinha de ter pelo menos um vestido que não fosse o saco que eu usava para trabalhar. Então comecei a roubar tecido e acabei com um vestido que você nem imagina. O peitilho era de duas fronhas do cesto de remendos dela. A frente da saia era uma estola que uma vela havia caído em cima e queimado um buraco, e uma faixa velha que a gente usava para experimentar o ferro de passar roupa. Agora, a parte de trás foi a que mais demorou para resolver. Parecia que eu não conseguia encontrar uma coisa de que não fossem logo sentir falta. Porque depois eu ia ter de separar tudo e devolver os pedaços para o lugar deles. Halle estava impaciente, esperando eu terminar. Ele sabia que eu não ia casar se não tivesse o vestido. Até que, enfim, eu peguei o mosquiteiro que estava pendurado num prego no celeiro. A gente usava aquilo para peneirar a geleia. Eu lavei e deixei de molho o melhor que pude e prendi na parte de trás da saia. E lá estava eu, com o vestido mais feio que você pode imaginar. Só por causa do meu xale de lã era que eu não parecia um fantasma mascateiro. Eu tinha só catorze anos de idade, então acho que por isso que fiquei tão orgulhosa.

"De qualquer jeito, mrs. Garner deve ter me visto com o vestido. Eu achei que estava roubando direitinho e ela sabia de tudo o que eu fazia. Até da nossa lua de mel — com Halle lá no milharal. Foi lá que nós fomos a primeira vez. Um sábado de tarde, foi. Ele falou que estava doente para não ter de ir trabalhar na cidade aquele dia. Geralmente, ele trabalhava sábado e domingo para pagar a liberdade de Baby Suggs. Mas ele disse que estava doente, eu pus meu vestido e nós entramos no milharal de mãos dadas. Ainda sinto o cheiro das espigas assando lá onde estavam Seiso e os Pauls. No dia seguinte, mrs. Garner me chamou com o dedo, me levou para o andar de cima, para o quarto dela. Abriu uma caixa de madeira e tirou um par de brincos de cristal. Disse: 'Quero que fique com isto aqui, Sethe'. Eu disse: 'Sim, senhora'. 'Tem a orelha furada?', ela disse. Eu disse: 'Não, senhora'. 'Bom, pois então fure', ela disse, 'para poder usar. Quero que fique com isso e quero que você e Halle sejam felizes.' Eu agradeci, mas nunca pus os brincos até ir embora de lá. Um dia, depois que eu mudei para esta casa aqui, Baby Suggs desamarrou minha blusa de baixo e tirou os brincos. Sentei bem aí perto do fogão com Denver no colo e deixei ela furar minhas orelhas para usar os brincos."

"Nunca vi a senhora sem brinco", disse Denver. "Onde está o brinco agora?"

"Não tenho mais", disse Sethe. "Faz muito tempo", e não disse mais nem uma palavra. Até a próxima vez em que as três correram no vento de volta para casa com lençóis e anáguas encharcados pela chuva. Ofegantes, rindo, estenderam a roupa lavada nas cadeiras e na mesa. Amada se encheu de água do balde e ficou olhando enquanto Sethe esfregava o cabelo de Denver com um pedaço de toalha.

"Quem sabe a gente devia desembaraçar?", Sethe perguntou.

"Uhm-hum. Amanhã." Denver se agachou para a frente à ideia de um pente fino passando em seu cabelo.

"Hoje está sempre aqui", disse Sethe. "Amanhã, nunca."

"Dói", disse Denver.

"Penteie todo dia que não dói."

"Ai."

"Sua velha nunca arrumava seu cabelo?", Amada perguntou.

Sethe e Denver olharam para ela. Depois de quatro semanas, ainda não estavam acostumadas com a voz grave e a melodia que parecia haver dentro dela. Ficava muito perto da música, com uma cadência não igual à delas.

"Sua velha nunca arrumava seu cabelo?" A pergunta era claramente para Sethe, uma vez que estava olhando para ela.

"Minha velha? Quer dizer minha mãe? Se arrumava não me lembro. Só vi minha mãe umas vezes no campo e uma vez quando estava trabalhando com índigo. Quando acordei uma manhã, ela estava na fila. Se a lua brilhava, eles trabalhavam à luz da lua. Domingo, ela dormia feito pedra. Deve ter me amamentado duas ou três semanas — era assim que as outras faziam. Depois, voltou para o arroz e eu mamei numa outra mulher que o trabalho dela era esse. Então para responder sua pergunta, não. Acho que não. Ela nunca arrumou meu cabelo nem nada. Ela nem dormia na mesma cabana a maioria das noites que eu lembro. Longe demais da fila, acho. Uma coisa ela fez, sim. Ela me pegou e me carregou atrás da defumadora. Lá atrás ela abriu a frente do vestido, levantou o peito e apontou debaixo dele. Bem em cima das costelas tinha um círculo e uma cruz queimados direto na pele. Ela disse: 'Esta aqui é a sua mãe. Esta', e apontou. 'Sou a única que tem essa marca ainda. O resto morreu. Se alguma coisa acontecer comigo e você não conseguir saber que sou eu pela cara, pode saber por esta marca.' Me deu tanto medo. Eu só conseguia pensar que aquilo era importante e que eu precisava ter alguma coisa importante para responder, mas não consegui pensar em nada, então eu disse o que pensei. 'Certo, mamãe', eu disse. 'Mas como a senhora vai conhecer eu? Como vai me conhecer? Me marque também', eu disse. 'Marque essa marca em mim também.'" Sethe riu.

"Ela marcou?", Denver perguntou.

"Ela me deu um tapa na cara."

"Por quê?"

"Na hora eu não entendi. Só quando ganhei uma marca minha."

"O que aconteceu com ela?"

"Enforcada. Quando cortaram a corda, ninguém conseguia descobrir se tinha um círculo e uma cruz ou não, muito menos eu, e eu procurei." Sethe tirou os cabelos do pente e inclinou-se para jogar dentro do fogo. O cabelo explodiu em estrelas e o cheiro as enfureceu. "Ah, meu Jesus", disse ela, e levantou tão de repente que o pente que tinha deixado no cabelo de Denver caiu no chão.

"Mãe? O que aconteceu, mãe?"

Sethe foi até uma cadeira, levantou um lençol e estendeu até onde seus braços conseguiam alcançar. Depois dobrou, redobrou e tresdobrou. Pegou outro. Nenhum estava completamente seco, mas dobrar era bom demais para parar. Tinha de fazer algo com as mãos porque estava lembrando de uma coisa que tinha esquecido que sabia. Uma coisa particular vergonhosa que tinha se escondido numa fenda de sua cabeça bem por trás do tapa na cara e da cruz no círculo.

"Por que enforcaram sua mãe?", Denver perguntou. Era a primeira vez que ouvia alguma coisa sobre a mãe de sua mãe. Baby Suggs era a única avó que conhecera.

"Nunca descobri. Foi uma porção deles", disse ela, mas estava ficando cada vez mais claro, enquanto dobrava e redobrava roupa molhada, que foi a mulher chamada Nan quem pegou sua mão e a puxou para longe do corpo antes que pudesse ver a marca. Nan era a que ela conhecia melhor, que estava por perto o dia inteiro, que cuidava de bebês, cozinhava, tinha um braço bom e metade do outro. E que usava palavras diferentes. Palavras que Sethe entendia, mas que não conseguia mais nem lembrar, nem repetir. Ela acreditava que devia ser por isso que lembrava tão pouco de antes da Doce Lar, a não ser de canto e dança e de quanta gente havia. O que Nan lhe contou ela esqueceu, junto com a língua em que foi contado. A mesma língua que sua mãe falava e que nunca relembraria. Mas a mensagem — essa estava ali e sempre estivera. Segurando os lençóis molhados contra o peito, estava captando significados de um código que não entendia mais. Noite. Nan com ela no colo, com o braço bom, sacudindo o cotoco do outro no ar. "Vou te contar. Vou te contar, Sethe, menininha", e contou. Contou a Sethe que sua mãe e Nan tinham vindo juntas pelo mar. Ambas foram usadas muitas vezes pela tripulação. "Ela jogou todos fora, menos você. O da tripulação ela jogou fora na ilha. Os outros de outros brancos, ela também jogou fora. Sem nomes, ela jogou eles. Você ela chamou com o nome do negro. Ele ela abraçou. Os outros ela não abraçou. Nunca. Nunca. Estou te dizendo. Estou te contando, Sethe, menininha."

Quando pequena, Sethe não se impressionou. Mulher crescida, Sethe sentiu raiva, mas sem saber direito do quê. Uma poderosa saudade de Baby Suggs passou por cima dela como uma onda. No silêncio depois do passar da onda, Sethe olhou as duas garotas sentadas junto ao fogão: sua doentia hóspede de cabeça oca, sua filha irritável, solitária. Pareceram pequenas e distantes.

"Paul D vai chegar daqui um minuto", disse ela.

Denver suspirou aliviada. Por um minuto, ali, enquanto a mãe dobrava a roupa lavada, perdida em pensamentos, ela travou os dentes e rezou para aquilo parar. Denver odiava as histórias que a mãe contava e que não lhe diziam respeito, razão por que só perguntava por Amy. O resto era um mundo refulgente e poderoso que ficava ainda mais poderoso pela ausência de Denver. Não estando nele, ela o odiava e queria que Amada também odiasse, embora não houvesse a menor chance disso. Amada aproveitava todas as oportunidades para fazer perguntas esquisitas e levar Sethe a continuar. Denver notou o quanto ela gostava de ouvir Sethe falar. Agora notou mais uma coisa. As perguntas que Amada fez: "Onde estão os diamantes?", "Sua velha nunca arrumava seu cabelo?". E, mais surpreendente: Me conte dos brincos.

    Como ela sabia?

Amada brilhava e Paul D não gostava disso. Mulheres faziam o que as plantas de morango faziam antes de soltar suas finas gavinhas: a qualidade do verde mudava. Então vinham as hastes e depois os brotos. Quando as pétalas brancas morriam e a fruta cor de menta aparecia, o brilho da folha reluzia liso e ceroso. Era assim que Amada estava — lisa e reluzente. Paul D passou a possuir Sethe ao acordar, de forma que depois, quando descia a escada branca até onde ela fazia pão sob o olhar de Amada, sua cabeça estava clara.

À noitinha, quando voltava e as três estavam lá, arrumando a mesa do jantar, o brilho dela era tão pronunciado que ele se perguntava como Denver e Sethe não enxergavam. Ou talvez elas enxergassem. Decerto as mulheres conseguiam dizer, como os homens conseguiam, quando uma do gênero delas estava excitada. Paul D olhava cuidadosamente para Amada para ver se ela tinha consciência disso, mas ela não prestava nenhuma atenção nele — muitas vezes, nem respondia a uma pergunta direta que lhe fazia. Ela olhava para ele e não abria a boca. Cinco semanas ela estava com eles e não sabiam sobre ela mais do que quando a encontraram dormindo no toco.

Estavam sentadas à mesa que Paul D tinha quebrado no dia de sua chegada ao 124. As pernas consertadas eram mais fortes que antes. O repolho tinha acabado e os ossos brilhantes de joelho de porco defumado estavam empilhados nos pratos delas. Sethe estava servindo o pudim de pão, murmurando suas expectativas a respeito, se desculpando previamente como cozinheiros veteranos sempre fazem, quando alguma coisa no rosto de Amada, uma adoração como de bicho de estimação a dominar seu olhar para Sethe, fez Paul D falar.

"Você não tem nenhum irmão, nem irmã?"

Amada baixou a colher, mas não olhou para ele. "Não tenho ninguém."

"O que você estava procurando quando veio para cá?", ele perguntou.

"Este lugar. Estava procurando este lugar para eu poder ficar."

"Alguém te falou desta casa?"

"Ela me falou. Quando eu estava na ponte, ela me falou."

"Deve ser alguém de antigamente", Sethe disse. Antigamente, quando o 124 era um centro de intercâmbio onde chegavam mensagens e depois seus remetentes. Onde pedaços de notícias se encharcavam como feijões secos em água de fonte — até estarem macios para digerir.

"Como você veio? Quem trouxe você?"

Ela então olhou firme para ele, mas não respondeu.

Ele podia sentir tanto Sethe como Denver se contraindo, apertando os músculos da barriga, soltando pegajosos fios de teia para tocar uma na outra. Ele resolveu forçar mesmo assim.

"Perguntei quem trouxe você aqui."

"Vim andando", disse ela. "Um caminho muito, muito, muito comprido. Ninguém me trouxe. Ninguém me ajudou."

"Você estava com sapato novo. Se tivesse andado tanto, por que seu sapato não mostrava isso?"

"Paul D, pare de incomodar ela."

"Eu quero saber", disse ele, segurando o cabo da faca na mão como se fosse um pau.

"Peguei os sapatos! Peguei o vestido! O cadarço não amarra!", ela gritou e deu a ele um olhar tão malévolo que Denver tocou o braço dela.

"Eu ensino você", disse Denver, "a amarrar o sapato", e recebeu um sorriso de Amada como recompensa.

Paul D teve a sensação de que um grande peixe prateado escorregara de suas mãos no minuto em que o agarrou pelo rabo. Que estava nadando de novo para a água escura agora, perdido a não ser pelo rastro cintilante. Mas se o brilho dela não era para ele, para quem então? Ele nunca conhecera uma mulher que acendesse para ninguém em particular, que fizesse isso só como um anúncio geral. Sempre, em sua experiência, a luz aparecia quando havia foco. Como a Mulher dos Cinquenta Quilômetros, amortecida em fumaça enquanto esperava junto com ele no fosso e com luz de estrela quando Seiso chegou lá. Ele sabia que nunca tinha errado. Estava lá no momento em que olhou para as pernas molhadas de Sethe, senão nunca teria tido a ousadia de apertá-la nos braços aquele dia e sussurrar em suas costas.

Essa moça, Amada, sem lar e sem parentes, não tinha ninguém como ela, embora ele não conseguisse dizer exatamente por quê, em comparação com os negros que conhecera durante os últimos vinte anos. Durante, antes e depois da Guerra tinha visto negros tão tontos, ou esfaimados, ou cansados, ou desolados que era surpreendente eles lembrarem ou dizerem qualquer coisa. Gente que, como ele, tinha se escondido em cavernas e disputado comida com corujas; que, como ele, roubara dos porcos; que, como ele, dormira em árvores de dia e caminhara de noite; que, como ele, havia se enterrado em lama e pulado dentro de poços para evitar reguladores, atacantes, patrulheiros de escravos fugidos, veteranos, homens das montanhas, bandos armados e festeiros. Uma vez, encontrou um negro de uns catorze anos que morava sozinho no bosque e dizia que não conseguia lembrar de nenhum outro lugar. Viu uma negra maluca presa e enforcada por roubar patos que acreditava serem seus bebês.

Circular. Andar. Correr. Se esconder. Roubar e continuar. Apenas uma vez foi possível para ele ficar num lugar só — com uma mulher ou uma família — durante não mais que uns poucos meses. Dessa vez, foi quase dois anos com uma dama tecelã em Delaware, o pior lugar para negros que já tinha visto fora do condado Pilaski, em Kentucky, e, é claro, o campo de prisioneiros na Georgia.

De todos os negros, Amada era diferente. O brilho dela, os sapatos novos. Isso o incomodava. Talvez fosse só o fato de ela não se incomodar com ele. Ou podia ser o momento. Ela aparecera e fora aceita exatamente no dia em que Sethe e ele tinham posto fim ao seu desentendimento, saído em público e se divertido — como uma família. Denver tinha cedido, por assim dizer; Sethe estava rindo; ele tinha uma promessa de trabalho constante, o 124 estava limpo de espíritos. Começava a parecer uma vida. E, droga!, a mulher que bebia água caiu doente, foi posta para dentro, curada e não mexia uma palha desde então.

Queria que ela fosse embora, mas Sethe a tinha admitido e ele não podia pôr a mulher para fora de uma casa que não era dele. Uma coisa era vencer um fantasma, coisa bem diferente era atirar uma garota preta num território infestado pelo Klan, o dragão que nadava pelo Ohio à vontade, com uma sede desesperada de sangue negro, sem o qual não podia viver.

Sentado à mesa, mascando seu gravetinho de depois do jantar, Paul D resolveu arrumar um lugar para ela. Consultar os negros na cidade e encontrar um lugar que fosse dela.

Assim que ele pensou nisso, Amada engasgou com uma das passas que tinha tirado do pudim de pão. Caiu para trás da cadeira e espernava, agarrando o pescoço. Sethe bateu em suas costas, enquanto Denver afastava as mãos do pescoço. Amada, de quatro no chão, vomitou a comida e lutou para respirar.

Quando se aquietou e Denver limpou a sujeira, ela disse: "Dormir agora".

"Venha para meu quarto", disse Denver. "Posso cuidar de você lá."

Não podia haver momento melhor. Denver estava quebrando a cabeça para achar um jeito de conseguir que Amada dormisse em seu quarto. Era difícil dormir lá em cima, imaginando se ela ia ficar doente de novo, dormir e não acordar, ou (nossa!, isso não) levantar e ir embora pelo quintal do mesmo jeito que tinha chegado. Podiam conversar melhor lá: à noite, quando Sethe e Paul D estivessem dormindo; ou de dia, antes de os dois chegarem. Conversas doces, loucas, cheias de frases soltas, divagações e desentendimentos mais emocionantes que um entendimento jamais poderia ser.

Quando as garotas subiram, Sethe começou a tirar a mesa. Empilhou os pratos junto à bacia de água.

"O que ela tem que tanto te incomoda?"

Paul D franziu a testa, mas não disse nada.

"Tivemos uma boa briga por causa de Denver. Vamos ter outra por causa dela também?", Sethe perguntou.

"Não consigo entender que apego é esse. Está claro por que ela tem apego por você, mas não entendo por que você tem apego por ela."

Sethe se virou dos pratos para ele. "O que te interessa quem tem apego por quem? Comida para ela não é problema. Eu pego um pouquinho mais no restaurante e pronto. E ela é uma boa companhia mulher para Denver. Você sabe disso e eu sei que você sabe, então para que ficar mostrando os dentes?"

"Não consigo entender direito. É uma coisa que eu sinto."

"Bom, sinta o seguinte, faça o favor. Sinta como é sentir que tem uma cama para dormir e ninguém lá para infernizar sobre o que você precisa fazer todo dia para merecer isso. Sinta como é sentir isso. E se isso não adiantar, sinta como é se sentir uma mulherpreta vagando pelas estradas com qualquer coisa que Deus resolver deixar pular em cima de você. Sinta isso."

"Isso tudo eu sei muito bem, Sethe. Não nasci ontem e nunca destratei uma mulher na minha vida."

"Pois é o único no mundo", Sethe respondeu.

"Não dois?"

"Não. Não dois."

"O que foi que o Halle fez para você? O Halle estava do seu lado. Nunca te largou."

"Por que ele havia de ir embora senão por minha causa?"

"Não sei, mas não foi por sua causa. Isso é fato."

"Então ele fez pior; largou os filhos."

"Isso você não sabe."

"Ele não estava lá. Ele não estava onde ele disse que ia estar."

"Ele estava lá."

"Então por que não mostrou a cara? Por que eu tive de mandar meus bebês embora e ficar para trás para procurar ele?"

"Ele não podia sair do sótão."

"Sótão? Que sótão?"

"Aquele, em cima da sua cabeça. No celeiro."

Devagar, devagar, tomando todo o tempo possível, Sethe foi indo para a mesa.

"Ele viu?"

"Ele viu."

"Ele te contou?"

"Ele me contou."

"O quê?"

"O dia que eu fui lá. Você disse que eles roubaram seu leite. Eu nunca soube o que foi que mexeu tanto com ele. Foi isso, eu acho. O que eu sei foi que alguma coisa acabou com ele. Não o ano que passou trabalhando sábado, domingo e hora extra de noite, isso nunca mexeu com ele. Mas seja lá o que for que aconteceu naquele celeiro aquele dia, isso quebrou ele em dois como se fosse uma vareta."

"Ele viu?" Sethe estava agarrada aos cotovelos como se quisesse impedir que saíssem voando.

"Ele viu. Deve ter visto."

"Ele viu aqueles rapazes fazerem aquilo comigo e deixou eles continuarem respirando? Ele viu? Ele viu? Ele viu?"

"Ei! Ei! Escute. Deixe eu te dizer uma coisa. Um homem não é uma droga de um machado. Que corta, racha, bate cada minuto do dia. Tem coisa que pega o sujeito. Coisa que não dá para cortar fora porque está dentro."

Sethe estava andando para lá e para cá, para lá e para cá, à luz do lampião. "O agente de fuga disse: 'Domingo'. Eles tomaram meu leite, ele viu e não desceu? Domingo veio e ele não. Segunda veio e nada de Halle. Achei que ele tinha morrido, por isso; depois pensei que tinham pegado ele, por isso. Depois pensei: não, ele não morreu porque se tivesse morrido eu sabia, e aí você aparece depois de todo esse tempo e não me diz que ele morreu, porque também não sabe, então eu pensei: bom, ele então encontrou outro jeito melhor de viver. Porque se estivesse em algum lugar aqui por perto, ele vinha para Baby Suggs, se não para mim. Mas eu não sabia que ele tinha visto."

"O que interessa isso agora?"

"Se ele estiver vivo e viu aquilo, ele não vai passar pela minha porta. Não o Halle."

"Acabou com ele, Sethe." Paul D olhou para ela e suspirou. "Melhor você saber de tudo. Da última vez que vi, ele estava sentado do lado do batedor de manteiga. Com manteiga pela cara toda."

Nada aconteceu e ela ficou agradecida. Geralmente, ela conseguia enxergar na mesma hora a imagem do que tinha escutado. Mas não conseguiu visualizar o que Paul D contou. Nada lhe veio à cabeça. Com cuidado, com cuidado, passou para uma pergunta razoável.

"O que ele disse?"

"Nada."

"Nem uma palavra?"

"Nem uma palavra."

"Você falou com ele? Não falou nada para ele? Alguma coisa!"

"Não consegui, Sethe. Simplesmente... não consegui."

"Por quê?"

"Eu estava com um freio na boca."

Sethe abriu a porta e sentou na escada da varanda. O dia tinha azulado sem o sol, mas ela ainda conseguia divisar as silhuetas negras das árvores no campo adiante. Balançou a cabeça de um lado para outro, conformada com seu cérebro rebelde. Por que não havia nada que seu cérebro recusasse? Nenhuma miséria, nenhuma tristeza, nenhuma imagem odiosa detestável demais de se aceitar? Igual a uma criança gananciosa, seu cérebro agarrava tudo. Uma vez só não poderia dizer: não, obrigada? Detestei e não quero mais, não? Estou cheia, droga, de dois rapazes com musgo nos dentes, um chupando meu peito, o outro me segurando, o professor leitor de livros olhando e escrevendo. Ainda estou cheia disso, droga, não posso voltar atrás e juntar mais coisas. Juntar meu marido a isso, olhando, acima de mim, no sótão — escondido perto —, no único lugar em que achou que ninguém ia procurar, olhando aquilo que eu não conseguia nem olhar. E sem fazer nada — olhando e deixando acontecer. Mas meu cérebro ganancioso diz: ah, obrigada, eu adoraria um pouco mais — então, me dê mais. E quando isso acontecer, não dá mais para parar. Tem também meu marido agachado do lado do batedor, espalhando manteiga e coalho pela cara toda porque o leite que eles tomaram está na cabeça dele. E, por mim, melhor mesmo o mundo ficar sabendo disso. E se ele se acabou tanto assim naquela hora, então ele agora está também e com certeza morto. E se Paul D viu Halle e não conseguiu nem salvar, nem consolar, porque estava com um freio de ferro na boca, então tem mais coisas que Paul D pode me contar e meu cérebro pode seguir em frente e aceitar e nunca dizer: não, obrigada. Tenho mais o que fazer: pensar, por exemplo, no amanhã, em Denver, em Amada, na velhice e na doença, sem falar do amor.

Mas a cabeça dela não estava interessada no futuro. Cheia do passado e com fome demais, não havia espaço para imaginar, quanto menos planejar, o dia seguinte. Exatamente como aquela tarde nas cebolas silvestres — quando um passo mais era tudo o que ela conseguia enxergar do futuro. Outras pessoas enlouqueciam, por que ela não podia? A cabeça de outras pessoas parava de funcionar, virava e ia para alguma outra coisa nova, que é o que deve ter acontecido com Halle. E que gostoso teria sido isso: os dois outra vez no barracão do leite, agachados ao lado do batedor, passando no rosto manteiga fria, encaroçada, sem nenhuma preocupação no mundo. Sentindo como era escorregadia, pegajosa — esfregando no cabelo, olhando esguichar entre os dedos. Que alívio parar bem ali. Fechar. Encerrar. Apertar a manteiga. Mas seus três filhos estavam mascando um trapo com açúcar debaixo de um cobertor a caminho de Ohio e nenhuma brincadeira com manteiga haveria de mudar isso.

Paul D saiu pela porta e tocou seu ombro.

"Eu não pensei que fosse contar isso para você."

"Eu não pensei que fosse ouvir."

"Não posso retirar o que eu disse, mas você pode deixar de lado", disse Paul D.

Ele quer me contar, ela pensou. Ele quer que eu pergunte para ele como foi para ele — pergunte como a língua fica machucada apertada pelo ferro, como a vontade de cuspir é tamanha que dá vontade de gritar. Ela já sabia disso, tinha visto isso muitas vezes no lugar antes da Doce Lar. Homens, meninos, menininhas, mulheres. A loucura que congestionava o olho no momento em que os lábios eram arregaçados para trás. Dias depois, tiravam, esfregavam gordura de ganso nos cantos da boca, mas nada curava a língua nem tirava a loucura dos olhos.

Sethe olhou os olhos de Paul D para ver se havia ainda algum traço disso neles.

"Gente que eu vi em criança", disse ela, "que levou o freio, sempre parecia maluca depois. Fosse porque fosse que usaram o freio, não funcionava, não, porque o freio punha uma loucura onde antes não tinha nenhuma. Quando olho você, não vejo isso. Não tem loucura nenhuma nos seus olhos em lugar nenhum."

"Tem um jeito de pôr o freio e tem um jeito de tirar. Eu conheço os dois e ainda não consegui descobrir qual é o pior." Sentou-se ao lado dela. Sethe olhou para ele. Naquela luz diurna sem iluminação, o rosto dele, bronzeado e limitado aos ossos, abrandou o coração dela.

"Você quer me contar?", ela perguntou.

"Não sei. Nunca falei disso. Para ninguém. Cantei às vezes, mas nunca contei para ninguém."

"Vá em frente. Eu consigo ouvir."

"Talvez. Talvez você consiga ouvir. O que eu não sei é se eu consigo contar. Contar direito, eu quero dizer, porque não era o freio — isso não era."

"O que era então?", Sethe perguntou.

"Os galos", disse ele. "Passar na frente dos galos vendo eles me verem."

Sethe sorriu. "Naquele pinheiro?"

"É." Paul D sorriu para ela. "Devia ter uns cinco empoleirados lá e pelo menos cinquenta galinhas."

"Míster também?"

"Não na hora. Mas eu não devia ter dado nem dez passos e vi ele lá. Ele desceu do poste da cerca e pousou na banheira."

"Ele adorava aquela banheira", disse Sethe, pensando: não, agora não dava mais para parar.

"Não gostava? Como um trono. Fui eu que tirei ele da casca, sabia? Tinha morrido se não fosse eu. A galinha tinha ido embora com todos os pintos nascidos atrás dela. Sobrou aquele ovo. Parecia gorado, mas aí eu vi ele se mexer, então bati e lá veio o Míster, com os pés tortos e tudo. Vi aquele filho da puta crescer e bater em tudo no terreiro."

"Ele sempre foi raivoso", disse Sethe.

"É, ele era raivoso, sim. Sanguinário também, e ruim. Os pés tortos batendo. Crista do tamanho da minha mão e vermelho como não sei quê. Estava lá pousado na banheira olhando para mim. Juro que ele sorriu. Eu estava com a cabeça cheia do que eu tinha visto do Halle um pouco antes. Não estava nem pensando no freio. Só em Halle e antes dele no Seiso, mas quando vi o Míster entendi que era eu também. Não só eles, eu também. Um louco, um vendido, um sumido, um queimado e eu lambendo o ferro com as mãos amarradas para trás. O último homem da Doce Lar.

"Míster, ele parecia tão... livre. Melhor do que eu. Mais forte, mais valente. O filho da puta não conseguia nem sair da casca sozinho, mas ainda era o rei e eu estava..." Paul D parou e apertou a mão esquerda com a direita. Segurou assim tempo bastante, para a mão e o mundo se aquietarem e deixá-lo continuar.

"Míster podia ser e continuar sendo o que era. Mas eu não podia ser nem continuar a ser o que eu era. Mesmo que cozinhassem ele, iam cozinhar um galo chamado Míster. Mas eu de jeito nenhum ia ser Paul D outra vez, vivo ou morto. O professor me transformou. Eu era uma outra coisa e essa outra coisa era menos que um galo pousado numa banheira debaixo do sol."

Sethe pôs a mão no joelho dele e alisou.

Paul D tinha apenas começado, o que ele estava contando para ela era apenas o começo, quando os dedos dela em seu joelho, macios e tranquilizadores, o detiveram. Melhor assim. Melhor assim. Falar mais poderia empurrá-los para um lugar de onde não poderiam voltar. Ele iria manter o resto onde devia estar: naquela lata de fumo enterrada em seu peito onde antes havia um coração. A tampa travada de ferrugem. Não ia abri-la agora na frente dessa doce e sólida mulher, porque se ela tivesse um vislumbre do conteúdo ele ficaria envergonhado. E ela ficaria magoada de saber que não havia um coração vermelho brilhante como a crista de Míster batendo dentro dele.

Sethe alisou e alisou, apertando o tecido e as curvas pétreas que formavam o joelho dele. Esperava acalmá-lo, como ele a havia acalmado. Como amassar pão na meia-luz da cozinha do restaurante. Antes do cozinheiro chegar, quando ela ficava num espaço não mais largo que o comprimento de um banco, nos fundos e à esquerda das latas de leite. Trabalhando a massa. Trabalhando, trabalhando a massa. Nada melhor do que isso para começar o trabalho sério de manter distante o passado mais um dia.

No andar de cima, Amada estava dançando. Dois passinhos, dois passos, um passo, desliza, desliza e empina.

Denver, sentada na cama, sorria e fornecia a música.

Nunca tinha visto Amada tão contente. Estava com os lábios em bico abertos com o prazer do açúcar ou de alguma notícia que Denver tinha lhe dado. Sentira uma quente satisfação se irradiando da pele de Amada quando ela ouviu sua mãe falando do passado. Mas alegria ela nunca tinha visto. Não fazia nem dez minutos que Amada tinha caído para trás no chão, olhos saltados, esperneando e agarrando o pescoço. Agora, depois de deitar uns poucos segundos na cama de Denver, estava de pé e dançando.

"Onde você aprendeu a dançar?", Denver perguntou para ela.

"Lugar nenhum. Olhe eu fazer isso." Amada pôs os punhos na cintura e começou a saltar com os pés descalços. Denver riu.

"Agora você. Vamos", disse Amada. "Você pode ao menos tentar." A saia preta balançava de um lado para outro.

Denver ficou gelada quando levantou da cama. Sabia que dava duas de Amada, mas flutuou, fria e leve como um floco de neve.

Amada pegou a mão de Denver e colocou a outra no ombro de Denver. Dançaram então. Rodaram, rodaram pelo quarto minúsculo e pode ter sido a tontura, ou a sensação de leveza e frio ao mesmo tempo, que deixava a risada de Denver tão dura. Uma risada contagiante que contagiou Amada. As duas, alegres como gatinhos, balançavam para lá e para cá, para lá e para cá, até, exaustas, sentarem no chão. Amada deixou a cabeça cair para trás sobre a beira da cama enquanto recuperava o fôlego e Denver viu a pontinha da coisa que sempre via inteira quando Amada se despia para dormir. Olhou direto para aquilo e sussurrou: "Por que você se chama de Amada?".

Amada fechou os olhos. "No escuro, meu nome é Amada."

Denver chegou um pouco mais perto. "Como era lá, onde você estava antes? Pode me contar?"

"Escuro", disse Amada. "Sou pequena naquele lugar. Sou assim aqui." Levantou a cabeça da cama, deitou de lado, encolhida.

Denver tampou a boca com os dedos. "Sentia frio?"

Amada se encolheu mais e balançou a cabeça. "Calor. Nada para respirar lá embaixo e sem espaço para se mexer."

"Vê alguém?"

"Montes. Uma porção de gente lá embaixo. Algumas mortas."

"Você vê Jesus? Baby Suggs?"

"Não sei. Não sei os nomes." Sentou-se.

"Me conte, como você chegou lá?"

"Eu espero; aí eu cheguei na ponte. Fico lá no escuro, de dia, de noite, de dia. Muito tempo."

"O tempo todo numa ponte?"

"Não. Depois. Quando eu saí."

"Por que você voltou?"

Amada sorriu. "Para ver o rosto dela."

"Da mãe? De Sethe?"

"É, Sethe."

Denver sentiu-se um pouco ferida, magoada de não ser a razão principal da volta de Amada. "Não lembra como a gente brincava juntas na margem do ribeirão?"

"Eu estava na ponte", disse Amada. "Você me vê na ponte?"

"Não, na margem do ribeirão. A água lá no bosque."

"Ah, eu estava na água. Vi os diamantes dela lá. Podia tocar neles."

"Por que não tocou?"

"Ela me deixou para trás. Sozinha", disse Amada. Levantou os olhos para o olhar de Denver e franziu a testa, talvez. Talvez não. Os finos arranhões em sua testa podem ter feito parecer assim.

Denver engoliu em seco. "Não", disse. "Não. Você não vai deixar a gente, vai?"

"Não. Nunca. É aqui que eu estou."

De repente, Denver, que estava sentada de pernas cruzadas, saltou para a frente e agarrou o pulso de Amada. "Não conte para ela. Não deixe mamãe saber quem você é. Por favor, ouviu?"

"Não me diga o que fazer. Nunca nunca me diga o que fazer."

"Mas eu estou do seu lado, Amada."

"Ela é que é. Dela é que eu preciso. Você pode ir, mas ela é que eu tenho de ter." Seus olhos se esticaram até o máximo, negros como o céu todo noturno.

"Não faço nada para você. Não machuco você nunca. Eu nunca machuco ninguém", disse Denver.

"Nem eu. Nem eu."

"O que você vai fazer?"

"Ficar aqui. Ser daqui."

"Eu também sou daqui."

"Então fique, mas nunca me diga o que fazer. Nunca mais faça isso."

"A gente estava dançando. Um minuto atrás a gente estava dançando. Vamos."

"Não quero." Amada levantou e foi deitar na cama. A quietude das duas ribombava pelas paredes como pássaros em pânico. Por fim, o fôlego de Denver se acalmou com a ameaça de uma perda irreparável.

"Me conte", disse Amada. "Me diga como Sethe fez você no barco."

"Ela nunca me contou a história toda", disse Denver.

"Me conte."

Denver subiu na cama e cruzou os braços debaixo do avental. Não tinha estado no quarto de arbustos nem uma vez desde que Amada se sentara no toco depois da festa e nem se lembrara de que não tinha estado lá até aquele exato momento de desespero. Não havia lá nada que essa mulher-irmã não fornecesse em abundância: coração disparado, sonhos, sociedade, perigo, beleza. Ela engoliu duas vezes para se preparar para contar, para construir com as linhas que tinha ouvido toda a vida uma rede para prender Amada.

"A moçabranca tinha mãos boas, ela disse. Tinha braços finos, ela disse, mas mãos boas. Ela logo viu isso, ela disse. Cabelo que dava para cinco cabeças e mãos boas, ela disse. Acho que as mãos fizeram ela pensar que ia conseguir: levar nós duas para o outro lado do rio. Mas a boca foi que fez ela não sentir medo. Ela disse que não tem como a gente saber com gentebranca. Nunca se sabe quando eles vão dar o bote. Dizem uma coisa, fazem outra. Mas se você olhar na boca às vezes dá para dizer por aí. Ela disse que essa moça falava feito trovão, mas não tinha maldade em volta da boca. Levou a mãe para aquele barracão e fez massagem no pé dela, então isso foi uma coisa. E a mãe acreditou que a moça não ia entregar ela. Entregar um escravo fugido podia dar dinheiro e ela não tinha certeza se essa moça Amy não precisava de dinheiro mais que qualquer coisa, principalmente porque ela falava de arrumar veludo."

"O que é veludo?"

"É um pano, um pano grosso, macio."

"Continue."

"Bom, ela esfregou o pé da mãe até ficar vivo de novo e ela chorou, ela disse, de tanto que doía. Mas fez ela pensar que ela ia conseguir chegar até onde estava vovó Baby Suggs e..."

"Quem é essa?"

"Acabei de dizer. Minha avó."

"Era mãe de Sethe?"

"Não. Mãe do meu pai."

"Continue."

"Era onde estavam os outros. Meus irmãos e... a bebezinha. Ela mandou eles antes para esperar na vovó Baby. Então ela teve de aguentar tudo para chegar lá. E foi aí que essa moça Amy ajudou."

Denver parou e suspirou. Era essa a parte da história de que ela gostava. Estava chegando nela agora e adorava aquilo porque era toda sobre si mesma; mas detestava essa parte também porque a fazia sentir como uma conta a ser paga em algum lugar e ela, Denver, tinha de pagar. Mas a quem ela devia e o que tinha de pagar lhe escapava. Agora, vendo o rosto alerta e faminto de Amada, como ela absorvia cada palavra, fazia perguntas sobre a cor e o tamanho das coisas, sua ânsia aberta de saber, Denver começou a ver o que estava dizendo e não só a escutar: lá está aquela escrava de dezenove anos — um ano mais velha que ela —, andando pelo bosque escuro para chegar a seus filhos que estão longe. Ela está cansada, com medo talvez, e talvez até mesmo perdida. Quase todo o tempo está sozinha e dentro dela há um outro bebê em quem tem de pensar também. Atrás dela os cachorros, talvez; armas provavelmente; e com certeza os dentes com musgo. Ela não tem tanto medo da noite porque é da cor da noite, mas de dia cada som é um tiro ou o passo silencioso de um rastreador.

 Denver agora via e sentia — por meio de Amada. Sentia qual devia ter sido a sensação de sua mãe. Via como devia ter sido. E quanto mais esclarecia os pontos, quanto mais detalhes fornecia, mais Amada gostava. Então ela se adiantava às perguntas injetando sangue aos retalhos que sua mãe e avó tinham lhe contado — e uma pulsação. O monólogo se transformou, na verdade, em um dueto com as duas deitadas juntas, Denver alimentando o interesse de Amada como uma amante cujo prazer é superalimentar o amado. A colcha escura com dois quadrados coloridos estava lá com elas, porque Amada a queria junto de si quando dormia. Tinha cheiro de grama e contato de mãos — as mãos inquietas de mulheres ocupadas: secas, quentes, ásperas. Denver falava, Amada ouvia, e as duas fizeram o melhor que podiam para criar o que realmente acontecera, como realmente tinha sido, uma coisa que só Sethe sabia porque só ela tivera cabeça para aquilo e o tempo, depois, para moldá-la: a qualidade da voz de Amy, seu hálito como madeira queimando. As rápidas mudanças climáticas naqueles morros — fresco à noite, quente durante o dia, neblina súbita. Como tinha sido descuidada com essa moça-branca — um descuido nascido do desespero e encorajado pelos olhos fugidios de Amy e sua boca enternecedora.

"Você não tem nada que andar por esses morros, moça."
"Olhe quem está falando. Você tem menos ainda o que fazer

aqui. Se pegam você aqui cortam fora sua cabeça. Não tem ninguém atrás de mim, mas sei que tem alguém atrás de você." Amy apertou os dedos nas solas dos pés da escrava. "De quem é esse bebê?"

Sethe não respondeu.

"Você nem sabe. Vem cá, meu Deus!", Amy suspirou e balançou a cabeça. "Dói?"

"Um pouco."

"Sorte sua. Quanto mais dói, mais bem faz. Nada se cura sem doer, sabe? Está se retorcendo por quê?"

Sethe apoiou-se nos cotovelos. Ficar tanto tempo deitada de costas tinha provocado uma confusão entre suas escápulas. O fogo nos pés e o fogo nas costas a faziam suar.

"Minhas costas estão doendo", disse.

"As costas? Menina, você está um bagaço. Vire aí e deixe eu ver."

Num esforço tão grande que a deixou enjoada do estômago, Sethe virou sobre o lado direito. Amy desamarrou as costas do vestido e disse "Vem cá, meu Deus!" quando viu. Sethe concluiu que devia estar feio porque depois daquele apelo a Deus Amy ficou sem falar durante algum tempo. No silêncio de uma Amy calada de surpresa só para variar, Sethe sentiu os dedos daquelas mãos boas tocarem de leve suas costas. Conseguia ouvir a respiração da moçabranca, mas ela não disse nada. Sethe continuou imóvel. Não conseguia deitar de barriga para baixo nem de costas, e manter-se deitada de lado significava pressão nos pés, que gritavam. Amy enfim falou com sua voz de sonâmbula.

"É uma árvore, Lu. Uma árvore de arônia. Está vendo, aqui o tronco — é vermelho e bem aberto, cheio de seiva, e aqui tem a separação dos galhos. Tem uma porção de galhos. Folhas também, parece, e quero me danar se isto aqui não são botões. Uns botõezinhos de cerejeira, bem brancos. Tem uma árvore inteira nas suas costas. Florindo. O que Deus tinha em mente, eu me pergunto. Eu levei umas boas chicotadas, mas não me lembro de nada assim. E olhe que mr. Buddy tinha uma mão bem ruim. Dava chicotadas só de você olhar na cara dele. Dava, sim. Eu olhei na cara dele uma vez e ele explodiu e jogou o atiçador em mim. Acho que sabia o que eu estava pensando."

Sethe gemeu e Amy interrompeu sua divagação — o bastante para mudar os pés de Sethe, de forma que o peso, repousando agora em pedras cobertas com folhas, estava acima das pernas.

"Melhor assim? Nossa, que jeito de morrer. Você vai morrer aqui, sabe? Não tem saída. Agradeça ao seu Criador eu ter aparecido para você não ter de morrer lá fora no mato. Vem uma cobra e pica você. O urso come você. Quem sabe você devia ficar é lá onde você estava, Lu. Estou vendo pelas suas costas porque não ficou, ha-ha. Quem plantou essa árvore aí deixa mr. Buddy lá para trás. Que bom que eu não sou você. Bom, só dá para usar teia de aranha. O que tem aqui dentro não basta. Vou olhar lá fora. Podia usar musgo, mas às vezes tem bicho e coisas dentro. Quem sabe eu abro esses botões aí. Faço sair esse pus, não acha? Imagino o que Deus tinha em mente. Você deve ter feito alguma coisa. Não fuja para lugar nenhum agora."

Sethe ouviu enquanto ela se afastava cantarolando pelo mato procurando teias de aranha. Um cantarolar em que ela se concentrou porque assim que Amy saiu o bebê começou a se esticar. Boa pergunta, pensou. O que Ele tinha em mente? Amy tinha deixado aberto o fecho de trás do vestido de Sethe e agora ela sentiu uma rajada de vento nas costas, levando a dor um passo para trás. Um alívio que permitiu que sentisse a dor menor da língua machucada. Amy voltou com dois punhados de teias, que limpou de presas e depois usou para cobrir as costas de Sethe, dizendo que eram como enfeites numa árvore de Natal.

"Tinha uma negra velha que vinha na nossa casa. Ela não sabe nada. Costura para mrs. Buddy — renda fina mesmo, mas mal consegue juntar duas palavras. Ela não sabe nada, igual você. Você não sabe nada. Acaba morta, isso sim. Eu, não. Eu vou para Boston e vou arrumar um veludo para mim. Carmim. Você não sabe nem o que é isso, sabe? Agora, não vai saber nunca. Aposto que você nunca nem dormiu com o sol na cara. Eu, sim, um par de vezes. Eu quase sempre estou dando comida para o gado antes de clarear o dia e não consigo dormir até muito depois de ficar escuro. Mas eu estava na parte de trás da carroça uma vez e dormi. Dormir com o sol na cara é a melhor coisa que tem. Duas vezes eu fiz isso. Uma vez, quando era pequena. Não tinha ninguém para me amolar então. Da outra vez, na parte de trás da carroça, aconteceu de novo e, Deus me livre!, as galinhas escaparam. Mr. Buddy me deu chicotadas no traseiro. Kentucky não é um lugar bom de morar. Boston é que é bom de morar. Era lá que minha mãe estava antes de darem ela para mr. Buddy. Joe Nathan disse que mr. Buddy era meu pai, mas eu não acredito nisso, você acredita?"

Sethe disse que não acreditava que mr. Buddy fosse seu pai.

"Você conhece seu pai, conhece?"

"Não", disse Sethe.

"Nem eu. O que eu sei é que não é ele." Ela se levantou então, tendo terminado o trabalho de conserto, e trançando pelo barracão, os olhos lentos pálidos ao sol que iluminava seu cabelo, ela cantou:

> *Quando o trabalho do dia termina*
> *E cansada a minha menina*
> *Balança pra trás e pra frente;*

> *Quando à noite sopra o vento docemente,*
> *E os grilos no vale, longe, lá,*
> *cantam e cantam e cantam sem parar;*
> *Quando no bosque, encantadas,*
> *Em torno da rainha dançam as fadas,*
> *Do alto céu enevoado vem então*
> *A Dama de Olhos de Botão.*

De repente, ela parou de tecer e de balançar e sentou, os braços finos em torno dos joelhos, as boas boas mãos em torno dos cotovelos. Os olhos lentos pararam e olharam a terra a seus pés. "É a música da minha mãe. Ela que me ensinou."

> *Pela poeira, pela névoa, ao sol se pôr*
> *Até o nosso lar calmo e acolhedor,*
> *Onde ao som de um canto, docemente,*
> *Balança um berço pra trás e pra frente.*
> *Onde o relógio monótono diz assim*
> *Que o dia já chegou ao fim,*
> *Onde brilha no alto um raio de luar,*
> *E dormem no piso as coisas de brincar,*
> *À cansada pequenina vem então*
> *A Dama de Olhos de Botão.*

> *E ela pousa a sua mão tão fina,*
> *Abençoa a minha menina.*
> *Brancas mãos qual véu espalhadas*
> *Sobre a pequena cabeça cacheada,*
> *Parecem afagar carinhosas*
> *As miúdas tranças sedosas.*
> *Num gesto doce e seguro*
> *Fecha os dois olhos escuros*

*De um jeito tão manso, tão bom,
A Dama dos Olhos de Botão.*

Amy ficou sentada, quieta, depois de sua canção, e repetiu o último verso antes de se levantar, saiu do barracão e afastou-se um pouco para se encostar num freixo novo. Quando voltou, o sol estava no vale lá embaixo e elas bem acima dele na luz azul do Kentucky.

"Você ainda não morreu, Lu? Lu?"

"Ainda não."

"Faço uma aposta com você. Se aguentar esta noite, você aguenta o resto todo." Amy arrumou de novo as folhas para seu conforto e ajoelhou para massagear os pés inchados outra vez. "Vamos dar aqui mais uma boa esfregada", disse, e quando Sethe aspirou o ar entre os dentes ela disse: "Cale a boca. Você fique de boca fechada".

Cuidando da língua, Sethe mordeu os lábios e deixou as mãos boas trabalharem ao som da canção "Abelhas cantem doce, abelhas cantem baixo". Depois, Amy foi para o outro lado do barracão, onde, sentada, baixou a cabeça para o ombro e trançou o cabelo, dizendo: "Você não me morra esta noite, está ouvindo? Não quero ver a sua cara preta e feia em cima de mim me assombrando. Se morrer, você trate de ir para algum lugar onde eu não veja você, ouviu?".

"Ouvi", disse Sethe. "Vou fazer o que eu puder, miss."

Sethe nunca esperou ver mais nada neste mundo, então quando sentiu dedos tocando seu quadril levou algum tempo para sair de um sono que pensou ser a morte. Sentou-se, o corpo duro e trêmulo, enquanto Amy olhava suas costas sumarentas.

"Isto aqui está que é um diabo", disse Amy. "Mas você sobreviveu. Venha cá para baixo, Jesus, Lu sobreviveu. Por minha causa. Eu sou boa com coisa doente. Dá para andar, você acha?"

"Vou ter de botar água para fora de algum jeito."

"Vamos ver você andar então."

Não era fácil, mas era possível, então Sethe foi mancando, apoiada primeiro em Amy, depois num ramo novo.

"Eu que consegui. Sou boa com coisa doente, não sou?"

"É, sim", disse Sethe, "você é boa."

"Vamos ter de descer deste morro aqui. Vamos. Vou levar você rio abaixo. Deve ser bom para você. Eu vou para Pike. Direto para Boston. O que é isso no seu vestido todo?"

"Leite."

"Você está imunda."

Sethe olhou a barriga e tocou. O bebê estava morto. Ela não tinha morrido durante a noite, mas o bebê, sim. Se fosse assim, então não tinha como parar mais. Ia levar aquele leite para sua bebezinha nem que tivesse de nadar.

"Não está com fome?", Amy perguntou.

"Não estou com nada além de pressa, miss."

"Epa. Devagar. Quer um sapato?"

"Diga como."

"Eu sei como", disse Amy, e sabia mesmo. Rasgou dois pedaços do xale de Sethe, encheu com folhas e amarrou nos pés dela, falando sem parar.

"Quantos anos você tem, Lu? Eu já sangro há quatro anos, mas não vou ter filho de ninguém. Não vai me ver suando leite porque..."

"Eu sei", disse Sethe. "Porque vai para Boston."

Ao meio-dia, elas avistaram; aí, já estavam tão perto que dava para ouvir. No fim da tarde, podiam beber dele se quisessem. Quatro estrelas estavam visíveis quando encontraram não um barco de rio para levar Sethe embora, nem um barqueiro disposto a levar um passageiro fugitivo — nada disso —, mas um barco inteiro para roubar. Tinha só um remo, muitos buracos e dois ninhos de pássaros.

"Lá vai você, Lu. Jesus vai cuidar de você."

Sethe estava olhando um quilômetro e meio de água escura, que tinha de ser vencida com um remo num barco inútil contra uma correnteza que se dirigia para o Mississippi centenas de quilômetros à frente. Pareceu-lhe um lar e o bebê (nem um pouco morto) devia ter pensado isso também. Assim que Sethe chegou perto do rio, sua própria bolsa de água vazou para se juntar a ele. O rompimento, seguido por um redundante anúncio de trabalho de parto, arqueou-lhe as costas.

"Por que está fazendo isso?", Amy perguntou. "Não tem miolo na cabeça, não? Pare com isso, já. Eu disse para parar, Lu. Você é a coisa mais burra desta terra. Lu! Lu!"

Sethe não conseguiu pensar em nenhum lugar para ir senão o barco. Esperou o intervalo de calma que vinha depois da onda de dor. De joelhos de novo, foi de quatro para dentro do barco. Ele gingou debaixo dela e ela mal teve tempo de apoiar os pés embrulhados em folhas no banco quando outra contração tirou-lhe o fôlego. Ofegando debaixo de quatro estrelas de verão, jogou as pernas por cima das laterais, porque vinha saindo a cabeça, Amy informou como se ela não soubesse — como se o rasgar fosse a quebra de troncos de nogueira na braçadeira, ou o recorte de um raio num céu de couro.

Empacou. De cara para cima e afogada em sangue da mãe. Amy parou de implorar a Jesus e começou a xingar o pai Dele.

"Empurre!", gritou Amy.

"Puxe", Sethe sussurrou.

E as mãos fortes entraram em ação pela quarta vez, e bem na hora, porque a água do rio, entrando por todos os buracos que escolhia, estava se espalhando pelo quadril de Sethe. Ela esticou um braço para trás e agarrou a corda enquanto Amy agarrava bem a cabeça. Quando um pé subiu do leito do rio e chutou o fundo do bote e as nádegas de Sethe, ela entendeu que estava terminado e se permitiu um breve desmaio. Ao voltar a si, não ouviu choro, apenas o ninar encorajador de Amy. Nada aconteceu durante tanto tempo que as duas pensaram que tinham perdido a criança. Sethe arqueou o corpo de repente e a placenta voou para fora. Então o bebê gemeu e Sethe olhou. Havia cinquenta centímetros de cordão saindo da barriga do bebê e ele tremia no ar frio da tarde. Amy enrolou a saia em volta dele e as duas mulheres molhadas e pegajosas se arrastaram para a terra para ver o que, de fato, Deus tinha em mente.

Esporos de samambaia azul voavam nos baixios ao longo das margens na direção da água em linhas prata-azuladas difíceis de ver a não ser que se estivesse dentro ou perto delas, deitado bem na margem do rio quando os reflexos do sol estão baixos e pálidos. Muitas vezes, pensa-se que são insetos — mas são sementes em que gerações inteiras dormem, confiantes num futuro. E, por um momento, é fácil acreditar que cada um tem um futuro — virá a ser tudo o que está contido no esporo: viverá seus dias conforme o planejado. Esse momento de certeza não dura mais que isso; mais, talvez, do que o esporo em si.

Na margem do rio, na fresca de uma noite de verão, duas mulheres lutaram debaixo de uma chuva de azul prateado. Elas achavam que nunca mais iam se ver neste mundo e no momento pouco se importavam. Mas ali, numa noite de verão cercada de samambaia azul, juntas fizeram algo corretamente e bem. Um patrulheiro que passasse teria rido de caçoada ao ver duas pessoas jogadas, duas fora da lei — uma escrava e uma branca descalça sem grampos no cabelo — enrolando um bebê de dez minutos nos trapos que vestiam. Mas nenhum patrulheiro apareceu e nenhum pregador. A água sugava e engolia a si mesma abaixo delas. Não havia nada para distraí-las de seu trabalho. Então, elas o fizeram corretamente e bem.

Veio o anoitecer e Amy disse que tinha de ir embora; que não queria ser encontrada morta à luz do dia num rio movimentado ao lado de uma fugitiva. Depois de lavar as mãos e o rosto no rio, ela se pôs de pé e olhou o bebê enrolado e amarrado no peito de Sethe.

"Ela nunca vai saber quem sou eu. Vai contar para ela? Quem foi que trouxe ela para este mundo?" Levantou o queixo, olhou para o espaço onde o sol estava. "Melhor contar para ela. Está ouvindo? Diga miss Amy Denver. De Boston."

Sethe sentiu que estava caindo num sono que, sabia, seria profundo. No limiar dele, na horinha de apagar, pensou: "Bonito isso. Denver. Bonito mesmo".

Estava na hora de pôr as cartas na mesa. Antes de Paul D chegar e sentar na escada da varanda, palavras sussurradas na saleta a tinham alimentado. Ajudavam-na a suportar o fantasma castigador; renovavam os rostos de bebê de Howard e Buglar e os mantinham inteiros no mundo porque em seus sonhos ela via apenas partes deles nas árvores; e mantinham seu marido na sombra, mas *lá* — em algum lugar. Agora o rosto de Halle entre a prensa e o batedor de manteiga ficava maior e maior, enchia os olhos dela e fazia doer sua cabeça. Ela queria os dedos de Baby Suggs moldando sua nuca, dando-lhe nova forma, dizendo: "Baixe isso, Sethe. Arma e escudo. Baixe. Baixe. As duas coisas. Baixe na margem do rio. Espada e escudo. Não estude guerra mais. Baixe essa confusão toda. Espada e escudo". E, sob a pressão de seus dedos e as instruções da voz tranquila, ela baixava. Suas pesadas lâminas contra a miséria, o remorso, a amargura e a mágoa, ela colocava uma a uma na margem onde a água clara corria por baixo.

Nove anos sem os dedos ou a voz de Baby Suggs era demais.

E palavras sussurradas na saleta eram muito pouco. O rosto melado de manteiga de um homem que Deus fizera mais doce que todos exigia mais: a construção de um arco ou a confecção de uma roupa. Algum tipo de rito fúnebre. Sethe resolveu ir à Clareira, lá onde Baby Suggs tinha dançado ao sol.

Antes do 124 e de todo mundo que lá morava se fechar, se velar, se trancar; antes de a casa se transformar em brinquedo de espíritos e lar dos esfolados, o 124 tinha sido uma casa alegre, movimentada, onde Baby Suggs, sagrada, amava, alertava, alimentava, castigava e acalmava. Onde não um, mas dois caldeirões borbulhavam no fogão; onde o lampião brilhava a noite inteira. Estranhos descansavam enquanto crianças experimentavam seus sapatos. Mensagens eram deixadas ali, pois quem delas precisasse com certeza iria logo parar um dia ali. Falava-se baixo e exato — porque Baby Suggs, sagrada, não aprovava excesso. "Tudo depende de se saber quanto", dizia ela, e "Bom é saber quando parar".

Foi em frente a *esse* 124 que Sethe desceu de uma carroça, a recém-nascida amarrada no peito, e sentiu pela primeira vez os braços amplos da sogra, que tinha conseguido chegar a Cincinnati. Que tinha decidido que, como sua vida escrava "estragou suas pernas, costas, cabeça, olhos, mãos, rins, útero e língua", nada mais lhe restava senão ganhar a vida apenas com seu coração — que ela punha para funcionar de imediato. Sem aceitar nenhum título honorífico antes de seu nome, mas permitindo uma pequena carícia depois, ela se tornou uma pregadora sem igreja, pregadora que visitava púlpitos e abria seu grande coração para aqueles que podiam usá-lo. No inverno e no outono ela o levava aos AMEs [Afrometodistas Episcopais] e Batistas, Sagrados e Santificados, à Igreja do Redentor e dos Redimidos. Sem ser chamada, sem vestimentas, não ordenada, ela deixava seu grande coração bater na presença deles. Quando chegava o calor, Baby Suggs, sagrada, seguida por todo homem, mulher e criança negros que conseguiam andar, levava seu grande coração à Clareira — um amplo espaço aberto recortado no bosque ninguém sabia por quê, no fim de uma trilha conhecida apenas pelos gamos e por quem tinha limpado o terreno. No calor de cada tarde de sábado, ela sentava na clareira enquanto as pessoas esperavam entre as árvores.

Depois de se situar em uma imensa pedra chata, Baby Suggs baixava a cabeça e rezava em silêncio. A congregação observava das árvores. Sabiam que ela estava pronta quando baixava seu bastão. Então, ela gritava: "Que venham as crianças!", e eles corriam das árvores para Baby Suggs.

"Que suas mães escutem o seu riso", ela dizia, e o bosque vibrava. Os adultos olhavam e não podiam deixar de sorrir.

Então "Que venham os homens adultos", ela gritava. Eles avançavam um a um do meio das árvores ressonantes.

"Que suas esposas e seus filhos vejam vocês dançarem", ela dizia a eles, e o chão tremia vivo debaixo de seus pés.

Por fim, ela chamava a si as mulheres. "Chorem", dizia a elas. "Pelos vivos e pelos mortos. Só chorem." E, sem cobrir os olhos, as mulheres se soltavam.

Começava assim: crianças rindo, homens dançando, mulheres chorando e depois se misturavam. As mulheres paravam de chorar e dançavam; os homens se sentavam e choravam; as crianças dançavam, as mulheres riam, as crianças choravam até, exaustas e acabadas, todos e cada um caírem na Clareira, molhados e sem fôlego. No silêncio que se seguia, Baby Suggs, sagrada, oferecia a eles o seu grande imenso coração.

Não lhes dizia para limpar suas vidas ou ir e não pecar mais. Não lhes dizia que eram abençoados na terra, seus mansos herdeiros ou seus puros à glória destinados.

Dizia-lhes que a única graça que podiam ter era a graça que conseguissem imaginar. Que, se não vissem isso, não a teriam.

"Aqui", dizia ela, "aqui neste lugar, nós somos carne; carne que chora, ri; carne que dança descalça na relva. Amem isso. Amem forte. Lá fora não amam a sua carne. Desprezam a sua carne. Não amam seus olhos; são capazes de arrancar fora os seus olhos. Como também não amam a pele de suas costas. Lá eles descem o chicote nela. E, ah, meu povo, eles não amam as suas mãos. Essas que eles só usam, amarram, prendem, cortam fora e deixam vazias. Amem suas mãos! Amem. Levantem e beijem suas mãos. Toquem outros com elas, toquem uma na outra, esfreguem no rosto, porque eles não amam isso também. Vocês têm de amar, *vocês*! E não, eles não amam a sua boca. Lá, lá fora, eles vão cuidar de quebrar sua boca e quebrar de novo. O que sai de sua boca eles não vão ouvir. O que vocês gritam com ela eles não ouvem. O que vocês põem nela para nutrir seu corpo eles vão arrancar de vocês e dar no lugar os restos deles. Não, eles não amam sua boca. *Vocês* têm de amar. É da carne que estou falando aqui. Carne que precisa ser amada. Pés que precisam descansar e dançar; costas que precisam de apoio; ombros que precisam de braços, braços fortes, estou dizendo. E, ah, meu povo, lá fora, escutem bem, não amam o seu pescoço sem laço, e ereto. Então amem seu pescoço; ponham a mão nele, agradem, alisem e endireitem bem. E todas as suas partes de dentro que eles são capazes de jogar para os porcos, vocês têm de amar. O fígado escuro, escuro — amem, amem e o bater do batente coração, amem também. Mais que olhos e pés. Mais que os pulmões que ainda vão ter de respirar ar livre. Mais que seu útero guardador da vida e suas partes doadoras de vida, me escutem bem, amem seu coração. Porque esse é o prêmio." Sem dizer mais, ela se levantava então e dançava com o quadril torto o resto que seu coração tinha a dizer enquanto os outros abriam a boca e lhe davam música. Notas longas até a harmonia de quatro partes estar perfeita para sua carne profundamente amada.

Sethe queria estar lá agora. Pelo menos ouvir os espaços que o canto de muito antes havia deixado para trás. Pelo menos receber da mãe morta de seu marido uma pista sobre o que devia fazer com sua espada e escudo agora, bom Jesus, agora, nove anos depois que Baby Suggs, sagrada, se revelou uma mentirosa, dispensou seu grande coração e ficou caída na cama da saleta levantando só de vez em quando por causa de sua vontade de cor e não por nada mais.

"Aquelas coisas brancas tiraram tudo o que eu tinha ou sonhava", ela dizia, "e quebraram as cordas do meu coração também. Não existe má sorte no mundo sem gente branca." O 124 se fechou e teve de aguentar o veneno de seu fantasma. Nada de lampião aceso a noite inteira, nem vizinhos visitando. Nada de conversas em voz baixa depois do jantar. Nada de se olhar crianças descalças brincando com os sapatos de estranhos. Baby Suggs, sagrada, acreditava que tinha mentido. Não havia graça — nem real, nem imaginária —, e nenhuma dança numa Clareira ensolarada podia mudar isso. Sua fé, seu amor, sua imaginação e seu grande e velho coração começaram a entrar em colapso vinte e oito dias depois que sua nora chegou.

Porém foi para a Clareira que Sethe resolveu ir — para prestar tributo a Halle. Antes que a luz mudasse, quando ainda era o lugar verde abençoado de que ela se lembrava: enevoado com o vapor das plantas e das frutinhas em decomposição.

Ela pôs um xale e mandou que Denver e Amada pusessem também. As três saíram um domingo, no fim da manhã, Sethe na frente, as garotas trotando atrás, sem vivalma à vista.

Quando chegaram à floresta, ela não demorou para encontrar o caminho porque gente da cidade grande agora realizava ali, regularmente, festas de renascimento, completas, com mesas cheias de comida, banjos e uma barraca. A velha trilha era um caminho agora, mas ainda coberto por um arco de árvores que derrubava castanhas na relva abaixo.

Não havia nada a fazer além do que ela fizera, mas Sethe culpava a si mesma pelo colapso de Baby Suggs. Por mais que Baby negasse, Sethe sabia que a tristeza no 124 começara quando ela saltou da carroça, a recém-nascida amarrada no peito enrolada na roupa de baixo de uma moçabranca que ia para Boston.

Com as duas garotas atrás, seguindo por um corredor verde brilhante de carvalhos e castanheiras, Sethe começou a transpirar um suor igual ao que suara ao acordar, coberta de lama, nas margens do Ohio.

Amy tinha ido embora. Sethe estava sozinha e fraca, mas viva e vivo estava seu bebê. Andou um pouco, rio abaixo, depois ficou olhando a água cintilante. Uma barcaça acabou aparecendo, mas não conseguia ver se as figuras em cima dela eram gentebranca ou não. Começou a suar de uma febre pela qual agradeceu a Deus, uma vez que ia, com certeza, aquecer seu bebê. Quando a barcaça estava além de seu campo de visão, ela seguiu em frente e se viu diante de três pretos pescando — dois meninos e um homem mais velho. Ela parou e esperou falarem com ela. Um dos meninos apontou e o homem olhou para ela por cima do ombro — um olhar rápido, pois tudo o que ele precisava saber podia ver num segundo.

Ninguém disse nada durante algum tempo. Então o homem falou: "Vai atravessar?".

"Sim, senhor", Sethe disse.

"Alguém sabe que está chegando?"

"Sim, senhor."

Ele olhou para ela de novo e indicou com a cabeça uma pedra que se projetava do chão acima dele como um lábio inferior. Sethe foi até ela e sentou-se. A pedra tinha comido os raios do sol, mas não estava nem de longe tão quente quanto ela. Cansada demais para se mexer, ela ficou ali, o sol nos olhos a deixava tonta. Vertia suor por todo o corpo e banhava completamente o bebê. Deve ter dormido sentada, porque quando abriu os olhos de novo o homem estava parado na frente dela com um pedaço de enguia frita nas mãos, soltando fumaça de quente. Foi um esforço estender a mão e pegar, maior ainda sentir o cheiro, impossível comer. Ela implorou água e ele lhe deu um pouco do Ohio numa caneca. Sethe bebeu tudo e pediu mais. Tinha voltado a sentir o martelar na cabeça, mas se recusava a acreditar que tinha andado tudo aquilo, suportado tudo o que suportara, para morrer do lado errado do rio.

O homem olhou o rosto escorrido dela e chamou um dos meninos.

"Tire esse casaco", disse.

"Hã?"

"Você me ouviu."

O menino despiu o casaco, choramingando. "O que o senhor vai fazer? O que eu vou vestir?"

O homem desamarrou o bebê do peito dela e o embrulhou com o casaco do menino, amarrando as mangas na frente.

"O que eu vou vestir?"

O velho suspirou e, depois de uma pausa, disse: "Se quer de volta, vá em frente e tire desse bebê. Deixe o bebê pelado no mato e vista o casaco de novo. E se tiver coragem de fazer isso, vá para algum outro lugar e não volte".

O menino baixou os olhos, depois foi se juntar ao outro. Com a enguia na mão, o bebê a seus pés, Sethe cochilou, de boca seca e suada. Veio a noite e o homem tocou seu ombro.

Ao contrário do que esperava, subiram o rio na barcaça, para longe do bote a remo que Amy tinha encontrado. Quando ela já estava pensando que ele a estava levando de volta a Kentucky, ele virou a barcaça e atravessou o Ohio como um tiro. Ajudou-a a subir a margem íngreme, enquanto o menino sem casaco levava o bebê que o usava. O homem a levou para uma cabana coberta de palha, com chão de terra batida.

"Espere aqui. Alguém já vem. Não se mexa. Eles encontram você."

"Obrigada", disse ela. "Queria saber seu nome para lembrar direito do senhor."

"O nome é Selo", disse ele. "Selo Pago. Vigie esse bebê, está ouvindo?"

"Vigio. Vigio", disse ela, mas não vigiou. Horas depois uma mulher estava em cima dela sem ela ter ouvido nada. Uma mulher baixa, jovem, com um saco de aniagem, a cumprimentou.

"Vi o sinal já faz um tempo", disse ela. "Mas não consegui chegar antes."

"Que sinal?", Sethe perguntou.

"Selo deixa o chiqueiro velho aberto quando alguém atravessa. E amarra um pano branco na estaca se é uma criança."

Ela se ajoelhou e esvaziou o saco. "Meu nome é Ella", disse, e tirou um cobertor de lã, algodão, duas batatas-doces assadas e um par de sapatos de homem. "Meu marido, John, está longe daqui. Vai para onde?"

Sethe contou sobre Baby Suggs, para onde tinha mandado seus três filhos.

Ella enrolou uma faixa apertada no umbigo da bebê, enquanto ouvia em busca das lacunas — as coisas que os fugitivos não contam; as perguntas que não fazem. Ouviu também em busca das pessoas não nomeadas, não mencionadas que ficaram para trás. Sacudiu as pedrinhas de dentro dos sapatos de homem e tentou enfiar os pés de Sethe dentro deles. Não entravam. Com tristeza, ela rasgou os calcanhares dos sapatos, triste mesmo de destruir uma coisa tão valiosa. Sethe vestiu o casaco do menino, sem ousar perguntar se havia alguma notícia das crianças.

"Elas passaram", disse Ella. "Selo levou alguns desse bando. Deixou na Bluestone. Não fica muito longe."

Sethe não conseguia pensar em nada para fazer, de tão grata que estava; então, descascou uma batata, comeu, cuspiu e comeu mais um pouco em muda comemoração.

"Eles vão ficar contentes de ver você", disse Ella. "Quando nasceu esta aqui?"

"Ontem", disse Sethe, enxugando o suor debaixo do queixo. "Espero que ela consiga viver."

Ella olhou a carinha suja, minúscula, espiando de dentro do cobertor de lã, e balançou a cabeça. "Difícil dizer", disse. "Se alguém me perguntasse, o que eu diria era 'Não ame nada'." Então, como para abrandar seu pronunciamento, sorriu para Sethe. "Teve o bebê sozinha?"

"Não. Uma moçabranca me ajudou."

"Então melhor a gente ir em frente."

Baby Suggs beijou sua boca e se recusou a deixar que visse os filhos. Estavam dormindo, disse, e Sethe estava feia demais para acordá-los no meio da noite. Ela pegou a recém-nascida e entregou para uma mulher jovem de touca, disse para não limpar-lhe os olhos enquanto não conseguisse urina da mãe.

"Ela não chorou ainda?", Baby perguntou.

"Um pouco."

"Tem tempo. Vamos curar a mãe."

Levou Sethe para a saleta e, à luz de um lampião de querosene, lavou-a por partes, a começar pelo rosto. Depois, enquanto esperava esquentar outra panela de água, sentou a seu lado e costurou algodão cinzento. Sethe cochilou e acordou para lavar as mãos e os braços. Depois de cada lavada, Baby a cobria com uma colcha e punha uma outra panela para esquentar no fogão.

Rasgando lençóis, costurando algodão cinzento, ela supervisionou a mulher de touca que cuidava do bebê e chorava na comida que fazia. Quando as pernas de Sethe estavam limpas, Baby olhou os pés e enxugou-os delicadamente. Limpou entre as pernas de Sethe com duas panelas separadas de água quente e enfaixou sua barriga e sua vagina com lençóis. Por fim, atacou os pés irreconhecíveis.

"Sente isto?"

"Sente o quê?", Sethe perguntou.

"Nada. Levante." Ela ajudou Sethe até a cadeira de balanço e baixou os pés dela dentro de um balde com água salgada e zimbro. O resto da noite Sethe ficou sentada, de molho. A crosta dos mamilos Baby amaciou com banha e depois lavou. Ao amanhecer, a bebê silenciosa acordou e mamou o leite da mãe.

"Graças a Deus não estragou", disse Baby. "E quando terminar, me chame." Ao se virar para ir embora, Baby Suggs vislumbrou alguma coisa escura no lençol da cama. Franziu a testa e olhou a nora curvada para o bebê. Rosas de sangue se abriam no cobertor sobre os ombros de Sethe. Baby Suggs escondeu a boca com a mão. Quando a amamentação terminou e a recém-nascida adormeceu — os olhos meio abertos, a língua sugando em sonho —, sem dizer uma palavra, a mulher mais velha untou as costas floridas e prendeu um pano com o dobro da espessura na parte de dentro do vestido recém-costurado.

Ainda não era real. Não ainda. Mas quando os meninos sonolentos e a menina já-engatinhando? foram trazidos, não importava se era real ou não. Sethe deitou na cama debaixo, em volta, por cima, entre, mas principalmente junto com todos eles. A menininha babava saliva clara em seu rosto e o riso delicado de Sethe era tão alto que a bebê já-engatinhando? piscou. Buglar e Howard brincaram com seus pés feios, depois de se desafiarem para ver quem seria o primeiro a tocá-los. Ela ficava beijando os dois. Beijou a nuca deles, o alto da cabeça e o centro da palma da mão e foram os meninos que resolveram que já bastava quando ela levantou as camisas para beijar suas barrigas redondas e firmes. Ela parou quando e porque eles perguntaram: "Papai vem?".

Ela não chorou. Disse "logo" e sorriu para eles pensarem que o brilho em seus olhos era só amor. Só um bom tempo depois deixou Baby Suggs espantar os meninos para fora, de forma que Sethe pudesse colocar o vestido cinzento que a sogra tinha começado a costurar na noite anterior. Por fim, ela se deitou e aninhou a menina já-engatinhando? nos braços. Segurou o mamilo esquerdo com dois dedos da mão direita e a criança abriu a boca. As duas se reconheceram.

Baby Suggs entrou e riu delas, contou para Sethe que a menina estava forte, que era esperta, já engatinhando. Depois abaixou-se para recolher a bola de trapos que tinha sido a roupa de Sethe.

"Nada vale a pena guardar disto aqui", disse.

Sethe levantou os olhos. "Espere", disse. "Olhe e veja se ainda tem alguma coisa amarrada na anágua."

Baby Suggs passou o tecido esfarrapado entre os dedos e encontrou alguma coisa que parecia pedregulho. Estendeu para Sethe. "Presente de despedida?"

"Presente de casamento."

"Bom seria se tivesse um noivo para acompanhar." Olhou os brincos na mão. "O que você acha que aconteceu com ele?"

"Não sei", disse Sethe. "Ele não estava onde disse que ia me encontrar. Tive de ir embora. Tinha de ir." Sethe olhou um momento os olhos sonolentos da menina que mamava, depois olhou o rosto de Baby Suggs. "Ele vai conseguir. Se eu consegui, com certeza Halle consegue."

"Bom, ponha isto aqui. Quem sabe ilumina o caminho

dele." Convencida de que seu filho estava morto, ela entregou as pedras a Sethe.

"Tenho de furar a orelha."

"Eu furo", disse Baby Suggs. "Assim que você aguentar."

Sethe sacudiu os brincos para prazer da menina já-engatinhando?, que estendia as mãos para eles o tempo todo.

Na Clareira, Sethe encontrou a velha pedra de pregação de Baby e lembrou do cheiro de folhas tremulando ao sol, o trovão dos pés e gritos que arrancava os brotos dos ramos de castanheira. Com o coração de Baby Suggs no controle, as pessoas se abandonavam.

Sethe tinha vivido então vinte e oito dias — o trajeto de uma lua inteira — de vida não escrava. Da saliva clara que a sua filhinha babara em seu rosto até seu sangue oleoso foram vinte e oito dias. Dias de cura, facilidade e conversa de verdade. Dias de companhia: de saber os nomes de quarenta, cinquenta outros negros, suas ideias, seus hábitos; onde tinham estado e o que tinham feito; de sentir a alegria e a tristeza deles junto à dela, que deixavam tudo melhor. Uma lhe ensinou o alfabeto; outra, um ponto. Todos lhe ensinaram como era acordar de manhã e *escolher* o que fazer do dia. Foi assim que suportou a espera por Halle. Passo a passo, no 124, na Clareira, junto com os outros, ela recuperou a si mesma. Libertar-se era uma coisa; reclamar a propriedade desse eu libertado era outra.

Agora, estava sentada na pedra de Baby Suggs, Denver e Amada olhando para ela das árvores. Nunca haverá um dia, pensou, em que Halle virá bater na porta. Sem saber que era difícil; sabendo que era mais difícil.

Só os dedos, pensou. Me deixe sentir ao menos seus dedos na minha nuca e eu deixo tudo, abro um caminho neste descaminho. Sethe baixou a cabeça e realmente eles ali estavam. Mais leves agora, não muito mais que toques de penas de pássaro, mas inconfundíveis dedos acariciantes. Tinha de relaxar um pouco para deixar que trabalhassem, tão leve era o toque, quase infantil, mais um beijo de dedos que uma pressão. Mesmo assim, ficou agradecida pelo esforço; o amor a longa distância de Baby Suggs era igual a qualquer tipo de amor rente à pele que ela conhecera. O desejo, quanto mais o gesto, de preencher suas necessidades já bastava para levantar seu ânimo até o ponto em que poderia dar o próximo passo: pedir alguma palavra esclarecedora; algum conselho de como lidar com um cérebro que tem fome de notícias com que ninguém consegue conviver, num mundo que adora fornecê-las.

Ela sabia que Paul D estava acrescentando alguma coisa a sua vida — alguma coisa com que ela queria contar, mas de que tinha medo. Agora ele acrescentara mais: novas imagens e velhas relembranças que lhe partiam o coração. No espaço vazio de não ter notícias de Halle — um espaço às vezes colorido de injustificado ressentimento pelo que podia ter sido covardia dele, ou burrice, ou má sorte —, aquele lugar vazio de nenhuma notícia definitiva se enchia agora de uma tristeza nova em folha e quem podia saber quantas mais estavam a caminho. Anos antes — quando o 124 era vivo —, ela tivera amigas mulheres, amigos homens de toda parte para repartir a tristeza com ela. Depois, não houve mais nenhum, porque eles não iam visitá-la enquanto o fantasma da bebê enchia a casa, e ela devolvia a reprovação deles com o potente orgulho dos maltratados. Mas agora havia alguém com quem repartir isso, e ele havia expulsado o espírito naquele dia em que entrara na casa, e não havia sinal dele desde então. Uma bênção, porém em seu lugar ele trouxera outro tipo de assombro: o rosto de Halle besuntado de manteiga e coalho também; sua boca cheia de ferro, e Deus sabe o que mais ele podia contar para ela se quisesse.

Os dedos que tocavam seu pescoço estavam mais fortes agora — os movimentos mais ousados, como se Baby Suggs estivesse ganhando forças. Com os polegares na nuca e os dedos apertando os lados. Mais forte, mais forte, os dedos se mexiam devagar em torno de sua laringe, fazendo pequenos círculos no caminho. Sethe ficou na verdade mais surpresa do que assustada ao descobrir que estava sendo estrangulada. Ou assim parecia. De qualquer forma, os dedos de Baby Suggs a seguravam agora de um jeito que não dava para respirar. Caiu para a frente no banco de pedra e agarrou as mãos que não estavam lá. Seus pés esperneavam quando Denver chegou junto a ela e depois Amada.

"Mãe! Mãe!", Denver gritou. "Mamãe!", e virou a mãe de costas.

Os dedos soltaram e Sethe teve de aspirar grandes goles de ar até reconhecer o rosto da filha junto ao seu e o de Amada pairando acima.

"Tudo bem?"

"Alguém me sufocou", disse Sethe.

"Quem?"

Sethe esfregou o pescoço e lutou para se sentar. "Vovó Baby, eu acho. Só pedi para ela *massagear* meu pescoço como fazia antes e ela estava fazendo bem, de repente enlouqueceu com aquilo, acho."

"Ela não faria isso com a senhora, mãe. Vovó Baby? Uhm-hum."

"Me ajude a levantar."

"Olhe." Amada estava apontando o pescoço de Sethe.

"O que é? O que está vendo?", Sethe perguntou.

"Marca roxa", disse Denver.

"No meu pescoço?"

"Aqui", disse Amada. "Aqui e aqui também." Estendeu a mão e tocou as manchas, que iam ficando mais escuras que a pele do pescoço de Sethe, e seus dedos estavam extremamente frios.

"Isso não ajuda nada", disse Denver, mas Amada estava se inclinando, as duas mãos a tocar a pele úmida que tinha a sensação de camurça e o aspecto de tafetá.

Sethe gemeu. Os dedos da garota eram tão frescos e hábeis. A vida amarrada, fechada, pisando em ovos de Sethe cedeu um pouquinho, amaciou, e parecia que o vislumbre de felicidade que vira nas sombras de mãos dadas a caminho da festa era uma possibilidade real — se ela conseguisse ao menos lidar com a notícia que Paul D trouxera e as notícias que ele guardava para si. Se conseguisse isso. Não quebrar, nem despencar, nem chorar toda vez que uma imagem odiosa surgia na frente de sua cara. Nem desenvolver alguma loucura permanente como a amiga de Baby Suggs, uma mulher jovem de touca, cuja comida era cheia de lágrimas. Como tia Phyllis, que dormia com os olhos bem abertos. Como Jackson Till, que dormia debaixo da cama. Tudo o que ela queria era continuar. Como tinha feito. Sozinha com sua filha na casa assombrada ela controlava absolutamente tudo. Por que agora, com Paul D em vez do fantasma, estava fraquejando, precisando de Baby? O pior tinha passado, não tinha? Ela já havia atravessado para o outro lado, não tinha? Com o fantasma no 124 ela conseguia aguentar, fazer, resolver qualquer coisa. Agora, bastara uma sugestão do que acontecera a Halle para ela sair correndo como um coelho à procura da mãe.

Os dedos de Amada eram celestiais. Debaixo deles e respirando regularmente de novo, a angústia desapareceu. A paz que Sethe tinha vindo procurar ali a penetrou.

Devemos ser uma visão e tanto, pensou, fechou os olhos para ver: as três mulheres no meio da Clareira, na base da pedra onde

Baby Suggs, sagrada, tinha amado. Uma sentada, esticando o pescoço para as mãos delicadas de uma das duas ajoelhadas à sua frente.

Denver olhou o rosto das outras duas. Amada observava o trabalho que seus polegares faziam e devia ter amado o que viu porque inclinou-se e beijou com ternura abaixo do queixo de Sethe.

Assim ficaram algum tempo porque nem Denver nem Sethe sabiam como não ficar assim: como interromper e não amar o jeito ou a sensação dos lábios que beijavam e beijavam. Então Sethe agarrou o cabelo de Amada e, piscando depressa, separou-se dela. Depois, ela achou que foi porque o hálito da garota cheirava exatamente como leite novo que disse para ela, severa, de testa franzida: "Já passou da idade para isso".

Olhou para Denver e viu que o pânico estava para se transformar em outra coisa, então depressa se pôs de pé, desmanchando o quadro.

"Vamos, de pé! De pé!" Sethe acenou para as garotas se levantarem. Ao saírem da Clareira, pareciam exatamente as mesmas que tinham chegado: Sethe à frente, as garotas um pouco atrás. Todas silenciosas como antes, mas com uma diferença. Sethe estava incomodada, não por causa do beijo, mas porque, pouco antes, quando estava se sentindo tão bem de deixar Amada remover a dor com a massagem, os dedos que estava adorando e os que a tinham acalmado antes de estrangulá-la a lembraram de alguma coisa que agora lhe escapava. Mas uma coisa era certa, Baby Suggs não a tinha estrangulado, como pensara de início. Denver tinha razão, e caminhando debaixo das manchas de luz entre as árvores, agora com a cabeça clara — longe do encantamento da Clareira —, Sethe lembrou do toque daqueles dedos que conhecia melhor que os seus próprios. Eles a tinham banhado por partes, envolvido seu útero, penteado seu cabelo, untado seus mamilos, costurado suas roupas, limpado seus pés, ungido suas costas, e deixavam absolutamente tudo que estavam fazendo para massagear a nuca de Sethe, principalmente nos primeiros dias, quando seu espírito caía sob o peso de coisas de que se lembrava e coisas de que não se lembrava: o professor escrevendo com tinta que ela mesma tinha feito enquanto os sobrinhos brincavam com ela; o rosto da mulher de chapéu de feltro quando se levantou para se espreguiçar no campo. Podia passar pelas mãos do mundo todo, mas conheceria as mãos de Baby Suggs do mesmo jeito que conheceria as mãos boas da moçabranca que queria veludo. Só que durante dezoito anos tinha morado em uma casa cheia de toques do outro lado. E os polegares que apertaram sua nuca eram esses mesmos. Talvez fosse para aí que tinha ido. Depois que Paul D o expulsou do 124, talvez ele tivesse se recolhido à Clareira. Compreensível, ela pensou.

Não estava mais intrigada com o porquê de ter levado Denver e Amada junto — na hora parecera-lhe impulso, com um vago desejo de proteção. E as garotas a tinham salvado, Amada tão agitada que se comportava como uma menina de dois anos de idade.

Como um leve cheiro de queimado que desaparece quando o fogo é apagado ou a janela é aberta para entrar uma brisa, a suspeita de que o toque da garota era tão exatamente igual ao do bebê fantasma se dissipou. De qualquer forma, era só uma pequena perturbação — não forte o bastante para desviá-la da ambição que crescia agora dentro dela: queria Paul D. Independentemente do que dissesse ou soubesse, ela o queria em sua vida. Mais do que para homenagear Halle, era isso que tinha vindo esclarecer na Clareira, e agora *estava* esclarecido. Confiança e relembrança, sim, do jeito que acreditava que devia ser quando ele a aninhou na frente do fogão. O peso e o ângulo dele; os pelos verdadeiros da barba dele; mãos arqueadas para trás, educadas. Os olhos expectantes e o terrível poder humano. A cabeça dele que entendia a dela. A história dela era suportável porque era dele também — contar, refinar, contar de novo. As coisas que nenhum dos dois sabia sobre o outro — as coisas que nem tinham palavras que as descrevessem —, bem, essas viriam a seu tempo: como foi levado a chupar ferro; a morte perfeita de sua bebezinha já-engatinhando?

Queria voltar — depressa. Colocar aquelas garotas preguiçosas em algum trabalho que enchesse suas cabeças voadoras. Andando depressa pelo corredor verde, agora mais fresco porque o sol se deslocara, ocorreu-lhe que as duas eram parecidas como irmãs. A obediência e absoluta confiabilidade afloravam com surpresa. Sethe compreendia Denver. A solidão a tornara reservada — automanipulada. Anos de assombração a tinham amortecido de um jeito que não dava para acreditar e afiado de um jeito que também não dava para acreditar. A consequência era uma filha tímida, mas de cabeça dura, que Sethe morreria para proteger. A outra, Amada, ela conhecia menos, nada — a não ser que não havia nada que não fizesse para Sethe; e que Denver e ela gostavam da companhia uma da outra. Agora, ela achava que tinha entendido por quê. As duas manifestavam ou se apegavam a seus sentimentos de formas harmoniosas. O que uma tinha a dar a outra tinha prazer em receber. As duas se penduraram nas árvores que circundavam a Clareira, depois correram para dentro dela com gritos e beijos quando Sethe sufocou — pelo menos foi assim que ela explicou a si mesma porque não viu nem competição entre as duas, nem dominação de uma delas. Estava com a cabeça no jantar que queria preparar para Paul D — uma coisa difícil de fazer, uma coisa que ela faria assim mesmo — para dar início à sua nova vida, mais forte, com um homem terno. Aquelas batatinhas miúdas douradas de todos os lados, cheias de pimenta; vagem com torresmo; abóbora-amarela borrifada com vinagre e polvilhada com açúcar. Talvez milho cortado da espiga e frito com cebolinha verde e manteiga. Até pão de fermento.

Sua cabeça, vasculhando a cozinha antes de entrar nela, estava tão cheia de suas oferendas que não viu de imediato, no espaço debaixo da escada branca, a banheira de madeira e Paul D sentado dentro dela. Sorriu para ele e ele sorriu de volta.

"O verão deve ter acabado", disse ela.

"Entre aqui."

"Uhm-hum. As garotas estão bem aqui atrás de mim."

"Não escuto ninguém."

"Tenho de cozinhar, Paul D."

"Eu também." Ele se levantou e a fez ficar ali enquanto a abraçava. O vestido dela ficou encharcado com a água do corpo dele. Seu queixo perto da orelha dela. O queixo dela tocando o ombro dele.

"O que você vai cozinhar?"

"Pensei num pouco de vagem."

"Ah, sei."

"Fritar um pouco de milho?"

"É."

Era inquestionável que ela podia fazer aquilo. Como no dia em que chegara ao 124 — com toda certeza, tinha leite bastante para todos.

Amada entrou pela porta e eles deviam ter ouvido os passos dela, mas não ouviram.

Respirando e murmurando, respirando e murmurando. Amada ouviu os dois assim que a porta se bateu atrás dela. Deu um pulo com a batida e virou a cabeça para os sussurros que vinham de trás da escada branca. Deu um passo e sentiu vontade de chorar. Tinha estado tão perto, e ainda mais perto. E aquilo era tão melhor que a raiva que dominava quando Sethe fazia ou pensava alguma coisa que a deixava de fora. Ela não conseguia aguentar as horas — nove ou dez horas todo dia, menos um — que Sethe passava fora. Suportar nem mesmo as noites em que estava próxima, mas fora da vista, atrás de paredes e portas, deitada ao lado dele. Mas agora até mesmo a luz do dia com que Amada contava, com que disciplinadamente passara a se contentar, estava sendo reduzida, dividida pela disposição de Sethe de prestar atenção em outras coisas. Nele principalmente. Ele que dissera para ela alguma coisa que a fizera ir correndo à floresta para falar sozinha em cima de uma pedra. Ele que a mantinha escondida à noite atrás de portas. E ele que agora a abraçava sussurrando atrás da escada depois de Amada ter resgatado o pescoço dela e estar pronta agora para pôr a mão na mão daquela mulher.

Amada virou e saiu. Denver não tinha chegado, ou então estava esperando em algum lugar lá fora. Amada foi olhar, parou para observar um cardeal saltar de um ramo para um galho. Seguiu a mancha sanguínea que mudava entre as folhas até perdê-la de vista, e mesmo assim continuou andando, para trás, ainda faminta por mais um vislumbre.

Virou finalmente e correu pelo bosque até o ribeirão. Parada à margem, observou seu reflexo. Quando o rosto de Denver juntou-se ao seu, elas se olharam na água.

"Foi você que fez, eu vi", disse Denver.

"O quê?"

"Vi a sua cara. Você que fez ela estrangular."

"Não fiz nada."

"Você me disse que ama ela."

"Eu curei, não curei? Não curei o pescoço dela?"

"Depois. Depois que estrangulou o pescoço dela."

"Beijei o pescoço dela. Não estrangulei. O aro de ferro que estrangulou."

"Eu vi você." Denver agarrou o braço de Amada.

"Cuidado, menina", disse Amada e, soltando o braço, correu na frente o mais depressa que pôde ao longo do ribeirão que cantava no outro lado do bosque.

Sozinha, Denver se perguntou se realmente estava errada. Ela e Amada estavam paradas nas árvores cochichando, enquanto Sethe estava sentada na pedra. Denver sabia que a Clareira era o lugar onde Baby Suggs pregava, mas isso foi quando era bebezinho. Nunca tinha estado lá, que se lembrasse. O 124 e o campo de trás era tudo o que conhecia ou queria do mundo.

Houve tempo em que soubera mais e quisera saber mais. Seguira a trilha que levava a uma outra casa de verdade. Ficara atrás da janela, escutando. Quatro vezes fizera isso sozinha — se esgueirara do 124 no começo da tarde, quando a mãe e a avó baixavam a guarda, pouco antes do jantar, depois do trabalho; a hora vazia antes da mudança para as atividades da noite. Denver saíra à procura da casa que outras crianças visitavam, mas não ela. Quando encontrou, ficou intimidada demais para ir à porta da frente, então espiou pela janela. Lady Jones estava sentada numa cadeira de espaldar reto; diversas crianças sentadas de pernas cruzadas no chão, na frente dela. Lady Jones com um livro. As crianças com lousas. Lady Jones estava falando alguma coisa baixo demais para Denver escutar. As crianças estavam repetindo depois dela. Quatro vezes Denver foi olhar. Na quinta vez, Lady Jane a pegou e disse: "Entre pela porta da frente, miss Denver. Isto aqui não é um espetáculo de feira".

Teve então quase um ano inteiro da companhia de seus pares e junto com eles aprendeu a soletrar e contar. Tinha sete anos e aquelas duas horas da tarde eram preciosas para ela. Principalmente porque tinha feito aquilo sozinha e ficara satisfeita e surpresa com a satisfação e surpresa que produzira em sua mãe e irmãos. Por um níquel ao mês, Lady Jones fazia o que gentebranca achava desnecessário, senão ilegal: enchia sua saleta com crianças pretas que tinham tempo e interesse em aprender nos livros. O níquel que levava para Lady Jones amarrado num nó no lenço, amarrado ao cinto, a emocionava. O esforço de manejar com habilidade o giz e evitar o guincho que podia fazer; o W maiúsculo, o *i* minúsculo, a beleza das letras de seu nome, as frases profundamente tristes da Bíblia que Lady Jones usava como livro didático. Denver praticava toda manhã; estrelava toda tarde. Ficava tão feliz que nem sabia que estava sendo evitada por seus colegas de classe — que eles davam desculpas e mudavam o passo para não andar ao lado dela. Foi Nelson Lord — o menino tão esperto quanto ela — quem acabou com aquilo; que fez a pergunta sobre sua mãe que pôs o giz, o *i* minúsculo e todo o resto daquelas tardes para sempre fora de seu alcance. Ela teria rido quando ele perguntou, ou lhe dado um empurrão, mas não havia maldade na cara dele, nem na voz. Apenas curiosidade. Mas o que deu um pulo dentro dela quando ele perguntou era uma coisa que sempre estivera ali dentro.

Ela nunca mais voltou. No segundo dia em que não foi, Sethe lhe perguntou por que não ia. Denver não respondeu. Estava apavorada demais para fazer a seus irmãos ou a qualquer outra pessoa a pergunta de Nelson Lord, porque certos sentimentos estranhos e aterrorizantes sobre sua mãe vinham se juntando em torno da coisa que pululava dentro dela. Depois, quando Baby Suggs morreu, ela não estranhou Howard e Buglar terem fugido. Ela não concordava com Sethe de que eles haviam ido embora por causa do fantasma. Se assim fosse, por que demoraram tanto? Tinham vivido com o fantasma tanto quanto ela. Mas, se Nelson

Lord estava certo, não era de admirar que eles vivessem zangados e longe de casa o máximo possível.

Enquanto isso, os sonhos monstruosos e incontroláveis sobre Sethe encontraram alívio na concentração com que Denver começou a observar o bebê fantasma. Antes de Nelson Lord, ela pouco se interessara por essas coisas. A paciência de sua mãe e sua avó na presença dele a deixava indiferente a ele. Então ele começou a irritá-la, a esgotá-la com suas diabruras. Foi quando ela saiu para ir atrás das crianças na casa-escola de Lady Jones. Agora, ele continha para ela toda a raiva, amor e medo com que não sabia o que fazer. Mesmo quando conseguia reunir coragem para fazer a pergunta de Nelson Lord, não conseguia ouvir a resposta de Sethe, nem as palavras de Baby Suggs, nem nada depois. Durante dois anos viveu num silêncio sólido demais para se penetrar, mas que deu a seus olhos uma capacidade em que até ela achava difícil de acreditar. As narinas negras de um pardal sentado num galho vinte metros acima de sua cabeça, por exemplo. Durante dois anos, ela não ouviu nada e, então, ouviu um trovão próximo subindo a escada. Baby Suggs pensou que era Aqui Rapaz correndo por lugares aonde nunca ia. Sethe achou que era a bola de borracha indiana com que os meninos brincavam descendo pela escada.

"Esse maldito cachorro ficou maluco?", Baby Suggs gritou.

"Ele está na varanda", disse Sethe. "Olhe a senhora mesma."

"Bom, o que é isso que estou ouvindo, então?"

Sethe bateu a tampa do fogão. "Buglar! Buglar! Já falei para não usar bola aqui dentro." Ela olhou a escada branca e viu Denver no alto.

"Ela estava tentando subir."

"O quê?" O pano com que costumava pegar a tampa do fogão estava embolado na mão de Sethe.

"A bebê", disse Denver. "Não ouviram ela engatinhando?"

O que concluir primeiro era o problema: que Denver não escutava nada ou que a bebezinha já-engatinhando? ainda estava tentando e mais do que nunca?

A volta da audição de Denver, cortada por uma resposta que não suportara escutar, religada pelo som de sua irmã morta tentando subir a escada, assinalava mais uma mudança no destino das pessoas do 124. Daí em diante, a presença estava cheia de rancor. Em vez de suspiros e acidentes, havia abuso dirigido e deliberado. Buglar e Howard foram ficando furiosos com a companhia das mulheres da casa e passavam carrancudos e mudos todo o tempo que lhes sobrava dos trabalhos avulsos de carregar água e levar alimento aos estábulos na cidade. Até que o rancor se tornou tão pessoal que expulsou cada um. Baby Suggs ficou cansada, foi para a cama e lá ficou até seu grande e velho coração desistir. A não ser por um ocasional pedido de cor, ela praticamente não falava nada — até uma tarde no último dia de sua vida em que saiu da cama, saiu devagarinho pela porta da saleta e anunciou a Sethe e Denver a lição que tinha aprendido em seus sessenta anos de escrava e dez anos de liberdade: que não havia má sorte no mundo, mas sim gentebranca. "Eles não sabem quando parar", disse, e voltou para a cama, puxou a colcha e deixou-as com essa ideia para sempre.

Pouco depois disso, Sethe e Denver tentaram chamar à razão o bebê fantasma, mas não chegaram a lugar nenhum. Foi preciso um homem, Paul D, para gritar com ele, expulsá-lo e tomar o seu lugar. E, com festa ou sem festa, Denver preferia o bebê venenoso a ele, a qualquer dia. Durante os primeiros dias depois da mudança de Paul D, Denver ficou no armário esmeralda o máximo possível, solitária como uma montanha e quase tão grande, pensando que todo mundo tinha alguém, menos ela; pensando que até a companhia de um fantasma lhe era negada. Então, quando viu o vestido preto com dois sapatos desamarrados embaixo, ela estremeceu em secreto agradecimento. Fosse qual fosse o seu poder e como ela o usava, Amada era *dela*. Denver ficou alarmada com o mal que pensou que Amada planejava para Sethe, mas se sentiu impotente para desviá-lo, tão irrestrita era a sua necessidade de amar alguém. A demonstração a que assistiu na Clareira a envergonhou porque a escolha entre Sethe e Amada era sem conflito.

A caminho do ribeirão, além da casa de mato verde, ela permitiu-se perguntar o que aconteceria se Amada realmente resolvesse sufocar sua mãe. Deixaria acontecer? Assassinato, Nelson Lord tinha dito. "Sua mãe não foi presa por assassinato? Você não estava lá com ela quando ela foi levada?"

Foi a segunda pergunta que, durante muito tempo, impossibilitou fazer a Sethe a primeira pergunta. A coisa que saltava tinha ficado enrolada num lugar bem assim: um escuro, uma pedra e alguma outra coisa que se mexia sozinha. Ela ficou surda para não ouvir a resposta e assim como as pequenas florzinhas de maravilha procuravam abertamente a luz do sol, depois se fechavam apertadas quando o sol ia embora, Denver cuidava do bebê e se retirava de todo o resto. Até Paul D chegar. Mas o dano que ele fez se desmanchou com a miraculosa ressurreição de Amada.

Logo adiante, à margem do riacho, Denver podia ver a silhueta dela, parada descalça dentro da água, as saias pretas levantadas acima das panturrilhas, a bela cabeça baixa em concentrada atenção.

Denver piscou as lágrimas recentes e aproximou-se dela — querendo uma palavra, um sinal de perdão.

Denver tirou os sapatos e entrou na água junto com ela. Levou um minuto para ela desviar os olhos do espetáculo da cabeça de Amada para ver o que ela estava olhando.

Uma tartaruga nadava ao longo da margem, virou e subiu

para a terra seca. Não muito atrás dela, havia outra, indo na mesma direção. Quatro placas colocadas debaixo de uma tigela superior imóvel. Atrás dela na relva a outra avançava depressa, depressa para cobri-la. A força inexpugnável dele — levantando as patas perto dos ombros dela. Os pescoços abraçados — o dela esticado para cima na direção do dele curvado para baixo, o pat pat pat das cabeças que se tocavam. Não havia altura maior que o pescoço desejoso dela, esticado como um dedo na direção do dele, arriscando tudo fora do casco só para tocar seu rosto. A gravidade de seus escudos, se chocando, contrabalançava e caçoava das cabeças a se tocar.

Amada soltou as dobras da saia. Que se espalhou em volta dela. A barra escureceu na água.

Longe das vistas de Míster, longe, louvado seja Seu nome, do sorridente patrão dos galos, Paul D começou a tremer. Não de uma vez e não de forma que alguém pudesse perceber. Quando virou a cabeça, buscando um último olhar para a Irmão, virou o máximo que permitia a corda que prendia seu pescoço ao eixo da carroça e, depois, quando prenderam o ferro em torno de seus tornozelos e travaram os pulsos também, não havia nenhum sinal externo de tremor. Nem dezoito dias depois, quando ele viu os fossos; os trezentos metros de terra — um metro e meio de profundidade, um metro e meio de largura, dentro do qual havia caixas de madeira encaixadas. Uma porta de grades que se podia levantar por dobradiças como uma jaula abria para dentro de três paredes e um teto de serragem e terra vermelha. Sessenta centímetros disso acima da cabeça; noventa centímetros de trincheira aberta à frente, com tudo o que rasteja ou desliza bem-vindo àquele túmulo que se intitulava quarto. E havia mais quarenta e cinco iguais. Ele foi mandado para lá depois de tentar matar Brandywine, o homem para quem o professor o havia vendido. Brandywine o levava, acorrentado a outros dez, através de Kentucky até a Virginia. Ele não sabia exatamente o que o levara a tentar — além de Halle, Seiso, Paul A, Paul F e Míster. Mas o tremor já estava instalado quando ele soube que aquilo estava ali.

Porém ninguém mais sabia, porque começou por dentro. Uma espécie de frêmito, no peito, depois nas escápulas. A sensação era de ondular — suave a princípio, depois intenso. Como se, quanto mais para o sul o levassem, mais o seu sangue, congelado com um poço de gelo durante vinte anos, começasse a degelar, se quebrando em pedaços que, uma vez derretidos, não tinham escolha senão formar redemoinhos e turbilhões. Às vezes, era na perna. Depois ia para a base da coluna. Quando o soltaram da carroça e ele não viu nada além de cachorros e dois barracos num mundo de grama ciciante, o sangue conturbado o sacudia para a frente e para trás. Mas ninguém percebia. Os pulsos que estendeu para os braceletes aquela noite eram firmes, como eram firmes as pernas em que se apoiava quando prenderam correntes aos ferros dos tornozelos. Mas, quando o jogaram dentro da caixa e baixaram a porta da jaula, suas mãos pararam de aceitar instruções. Por si sós, viajaram. Nada podia detê-las ou chamar sua atenção. Elas não seguravam seu pênis para urinar, nem a colher para levar à boca os bocados de feijão-de-lima. O milagre de sua obediência veio com a marreta ao amanhecer.

Todos os quarenta e seis homens acordaram com um tiro de rifle. Todos os quarenta e seis. Três homensbrancos percorreram o fosso destrancando as portas uma a uma. Ninguém saiu para fora. Quando o último cadeado foi destrancado, os três voltaram e levantaram as grades, uma por uma. E um por um os homens negros emergiram — prontamente e sem o cutucão da coronha do rifle se estavam ali há mais de um dia; prontamente com a coronha se, como Paul D, tinham acabado de chegar. Quando os quarenta e seis estavam formando uma fila no fosso, outro tiro de rifle indicou que deviam subir para o chão acima, onde se estendiam trezentos metros da melhor corrente forjada à mão na Georgia. Cada homem se curvava e esperava. O primeiro pegava a ponta e passava pela argola no ferro de sua perna. Endireitava-se então, afastava-se um pouco e entregava a ponta da corrente para o prisioneiro seguinte, que fazia a mesma coisa. À medida que a corrente avançava, cada homem se punha no lugar do outro, a fila de homens virada para o outro lado, de frente para as caixas das quais tinham saído. Ninguém falava com o outro. Pelo menos não com palavras. Os olhos tinham de dizer o que havia a dizer: "Me ajude esta manhã; estou mal"; "Eu aguento"; "Homem novo"; "Firme agora, firme".

Terminado o acorrentamento, eles se ajoelhavam. O orvalho, quase sempre, ainda era neblina então. Pesada às vezes e se os cachorros estavam quietos e só respirando dava para ouvir os pombos. Ajoelhados na neblina, eles esperavam o capricho de um guarda, ou dois, ou três. Ou talvez todos quisessem. Quisessem de um prisioneiro em particular ou de nenhum — ou de todos.

"Café da manhã? Quer café da manhã, negão?"
"Sim, senhor."
"Com fome, negão?"
"Sim, senhor."
"Vamos lá."

De vez em quando, um homem ajoelhado escolhia um tiro na cabeça como o preço, talvez, por levar um pedaço de prepúcio com ele para Jesus. Paul D não sabia disso então. Olhava as mãos entorpecidas, sentia o cheiro do guarda, ouvia seus grunhidos baixos como os de um pombo, parado na frente do homem ajoelhado na neblina à sua direita. Convencido de que seria o próximo, Paul D vomitou — vomitou o nada. Um guarda que observava arrebentou-lhe o ombro com o rifle e o que estava ocupado resolveu pular o homem novo dessa vez para não sujar a calça e os sapatos com vômito de negro.

"Haaaiii!"

Era o primeiro som, além de "Sim, senhor", que um negro tinha permissão de falar toda manhã, e a corrente guia dava a esse som tudo o que ele tinha. "Haaaiii!" Nunca ficou claro para Paul D como ele sabia quando gritar aquela bênção. Chamavam-no de Homem do Hai e Paul D pensou, de início, que os guardas lhe diziam quando dar o sinal para os prisioneiros se levantarem dos joelhos e dançarem ao som da música do ferro forjado. Depois, duvidou disso. Até hoje acreditava que o "Haaaiii!" ao amanhecer e o "Huuuuu!" quando vinha o anoitecer eram a responsabilidade que o Homem do Hai assumia porque só ele sabia o que era o bastante, o que era demais, quando as coisas terminavam, quando a hora chegava.

Eles dançavam com a corrente pelos campos, pelo bosque até a trilha que terminava na inacreditável beleza do feldspato e lá as mãos de Paul D desobedeciam ao furioso tremular de seu sangue e prestavam atenção. Com uma marreta nas mãos e a condução do Homem do Hai, os homens suportavam. Eles cantavam e batiam, embaralhando as palavras para não serem entendidos; brincando com as palavras de forma que suas sílabas passassem outros significados. Cantavam sobre as mulheres que conheciam; as crianças que tinham sido; os animais que haviam domado eles próprios ou visto outros domarem. Cantavam sobre patrões, senhores e senhoritas; mulas e cachorros e sobre a sem--vergonhice da vida. Cantavam amorosamente sobre os cemitérios e as irmãs há muito desaparecidas. Sobre a carne de porco no bosque; a comida na panela; o peixe na linha; a cana, a chuva e cadeiras de balanço.

E batiam. As mulheres por terem conhecido a eles e não mais; as crianças por terem sido eles, mas nunca mais. Matavam um patrão com tamanha frequência e tão completamente que tinham de trazê-lo de volta à vida para esmagá-lo outra vez. Comendo bolo de milho debaixo dos pinheiros, eles batiam. Cantando canções de amor a mr. Morte, eles esmagavam sua cabeça. Mais que o resto, matavam a sedução que as pessoas chamavam de Vida por levá-los adiante. Levando-os a pensar que o próximo pôr do sol valeria a pena; que mais um toque do tempo faria acontecer afinal. Só quando ela morresse estariam seguros. Os bem-sucedidos — os que estavam lá anos bastantes para terem machucado, mutilado, talvez até enterrado a vida — ficavam de vigia sobre os outros que ainda estavam em seu abraço excitante, se preocupando e esperando, lembrando e recordando. Eram aqueles cujos olhos diziam "Me ajude, está mal"; ou "Cuidado", querendo dizer *hoje pode ser o dia em que eu mostro os dentes ou como minha própria porcaria ou fujo*, e era esta última coisa que tinha de ser evitada, porque se um largava a marreta e fugia, todos, todos os quarenta e seis, eram arrastados pela corrente que os prendia e nunca se sabia quem ou quantos seriam mortos. Um homem podia arriscar a própria vida, mas não a de seu irmão. Então, os olhos diziam "Firme aí" e "Conte comigo".

Oitenta e seis dias e fim. A vida estava morta. Paul D batia no traseiro dela o dia inteiro, todo dia, até não haver nela mais nem um gemido. Oitenta e seis dias e suas mãos estavam firmes, esperando serenamente cada noite chiada de ratos pelo "Haaaiii!" ao amanhecer e louco para agarrar o cabo da marreta. A vida rolava sobre os mortos. Ou pelo menos ele pensava.

Choveu.

As cobras desciam dos pinheiros e tsugas.

Choveu.

Ciprestes, álamos, freixos e palmeiras pendiam debaixo de cinco dias de chuva sem vento. No oitavo dia, os pombos sumiram, no nono dia as lagartixas sumiram. Cachorros deitados, com as orelhas baixas, olhavam por cima das patas. Os homens não podiam trabalhar. O acorrentamento era lento, o café da manhã abandonado, a dancinha virou um lento arrastar-se pela grama ensopada e a terra pouco confiável.

Foi decidido que todo mundo seria trancado nas caixas até parar a chuva ou abrir o tempo de forma que um homembranco pudesse andar, droga, sem encharcar a arma e os cachorros poderem parar de tremer. A corrente foi passada por quarenta e seis aros do melhor ferro forjado à mão da Georgia.

Choveu.

Nas caixas, os homens ouviam a água subir no fosso, temendo as cobras da água. Eles chapinhavam na água lodosa, dormiam em cima dela, mijavam nela. Paul D achou que estava gritando; sua boca estava aberta e havia aquele som alto de rachar a garganta — mas podia ser outro. Então pensou que estava chorando. Alguma coisa estava correndo por suas faces. Levantou as mãos para enxugar as lágrimas e viu lodo marrom escuro. Acima dele, fios de lodo escorriam por entre as tábuas do teto. Quando descer, pensou, vai me esmagar como um percevejo. Aconteceu tão depressa que ele não teve tempo de ponderar. Alguém puxou a corrente — uma vez — com tanta força que bateu em suas pernas e o jogou na lama. Ele nunca soube como entendeu — como qualquer um entendeu —, mas ele entendeu, sim — entendeu —, e pegou com as duas mãos e puxou a corrente à esquerda, para o homem seguinte também entender. A água estava acima dos tornozelos, cobrindo a prancha de madeira onde dormia. E de repente não era água mais. O fosso estava afundando e a lama vertia por baixo e através da grade.

Eles esperaram — cada um e todos os quarenta e seis. Sem

gritar, embora alguns devam ter enfrentado o diabo para não gritar. A lama estava batendo nas coxas e ele segurou a grade. Então veio — outro puxão — da esquerda dessa vez e menos forte que o primeiro por causa da lama por onde a corrente passava.

    Começou como o acorrentamento, mas a diferença era a força da corrente. Um a um, do Homem do Hai até o fim da linha, eles mergulharam. Afundaram na lama por baixo da grade, cegos, tateando. Alguns tiveram o bom senso de enrolar a camisa na cabeça, cobrir o rosto com trapos, calçar os sapatos. Outros simplesmente mergulharam, simplesmente afundaram, se espremeram para fora, batalharam para subir, em busca de ar. Alguns perderam o rumo e os vizinhos, sentindo o puxão confuso da corrente, os conduziram. Porque um perdido, todos perdidos. A corrente que os prendia salvaria todos ou nenhum e o Homem do Hai era o Parteiro. Pela corrente conversaram como Sam Morse e, Deus do Céu, subiram todos. Como os mortos inconfessos, zumbis à solta, segurando as correntes nas mãos, confiaram na chuva e no escuro, sim, mas sobretudo no Homem do Hai e um no outro.

    Além dos barracões onde estavam os cachorros em profunda depressão; além dos dois barracões de guarda, além do estábulo onde os cavalos dormiam, além das galinhas cujos bicos estavam enfiados nas penas, eles chapinharam. A lua não ajudava porque não estava lá. O campo era um charco, a trilha uma poça. Toda a Georgia parecia estar deslizando, derretendo. Sentiam o rosto chicoteado pelo musgo ao batalhar entre os ramos de carvalho que atravancavam o caminho. A Georgia compreendia todo o Alabama e o Mississippi na época, de forma que não havia fronteira de estado a atravessar e isso não importaria mesmo. Se soubessem disso, teriam evitado não só Alfred e seu belo feldspato, mas Savannah também e seguido para as ilhas Sea no rio que descia das montanhas Blue Ridge. Mas não sabiam disso.

Veio a luz do dia e eles se aninharam num bosque de olaias. Veio a noite e eles escalaram para um terreno mais alto, rezando para a chuva continuar a escudá-los, mantendo as pessoas em casa. Esperavam encontrar um barracão solitário, a alguma distância de uma casa grande, onde um escravo pudesse estar fazendo corda ou comendo batatas na grelha. O que encontraram foi um acampamento de cherokees doentes em homenagem a quem foi batizada uma rosa.

Dizimados, mas teimosos, estavam entre aqueles que escolhiam uma vida fugitiva em vez de Oklahoma. A doença que agora os assolava era remanescente daquela que matara metade de sua população duzentos anos antes. Entre aquela calamidade e esta, eles tinham visitado George III em Londres, publicado um jornal, feito cestos, conduzido Oglethorpe pelo bosque, ajudado Andrew Jackson a combater os creeks, cozinhado milho, criado uma Constituição, encaminhado uma petição ao rei da Espanha, tinham sofrido experimentos em Dartmouth, estabelecido asilos, registrado por escrito a sua língua, resistido aos colonos, atirado em ursos e traduzido a escritura. Tudo em vão. A mudança forçada para o rio Arkansas, insistência do mesmo presidente ao lado de quem lutaram contra os creeks, destruiu mais um quarto de sua população já abalada.

Era o fim, pensaram, e afastaram-se dos cherokees que assinaram o tratado, com o propósito de se retirar para o bosque e esperar o fim do mundo. A doença que sofriam agora era mero inconveniente comparada à devastação de que se lembravam. Mesmo assim, protegiam-se uns aos outros o melhor possível. Os saudáveis eram mandados alguns quilômetros adiante; os doentes ficavam para trás com os mortos — para sobreviver ou juntar-se a eles.

Os prisioneiros de Alfred, Georgia, sentaram-se em semicírculo perto do acampamento. Ninguém veio e eles continuaram sentados. Passaram-se horas e a chuva ficou mais fraca. Por fim, uma mulher pôs a cabeça para fora de sua casa. A noite veio e nada aconteceu. Ao amanhecer, dois homens com varíola cobrindo sua linda pele se aproximaram. Ninguém falou por um momento, então o Homem do Hai levantou a mão. Os cherokees viram as correntes e foram embora. Quando voltaram, cada um trazia um punhado de machadinhas. Duas crianças vinham atrás com uma tigela de mingau esfriando e ficando ralo na chuva.

Homens-búfalo os chamaram e falaram baixinho com os prisioneiros, que comiam mingau com a mão enquanto eles batiam nas correntes. Ninguém que vinha de uma caixa em Alfred, Georgia, se importava com a doença contra a qual os cherokees os alertaram, de forma que ficaram, os quarenta e seis, descansando e planejando o próximo passo. Paul D não tinha ideia do que fazer e sabia menos que qualquer um, ao que parecia. Ouviu os outros cocondenados falarem com propriedade de rios e estados, cidades e territórios. Ouviu os homens cherokees descreverem o começo do mundo e seu fim. Ouviu as histórias de outros homens-búfalo que conheciam — três dos quais estavam no acampamento saudável alguns quilômetros adiante. O Homem do Hai quis se juntar a eles; outros quiseram juntar-se a ele. Alguns quiseram ir embora; alguns ficar. Semanas depois, Paul D era o único homem-búfalo que restara — sem planos. Tudo o que conseguia pensar era em cães farejadores, embora o Homem do Hai tivesse dito que a chuva em que tinham ido embora não dava aos cães nenhuma chance de sucesso. Sozinho, último homem com cabelo de búfalo entre os adoentados cherokees, Paul D finalmente acordou e, admitindo sua ignorância, perguntou como podia seguir para o norte. O Norte Livre. O Norte Mágico. Receptivo, benevolente Norte. O cherokee sorriu e olhou em torno. A enchente das chuvas de um mês transformara tudo em vapor e flores.

"Para lá", disse, apontando. "Siga as flores das árvores", disse ele. "Só as flores das árvores. Aonde elas forem, você vai. Vai estar onde quer estar quando elas sumirem."

Ele então correu de ameixeira para pessegueiro em flor. Quando rareavam, ele ia para as flores de cerejeira, depois magnólia, cinamomo, pecã, nogueira e figueira-da-índia. Por fim, chegou a um campo de macieiras cujas flores estavam se transformando em pequenos nós de frutos. A primavera passeava para o norte, mas ele tinha de correr como louco para continuar sendo seu companheiro de viagem. De fevereiro a julho passou à procura de flores. Quando as perdeu e se viu sem nem ao menos uma pétala para orientá-lo, fez uma pausa, subiu numa árvore em cima de um morro e examinou o horizonte em busca de um lampejo de rosa ou branco no mundo de folhas que o cercava. Não tocava nelas nem parava para sentir seu perfume. Simplesmente seguia sua trilha, uma figura escura esfarrapada guiada pelas ameixeiras floridas.

O campo de macieiras acabou sendo Delaware, onde morava a dama tecelã. Ela o arrebatou assim que ele terminou de comer a salsicha que ela lhe deu e ele se enfiou na cama dela chorando. Ela o fez passar por seu sobrinho de Syracuse, simplesmente chamando-o pelo nome desse sobrinho. Dezoito meses e ele estava de novo procurando flores, só que dessa vez procurava com uma carreta.

Levou algum tempo para conseguir colocar Alfred, Georgia, Seiso, o professor, Halle, seus irmãos, Sethe, Míster, o gosto de ferro, a visão de manteiga, o cheiro da nogueira, o papel de caderno, um a um, dentro da lata de fumo alojada em seu peito. Quando chegou ao 124, nada neste mundo conseguia abri-la.

Ela fez uma mudança nele.

Não do jeito que ele havia combatido o bebê fantasma — todo golpes e gritos com janelas quebradas e frascos de geleia rolando. Mas ela o mudara mesmo assim, e Paul D não sabia como impedir isso porque parecia que ele próprio estava mudando a si mesmo. Imperceptivelmente, muito razoavelmente, estava se mudando do 124.

O começo foi muito simples. Um dia, depois do jantar, sentou-se na cadeira de balanço junto ao fogão, cansado até os ossos, batido pelo rio, e adormeceu. Acordou com os passos de Sethe descendo a escada branca para fazer o café da manhã.

"Achei que tinha saído para algum lugar", disse ela.

Paul D gemeu, surpreso por se ver exatamente onde estava da última vez que olhara.

"Não me diga que dormi nessa cadeira a noite inteira."

Sethe riu. "Eu? Não digo nem uma palavra."

"Por que não me acordou?"

"Acordei. Chamei você duas ou três vezes. Desisti por volta da meia-noite e aí achei que você tinha saído para algum lugar."

Ele se pôs de pé, esperando que as costas reagissem. Mas não reagiram. Nem um estalo, nem uma junta endurecida em parte alguma. Na verdade, sentia-se descansado. Algumas coisas são assim, pensou ele, lugares de sono bom. A base de certas árvores aqui e ali; um cais, um banco, um barco a remo uma vez, um monte de feno no geral, nem sempre a cama, e aqui, agora, uma cadeira de balanço, o que era estranho porque, em sua experiência, móveis eram o pior lugar para um bom sono.

Na noite seguinte, ele fez de novo e depois de novo. Estava acostumado a fazer sexo com Sethe quase todo dia, e para evitar a confusão que o brilho de Amada havia provocado nele ainda fazia questão de levá-la de volta escada acima de manhã, ou deitar com ela depois do jantar. Mas descobriu um jeito e uma razão para passar a maior parte da noite na cadeira de balanço. Disse a si mesmo que deviam ser suas costas — algum tipo de apoio de que precisava por causa de uma fraqueza que lhe ficara de dormir numa caixa na Georgia.

Assim continuou e podia ter continuado mas uma noite, depois do jantar, depois de Sethe, ele desceu, sentou na cadeira de balanço e não queria estar ali. Levantou-se e se deu conta de que não queria subir também. Irritado e querendo descansar, abriu a porta do quarto de Baby Suggs e deitou-se para dormir na cama onde a velha tinha morrido. Isso ajeitou tudo — ao que parecia. Passou a ser o seu quarto e Sethe não fez objeção — sua cama feita para dois estivera ocupada por uma só durante dezoito anos antes de Paul aparecer. E talvez fosse melhor assim, com garotas pela casa e ele não sendo seu verdadeiro marido. De qualquer forma, como não havia redução de seu apetite antes do café da manhã ou depois do jantar, ele nunca ouviu dela nenhuma reclamação.

Continuou assim e podia ter continuado assim, só que uma

noite, depois do jantar, depois de Sethe, ele desceu e deitou na cama de Baby Suggs e não queria estar ali.

Achou que estava tendo um acesso de casa, uma raiva vítrea que os homens têm às vezes quando a casa de uma mulher começa a prendê-los, quando sentem vontade de gritar ou quebrar alguma coisa ou, pelo menos, sair correndo. Sabia disso tudo, sentira isso muitas vezes — na casa da tecelã em Delaware, por exemplo. Mas sempre associava o acesso de casa com a mulher que havia nela. Aquele nervosismo não tinha nada a ver com a mulher, que ele amava um pouco mais a cada dia: suas mãos entre as verduras, sua boca quando ela molhava o fio antes de enfiar na agulha ou partia em dois terminada a costura, os olhos injetados de sangue quando defendia de algum insulto as duas garotas (e Amada também era dela agora) ou qualquer outra preta. Além disso, nesse acesso não havia raiva, nem sufocação, nem desejo de estar em outro lugar qualquer. Ele simplesmente não podia, não queria, dormir no andar de cima, nem na cadeira de balanço, nem, agora, na cama de Baby Suggs. Então foi para a despensa.

Assim foi e podia ter ficado assim, só que uma noite, depois do jantar, depois de Sethe, ele estava deitado num catre na despensa e não queria estar ali. Então, foi na câmara fria, que ficava fora, separada do corpo principal do 124, enrolado em cima de dois sacos de aniagem cheios de batatas-doces, olhando a lateral de uma lata de banha, que ele se deu conta de que o movimento era involuntário. Não era nervosismo dele; estava sendo evitado.

Então esperou. Visitava Sethe de manhã; dormia na câmara fria à noite e esperava.

Ela veio e ele sentiu vontade de derrubá-la.

Em Ohio, as estações são teatrais. Cada estação entra em cena como uma *prima donna*, convencida de que sua performance é a razão de o mundo ser povoado por pessoas. Quando Paul D foi expulso do 124 para um barracão nos fundos, o verão tinha sido expulso do palco aos apupos e o outono com suas garrafas de sangue e ouro detinha a atenção de todos. Mesmo à noite, quando devia haver um intervalo sossegado, não havia nenhum porque as vozes da paisagem moribunda eram insistentes e fortes. Paul D empilhava jornais embaixo e em cima dele mesmo, para dar uma ajuda ao cobertor fino. Mas a noite fria não estava em sua cabeça. Quando ele ouviu a porta se abrir atrás dele, recusou-se a virar para olhar.

"O que você quer aqui? O que você quer?" Ele devia ser capaz de ouvir a respiração dela.

"Quero que você me toque lá por dentro e chame meu nome."

Paul D não se preocupava mais com sua latinha de fumo. A tampa estava travada de ferrugem. Então, enquanto ela levantava as saias e virava a cabeça por cima do ombro, como as tartarugas tinham feito, ele simplesmente olhou a lata de banha, prateada ao luar, e falou baixinho.

"Quando gente boa recebe uma pessoa e trata bem, a gente tem de tentar ser bom de volta. Você não... Sethe adora você. Como se fosse sua própria filha. Você sabe disso."

Amada baixou as saias quando ele falou e olhou para ele com olhos vazios. Deu um passo que ele não ouviu e parou junto às costas dele.

"Ela não me ama do mesmo jeito que eu amo ela. Não amo ninguém além dela."

"Então por que veio aqui?"

"Quero que você me toque lá por dentro."

"Volte para aquela casa e vá para a cama."

"Você tem de me tocar. Lá por dentro. E tem de me chamar pelo meu nome."

Enquanto ficasse com os olhos pregados no prateado da lata de banha, ele estaria seguro. Se tremesse como a esposa de Lot e sentisse algum desejo feminino de ver a natureza do pecado atrás dele; se sentisse compaixão, talvez, pela maldição amaldiçoada, ou quisesse abraçá-la por respeito à ligação entre eles, ele também estaria perdido.

"Me chame pelo nome."

"Não."

"Por favor, chame. Eu vou embora se você chamar."

"Amada." Ele disse, mas ela não foi. Ela chegou mais perto com um pisar que ele não ouviu e não ouviu também o sussurro que os flocos de ferrugem fizeram quando caíram da tampa de sua lata de fumo. Então, quando a tampa cedeu ele não percebeu. O que sabia era que, quando estendeu a mão lá para dentro, estava dizendo: "Coração vermelho. Coração vermelho", repetindo, repetindo. Baixinho e depois tão alto que acordou Denver, depois o próprio Paul D. "Coração vermelho. Coração vermelho. Coração vermelho."

Voltar para a fome original era impossível. Para sorte de Denver, olhar era alimento bastante. Mas ser olhada de volta estava além do apetite; era romper sua própria pele até um lugar onde a fome não havia sido descoberta. Não precisava acontecer com frequência, porque Amada quase nunca olhava diretamente para ela, ou, quando olhava, Denver podia dizer que seu rosto era só o lugar onde aqueles olhos pousavam enquanto a mente por trás deles seguia em frente. Mas às vezes — em momentos que Denver não conseguia nem prever, nem criar —, Amada apoiava o rosto na mão dobrada e olhava para Denver com atenção.

Era adorável. Não ser observada, não ser vista, mas ser puxada à visão pelos olhos interessados, não críticos, de outrem. Ter o cabelo examinado como uma parte de si mesma, não como material ou um estilo. Ter os lábios, nariz, queixo acariciados como se ela fosse uma flor de beldroega que um jardineiro parasse para admirar. A pele de Denver se dissolvia nesse olhar e ficava macia e brilhante como o vestido de cambraia que estava com o braço na cintura de sua mãe. Ela flutuava perto, mas fora do próprio corpo, sentindo-se vaga e intensa ao mesmo tempo. Não precisava de nada. Era o que existia.

Nesses momentos, parecia que era Amada quem precisava de alguma coisa — queria alguma coisa. No fundo de seus grandes olhos negros, negros que não se pode exprimir, havia uma mão aberta para um tostão que Denver lhe daria alegremente, se ao menos soubesse como ou soubesse o suficiente a seu respeito, um conhecimento que não se teria pelas respostas às perguntas que Sethe às vezes lhe fazia: "Você deslembrou de tudo? Eu também não conheci minha mãe, mas vi algumas vezes. Você nunca viu a sua? Que tipo de brancos eles eram? Não lembra de nenhum?".

Amada coçava as costas da mão, dizia que se lembrava de uma mulher que era dela, e se lembrava de ter sido arrancada dela. Além disso, a lembrança mais clara que tinha, que repetia sempre, era da ponte — de estar parada na ponte olhando para baixo. E conhecia um homembranco.

Sethe achava aquilo notável e prova ainda maior para as suas conclusões, que confidenciou a Denver.

"Onde conseguiu o vestido, o sapato?"

Amada disse que pegou.

"De quem?"

Silêncio e um coçar mais rápido na mão. Ela não sabia; ela havia visto as coisas e simplesmente pegado.

"Uhm-hum", disse Sethe e falou para Denver que achava que Amada devia ter sido trancada por algum homembranco para seus próprios interesses, sem nunca poder sair. Que ela devia ter escapado por uma ponte ou algum lugar assim e lavado o resto da cabeça. Uma coisa desse tipo havia acontecido com Ella, só que eram dois homens — pai e filho —, e Ella se lembrava de tudinho. Por mais de um ano, eles a conservaram trancada num quarto só para eles.

"Você não consegue imaginar", Ella dissera, "o que eles dois fizeram comigo."

Sethe achou que isso explicava o comportamento de Amada com Paul D, que ela tanto detestava.

Denver nem acreditou nem comentou as especulações de Sethe, baixou os olhos e nunca disse uma palavra sobre a câmara fria. Tinha certeza de que Amada era o vestido branco que estava ajoelhado ao lado de sua mãe na saleta, a presença fiel à vida do bebê que lhe servira de companhia durante a maior parte de sua vida. E ser olhada por ela, mesmo que brevemente, a mantinha agradecida pelo resto do tempo em que era ela simplesmente que olhava. Além disso, tinha suas próprias perguntas que nada tinham a ver com o passado. Só o presente interessava a Denver, mas ela tomava o cuidado de não parecer inquisitiva a respeito de coisas que morria de vontade de perguntar a Amada, porque se insistisse demais podia perder o tostão que a mão espalmada queria, e perder, portanto, o lugar além do apetite. Era melhor banquetear-se, ter permissão de olhar, porque a velha fome — a fome pré-Amada que a levava ao buxinho e à colônia para ter um gosto de vida, para sentir a vida agitada e não chata — estava fora de questão. Olhar mantinha isso sob controle.

Então ela não perguntou a Amada sobre como sabia dos brincos, os passeios noturnos à câmara fria ou a pontinha da coisa que via quando Amada se deitava ou se despia no sono. O olhar, quando vinha, vinha quando Denver havia sido cuidadosa, explicara coisas, ou participara de coisas, ou contara histórias, para mantê-la ocupada enquanto Sethe estava no restaurante. Parecia não haver tarefa capaz de apagar aquele fogo vivo que parecia estar sempre queimando dentro dela. Nem quando torciam os lençóis com tanta força que a água escorria por seus braços. Nem quando limpavam com pás a neve do caminho para a privada externa. Ou quebravam dez centímetros de gelo no barril de água de chuva; areavam e ferviam os frascos de conserva do verão anterior, enchiam de lama as frestas do galinheiro e aqueciam os pintinhos com as saias. O tempo todo, Denver era obrigada a falar sobre o que estavam fazendo — o como e o porquê daquilo. Sobre pessoas que Denver conhecera ou tinha visto um dia, dando-lhes mais vida do que a vida tinha: a mulherbranca de cheiro doce que lhe trouxera laranjas, colônia e boas saias de lã; Lady Jones, que lhes ensinava canções para soletrar e contar; um lindo menino tão esperto quanto ela com uma marca de nascença como uma moeda no rosto. Um pregador branco que rezara por suas almas enquanto Sethe descascava batatas e vovó Baby aspirava com ruído. E contou a ela sobre Howard e Buglar: as partes da cama que pertenciam a cada um (a cabeceira reservada a ela); que antes de mudar para a cama de Baby Suggs ela nunca os vira dormir sem ser de mãos dadas. Ela os descreveu para Amada devagar, para conservar sua atenção, detendo-se em seus hábitos, nas brincadeiras que lhe ensinaram e não no susto que os foi afastando cada vez mais da casa — para qualquer lugar — e, por fim, para longe.

Esse dia, estão ao ar livre. Faz frio e a neve está dura como terra batida. Denver acabou de cantar a canção de contar que Lady Jones ensinava aos alunos. Amada está com os braços esticados e firmes, enquanto Denver desembaraça a roupa de baixo e as toalhas congeladas do varal. Uma a uma, coloca as roupas nos braços de Amada, até que a pilha, como um grande baralho de cartas, lhe chega ao queixo. O resto, aventais e meias marrons, Denver mesma leva. Tontas de frio, elas voltam para a casa. As roupas vão descongelar devagar até uma umidade perfeita para o ferro de passar, que vai deixá-las com cheiro de chuva quente.

Dançando em torno da sala com o avental de Sethe, Amada quer saber se existem flores no escuro. Denver põe mais gravetos no fogão e garante-lhe que existem. Rodopiando, o rosto emoldurado pelo cachecol, a cintura no abraço do cinto do avental, ela diz que está com sede.

Denver sugere aquecer um pouco de cidra, enquanto sua cabeça corre em busca de alguma coisa para fazer ou dizer que interesse e entretenha a dançarina. Denver é uma estrategista agora e tem de manter Amada a seu lado do minuto que Sethe sai para trabalhar até a hora de sua volta, quando Amada começa a vigiar a janela, depois a ir para a porta, descer a escada e ir para a rua. Essas maquinações produziram uma mudança marcante em Denver. Quando antes era indolente, reclamando de toda tarefa, ela agora é ágil, executando, até expandindo os encargos que Sethe deixa para elas. Tudo para poder dizer "Temos de" e "A mãe falou para a gente". Se assim não for, Amada fica fechada e sonhadora, ou quieta e mal-humorada, e as chances de Denver ser olhada por ela baixam a nada. Ela não tem controle sobre as noites. Quando sua mãe está por perto, Amada só tem olhos para Sethe. À noite, na cama, qualquer coisa pode acontecer. Ela pode querer lhe contar uma história no escuro quando Denver não pode vê-la. Ou pode se levantar e ir para a câmara fria onde Paul D começou a dormir. Ou pode chorar, baixinho. Ela pode até dormir como uma pedra, o hálito açucarado pelos dedos molhados no melado ou pelos farelos de biscoito. Denver se vira para ela então e, se Amada a encara, ela inala profundamente o doce ar de sua boca. Se não, terá de se inclinar por cima dela, de vez em quando, para sentir o aroma. Porque qualquer coisa é melhor do que a fome original — o tempo em que, depois de um ano de maravilhosos *is* minúsculos, frases rolando como massa de torta e a companhia de outras crianças, não havia mais nenhum som que lhe chegasse. Qualquer coisa é melhor do que o silêncio quando ela respondia a gestos de mão e era indiferente a movimentos de lábios. Quando via cada coisinha e as cores saltavam queimando aos olhos. Ela renunciará ao mais violento pôr do sol, a estrelas do tamanho de pratos de jantar e a todo o sangue do outono, ficando com o amarelo mais pálido, se vier de sua Amada.

A jarra de cidra é pesada, mas sempre é, mesmo quando vazia. Denver consegue carregá-la com facilidade, mas pede ajuda a Amada. Está na câmara fria ao lado do melado e de três quilos de queijo cheddar duro como osso. Há um catre no centro do espaço, coberto com jornais e um cobertor ao pé. Está sendo usado para dormir há quase um mês, embora a neve tenha chegado e, com ela, o sério inverno.

É meio-dia, bastante claro lá fora; dentro não está. Alguns recortes de sol penetram pelo teto e paredes, mas uma vez dentro são fracos demais para alterar sozinhos. O escuro é mais e os engole como peixinhos.

A porta bate. Denver não consegue perceber onde Amada está.

"Onde você está?", sussurra de um jeito risonho.

"Aqui", diz Amada.

"Onde?"

"Venha me pegar", diz Amada.

Denver estende o braço direito e dá um ou dois passos. Tropeça e cai em cima do catre. O jornal crepita sob seu peso. Ela ri de novo. "Ah, josta! Amada?"

Ninguém responde. Denver agita os braços e aperta os olhos para distinguir as sombras de sacos de batatas, de uma lata de banha, de um quarto de porco defumado daquela que pode ser humana.

"Pare de brincadeira", diz e olha para a luz para conferir e ter certeza de que ainda está na câmara fria e não em algum lugar num sonho. Os peixinhos de luz ainda nadam ali; não conseguem revelar onde ela está.

"Você é que está com sede. Quer a cidra ou não quer?" A voz de Denver é ligeiramente acusatória. Ligeiramente. Não quer ofender e não quer trair o pânico que está começando a envolvê-la como cabelos. Não há visão nem som de Amada. Denver luta com os jornais crepitantes para se pôr de pé. Estende a mão aberta, avança devagar para a porta. Não há trinco nem maçaneta — apenas um aro de arame para prender num prego. Ela empurra a porta. A fria luz do sol desloca o escuro. O quarto está exatamente como estava quando entraram — só que Amada não está ali dentro. Não há por que procurar mais, porque naquele lugar vê-se tudo ao primeiro olhar. Denver desvia os olhos porque a perda é incontrolável. Dá um passo de novo para dentro do barracão, deixa a porta bater depressa atrás dela. Escuro ou não, desloca-se rapidamente, procurando, tocando teias de aranha, queijo, prateleiras tortas, o catre interferindo em cada passo. Se tropeça, não tem noção disso porque não sabe onde seu corpo termina, qual parte dela é um braço, um pé ou um joelho. Sente-se como uma placa de gelo que se separou da superfície sólida de um riacho, flutuando no escuro, grosso e se chocando contra a borda das coisas. Quebrável, dissolvente e fria.

É difícil respirar e mesmo que houvesse luz ela não conseguiria ver nada porque está chorando. Exatamente como pensou que podia acontecer, aconteceu. Fácil como entrar numa sala. Uma aparição mágica num toco, um rosto apagado pelo sol, e uma desaparição mágica num barracão, devorada viva pelo escuro.

"Não", ela está dizendo entre os soluços duros. "Não. Não vá embora."

Isso é pior do que quando Paul D chegou ao 124 e ela chorou desamparada no fogão. Isto é pior. Naquele momento, foi por si própria. Agora está chorando porque não tem eu. A morte é uma refeição perdida comparada com isso. Ela pode sentir a espessura afinando, se dissolvendo no nada. Agarra o cabelo nas têmporas para arrancar pela raiz e deter o derretimento por um segundo. Dentes apertados, Denver interrompe os soluços. Não se mexe para abrir a porta porque não existe mundo lá fora. Resolve ficar na câmara fria e deixar que o escuro a engula como os peixinhos de luz no alto. Não vai suportar outra partida, outro truque. Acordar e não encontrar um irmão, depois o outro, ausentes dos pés da cama, o pé não mais apertando sua coluna. Sentar na cama e comer rabanetes e guardar o caldo para sua avó beber; a mão da mãe na porta da saleta e a voz dela dizendo: "Baby Suggs foi embora, Denver". E quando superou a preocupação com o que aconteceria se Sethe morresse ou Paul D a levasse embora, o sonho que se torna realidade se torna realidade deixando-a numa pilha de jornais no escuro.

Nem um passo a anuncia, mas ali está ela, parada onde antes não havia ninguém quando Denver olhou. E sorrindo.

Denver agarra a barra da saia de Amada. "Pensei que tinha me abandonado. Pensei que tinha ido embora."

Amada sorri. "Não quero aquele lugar. Este é o lugar onde estou." Senta-se no catre e, rindo, se deita olhando as frestas de luz acima.

Sub-repticiamente, Denver agarra um pedaço da saia de Amada entre os dedos e segura. Boa coisa ter feito isso, porque Amada de repente se senta.

"O que foi?", Denver pergunta.

"Olhe", ela aponta as frestas ensolaradas.

"O quê? Não vejo nada." Denver acompanha o dedo que aponta.

Amada baixa a mão. "Eu sou assim."

Denver fica olhando Amada se dobrar, se enrolar, oscilar o

corpo. Seus olhos não olham; o gemido é tão pequeno que Denver mal pode escutar.

"Você está bem? Amada?"

Amada focaliza os olhos. "Ali. O rosto dela."

Denver olha para onde vão os olhos de Amada; não há nada além da escuridão.

"Rosto de quem? Quem é?"

"Eu. Sou eu."

Ela está sorrindo de novo.

O último homem da Doce Lar, assim nomeado e chamado por alguém que devia saber, acredite. Os outros quatro também acreditaram, um dia, mas eles se foram há muito. O vendido nunca voltou, o perdido nunca se encontrou. Um, ele sabia, estava morto, com certeza; outro ele esperava que estivesse, porque manteiga e coalho não é vida, nem razão para viver a vida. Ele cresceu pensando que, de todos os negros em Kentucky, apenas cinco eram homens. Com licença de corrigir Garner, encorajados a isso, a desafiá-lo mesmo. A inventar maneiras de fazer as coisas; a ver o que era preciso e atacar sem permissão. A comprar uma mãe, escolher um cavalo ou uma esposa, manejar armas, até a aprender a ler se quisessem — mas não queriam, uma vez que nada que era importante para eles podia ser posto no papel.

Era isso? Era aí que residia a virilidade? No nome dado por um homembranco que devia saber? Quem lhes dera o privilégio não de trabalhar, mas de resolver como trabalhar? Não. Na sua relação com Garner havia ouro puro: eles eram acreditados e confiados, mas acima de tudo eram ouvidos.

Garner achava que o que eles diziam tinha mérito e o que eles sentiam era sério. Aceitar as opiniões de seus escravos não o privava de autoridade ou poder. Era o professor que lhes ensinava diferente. Uma verdade que oscilava como um espantalho no campo de centeio: eram apenas homens da Doce Lar na Doce Lar. Um passo fora desse limite e eram invasores da espécie humana. Cães de guarda sem dentes; bois sem chifres; cavalos de carga castrados cujo nitrir e relinchar não podiam ser traduzidos para uma língua falada por humanos responsáveis. Sua força estava em saber que o professor estava errado. Agora, ele se perguntava se assim era. Houve Alfred, Georgia, houve Delaware, houve Seiso e ele ainda se perguntava. Se o professor estivesse certo, isso explicava como ele havia se transformado em uma boneca de trapos — pegada e jogada em qualquer lugar a qualquer momento por uma menina tão nova que podia ser sua filha. Trepar com ela quando tinha certeza de que não queria isso. Sempre que ela virava e empinava o traseiro, as novilhas de sua juventude (era isso?) venciam sua determinação. Mas era mais que apetite o que o humilhava e o fazia perguntar se o professor tinha razão. Era ele se mudar, ver-se colocado onde ela queria que ficasse, e não havia nada que pudesse fazer a respeito. Por nada na vida conseguia subir a escada branca cintilante à noite; por nada na vida podia ficar na cozinha, na saleta, na despensa à noite. E ele tentou. Prendera a respiração, do jeito que havia feito ao mergulhar na lama; endurecera o coração do jeito que fizera quando o tremor começara. Mas era pior que isso, pior que o turbilhão do sangue que havia controlado com uma marreta. Quando se levantava da mesa no 124 e virava para a escada, vinha primeiro a náusea, depois a repulsa. Ele, ele. Ele que havia comido carne crua, quase viva, que debaixo das ameixeiras explodindo em flores tinha mastigado o peito de um pombo antes mesmo de o coração parar de bater. Porque ele era um homem e um homem pode fazer o que ele fizera: ficar imóvel durante seis horas em um poço seco enquanto a noite caía; enfrentar sem armas um guaxinim e vencer; assistir enquanto outro homem, que ele amava mais que seus irmãos, queimava sem derramar uma lágrima para que os queimadores soubessem o homem que ele era. E era ele, *esse* homem, que viera a pé da Georgia até Delaware, que não conseguia ir embora nem se acomodar onde queria no 124 — que vergonha.

Paul D não conseguia comandar seus pés, mas achava que ainda conseguia falar e decidiu que ia se livrar assim. Ia contar a Sethe sobre as últimas três semanas: pegá-la sozinha ao voltar do trabalho na cervejaria que ela chamava de restaurante e contar tudo.

Esperou por ela. A tarde de inverno parecia um anoitecer enquanto ele esperava na alameda atrás do Restaurante Sawyer. Ensaiando, imaginando o rosto dela e deixando as palavras se juntarem na cabeça como crianças antes de entrar na fila para seguir o líder.

"Bom, hã, não é que, um homem não pode, sabe, mas ah escute aqui, não é isso, não é mesmo, o Velho Garner, o que eu quero dizer é que, não é uma fraqueza, o tipo de fraqueza que dê para eu controlar porque está acontecendo alguma coisa comigo, aquela garota está fazendo isso, sei que você acha que eu não gostava dela de jeito nenhum, mas ela está fazendo isso comigo. Me dominando. Sethe, ela me dominou e não consigo escapar."

O quê? Um homem adulto dominado por uma garota? Mas e se a garota não é uma garota, mas alguma coisa disfarçada? Alguma coisa sórdida que parecia uma garota bonita e a questão não era trepar ou não com ela, não era ser capaz de ficar ou sair de onde quisesse no 124, o perigo era perder Sethe porque ele não era homem o bastante para romper, então precisava que ela,

Sethe, ajudasse, ficasse sabendo daquilo, e era uma vergonha para ele ter de pedir ajuda para fazer aquilo à mulher que ele queria proteger, demônio dos infernos.

Paul D soprou o hálito quente no oco das mãos em concha. O vento corria tão depressa pela alameda que arrepiava o pelo de quatro cachorros de cozinha que esperavam sobras. Ele olhou para os cachorros. Os cachorros olharam para ele.

Por fim, a porta dos fundos se abriu e Sethe saiu levando uma panela de restos na curva do braço. Quando o viu, ela disse Oh e seu sorriso foi ao mesmo tempo de surpresa e de prazer.

Paul D achou que sorriu de volta, mas seu rosto estava tão frio que não tinha certeza.

"Nossa, você faz eu me sentir feito uma menina, me buscando assim depois do serviço. Ninguém nunca fez isso. Melhor tomar cuidado, eu posso ficar querendo mais." Jogou rapidamente os ossos maiores na terra para os cachorros saberem que havia o suficiente e não brigarem entre eles. Depois, jogou as peles de algumas coisas, as cabeças de outras coisas e as vísceras de outras coisas mais — que o restaurante não podia usar e ela não queria levar — numa pilha fumarenta perto dos pés dos animais.

"Tenho de lavar isto aqui", disse ela, "e já venho te encontrar."

Ele assentiu com a cabeça e ela voltou à cozinha.

Os cachorros comeram sem um som e Paul D pensou que eles, pelo menos, tinham conseguido o que tinham vindo buscar, e se ela dava o que bastava a eles...

O pano na cabeça dela era de lã marrom e ela o puxou para a testa para se proteger do vento.

"Saiu cedo ou o quê?"

"Comecei cedo."

"Algum problema?"

"Mais ou menos", disse ele e limpou os lábios.

"Não foi cortado?"

"Não, não. Eles têm muito trabalho. Eu só..."

"Hum?"

"Sethe, você não vai gostar do que eu estou para dizer."

Ela parou então e virou o rosto para ele e para o vento odioso. Outra mulher teria apertado os olhos ou pelo menos lacrimejado se o vento chicoteasse seu rosto como chicoteava o de Sethe. Outra mulher teria lhe dado um olhar de apreensão, de súplica, de raiva até, porque o que ele disse com certeza parecia parte de um Adeus, estou indo embora.

Sethe olhou firme para ele, calma, já pronta para aceitar, liberar ou desculpar um homem em precisão ou com problemas. Ela concordava, dizia okay, tudo bem, antecipadamente, porque não acreditava que nenhum deles — a longo prazo — valia a pena. E, fosse qual fosse a razão, estava tudo bem. Sem culpa. Não era culpa de ninguém.

Ele sabia o que ela estava pensando e mesmo que estivesse errada — ele não ia deixá-la, nunca — a coisa que tinha em mente para dizer a ela ia ser pior. Então, quando viu a expectativa diminuir nos olhos dela, a melancolia sem culpa, ele não conseguiu dizer. Não podia dizer para aquela mulher que não piscava com o vento: "Não sou um homem".

"Bom, diga, Paul D, não interessa se eu vou gostar ou não."

Como não conseguia dizer o que tinha planejado, disse uma coisa que não sabia que tinha na cabeça. "Quero você grávida, Sethe. Você faz isso por mim?"

Agora ela estava rindo e ele também.

"Você veio até aqui para me perguntar isso? Você é maluco. Tem razão; não gostei mesmo. Não acha que estou velha demais para começar isso tudo outra vez?" Ela escorregou os dedos para dentro da mão dele igualzinho às sombras de mãos dadas à beira da estrada.

"Pense nisso", ele disse. E, de repente, era uma solução: um jeito de ficar com ela, de provar sua virilidade e romper o encanto da garota — tudo de uma vez só. Encostou a ponta dos dedos de Sethe no rosto. Rindo, ela afastou a mão porque alguém que passasse na alameda podia ver os dois se comportando mal em público, à luz do dia, no vento.

Então, ele havia conseguido um pouco mais de tempo, comprado o tempo, de fato, e esperava que o preço não fosse arruiná-lo. Como pagar por uma tarde com a moeda da vida futura.

Foram embora brincando, largaram as mãos e se inclinaram para a frente ao sair da alameda e entrar na rua. O vento estava mais calmo ali, mas o frio seco que deixara para trás mantinha os pedestres andando depressa, rígidos dentro de seus casacos. Não havia ninguém encostado nas portas ou nas janelas das lojas. As rodas das carroças que entregavam alimentos ou madeira guinchavam como se doessem. Cavalos amarrados na frente das tavernas tremiam, de olhos fechados. Quatro mulheres, duas na frente, se aproximaram, os sapatos soando alto no piso de madeira da calçada. Paul D tocou o cotovelo de Sethe para ampará-la ao descer das tábuas para a terra, para as mulheres passarem.

Meia hora depois, quando estavam chegando aos limites da cidade, Sethe e Paul D voltaram a se pegar e agarrar os dedos um do outro, dando-se tapas rápidos nos traseiros. Alegremente envergonhados de serem ao mesmo tempo tão adultos e tão jovens.

Determinação, ele pensou. Era só disso que precisava, e nenhuma garota sem mãe ia romper com isso. Nenhuma filhote perdida e preguiçosa de mulher podia fazê-lo voltar atrás, fazê-lo duvidar de si mesmo, se perguntar, implorar ou confessar. Convencido disso, de que seria capaz, passou os braços em torno dos ombros de Sethe e apertou. Ela deixou a cabeça tocar no peito dele e, como o momento era precioso para ambos, pararam e assim ficaram — sem respirar, sem nem mesmo se importar se passava algum passante. A luz de inverno era baixa. Sethe fechou os olhos. Paul D olhou as árvores negras que ladeavam a estrada com os braços protetores levantados contra qualquer ataque. Suavemente, de repente, começou a nevar, como um presente caído do céu. Sethe abriu os olhos para aquilo e disse: "Bênção". E Paul D achou que era isso que parecia — uma pequena bênção —, algo que lhes era dado de propósito, para marcar o que estavam sentindo, de forma que lembrassem depois, quando precisassem.

Os flocos secos desciam, gordos o bastante e pesados o bastante para se estatelar como moedas nas pedras. Ele sempre se surpreendia com o silêncio daquilo. Não como chuva, mas como um segredo.

"Corra!", disse ele.

"Corra você", disse Sethe. "Eu estou o dia inteiro de pé."

"Eu estava onde? Sentado?", e puxou-a junto.

"Pare! Pare!", ela disse. "Não tenho pernas para isso."

"Então dê as pernas para mim", ele disse, e antes que ela se desse conta ele estava curvado entre as pernas dela, levantou-a nas costas e começou a correr pela estrada, a passar pelos campos marrons que ficavam brancos.

Por fim, sem fôlego, ele parou e ela escorregou para cima dos próprios pés, fraca de tanto rir.

"Você *precisa* de uns filhos, alguém para brincar na neve." Sethe segurou o pano de cabeça.

Paul D sorriu e aqueceu as mãos com o hálito. "Eu gostaria muito de tentar. Mas preciso de uma parceira disposta."

"Eu diria", respondeu, "muito, muito disposta."

Eram quase quatro horas agora e o 124 ficava a quase um quilômetro. Flutuando na direção deles, mal visível na neve que voava, havia uma figura, e, embora fosse a mesma figura que vinha encontrar Sethe há quatro meses, tão completa era a atenção que ela e Paul D estavam prestando um ao outro que ambos se sobressaltaram quando a viram se aproximar.

Amada não olhou para Paul D; seu olhar minucioso era para Sethe. Não estava de casaco, nem de capa, nada na cabeça, mas trazia nas mãos um longo xale. Estendeu os braços e tentou colocá-lo em volta de Sethe.

"Menina maluca", disse Sethe. "Você é que está ao relento sem agasalho nenhum." E, afastando-se um passo, à frente de Paul D, Sethe pegou o xale e enrolou em torno da cabeça e dos ombros de Amada. Disse: "Você tem de ter mais juízo", e enlaçou-a com o braço esquerdo. Os flocos de neve agora grudavam. Paul D sentiu um frio de gelo no lugar onde Sethe estava antes de Amada aparecer. Seguindo um metro e tanto atrás das mulheres, foi até em casa lutando com a raiva que lhe atravessava o estômago. Quando viu Denver à janela, silhuetada contra a luz do lampião, não conseguiu evitar um pensamento: E você, é aliada de quem?

Foi Sethe quem resolveu. Sem desconfiar, por certo, resolveu tudo de um golpe só.

"Agora eu sei que você não vai dormir lá fora hoje à noite, vai, Paul D?" Sorriu para ele, e como um amigo necessitado a chaminé tossiu contra a onda de frio que nela entrava do céu. Fechos de janela bateram numa rajada de ar de inverno.

Paul D levantou os olhos da carne ensopada.

"Você venha para cima. Que é o seu lugar", disse ela, "...e fique lá."

A teia de malícia que se estendeu para ele do lado da mesa onde estava Amada foi neutralizada pelo calor do sorriso de Sethe.

Uma vez antes (uma única vez), Paul D tinha ficado agradecido a uma mulher. Arrastando-se para fora do bosque, vesgo de fome e solidão, bateu na primeira porta dos fundos que encontrou no setor preto da Wilmington. Falou para a mulher que abriu a porta que gostaria de cuidar da lenha para ela, se pudesse lhe dar alguma coisa para comer. Ela olhou para ele de cima a baixo.

"Daqui um pouco", disse ela, e abriu mais a porta. Deu-lhe para comer salsicha de porco, a pior coisa do mundo para um homem morto de fome, mas nem ele nem seu estômago protestaram. Depois, quando ele viu os pálidos lençóis de algodão e dois travesseiros no quarto dela, teve de enxugar os olhos depressa, depressa para ela não ver as primeiras lágrimas de gratidão de um homem. Sujeira, mato, lama, cascas, folhas, feno, teias, conchas — em cima de tudo isso ele tinha dormido. Lençóis brancos de algodão nunca lhe tinham passado pela cabeça. Caiu em cima deles com um gemido e a mulher o ajudou a fingir que estava fazendo amor com ela e não com os lençóis da cama. Naquela noite, jurou, cheio de carne de porco, mergulhado em lascívia, que nunca a deixaria. Ela teria de matá-lo para tirá-lo daquela cama. Dezoito meses depois, quando foi comprado pela Companhia Bancária e Ferroviária Northpoint, ele ainda estava grato por ter sido apresentado aos lençóis.

Agora estava agradecido uma segunda vez. Sentia como se tivesse sido colhido da face de um abismo e pousado em chão firme. Na cama de Sethe, sabia que conseguia dar conta de duas garotas enlouquecidas — contanto que Sethe revelasse seus desejos. Com o corpo todo esticado, a olhar os flocos de neve passarem pela janela acima de seus pés, era fácil descartar as dúvidas que o tinham dominado na alameda de trás do restaurante: as expectativas que tinha para si mesmo eram altas, muito altas. O que ele chamava de covardia, outras pessoas chamavam de bom senso.

Aconchegada na cama no poço do braço dele, Sethe lembrou da cara de Paul D na rua quando lhe pediu para ter um filho dele. Embora tivesse dado risada e pegado na mão dele, ficara assustada. Pensou depressa como ia ser bom o sexo se era isso que ele queria, mas assustava-se sobretudo com a ideia de ter um bebê outra vez. De ter de ser boa, alerta, forte o bastante, *tão* cuidadosa — outra vez. De ter de ficar viva todo aquele tempo. Ah, Senhor, pensou, me livre disso. Se não fosse despreocupado, o amor materno matava. Por que ele queria engravidá-la? Para prendê-la a ele? Para deixar uma marca de que tinha passado por ali? Ele provavelmente tinha filhos por toda parte mesmo. Dezoito anos vagando, devia ter semeado alguns. Não. Ele se ressentia dos filhos que ela possuía, isso sim. Filha, corrigiu-se ela. Filha, mais Amada, que ela considerava como sua e era por isso que ele se ressentia. Por reparti-la com as garotas. Ouvir as três rindo de alguma coisa de que ele não estava a par. O código que elas usavam entre elas e que ele não conseguia decifrar. Talvez o tempo que gastava com as necessidades delas e não dele. Eram uma família, de alguma forma, e ele não era o chefe dessa família.

Pode costurar isto para mim, *baby*?

Uhm-hum. Assim que eu terminar esta anágua. Ela só tem aquela com que chegou aqui e todo mundo precisa de uma muda.

Sobrou torta?

Acho que Denver comeu o restinho que tinha.

E sem reclamar, sem nem se importar de ele dormir pela casa toda agora, coisa que impedira esta noite por cortesia.

Sethe suspirou e pousou a mão no peito dele. Sabia que estava reunindo argumentos contra ele a fim de argumentar contra a gravidez, e isso a deixava um pouco envergonhada. Mas tinha já todos os filhos de que precisava. Se os rapazes voltassem um dia, e Denver e Amada continuassem com ela — bem, seria do jeito que tinha de ser, não seria? Logo depois que vira as sombras de mãos dadas à beira da estrada a imagem não tinha se alterado? E, no minuto em que viu o vestido e os sapatos no pátio da frente, ela urinou. Não precisou nem ver o rosto queimando ao sol. Tinha sonhado com ele durante anos.

O peito de Paul D subia e descia, subia e descia debaixo de sua mão.

Denver terminou de lavar os pratos e sentou-se à mesa. Amada, que não tinha se mexido desde que Sethe e Paul D saíram da sala, estava sentada, chupando o indicador. Denver olhou para o rosto dela um pouco, depois disse: "Ela gosta dele aqui".

Amada continuou com o dedo enfiado na boca. "Faça ele ir embora", ela disse.

"Ela pode ficar louca da vida com você se ele for embora."

Amada enfiou o polegar na boca, junto com o indicador, e puxou um dente do fundo. Não saiu quase nenhum sangue, mas Denver disse: "Aaaaaah, não doeu?".

Amada olhou o dente e pensou: é isto. Em seguida, seria seu braço, sua mão, um dedo do pé. Pedaços dela começariam a cair, talvez um de cada vez, talvez todos de uma vez. Ou uma dessas manhãs, antes de Denver acordar e depois de Sethe sair, ela se desmancharia. É difícil manter a cabeça no pescoço, as pernas presas no quadril quando está sozinha. Entre as coisas de que não conseguia lembrar estava quando entendera que podia acordar um dia e se descobrir aos pedaços. Tinha dois sonhos: explodir e ser engolida. Quando o dente saiu — um fragmento estranho, último da fileira —, ela pensou que estava começando.

"Deve ser do siso", disse Denver. "Não dói?"

"Dói."

"Então por que você não chora?"

"O quê?"

"Se dói, por que você não chora?"

E ela chorou. Ali sentada, com um pequeno dente branco na palma da mão macia macia. Chorou do jeito que sentiu vontade de chorar quando as tartarugas saíram da água, uma atrás da outra, logo depois que o pássaro vermelho-sangue desapareceu no meio das folhas. Do jeito que sentiu vontade quando Sethe foi com ele de pé na banheira debaixo da escada. Com a ponta da língua tocou a água salgada que escorria pelo canto da boca e desejou que os braços de Denver em torno de seus ombros impedissem que eles caíssem no chão.

O casal lá em cima, unido, não ouviu nem um som, mas abaixo deles, lá fora, a toda a volta do 124, a neve continuou e continuou e continuou. Se empilhando, se enterrando. Mais alta, mais funda.

Lá bem no fundo da cabeça de Baby Suggs podia estar a ideia de que, se Halle tivesse sobrevivido, seja feita a vontade de Deus, seria razão para comemorar. Se ao menos esse último filho pudesse fazer por si mesmo o que tinha feito por ela e pelos três filhos que John e Ella entregaram em sua porta uma noite de verão. Quando as crianças chegaram, sem Sethe, ela ficou temerosa e agradecida. Agradecida por parte da família a sobreviver serem seus próprios netos — os primeiros e únicos que conheceria: dois meninos e uma menina já engatinhando. Mas ela controlou o coração, com medo de fazer perguntas: e Sethe e Halle; por que a demora? Por que Sethe não tinha embarcado também? Ninguém conseguia fugir sozinha. Não só porque os rastreadores os pegavam como gaviões ou prendiam na rede como coelhos, mas também porque não se podia fugir sem saber para onde ir. A pessoa podia se perder para sempre, se não houvesse alguém para mostrar o caminho.

Então, quando Sethe chegou — toda retalhada e aberta, mas com outra neta nos braços —, a ideia de um grito de alegria mudou mais para a frente em sua cabeça. Mas, como ainda não havia nem sinal de Halle e a própria Sethe não sabia o que tinha acontecido com ele, ela deixou o grito de alegria de lado — não queria estragar suas possibilidades agradecendo a Deus antes da hora.

Foi Selo Pago quem começou tudo. Vinte dias depois de Sethe chegar ao 124 ele veio, olhou o bebê que tinha embrulhado no casaco do sobrinho, olhou a mãe a quem havia entregado um pedaço de enguia frita e, por alguma razão lá dele, saiu com dois baldes para um lugar perto da margem do rio que só ele conhecia, onde cresciam amoras-pretas, tão gostosas e alegres que comê-las era como ir à igreja. Bastava uma amora e você se sentia ungido. Ele andou nove quilômetros pela margem do rio; desceu escorregando-correndo-escorregando por uma ravina quase inacessível de tanto mato. Atravessou os espinheiros com espinhos sanguinários, grossos como facas, que cortaram as mangas de sua camisa e a calça. O tempo todo aguentando os mosquitos, abelhas, muriçocas, vespas e as piores aranhas do estado. Arranhado, cortado e picado, ele manobrou e colheu cada fruta com dedos tão delicados que não machucou nenhuma. No fim da tarde, voltou ao 124 e colocou dois baldes cheios na varanda. Quando Baby Suggs viu as roupas esfarrapadas, as mãos ensanguentadas, o rosto e o pescoço contundidos, ela se sentou e riu alto.

Buglar, Howard, a mulher de touca e Sethe vieram olhar e riram junto com Baby Suggs da figura do ardiloso, resistente negro velho: agente, pescador, barqueiro, rastreador, salvador, espião, ali parado em plena luz do dia, chicoteado, enfim, por dois baldes de amoras. Sem prestar nenhuma atenção a elas, ele pegou uma amora e colocou na boca de Denver, com três semanas de vida. As mulheres gritaram.

"Ela é muito pequena para isso, Selo."

"A barriga vai virar sopa."

"Vai dar dor de estômago."

Mas os olhos excitados e os lábios em beijo da bebê levaram todos a imitá-la, e um atrás do outro experimentaram as amoras que tinham gosto de igreja. Por fim, Baby Suggs tirou com um tapa as mãos dos meninos de cima do balde e mandou Selo dar a volta até a bomba para se lavar. Tinha resolvido fazer com a fruta alguma coisa que compensasse o trabalho e amor daquele homem. Foi assim que começou.

Ela fez a massa e achou que devia dizer para Ella e John aparecerem porque três tortas, talvez quatro, eram demais para uma família só. Sethe achou que podiam acompanhar com umas duas galinhas. Selo contou que as percas e lampreias pulavam para dentro do barco — não precisava nem jogar a linha.

Da excitação nos olhos de Denver aquilo se transformou em um banquete para noventa pessoas. O 124 estremeceu com suas vozes noite adentro. Noventa pessoas comeram tão bem, e riram tanto, que ficaram zangadas. Acordaram na manhã seguinte e lembraram da perca empanada com farinha de milho que Selo Pago lhes entregava com um graveto de nogueira, a palma da mão esquerda estendida para se proteger dos respingos e estouros da gordura quente; o pudim de milho feito com creme; as crianças cansadas, superalimentadas, dormindo na grama, ossinhos de coelho assado ainda nas mãos — e ficaram zangadas.

As três (talvez quatro) tortas de Baby Suggs viraram dez (talvez doze). As duas galinhas de Sethe viraram cinco perus. O bloco de gelo trazido lá de Cincinnati — sobre o qual despejaram melancia amassada misturada com açúcar e hortelã para fazer um ponche — se transformou numa carroça de pedras de gelo para uma banheira cheia de pasta de morango. O 124, rolando de riso, boa vontade e comida para noventa, os deixou zangados.

Era demais, pensaram. Onde ela consegue isso tudo, Baby Suggs, sagrada? Por que ela e os seus são sempre o centro de tudo? Como é que ela sabe exatamente o que e quando fazer? Dar conselhos; passar recados; curar doentes, esconder fugitivos, amar, cozinhar, cozinhar, amar, pregar, cantar, dançar e amar todo mundo como se isso fosse sua tarefa e de mais ninguém.

Agora, pegar dois baldes de amoras e fazer dez, talvez doze tortas; ter peru suficiente para a cidade inteira bem à mão, ervilhas frescas em setembro, creme fresco sem ter vaca, gelo e açúcar, pão sovado, pudim de pão, pão de fermento, pão de minuto — isso os deixava loucos. Pães e peixes estavam no poder Dele — não podiam pertencer a uma ex-escrava que provavelmente nunca tinha levado cinquenta quilos à balança, nem colhido quiabo com um bebê nas costas. Que nunca tinha sido chicoteada por um meninobranco de dez anos de idade como Deus sabe que eles tinham. Que nunca tinha escapado da escravidão, que tinha, na verdade, sido *comprada* para a liberdade por um filho devotado e *levada* de carroça até o rio Ohio — os documentos de liberdade dobrados entre os seios (levada pelo próprio homem que tinha sido seu senhor, que também pagara sua taxa de realocação — por nome Garner) —, e alugara uma casa de *dois* andares *e* um poço dos Bodwin — o irmão e irmã brancos que davam a Selo Pago, Ella e John roupas, alimentos e coisas para os fugitivos porque odiavam a escravidão mais do que odiavam os escravos.

Ficaram furiosos. Engoliram bicarbonato na manhã seguinte, para acalmar a violência estomacal provocada pela prodigalidade, pela descuidada generosidade exibida no 124. Nos quintais, cochicharam entre si sobre ratos gordos, perdição e orgulho indesejado.

O cheiro de sua reprovação pairava pesado no ar. Baby Suggs acordou com ele e se perguntou o que era aquilo enquanto cozinhava canjica para os netos. Depois, parada no jardim, afofando o solo duro junto aos brotos de pimenteira, sentiu o cheiro de novo. Levantou a cabeça e olhou em torno. Atrás dela, alguns metros para a esquerda, Sethe estava agachada entre os feijões-trepadores. Seus ombros estavam distorcidos por causa da flanela com gordura debaixo do vestido para apressar a cicatrização das costas. Perto dela, num cesto de trinta litros, estava sua bebê de três semanas. Baby Suggs, sagrada, olhou para cima. O céu estava azul e desanuviado. Nem um toque de morte no verde definido das folhas. Dava para ouvir os pássaros e, vagamente, o ribeirão lá longe, no campo. O cachorrinho, Aqui Rapaz, estava enterrando os últimos ossos da festa de ontem. De algum lugar do lado da casa vinham as vozes de Buglar, Howard e da bebê engatinhante. Nada parecia fora de lugar — mas o cheiro de desaprovação era intenso. Atrás da horta, perto do ribeirão, mas a pleno sol, ela havia plantado milho. Por mais que tivessem colhido para a festa, ainda havia espigas amadurecendo, que ela podia ver de onde estava. Baby Suggs apoiou sua enxada nas pimenteiras e nas gavinhas de abóbora. Com cuidado, com a lâmina no ângulo certo, cortou o caule de uma arruda insistente. As flores, enfiou numa abertura do chapéu; o resto jogou de lado. O cloc cloc cloc de madeira cortada a fez lembrar que Selo estava fazendo o trabalho que havia prometido na noite anterior. Ela suspirou sobre o próprio trabalho e, um momento depois, endireitou o corpo para sentir o cheiro de desaprovação mais uma vez. Apoiada no cabo da enxada, concentrou-se. Estava acostumada ao fato de ninguém rezar por ela — mas essa repulsa flutuante e solta era nova. Não era de gentebranca — isso ela era capaz de dizer —, então devia ser dos pretos. E então entendeu. Seus amigos e vizinhos estavam zangados com ela porque tinha ido longe demais, dado demais, ofendido a todos pelo excesso.

Baby fechou os olhos. Talvez tivessem razão. De repente, por trás do cheiro de reprovação, lá bem atrás dele, sentiu o cheiro de uma outra coisa. Escura e chegando. Algo que não conseguia captar porque o outro cheiro escondia.

Apertou os olhos com força para ver o que era, mas tudo o que conseguiu vislumbrar foram botinhas de cuja aparência não gostou.

Contrariada, mas curiosa, continuou carpindo com a enxada. O que poderia ser? Essa coisa escura chegando. O que ainda restava para feri-la agora? Notícia da morte de Halle? Não. Ela estava mais preparada para isso do que para ele estar vivo. O último de seus filhos, que ela mal olhou quando nasceu porque não valia a pena tentar aprender traços que você não veria chegar à idade adulta mesmo. Sete vezes tinha feito isso: segurando um pezinho; examinado a gordura da ponta dos dedos com seus dedos — dedos que ela nunca viu se transformarem em mãos de homem ou mulher que uma mãe reconheceria em qualquer parte. Ela não sabia até hoje que aspecto tinham seus dentes permanentes; ou como sustentavam a cabeça ao andar. Será que Patty havia parado de ciciar? De que cor acabou ficando a pele de Famoso? Aquilo era um furinho no queixo de Johnny ou apenas uma marca que desapareceria quando seu queixo mudasse? Quatro meninas, e a última vez que as viu ainda não tinham pelo debaixo dos braços. Será que Ardelia ainda gosta da casca queimada de debaixo do pão? Todos os sete distantes ou mortos. Para que olhar muito para o mais novo? Mas por alguma razão deixaram que ficasse com ele. Ele estava com ela — em toda parte.

Quando machucou o quadril na Carolina, foi uma verdadeira pechincha (custava menos que Halle, que tinha dez anos na época) para mr. Garner, que levou os dois para Kentucky, para uma fazenda chamada Doce Lar. Por causa do quadril, ela mancava como um cachorro de três pernas ao caminhar. Mas na Doce Lar não havia nenhum campo de arroz ou canteiro de tabaco à vista, e ninguém, ninguém mesmo, batia nela. Nem uma vez. Lillian Garner a chamou de Jenny por alguma razão, mas nunca a empurrou, bateu ou chamou por nomes feios. Mesmo quando ela escorregou no estrume de vaca e quebrou todos os ovos do avental, ninguém disse sua-preta-filha-da-puta-qual-é-o-problema-com-você? nem bateu nela.

A Doce Lar era minúscula comparada com os lugares onde tinha estado. Mr. Garner, mrs. Garner, ela própria, Halle e quatro rapazes, mais da metade chamada de Paul, compunham a população inteira. Mrs. Garner cantarolava enquanto trabalhava; mr. Garner agia como se o mundo fosse um brinquedo com o que tinha de se divertir. Ninguém a queria no campo — os meninos de mr. Garner, inclusive Halle, faziam aquilo tudo —, o que era uma bênção porque ela não teria conseguido mesmo. O que ela queria era ficar ao lado da cantarolante Lillian Garner enquanto as duas cozinhavam, faziam conservas, lavavam, passavam, faziam velas, roupas, sabão e cidra; alimentavam as galinhas, os porcos, cachorros e gansos; ordenhavam as vacas, batiam manteiga, derretiam gordura, acendiam o fogo... Nada de mais. E ninguém dando em cima dela.

O quadril lhe doía todos os dias, mas ela nunca falava nada. Só Halle, que observara de perto seus movimentos durante os últimos quatro anos, sabia que para subir e descer da cama ela precisava levantar a coxa com as duas mãos, razão por que falou com mr. Garner de comprar a liberdade dela para tirá-la de lá e ela poder sentar para variar. Doce menino. A única pessoa que fez alguma coisa por ela: que lhe deu seu trabalho, sua vida e agora seus filhos, cujas vozes ela podia escutar ali parada no quintal, se perguntando o que seria a coisa escura que vinha vindo por trás do cheiro de desaprovação. A Doce Lar foi uma notável melhoria. Nem se discute. E não adiantava, porque a tristeza estava no centro dela, no desolado centro onde o eu que não era eu tinha morada. Por triste que fosse ela não saber onde seus filhos estavam enterrados ou que aparência tinham se vivos, o fato é que ela sabia mais sobre eles do que sabia sobre si mesma, porque nunca teve o mapa para descobrir como ela própria era.

Podia cantar? (Seria bom de ouvir quando cantasse?) Era bonita? Era uma boa amiga? Poderia ter sido uma mãe amorosa? Uma esposa fiel? Será que tenho uma irmã e será que ela está a meu favor? Se minha mãe me conhecesse, gostaria de mim?

Na casa de Lillian Garner, dispensada do trabalho no campo que quebrou seu quadril e da exaustão que entorpecia sua mente; na casa de Lillian Garner, onde ninguém a violava (nem espancava), ouvia a mulherbranca cantarolar durante o trabalho; via seu rosto se acender quando mr. Garner chegava e pensava: aqui é melhor, mas eu não estou melhor. Os Garner, parecia-lhe, tinham um tipo especial de escravidão, tratavam os escravos como trabalhadores pagos, ouviam o que diziam, ensinavam o que queriam que soubessem. E não faziam seus rapazes procriarem. Nunca os levavam à sua cabana com ordens de "deitar com ela", como faziam na Carolina, nem alugavam seu sexo para outras fazendas. Isso a surpreendia e agradava, mas a preocupava também. Ele iria escolher mulheres para eles ou o que achava que ia acontecer quando aqueles rapazes sentissem o gosto de sua natureza? Ele estava namorando algum perigo e certamente sabia disso. Na verdade, sua ordem de não saírem da Doce Lar, a não ser em sua companhia, não era tanto por causa da lei, mas pelo perigo de deixar à solta escravos criados como homens.

Baby Suggs falava o menos que conseguia porque o que havia a dizer que a raiz de sua língua conseguisse dizer? Então a mulherbranca, achando sua nova escrava excelente se o silêncio ajudava, cantarolava para si mesma enquanto trabalhava.

Quando mr. Garner definiu o acordo com Halle e quando parecia que a liberdade dela era a coisa mais importante do mundo para Halle, ela permitiu que a levassem para o outro lado do rio. Das duas coisas difíceis — ficar em pé até cair ou deixar seu último e provavelmente único filho ainda vivo —, ela escolheu a coisa difícil que o deixava feliz e nunca fez a ele a pergunta que fazia a si mesma: para quê? Para que uma escrava de sessenta anos que anda como um cachorro de três pernas quer a liberdade? E quando pisou em terra livre não conseguia acreditar que Halle sabia o que ela não sabia; que Halle, que nunca tinha dado uma respirada livre, sabia que não havia nada igual no mundo. Aquilo a apavorou.

Havia algum problema. Qual o problema? Qual o problema?, ela se perguntava. Não sabia que aspecto tinha e não tinha curiosidade. Mas, de repente, viu suas mãos e pensou com uma clareza tão simples como surpreendente: estas mãos me pertencem; são *minhas* mãos. Em seguida, sentiu uma batida no peito e descobriu uma outra coisa nova: o bater de seu próprio coração. Teria estado sempre ali? Essa coisa pulsante? Sentiu-se boba e começou a rir alto. Mr. Garner olhou por cima do ombro com seus grandes olhos castanhos e sorriu para si mesmo. "Qual é a graça, Jenny?"

Ela não conseguia parar de rir. "Meu coração está batendo", disse.

E era verdade.

Mr. Garner riu. "Não tenha medo, Jenny. Só continue do jeito que você é, vai se dar bem."

Ela tapou a boca para se impedir de rir alto.

"Essa gente para onde estou levando você vai dar a ajuda

que você precisar. O nome é Bodwin. Um irmão e uma irmã. Escoceses. Conheço há vinte anos ou mais."

Baby Suggs achou que era um bom momento para perguntar uma coisa que há muito queria saber.

"Mr. Garner", disse ela, "por que me chama de Jenny?"

"Porque isso era o que estava no seu recibo de venda, menina. Não é seu nome? Como você se chama?"

"De nada", disse ela. "Eu não me chamo de nada."

Mr. Garner ficou vermelho de tanto rir. "Quando tirei você da Carolina, Whitlow chamou você de Jenny e Jenny Whitlow é o que diz no seu recibo. Ele não chamava você de Jenny?"

"Não, senhor. Se chamava, eu não ouvi."

"A que você respondia?"

"A nada, mas Suggs era o nome do meu marido."

"Você se casou, Jenny? Eu não sabia."

"Maneira de dizer."

"Sabe onde ele está, esse marido?"

"Não, senhor."

"Ele é o pai do Halle?"

"Não, senhor."

"Por que chama ele de Suggs, então? O recibo de venda dele diz Whitlow também, igual ao seu."

"Suggs é o meu nome, sim, senhor. Do meu marido. Ele não me chamava de Jenny."

"Do que ele te chamava?"

"De Baby."

"Bom", disse mr. Garner, vermelho de novo, "se eu fosse você ficava com Jenny Whitlow. Mrs. Baby Suggs não é nome para uma negra livre."

Talvez não, ela pensou, mas Baby Suggs era tudo o que lhe restava do "marido" que dizia ter tido. Um homem sério, melancólico, que a ensinou a fazer sapatos. Os dois fizeram um pacto:

qualquer um dos dois que tivesse a chance de fugir, aproveitaria; juntos, se possível, sozinhos se não, e sem olhar para trás. Ele teve a chance e, como ela nunca ouviu nada diferente, acreditou que ele conseguiu. Agora, como ele ia encontrar ou ouvir falar dela se estivesse se chamando por algum nome de recibo de venda?

Não conseguia deixar de se surpreender com a cidade. Mais gente que na Carolina e tanta gentebranca que tirava o fôlego. Prédios de dois andares por toda parte e calçadas feitas de pranchas de madeira cortadas com perfeição. Ruas tão largas quanto a casa dos Garner inteira.

"Esta é uma cidade de água", disse mr. Garner. "Tudo viaja por água, e o que o rio não consegue levar os canais levam. Uma rainha de cidade, Jenny. Tudo o que você sempre sonhou, eles fazem bem aqui. Fogões de ferro, botões, navios, camisas, escovas de cabelo, tinta, motores a vapor, livros. Um sistema de esgotos de fazer saltar os olhos. Ah, isto é uma cidade de verdade. Se você tem de viver numa cidade, esta é a melhor."

Os Bodwin moravam bem no centro de uma rua cheia de casas e árvores. Mr. Garner saltou e amarrou o cavalo num sólido poste de ferro.

"Cá estamos."

Baby pegou sua trouxa e desceu com grande dificuldade, por causa do quadril e das horas sentada na carroça. Mr. Garner já tinha subido o caminho e estava na varanda antes de ela tocar no chão, mas ela vislumbrou a cara de uma garota negra pela porta aberta antes de seguir um caminho para os fundos da casa. Esperou o que pareceu um longo tempo até a mesma garota abrir a porta da cozinha e convidá-la para sentar junto à janela.

"Aceita alguma coisa para comer, dona?", a garota perguntou.

"Não, querida. Mas eu gostaria de um pouco de água."

A menina foi até a pia e bombeou uma xícara cheia. Colocou-a nas mãos de Baby Suggs. "Meu nome é Janey, dona."

Baby, deslumbrada com a pia, bebeu até a última gota de água, embora tivesse gosto de um remédio sério. "Suggs", disse ela, enxugando os lábios com as costas da mão. "Baby Suggs."

"Prazer em conhecer, mrs. Suggs. A senhora vai ficar aqui?"

"Não sei onde vou ficar. Mr. Garner — foi ele que me trouxe — disse que vai providenciar alguma coisa para mim." E depois: "Eu sou livre, sabe?".

Janey sorriu. "Sim, senhora."

"Sua família mora por aqui?"

"Sim, senhora. A gente mora tudo em Bluestone."

"Nós estamos espalhados", disse Baby Suggs, "mas talvez não por muito tempo."

Meu bom Deus, pensou ela, onde começar? Pedir para alguém escrever para o velho Whitlow. Ver quem pegou Patty e Rosa Lee. Alguém chamado Dunn ficou com Ardelia e foi para o Oeste, ela ouviu dizer. Não adiantava procurar Tyree nem John. Eles eram de trinta anos atrás, e se ela procurasse muito e eles estivessem escondidos, encontrar os dois ia fazer mais mal do que bem. Nancy e Famoso morreram num navio na costa da Virginia antes de seguirem para Savannah. Esse tanto ela sabia. O supervisor lá dos Whitlow trazia notícias para ela, mais por uma vontade de conseguir alguma coisa com ela do que por bondade de coração. O capitão esperou três semanas no porto para completar a carga antes de partir. Dos escravos no porão que não sobreviveram, dois eram negrinhos da Whitlow cujos nomes eram...

Mas ela sabia os nomes. Sabia e tapou as orelhas com as mãos fechadas para não ouvir os nomes saírem da boca dele.

Janey esquentou leite e despejou numa tigela junto com um prato de farinha de milho. Depois de alguma insistência, Baby

Suggs foi até a mesa e sentou-se. Esfarelou pão dentro do leite quente e descobriu que estava com a maior fome de sua vida e isso queria dizer alguma coisa.

"Eles vão dar por falta disto aqui?"

"Não", disse Janey. "Coma o quanto quiser; é para a senhora."

"Mora mais alguém aqui?"

"Só eu. Mr. Woodruff faz os trabalhos de fora. Ele vem duas, três vezes por semana."

"Só vocês dois?"

"Sim, senhora. Eu cozinho e lavo roupa."

"Quem sabe a sua família conhece alguém que precisa de empregada."

"Vou perguntar com certeza, mas eu sei que aceitam mulheres no matadouro."

"Para fazer o quê?"

"Não sei."

"Alguma coisa que os homens não querem fazer, aposto."

"Minha prima disse que dá para pegar quanta carne quiser, mais vinte e cinco centavos por hora. Ela faz salsicha."

Baby Suggs levou a mão ao alto da cabeça. Dinheiro? Dinheiro? Pagavam dinheiro por um único dia? Dinheiro?

"Onde fica esse tal matadouro?", perguntou.

Antes que Janey pudesse responder, os Bodwin entraram na cozinha, com um sorridente mr. Garner atrás. Inegavelmente irmão e irmã, ambos vestidos de cinza, com os rostos jovens demais para o cabelo branco como neve.

"Deu alguma coisa para ela comer, Janey?", perguntou o irmão.

"Sim, senhor."

"Fique sentada, Jenny", disse a irmã, e a boa notícia ficou ainda melhor.

Quando perguntaram que trabalho ela sabia fazer, em vez

de enumerar as centenas de tarefas que desempenhava, ela perguntou sobre o matadouro. Estava velha demais para aquilo, eles disseram.

"É a melhor sapateira que vocês já viram", disse mr. Garner.

"Sapateira?" A irmã Bodwin levantou as sobrancelhas pretas e grossas. "Quem ensinou você?"

"Foi um escravo que me ensinou", disse Baby Suggs.

"Botas novas ou só consertos?"

"Novo, velho, qualquer coisa."

"Bom", disse o irmão Bodwin, "isso já é alguma coisa, mas vai precisar mais."

"Que tal pegar roupa para lavar?", perguntou a irmã Bodwin.

"Sim, senhora."

"Quatro centavos o quilo."

"Sim, senhora. Mas pegar onde?"

"Como?"

"A senhora disse 'pegar roupa'. Pegar onde? Onde eu vou ficar."

"Ah, escute só, Jenny", disse mr. Garner. "Estes dois anjos têm uma casa para você. Um lugar deles, um pouco afastado."

Pertencera aos avós deles antes de se mudarem para a cidade. Recentemente, tinham alugado a casa para um grupo inteiro de negros, que tinha ido embora do estado. Era uma casa grande demais para Jenny sozinha, disseram (dois quartos em cima, dois embaixo), mas era a melhor e a única coisa que podiam fazer. Em troca de lavar roupa, algum serviço de costura, um pouco de conservas e assim por diante (ah, sapatos também), eles permitiriam que ela ficasse lá. Contanto que fosse limpa. O bando de pretos anterior não era. Baby Suggs concordou com a situação, triste de ver o dinheiro ir embora, mas excitada com uma casa de escada — não importava que não pudesse subir. Mr. Garner disse aos Bodwin que ela era boa cozinheira além de sapateira e mostrou a barriga e a amostra em seus pés. Todo mundo riu.

"Qualquer coisa que você precise, é só nos dizer", disse a irmã. "Nós não aceitamos a escravidão, nem do tipo de Garner."

"Diga para eles, Jenny. Você viveu melhor em algum outro lugar antes da minha casa?"

"Não, senhor", disse ela. "Lugar nenhum."

"Quanto tempo ficou na Doce Lar?"

"Dez anos, eu acho."

"Alguma vez passou fome?"

"Não, senhor."

"Frio?"

"Não, senhor."

"Alguém encostou a mão em você?"

"Não, senhor."

"Deixei o Halle comprar sua liberdade ou não?"

"Deixou, sim, o senhor deixou", disse ela, pensando: mas ficou com meu filho e eu estou toda quebrada. Vai continuar alugando ele para pagar minha liberdade muito depois de eu ir para a Glória.

Woodruff, disseram, ia levá-la para lá, disseram, e os três desapareceram pela porta da cozinha.

"Tenho de fazer o jantar agora", disse Janey.

"Eu ajudo", disse Baby Suggs. "Sou muito baixa para alcançar o fogão."

Estava escuro quando Woodruff pôs o cavalo para trotar. Era um homem com uma barba pesada e um pedaço do queixo queimado que a barba não escondia.

"Nasceu aqui?", Baby Suggs perguntou.

"Não, senhora. Em Virginia. Faz uns dois anos que estou aqui."

"Sei."

"A senhora está indo para uma boa casa. E grande. Um pregador e a família moravam lá. Dezoito filhos."

"Misericórdia. Para onde foram?"

"Partiram para Illinois. O bispo Allen deu uma congregação para ele lá. Grande."

"Que igrejas tem por aqui? Não piso numa igreja faz dez anos."

"Como pode?"

"Não tinha nenhuma. Eu não gostava do lugar onde estava antes deste último, mas lá ia na igreja todo domingo de algum jeito. Aposto que o Senhor já esqueceu quem sou eu agora."

"Vá procurar o reverendo Pike, dona. Ele apresenta a senhora de novo."

"Não preciso dele para isso. Posso me apresentar sozinha. O que eu preciso dele é para me apresentar de novo para meus filhos. Ele sabe ler e escrever, calculo?"

"Claro."

"Bom, porque tenho muita investigação para fazer." Mas as notícias que investigaram eram tão tristes que ela desistiu. Depois de dois anos de mensagens escritas pela mão do pregador, dois anos lavando, costurando, fazendo conservas, consertando sapatos, fazendo jardinagem e frequentando igrejas, tudo o que descobriu foi que a fazenda Whitlow não existia mais e não se podia escrever para "um homem chamado Dunn" se tudo o que se sabia é que tinha ido para o oeste. A boa notícia, porém, foi que Halle tinha casado e tinha um bebê a caminho. Ela apegou-se a isso e a seu próprio estilo de pregação, uma vez que resolvera o que fazer com o coração que começara a bater no minuto que atravessou o rio Ohio. E funcionou, funcionou muito bem, até que ela ficou orgulhosa, deixou-se arrebatar pela visão da nora e dos filhos de Halle — um dos quais nascera a caminho — e promovera uma comemoração com amoras que envergonhava o próprio Natal. Agora, ali estava no quintal, sentindo o cheiro da reprovação, sentindo uma coisa escura a se aproximar, e botinhas de cujo aspecto não gostava nem um pouco. Nem um pouco.

Quando chegaram os quatro cavaleiros — o professor, um sobrinho, um pegador de escravos e um xerife —, a casa na rua Bluestone estava tão quieta que acharam que tinham chegado tarde demais. Três desmontaram, um ficou na sela, o rifle pronto, os olhos treinados voltados para longe da casa, para a esquerda e para a direita, porque o mais provável era que o fugitivo tentasse sair correndo. Embora, às vezes, não dava para saber, fossem encontrados apertados em algum lugar: debaixo das tábuas do assoalho, numa despensa — uma vez na chaminé. Mesmo então se tomava cuidado, porque os mais quietos, os que se tirava de dentro de uma prensa, de um palheiro ou, daquela vez, de uma chaminé, seguiam bonzinhos durante dois ou três segundos. Pegos com a mão na massa, por assim dizer, eles pareciam admitir a inutilidade de enganar um homembranco e a impossibilidade de escapar de um rifle. Sorriam até, como uma criança surpreendida com a mão dentro do pote de geleia, e quando se pegava a corda para amarrá-los, bom, nem então se podia contar. O próprio negro de cabeça baixa e sorriso de pote de geleia na cara poderia de repente dar um rugido, feito um touro ou algo assim, e começar a fazer coisas inacreditáveis. Agarrar o rifle pelo cano; se jogar em cima de quem segura o rifle — qualquer coisa. Então é preciso ficar com um pé atrás, deixar outro amarrar. Senão a pessoa acaba matando aquilo que foi paga para trazer de volta vivo. Ao contrário de uma cobra ou de um urso, de um negro morto não se pode tirar a pele para vender e ele não vale o seu peso em dinheiro.

Seis ou sete negros vinham vindo pela rua na direção da casa: dois rapazes à esquerda do pegador de escravos e umas mulheres à direita. Com o rifle, ele fez sinal para que parassem e eles ficaram onde estavam. O sobrinho voltou depois de dar uma espiada na casa, tocou os lábios pedindo silêncio e apontou o polegar para dizer que o que estavam procurando estava nos fundos. O pegador de escravos desmontou então e juntou-se aos outros. O professor e o sobrinho foram pela esquerda da casa; ele e o xerife pela direita. Um velho negro maluco estava parado perto da lenha com um machado. Dava para saber na hora que era louco porque estava grunhindo — fazendo barulhos baixos, como um gato. Uns doze metros adiante desse negro havia outra pessoa — uma mulher com uma flor no chapéu. Louca também, provavelmente, porque também estava parada imóvel feito pedra, mas sacudindo as mãos como se tirasse teias de aranha da sua frente. Os dois, porém, olhavam para o mesmo lugar — um barracão. O sobrinho foi até o negro velho e tirou o machado da mão dele. Então, os quatro se encaminharam para o barracão.

Dentro, dois meninos sangravam na serragem e terra aos pés de uma negra que segurava uma criança empapada em sangue junto ao peito com uma mão e sustentava um bebê pelos tornozelos com a outra. Ela não olhou para eles; simplesmente balançou o bebê na direção das pranchas da parede, errou e tentou acertar uma segunda vez, quando do nada — na fração de segundo que os homens passaram olhando o que havia para olhar — o negro velho, ainda miando, entrou correndo pela porta atrás deles e arrebatou o bebê do arco de balanço da mãe.

De imediato ficou claro, para o professor principalmente, que ali não havia nada a retirar. Os três negrinhos (quatro agora — porque ao fugir ela estava com mais um a caminho) que eles esperavam que estivessem vivos e bem para levar de volta a Kentucky, levar de volta e criar direito para fazerem os trabalhos de que a Doce Lar precisava desesperadamente, não estavam bem. Dois jaziam de olhos abertos na serragem; um terceiro vertia sangue pela roupa da principal — a mulher de que o professor se gabava, a que sabia fazer boa tinta, sopa muito boa, que passava os colarinhos do jeito que ele gostava e que tinha pelo menos dez anos de fertilidade pela frente. Mas ela agora enlouquecera, devido aos maus-tratos do sobrinho, que a espancou demais e a fez fugir correndo. O professor castigara esse sobrinho, dizendo para ele pensar — só pensar — o que seu próprio cavalo faria se apanhasse além do ponto educativo. Ou Esperto, ou Sansão. Imagine se você batesse nos cachorros assim desse jeito. Nunca mais vai poder confiar neles no bosque nem em lugar nenhum. Você está, quem sabe, dando de comer para eles, estende um pedaço de coelho na mão e o animal vira e dá uma bela mordida na sua mão. Então, ele castigou esse sobrinho, não o deixou ir junto na caçada. Fez com que ficasse lá, para alimentar o gado, alimentar a si próprio, alimentar Lillian, atender à colheita. Para ver o que era bom; ver o que acontecia quando se batia em excesso nas criaturas cuja responsabilidade Deus tinha confiado à gente — para ver o problema que era, e a perda. Agora, o lote todo estava perdido. Cinco. Ele podia pegar o bebê que esperneava nos braços do velho que miava, mas quem ia cuidar dele? Porque a mulher — tinha alguma coisa errada com ela. Estava olhando para ele agora e se o seu outro sobrinho pudesse ver aquele olhar iria aprender a lição com toda a certeza; simplesmente não se pode maltratar as criaturas e achar que vai dar certo.

O sobrinho, o que tinha mamado nela enquanto o irmão a segurava, não sabia que estava tremendo. O tio o havia alertado contra esse tipo de confusão, mas o alerta parecia não ter funcionado. Por que ela pegou e fez aquilo? Por causa de uma surra? Que diabo, ele tinha apanhado um milhão de vezes, e ele era branco. Uma vez, doeu tanto e ele ficou tão bravo que arrebentou o balde do poço. Outra vez, descontou em Sansão — umas pedradas, foi tudo. Mas nenhuma surra jamais o deixou... Quer dizer, não tinha jeito de ele... Por que ela pegou e fez aquilo? E foi isso que ele perguntou ao xerife, que estava parado ali perplexo, como os outros, mas sem tremer. Estava engolindo duro, insistentemente. "Por que ela pegou e fez isso aí?"

O xerife virou, depois disse para os outros três: "É melhor vocês seguirem adiante. Considerem que o seu trabalho acabou. Agora começa o meu".

O professor bateu o chapéu na coxa e cuspiu antes de sair do barracão. O sobrinho e o pegador foram atrás dele. Não olharam na mulher perto das pimenteiras com a flor no chapéu. E não olharam as sete ou oito caras que tinham se aproximado, apesar do alerta do rifle do pegador. Muitos olhos de negros agora. Olhos de negrinho abertos na serragem; olhos de negrinha entre os dedos molhados que sustentavam o rosto para a cabeça não cair fora; olhos de bebezinho negro se franzindo para chorar nos braços do velho negro cujos olhos não passavam de frestas olhando seus pés. Mas os piores eram os olhos da negra que olhavam como se ela não tivesse olho nenhum. Porque o branco dos olhos tinha desaparecido e os olhos eram pretos igual à pele, ela parecia cega.

Desamarraram do cavalo do professor a mula emprestada que ia levar a mulher fugitiva de volta para o lugar dela e amarraram na cerca. Então, com o sol bem acima de suas cabeças, trotaram embora, deixando o xerife para trás no meio da pior negrada que já tinham visto. Todos testemunhando o resultado do que se podia chamar de uma pequena liberdade imposta a pessoas que precisavam de toda orientação e cuidado no mundo para mantê-las longe da vida canibal que prefeririam.

O xerife queria sair também. Ir para o sol que havia fora daquele lugar destinado a abrigar madeira, carvão, querosene — combustível para os frios invernos de Ohio, nos quais pensou agora, resistindo ao impulso de correr para o sol de agosto. Não porque tivesse medo. De jeito nenhum. Estava apenas com frio. E não queria tocar em nada. O bebê nos braços do velho estava chorando e os olhos sem brancos da mulher olhavam diretamente à frente. Podiam permanecer todos daquele jeito, congelados até quinta-feira, só que um dos meninos no chão deu um suspiro. Como se estivesse mergulhado no prazer de um sono doce e profundo, ele deu um suspiro que lançou o xerife à ação.

"Tenho de levar você. Não crie problema agora. Já fez o bastante para a vida inteira. Vamos lá agora."

Ela não se mexeu.

"Você venha tranquila, ouviu, assim não preciso amarrar você."

Ela ficou imóvel e ele teve de resolver chegar perto dela e de alguma forma amarrar suas mãos vermelhas e molhadas quando uma sombra atrás dele, na porta, o fez virar. A negra com a flor no chapéu tinha entrado.

Baby Suggs observou quem respirava e quem não e foi direto para os meninos caídos no chão. O velho foi até a mulher de olhos fixos e disse: "Sethe. Você pegue o que eu tenho aqui e me dê o seu".

Ela virou para ele, olhou o bebê que ele segurava e fez um som grave com a garganta como se tivesse cometido um erro, tivesse esquecido o sal do pão ou algo assim.

"Vou sair aqui e mandar buscar uma carroça", disse o xerife e saiu para o sol afinal.

Mas nem Selo Pago nem Baby Suggs conseguiram fazer com que largasse a bebê já-engatinhando?. Fora do barracão, de volta à casa, ela continuava segurando. Baby Suggs levou os meninos para dentro e estava lavando suas cabeças, esfregando as mãos, levantando as pálpebras, sussurrando: "Desculpem, desculpem", o tempo todo. Enfaixou seus ferimentos e fez com que cheirassem cânfora antes de voltar sua atenção para Sethe. Pegou de Selo Pago o bebê que chorava e levou-o ao ombro por dois minutos inteiros, depois parou na frente da mãe dele.

"Está na hora de amamentar o mais novo", disse.

Sethe estendeu a mão para a bebezinha, sem soltar da morta.

Baby Suggs balançou a cabeça. "Uma de cada vez", disse, e trocou a viva pela morta, que levou para a despensa. Quando voltou, Sethe estava colocando um mamilo ensanguentado na boca do bebê. Baby Suggs bateu o punho na mesa e gritou: "Se limpe! Se limpe!".

As duas lutaram então. Como rivais pelo coração do amado, lutaram. Cada uma batalhando pela criança que mamava. Baby Suggs perdeu quando escorregou numa poça vermelha e caiu. Então, Denver mamou o leite de sua mãe junto com o sangue de sua irmã. E era desse jeito que estavam quando o xerife voltou, depois de ter requisitado uma carroça do vizinho e ordenado a Selo que fosse o cocheiro.

Lá fora, agora, uma multidão de rostos negros parou de murmurar. Carregando a filha viva, Sethe passou por eles no silêncio deles e dela. Subiu à carroça, o perfil recortado a faca contra o céu azul vivo. Um perfil que os deixou chocados pela clareza. Estava com a cabeça um pouco levantada demais? As costas um pouco eretas demais? Provavelmente. Senão, o canto teria começado de imediato, no momento em que ela apareceu na porta da casa da rua Bluestone. Alguma capa de som teria sido rapidamente enrolada nela, como braços para abraçar e dar-lhe apoio. No caso, eles esperaram até a carroça virar, seguir para oeste, para a cidade. E, então, sem palavras. Cantarolar. Sem nenhuma palavra.

Baby Suggs quis correr, saltar os degraus da varanda atrás da carroça, gritando: Não. Não. Não deixem ela levar essa última também. Quis fazer isso. Começara a fazer isso, mas ao se levantar do chão e chegar ao quintal a carroça tinha ido embora, uma carruagem estava chegando. Um menino de cabelo vermelho e uma menina de cabelo amarelo saltaram e correram para ela pelo meio da multidão. O menino tinha um pimentão amarelo comido pela metade na mão e um par de sapatos na outra.

"Mamãe pediu para quarta-feira." Levantou os dois juntos pelas línguas. "Disse que tem de consertar isto aqui até quarta-feira."

Baby Suggs olhou para ele e depois para a mulher que controlava o agitado cavalo guia na estrada.

"Ela disse quarta-feira, ouviu? Baby? Baby?"

Ela pegou os sapatos da mão dele — de cano alto, enlameados —, disse: "Me desculpe. Senhor do Céu, me desculpe. Desculpe mesmo".

Longe da vista, a carroça guinchava pela rua Bluestone. Ninguém dentro dela falava. O balanço da carroça fez o bebê adormecer. O sol quente secou o vestido de Sethe, duro, como *rigor mortis*.

Não é dela essa boca.

Qualquer pessoa que não a conhecesse, ou talvez alguém que a visse de relance apenas pelo buraquinho de observação do restaurante, poderia pensar que era dela, mas Paul D sabia que não. Ah, bem, uma certa coisa em volta da testa — uma quietude —, isso meio lembrava dela. Mas não havia como tomar aquela por sua boca e ele disse isso. Disse a Selo Pago, que estava olhando para ele com cuidado.

"Não sei, meu irmão. Para mim, não parece. Conheço a boca de Sethe e não é essa." Selo alisou o recorte com os dedos e olhou, nem um pouco incomodado. Pelo ar solene com que Selo desdobrara o papel, a ternura dos dedos do velho ao alisar as dobras e esticá-lo, primeiro sobre os joelhos, depois na parte de cima das estacas, Paul D entendeu que aquilo devia ser difícil para ele. Que o que estivesse escrito ali devia deixá-lo abalado.

Porcos gritavam na rampa. O dia inteiro, Paul D, Selo Pago e vinte outros tinham empurrado e cutucado os porcos do canal para a margem depois para a rampa depois para o matadouro. Com a mudança dos fazendeiros de grãos para o Oeste, St. Louis e Chicago engoliram uma boa parte do mercado, porém Cincinnati ainda era um porto de porcos na cabeça dos ohioanos. Seu trabalho principal era receber, matar e despachar rio acima os porcos sem os quais os nortistas não queriam viver. Durante um mês e tanto, no inverno, qualquer homem encontrava trabalho, se conseguisse aguentar o cheiro das vísceras e ficar doze horas de pé, coisas em que Paul D era admiravelmente treinado.

Um pouco de merda de porco, lavada em todos os lugares que ele conseguia tocar, permanecera em suas botas e ele tinha consciência disso parado ali com um ligeiro sorriso de desdém retorcendo seus lábios. Geralmente, ele deixava as botas no barracão e, num canto, calçava o sapato de andar junto com as roupas do dia antes de ir para casa. Uma rota que o levava diretamente pelo meio de um cemitério mais velho que o céu, cheio de agitação dos velhos índios miami não mais conformados de repousar nos montes que os cobriam. Acima de suas cabeças andava uma gente estranha; seus travesseiros de terra eram cortados por estradas; poços e casas os arrancavam do eterno repouso. Mais injuriados com a sua loucura de acreditar que a terra era sagrada do que com as perturbações à sua paz, eles grunhiam nas margens do rio Licking, suspiravam nas árvores da rua Catherine e montavam no vento acima dos pátios de porcos. Paul D os ouvia, mas seguia em frente porque no fim das contas não era um mau emprego, principalmente no inverno, quando Cincinnati retomava seu status de capital do abate e dos barcos de rio. A demanda por carne de porco estava virando uma mania em todas as cidades do país. Criadores de porcos estavam ficando ricos, contanto que pudessem criar o bastante e conseguir vender mais e mais longe. E os alemães que inundavam o sul de Ohio compravam e desenvolviam a culinária com carne de porco a seu mais alto grau. Barcos de porcos congestionavam o rio Ohio e os gritos de seus capitães ao conversar entre eles por cima dos grunhidos da carga eram um ruído da água tão comum quanto o dos patos que voavam acima de suas cabeças. Carneiros, vacas e aves também flutuavam rio abaixo e rio acima, e tudo o que um negro tinha de fazer era aparecer e havia trabalho: cutucar, matar, cortar, esfolar, empacotar e guardar vísceras.

 A cem metros dos porcos que gritavam, os dois homens estavam parados atrás de um barracão na Western Row e estava claro por que Selo ficara olhando para Paul D essa última semana de trabalho; por que ele dava uma parada quando chegava o turno da noite, para deixar os movimentos de Paul D alcançarem os seus. Ele tinha resolvido mostrar para ele aquele pedaço de papel — de jornal — com um retrato desenhado de uma mulher que lembrava Sethe, só que aquela boca não era dela. Nada parecida.

 Paul D puxou o recorte de debaixo da mão de Selo. O texto não lhe dizia nada, de forma que nem olhou. Olhou simplesmente o rosto, balançando a cabeça que não. Não. Na boca, está vendo. E não para qualquer coisa que aqueles riscos negros pudessem dizer, e não para qualquer coisa que Selo Pago quisesse que ele soubesse. Porque não havia diabo de jeito nenhum de uma cara negra aparecer num jornal se a história fosse sobre alguma coisa que alguém gostaria de ouvir. Um chicote de medo estalava nas câmaras do coração assim que se via o rosto de um negro no jornal, uma vez que o rosto não era porque a pessoa tinha um bebê saudável, ou escapara de um bando de rua. Nem porque a pessoa tinha sido morta, ou mutilada, ou presa, ou queimada, ou encarcerada, ou chicoteada, ou expulsa, ou pisoteada, ou estuprada, ou enganada, uma vez que isso dificilmente poderia ser qualificado como notícia para um jornal. Teria de ser alguma coisa fora do comum — alguma coisa que gentebranca acharia interessante, realmente diferente, que valesse alguns minutos de dentes aspirando, senão suspiros. E devia ser difícil encontrar notícias sobre negros que valiam a respiração ruidosa de um cidadão branco de Cincinnati.

Então quem era aquela mulher com uma boca que não era a de Sethe, mas cujos olhos eram quase tão calmos como os dela? Cuja cabeça estava virada no pescoço de um jeito que ele gostava tanto que seus olhos ficavam molhados de olhar.

E ele disse isso. "Essa boca não é a dela. A dela eu conheço e não é essa." Antes que Selo Pago conseguisse falar ele disse isso e mesmo enquanto ele falava Paul D repetiu. Ah, ouviu tudo o que velho estava dizendo, mas quanto mais ouvia, mais estranhos os lábios do desenho ficavam.

Selo começou com a festa, a festa que Baby Suggs deu, mas parou e voltou um pouco para contar das amoras — onde elas cresciam e o que havia na terra para fazê-las crescer daquele jeito.

"Elas se abrem para o sol, mas não para os pássaros, porque tem cobras lá embaixo e os pássaros sabem disso, então elas simplesmente crescem — gordas e doces — sem ninguém para incomodar, a não ser eu, porque ninguém não desce naquele pedaço de água senão eu e não tem muita gente com perna que queira escorregar naquele barranco para pegar elas. Nem eu. Mas aquele dia eu quis. De um jeito ou de outro eu quis. E me chicotearam, juro mesmo. Me rasgaram todo. Mas enchi dois baldes de algum jeito. E levei para a casa de Baby Suggs. E foi daí depois disso. Uma comida que não se vê nunca mais. Todo mundo foi. Todo mundo se empanturrou. Cozinharam tanto que não sobrava nem um graveto para o dia seguinte. Eu me ofereci para cuidar disso. E na manhã seguinte cheguei lá, como tinha prometido, para fazer isso."

"Mas esta boca não é a dela", disse Paul D. "Não é nada."

Selo Pago olhou para ele. Ia contar que Baby Suggs estava agitada naquela manhã, que ela estava com um jeito de quem estava ouvindo; que ela ficava olhando além do milharal do riacho, tanto que ele olhou também. Entre uma machadada e outra, ele olhava para onde Baby estava olhando. E foi por isso que os dois não viram: estavam olhando para o lado errado — para a água — e o tempo todo a coisa estava vindo pela estrada. Quatro. Cavalgando bem juntos, feito um bando, e justiceiros. Ele ia contar isso para Paul D, porque achou que era importante: por que ele e Baby Suggs, os dois, não tinham percebido. E sobre o bando também, porque isso explicava por que ninguém correu na frente; por que ninguém mandou um filho de pernas ligeiras para cortar caminho pelo campo assim que viram os quatro cavalos na cidade amarrados para beber água enquanto os cavaleiros faziam perguntas. Nem Ella, nem John, nem ninguém correu até a rua Bluestone, para contar que uns brancos com aquela Cara tinham chegado. A Cara que todo negro aprendia a reconhecer junto com a teta da mãe. Como uma bandeira hasteada, o ar justiceiro telegrafava e anunciava a vara, o chicote, o punho, a cova, muito antes de vir a público. Ninguém os avisou e ele sempre acreditou que não foi a exaustão de um dia inteiro comendo que os entorpeceu, mas alguma outra coisa — como, bem, como perversidade — que os fez ficar de lado, ou não prestar atenção, ou dizer a si mesmos que alguém provavelmente já estava levando a notícia para a casa da rua Bluestone, onde uma moça bonita vivia há quase um mês. Jovem e hábil com quatro filhos, um dos quais ela havia parido sozinha na véspera de chegar ali e que agora gozava de todos os benefícios da riqueza de Baby Suggs e de seu grande e velho coração. Talvez eles simplesmente quisessem saber se Baby era realmente especial, abençoada de algum jeito que eles não eram. Ele ia contar isso, mas Paul D estava rindo, dizendo: "Uhm-hum. Não mesmo. Parece um pouco na testa, quem sabe, mas essa boca não é a dela".

Então Selo Pago não contou que ela voou, arrebatou seus filhos como um falcão no ar; que seu rosto ficou bicudo, as mãos funcionando como garras, que ela juntou todos eles: um no ombro, um debaixo do braço, um pela mão, o outro posto a gritos para dentro do barracão de lenha, agora cheio apenas de sol e lascas porque não havia lenha nenhuma. A festa havia consumido tudo, e por isso é que ele estava cortando um pouco. Não tinha nada naquele barracão, ele sabia, tinha entrado lá de manhã cedo naquele dia. Nada além de sol. Sol, lascas, uma pá. O machado ele levou. Nada mais lá dentro além de uma pá — e, claro, a serra.

"Está esquecendo que eu conheci ela antes", Paul D estava dizendo. "Lá em Kentucky. Quando era menina. Não conheci ela só alguns meses atrás. Conheço faz muito tempo. E posso dizer com certeza: essa boca não é a dela. Pode parecer, mas não é."

Então, Selo Pago não contou tudo. Ao contrário, tomou fôlego e inclinou-se para a boca que não era a dela e leu devagar para Paul D as palavras que ele não sabia ler. E, quando terminou, Paul D disse com um vigor maior do que da primeira vez: "Desculpe, Selo. Tem um erro em algum lugar, porque essa boca não é a dela".

Selo olhou dentro dos olhos de Paul D e a doce convicção que havia neles o fez perguntar a si mesmo se aquilo tinha acontecido de fato, dezoito anos antes, se enquanto ele e Baby Suggs olhavam para o lado errado uma linda mocinha escrava havia reconhecido um chapéu e corrido para o barracão de lenha para matar seus filhos.

"Ela já estava engatinhando quando eu cheguei aqui. Uma semana, menos, e a bebê que estava sentando e virando quando coloquei na carroça já estava engatinhando. Uma dificuldade danada não deixar ela chegar perto da escada. Hoje em dia, bebê levanta e anda na hora que a gente põe no chão, mas vinte anos atrás, quando eu era moça, bebê ficava bebê durante mais tempo. Howard não levantava a cabeça até completar nove meses. Baby Suggs disse que era a comida, sabe. Se você não tem nada para dar para eles além de leite, bom, eles não fazem as coisas tão depressa. Leite era tudo o que tinha. Achei que dente queria dizer que estavam prontos para mastigar. Não tinha ninguém para perguntar. Mrs. Garner não tinha filhos e só tinha nós duas de mulher lá."

Ela estava rodando. Rodando, rodando pela sala. Passava pelo armário de geleia, passava pela janela, passava pela porta, outra janela, o aparador, a porta da saleta, a pia, o fogão — de volta para o armário de geleia. Paul D sentado à mesa, olhando enquanto ela aparecia e desaparecia atrás de suas costas, virando como uma roda lenta, mas constante. Às vezes, cruzava as mãos nas costas. Outras vezes, segurava as orelhas, cobria a boca ou cruzava os braços no peito. De vez em quando, esfregava os lábios ao virar, mas a roda não parava nunca.

"Lembra da tia Phyllis? Lá de Minnowville? Mr. Garner mandava um de vocês buscar ela para cada um e para todos os meus bebês. Era a única vez que eu via ela. Muitas vezes quis ir até lá onde ela morava. Só para conversar. O que queria era pedir para mrs. Garner me deixar em Minnowville enquanto ia na reunião. Me pegar na volta. Acho que ela fazia isso se eu pedisse. Não pedi nunca, porque era o único dia que eu e Halle tínhamos de sol para a gente se ver. Então não tinha ninguém. Para conversar, quer dizer, que pudesse saber quando era hora de mastigar uma coisinha e dar isso para eles. Era isso que fazia o dentinho sair ou tinha de esperar até o dente aparecer e aí dar comida? Bom, agora eu sabia, porque Baby Suggs tinha alimentado ela direitinho, e uma semana depois, quando eu cheguei aqui, ela já estava engatinhando. Ninguém segurava ela, não. Gostava tanto daquela escada que a gente pintou para ela poder enxergar até lá em cima."

Sethe sorriu então, ao lembrar daquilo. O sorriso quebrou-se em dois e se transformou em uma súbita aspiração de ar, mas ela não estremeceu nem fechou os olhos. Girava.

"Eu queria saber mais, mas, como eu disse, não tinha ninguém para conversar. De mulher, eu digo. Então tentei lembrar o que eu tinha visto onde estive antes da Doce Lar. Como as mulheres faziam lá. Ah, elas sabiam tudo. Como fazer aquela coisa que se usa para pendurar os bebês nas árvores — assim a gente pode ver eles fora do caminho do perigo enquanto trabalha no campo. Tinha também uma coisa de folha que davam para eles chupar. Hortelã, eu acho, ou sassafrás. Confrei, talvez. Ainda não sei como elas faziam aquele cestinho, mas não precisava mesmo porque todo o meu trabalho era no estábulo e na casa, mas eu esqueci qual folha que era. Podia ter usado aquilo. Eu amarrava Buglar quando a gente tinha toda aquela carne de porco para defumar. Fogo para todo lado e ele se metendo em tudo. Eu quase perdi ele, tantas vezes. Uma vez, ele trepou em cima do poço, bem dentro mesmo. Eu voei. Peguei ele bem na hora. Então, quando eu sabia que a gente ia pegar a preparar e defumar e eu não ia poder cuidar dele, bom, eu pegava uma corda e amarrava na perna dele. Do tamanho para ele brincar um pouco em volta, mas não a ponto de chegar no poço ou no fogo. Eu não gostava de fazer aquilo, mas não sabia o que mais fazer. É duro, sabe como é?, você sozinha e sem mulher para ajudar a se virar. Halle era bom, mas ele estava trabalhando por todo lado para pagar a dívida. E quando ele deitava para dormir um pouco eu não queria incomodar ele com aquilo tudo. Seiso era o que mais ajudava. Acho que você não lembra disso, mas o Howard entrou no curral de leite e a Cora Vermelha acho que pisou a mão dele. Virou o polegar para trás. Quando cheguei nele, ela estava pronta para morder. Não sei até hoje como foi que tirei ele. Seiso ouviu ele gritando e veio correndo. Sabe o que ele fez? Virou o polegar dele de volta e amarrou na palma da mão virado para o dedinho. Está vendo?, eu nunca ia pensar nisso. Nunca. Me ensinou muita coisa, o Seiso."

 Ele estava ficando tonto. Primeiro, achou que era ela virando. Girando em torno dele do mesmo jeito que estava girando em torno do assunto. Girando, girando, sem nunca mudar de direção, o que podia ter ajudado a cabeça dele. Ele então pensou: não, é o som da voz dela; está muito perto. Cada volta que ela dava era a pelo menos três metros de onde ele estava, mas ouvir ela falando era como ter uma criança sussurrando no seu ouvido, tão perto que dava para sentir os lábios dela formando as palavras que não dava para entender porque estava perto demais. Ele só captava pedaços do que ela dizia, o que era bom, porque ela ainda não tinha chegado à parte principal — a resposta à pergunta que ele não tinha feito diretamente, mas que estava no recorte que mostrou para ela. E estava no sorriso também. Porque ele sorria também, ao mostrar o recorte a ela, de forma que quando ela explodiu em riso com a piada — a mistura feita com o rosto dela colocada ali onde alguma outra preta devia estar —, bem, ele estaria pronto para rir junto com ela. "Você desmente?", ele perguntou. E "Selo perdeu o juízo", ela riu. "Perdeu de vez."

Mas o sorriso dele não teve a menor chance de crescer. Ficou ali, pequeno e solitário, enquanto ela examinava o recorte e depois devolvia.

Talvez fosse um sorriso, ou talvez o amor sempre pronto que ela via nos olhos dele — fácil e franco, do jeito que potros, evangelistas e crianças olham para a gente: com amor que você não tem de merecer — isso a fez ir em frente e contar o que não tinha contado a Baby Suggs, a única pessoa a quem se sentia obrigada a explicar alguma coisa. Senão diria apenas o que o jornal dizia que ela dizia e nada mais. Sethe reconhecia apenas setenta e cinco palavras impressas (metade das quais apareciam no recorte de jornal), mas sabia que as palavras que não entendia não tinham mais força do que ela havia de ter para explicar. Era o sorriso e o amor franco que a faziam tentar.

"Não tenho de contar nada da Doce Lar — como era —, mas você pode não saber como foi para mim ir embora de lá."

Ela cobriu a parte inferior do rosto com as mãos e fez uma pausa para considerar de novo o tamanho do milagre; seu sabor.

"Eu consegui. Tirei todos nós de lá. E sem o Halle. Até ali, foi a única coisa da minha vida que fiz sozinha. Que eu decidi. E deu certo, como tinha de dar. A gente aqui. Cada um e todos os meus bebês e eu também. Eu tive eles e pus eles no mundo e não foi por acaso. Eu fiz isso. Tive ajuda, claro, muita ajuda, mas mesmo assim fui eu que fiz; eu que disse *Vamos lá* e *Agora*. Eu que tive de cuidar. Eu que usei minha cabeça. Mas foi mais do que isso. Foi um tipo de um egoísmo que eu não conhecia nem um pouco. Era gostoso. Gostoso e certo. Eu estava grande, Paul D, funda e larga e quando estiquei os braços todos os meus filhos cabiam dentro. Grande *assim*. Parece que amei eles mais depois que cheguei aqui. Ou quem sabe eu não podia amar eles direito em Kentucky porque eles não eram meus para amar. Mas quando cheguei aqui, quando saltei daquela carroça, não tinha ninguém no mundo que eu não pudesse amar se eu não quisesse. Sabe do que estou falando?"

Paul D não respondeu porque ela não esperava, nem queria que ele respondesse, mas ele sabia do que ela estava falando. Ouvir aqueles pombos em Alfred, Georgia, e não ter nem o direito nem a permissão de fruir aquilo porque naquele lugar a neblina, os pombos, a luz do sol, a terra cor de cobre, a lua — tudo pertencia aos homens que tinham as armas. Homens pequenos alguns, homens grandes também, todos ele era capaz de quebrar em dois como um graveto se quisesse. Homens que ele sabia que tinham a virilidade era nas armas e nem tinham vergonha de admitir que sem armas até a raposa ria deles. E esses "homens" que faziam até as raposas darem risada podiam, se você deixasse, impedir você de ouvir os pombos ou de gostar do luar. Então você se protegia e amava pequeno. Escolhia as menores estrelas do céu para serem suas; deitava com a cabeça virada para ver a amada por cima da beira do fosso antes de dormir. Roubava tímidos olhares dela entre as árvores durante o acorrentamento. Hastes de grama, salamandras, aranhas, pica-paus, besouros, um reino de formigas. Qualquer coisa maior não servia. Uma mulher, um filho, um irmão — amor grande como esses arrebentava com você em Alfred, Georgia. Ele sabia exatamente do que ela estava falando: chegar a um lugar onde você podia amar qualquer coisa que quisesse — sem precisar de permissão para desejar —, bom, ora, *isso* era liberdade.

Girando, girando, agora ela estava mastigando alguma outra coisa em vez de chegar ao centro da questão.

"Tinha aquele pedaço de pano que mrs. Garner me deu. Algodão. Listas o pano tinha com umas florzinhas pelo meio. Um metro mais ou menos — não dava para mais que um pano de cabeça. Mas eu fiquei querendo fazer uma muda de roupa para minha menina com aquilo. Tinha as cores mais bonitas. Não sei nem como é que chama aquela cor: um rosa, mas com amarelo misturado. Durante muito tempo fiquei pensando em fazer isso para ela e você acredita que feito uma tonta eu deixei lá? Não mais de um metro, eu ficava deixando para depois porque estava cansada ou não tinha tempo. Então, quando cheguei aqui, antes mesmo de eles me deixarem sair da cama, costurei para ela uma coisinha com um pedaço de pano que Baby Suggs tinha. Bom, o que eu estou dizendo é que aquilo era um prazer egoísta que eu nunca tinha tido. Não podia deixar aquilo tudo voltar para onde estava, e não podia deixar que ela, nem nenhum deles, vivesse obedecendo ao professor. Isso estava fora de questão."

Sethe sabia que o círculo que estava fazendo em volta da sala, dele, do assunto, continuaria assim. Que ela podia nunca chegar perto, nunca definir para ninguém que tivesse de perguntar. Se não entendessem de imediato — ela jamais conseguiria explicar. Porque a verdade era simples, não um longo relato de mudanças floreadas, gaiolas nas árvores, egoísmo, cordas na perna e poços. Simples: ela estava de cócoras no jardim e quando viu eles chegando, e reconheceu o chapéu do professor, ouviu asas. Pequenos beija-flores espetaram os bicos de agulha em seu pano de cabeça até o cabelo e bateram as asas. E se ela pensou alguma coisa foi: não. Não. Nãonão. Nãonãonão. Simples. Ela simplesmente correu. Recolheu cada pedaço de vida que tinha feito, todas as partes dela que eram preciosas, boas, bonitas, e carregou, empurrou, arrastou através do véu, para fora, para longe, lá onde ninguém poderia machucá-los. Lá longe. Fora deste lugar, onde eles estariam seguros. E as asas dos beija-flores continuaram batendo. Sethe fez uma pausa em seu círculo outra vez e olhou pela janela. Lembrou quando o quintal tinha uma cerca com um portão que alguém estava sempre trancando e destrancando na época que o 124 era movimentado como um centro de intercâmbio. Ela não viu os meninosbrancos que botaram tudo abaixo, arrancaram as estacas e arrebentaram o portão, deixando o 124 desolado e exposto na horinha mesmo em que todo mundo parou de visitar. O mato da lateral da rua Bluestone era tudo o que vinha até a casa.

Quando ela voltou da cadeia, ficou contente de não existir mais a cerca. Era nela que tinham amarrado os cavalos — onde ela viu, flutuando acima da cerca, acocorada no jardim, o chapéu do professor. Quando ela se viu na frente dele, olhou diretamente em seus olhos, tinha nos braços alguma coisa que o imobilizou. Ele deu um passo para trás a cada batida do coração do bebê até não haver mais batida nenhuma.

"Eu parei ele", disse ela, olhando o lugar onde antes ficava a cerca. "Peguei e coloquei meus bebês onde eles iam estar em segurança."

O bramir na cabeça de Paul D não o impediu de escutar o toque que ela deu à última palavra, e lhe ocorreu que o que ela queria para os filhos era exatamente o que estava faltando no 124: segurança. Que foi exatamente a primeira mensagem que ele recebeu naquele dia em que entrou pela porta. Pensou que tinha deixado a casa segura, que a tinha livrado do perigo; espancado ele até se borrar; expulsado ele do lugar e mostrado para ele e para todo mundo a diferença entre uma mula e um arado. E como ela própria não tinha feito isso antes de ele chegar, ele achou que era porque ela não conseguia. Que vivia no 124 em desamparado, pedindo desculpas, resignada porque não tinha escolha; que sem marido, filhos, sogra, ela e a filha de cabeça lenta tinham de viver ali sozinhas suportando aquilo. A garota da Doce Lar, espinhosa, de olhos maus, que ele conhecera como a garota de Halle, era obediente (como Halle), tímida (como Halle) e louca pelo trabalho (como Halle). Ele estava errado. Aquela Sethe ali era nova. O fantasma na casa dela não a incomodava pela mesmíssima razão que uma bruxa de sapato novo era bem-vinda e recebida com casa e comida. Aquela Sethe ali falava de amor como qualquer outra mulher; falava de roupas de bebê como qualquer outra mulher, mas o que ela queria dizer era de partir os ossos. Aquela Sethe ali falava sobre segurança com um serrote. Aquela Sethe ali não sabia onde o mundo terminava e ela começava. De repente, ele viu o que Selo Pago queria que ele tivesse visto: mais importante do que aquilo que Sethe havia feito era o que ela dizia ter feito. Isso o apavorou.

"Seu amor é grosso demais", disse ele, pensando: aquela vaca está olhando para mim; está bem em cima da minha cabeça me olhando de cima através do chão.

"Grosso demais?", disse ela, pensando na Clareira onde as ordens de Baby Suggs arrancavam as bagas das nogueiras. "Amor é ou não é. Amor ralo não é amor."

"É. Não funcionou, funcionou? Funcionou?", ele perguntou.

"Funcionou", ela disse.

"Como? Seus meninos foram embora você não sabe para onde. Uma menina morta, a outra não sai do quintal. Como que funcionou?"

"Eles não estão na Doce Lar. O professor não conseguiu pegar eles."

"Talvez tenha sido pior."

"Eu não tenho obrigação de saber o que é pior. Minha obrigação é saber o que é terrível e fazer eles ficarem longe daquilo que sei que é terrível. Eu fiz isso."

"O que você fez foi errado, Sethe."

"Eu devia ter voltado para lá? Levado meus bebês de volta para lá?"

"Podia ter achado um jeito. Algum outro jeito."

"Que jeito?"

"Você tem duas pernas, Sethe, não quatro", disse ele, e bem naquele momento um bosque surgiu entre ambos; sem trilhas e quieta.

Depois, ele se perguntou o que o fez dizer aquilo. As bezerras de sua juventude? Ou a convicção de que estava sendo observado através do teto? Como tinha mudado depressa de sua vergonha para a vergonha dela. Do segredo de sua câmara fria direto para o amor dela, grosso demais.

Enquanto isso, o bosque estava travando a distância entre eles, dando-lhe forma e peso.

Ele não pôs o chapéu de imediato. Primeiro, brincou com ele, resolvendo como seria sua ida, como ele ia fazer para sair, não escapar. E era muito importante não ir embora sem olhar. Levantou-se, virou e olhou a escada branca. Ela estava lá em cima, sim. De pé, reta como uma linha reta, de costas para ele. Ele não correu para a porta. Foi andando devagar e, quando chegou, abriu a porta antes de pedir a Sethe para deixar um pouco de jantar para ele porque poderia demorar um pouco para voltar. Só então pôs o chapéu.

Gentileza, pensou ela. Ele deve pensar que eu não suporto ouvir ele dizer isso. Que depois de tudo o que eu contei para ele e depois de me dizer quantas pernas eu tenho, "adeus" haveria de me quebrar aos pedaços. Não é uma gentileza?

"Até logo", ela murmurou do outro lado das árvores.

II

O 124 estava ruidoso. Selo Pago conseguia ouvir desde a rua. Foi até a casa sustentando a cabeça o mais alta possível para que ninguém que estivesse olhando pudesse chamá-lo de furtivo, embora sua cabeça preocupada o fizesse sentir-se assim. Desde que mostrara o recorte de jornal a Paul D e descobrira que ele tinha se mudado do 124 naquele mesmo dia, Selo ficou inquieto. Depois de lutar com a questão de falar ou não para um homem a respeito de sua mulher e de ter se convencido de que devia falar, começou a se preocupar com Sethe. Teria posto fim à única oportunidade de felicidade que um homem bom podia trazer a ela? Ela estaria aborrecida com a perda, com a retomada aberta e indesejada das intrigas pela mão do homem que a ajudara a atravessar o rio e que era seu amigo, assim como de Baby Suggs?

Estou velho demais para pensar com clareza, pensou ele. Estou velho demais e já vi coisas demais. Ele tinha insistido na privacidade durante a revelação no pátio do matadouro — agora se perguntava quem estava protegendo. Paul D era o único na cidade que não sabia. Como uma informação que tinha saído no jornal se transformava num segredo que tinha de ser cochichado num matadouro de porcos? Segredo para quem? Para Sethe, isso, sim. Ele tinha agido pelas costas dela, como alguém furtivo. Mas ser furtivo era o seu trabalho — a sua vida; embora sempre com um propósito claro e sagrado. Antes da Guerra tudo o que ele fazia era furtivo: fugitivos para lugares escondidos, informações secretas em lugares públicos. Por baixo das verduras legais estavam os humanos de contrabando que ele atravessava de barco pelo rio. Até os porcos com que trabalhava na primavera serviam a seus propósitos. Famílias inteiras viviam com os ossos e vísceras que ele distribuía. Ele escrevia suas cartas e lia para eles as cartas que recebiam. Sabia quem estava com hidropisia e quem precisava de lenha para fogão; quais crianças eram dotadas e quais precisavam de correção. Conhecia os segredos do rio Ohio e de suas margens; as casas ocupadas e as vazias; os melhores dançarinos, os piores pregadores, aqueles com belas vozes e os que não conseguiam entoar uma melodia. Não havia nada interessante entre suas pernas, mas ele se lembrava de quando havia — quando o impulso impulsionava o impulsionado — e por isso é que tinha pensado muito e com força antes de abrir a caixa de madeira e procurar o recorte de dezoito anos antes para mostrar como uma prova a Paul D.

Depois — não antes —, ele pensou nos sentimentos de Sethe a respeito. E o atraso desse pensamento é que o fazia se sentir tão mal. Talvez devesse ter deixado aquilo de lado; talvez Sethe conseguisse contar para ele ela mesma; talvez ele não fosse o Soldado de Cristo de mente elevada que pensava ser, mas um simples e comum intrometido que tinha interrompido alguma coisa que estava indo muito bem só em função da verdade e da precaução, coisas que ele muito considerava. Agora o 124 estava outra vez como era antes de Paul D chegar à cidade — preocupando Sethe e Denver com um bando de assombrações que ele conseguia ouvir da estrada. Sethe talvez conseguisse lidar com a volta do espírito, mas Selo achava que a filha não conseguia. Denver precisava de alguém normal na vida dela. Por sorte, ele tinha estado lá quase na hora de seu nascimento — antes mesmo de ela saber que estava viva —, e isso o fazia ter uma queda por ela. Foi vê-la viva, sabe, e parecendo saudável, quase quatro semanas depois, que o deixou tão satisfeito que ele foi colher tudo o que podia carregar das melhores amoras-pretas dali e enfiou duas na boquinha dela primeiro, antes de dar a difícil colheita de presente a Baby Suggs. Até hoje ele acreditava que suas amoras (que foram a faísca para o banquete e o corte de lenha que se seguiram) eram a razão de Denver ainda estar viva. Se ele não estivesse lá, cortando lenha, Sethe teria espalhado o cérebro do bebê pelas pranchas. Talvez ele devesse ter pensado em Denver, não em Sethe, antes de dar a Paul D a notícia que o fez ir embora, o único alguém saudável na vida da menina desde que Baby Suggs morrera. E bem aí é que estava o espinho.

Mais fundo e mais doloroso que sua preocupação atrasada por Denver e Sethe, queimando sua alma como um dólar de prata no bolso de um tolo, estava a lembrança de Baby Suggs — a montanha do seu céu. Eram a lembrança dela e a honra que lhe era devida que o faziam andar de pescoço erguido pelo quintal do 124, embora ouvisse vozes da rua.

Só havia pisado naquela casa uma vez depois da Miséria (que era como chamava a dura resposta de Sethe à Lei dos Fugitivos), e foi para tirar Baby Suggs, sagrada, de lá de dentro. Quando a carregou nos braços, ela olhou para ele como uma menina, e ele sentiu o prazer que ela teria tido de saber que não precisaria mais moer os quadris — que por fim alguém a carregava. Se tivesse esperado só um pouquinho, ela teria visto o fim da Guerra, seus resultados breves, como lampejos. Poderiam comemorar juntos:

ir ouvir os grandes sermões pronunciados em honra da ocasião. No caso, ele foi sozinho de casa em alegre casa bebendo o que lhe ofereciam. Mas ela não tinha esperado e ele compareceu ao funeral mais chateado com ela do que desolado. Sethe e a filha estavam de olhos secos na ocasião. Sethe não tinha nenhuma instrução para ele a não ser "Leve ela para a Clareira", o que ele tentou fazer, mas foi impedido por alguma regra que os brancos tinham inventado sobre o lugar onde os mortos deviam descansar. Baby Suggs foi enterrada ao lado do bebê com a garganta cortada — uma vizinhança que Selo tinha certeza de que Baby Suggs não ia aprovar.

O velório foi feito no quintal, porque ninguém além dele queria entrar no 124 — uma afronta que Sethe respondeu com outra, se recusando a comparecer ao rito que o reverendo Pike realizou. Em vez disso, foi para o túmulo, com cujo silêncio competiu ao ficar lá sem participar dos hinos que os outros cantavam com todo o coração. Esse insulto gerou outro da parte dos presentes: de volta ao quintal do 124, eles comeram a comida que levaram e não tocaram na comida de Sethe, que não tocou na deles e proibiu Denver de tocar. Então, Baby Suggs, sagrada, que tinha dedicado toda a sua vida à harmonia, foi enterrada em meio a uma boa dança de orgulho, medo, condenação e ódio. Praticamente todo mundo na cidade estava querendo que Sethe enfrentasse tempos difíceis. Suas posturas ultrajantes, sua autossuficiência pareciam pedir por isso, e Selo Pago, que jamais sentira uma gota de maldade durante toda a sua vida adulta, se perguntava se alguma daquelas expectativas de "a soberba precede a ruína" por parte do pessoal da cidade teria, de alguma forma, grudado nele — o que explicaria por que ele não levara em conta os sentimentos de Sethe nem as necessidades de Denver ao mostrar o recorte a Paul D.

Ele não tinha nem a mais vaga noção do que fazer ou dizer

se e quando Sethe abrisse a porta e voltasse os olhos para ele. Estava disposto a oferecer ajuda, se ela quisesse alguma ajuda dele, ou receber a raiva dela, se tivesse alguma raiva dele. Além disso, ele confiava em seus instintos para endireitar o que podia ter feito de errado para a família de Baby Suggs, e para guiá-lo em meio ao assombramento redobrado a que o 124 estava sujeito, conforme demonstravam as vozes que ele ouvia da rua. Além disso, ele confiaria no poder de Jesus Cristo para lidar com coisas mais antigas, mas não mais fortes, do que Ele próprio era.

O que ouviu ao chegar perto da varanda, ele não entendeu. Na rua Bluestone, achou que tinha ouvido uma conflagração de vozes apressadas — altas, urgentes, todas falando ao mesmo tempo de forma que ele não conseguia distinguir sobre o que estavam falando ou com quem. O discurso não fazia sentido, exatamente, nem era em línguas. Mas alguma coisa estava errada na ordem das palavras e ele não conseguia descrever nem decifrar aquilo nem para salvar a própria vida. Tudo o que conseguia distinguir era a palavra *minha*. O resto ficou fora do alcance de sua cabeça. Mesmo assim, ele entrou. Quando chegou aos degraus, as vozes de repente baixaram para menos que um sussurro. Deram-lhe uma pausa. Haviam se transformado em um murmúrio ocasional — como os sons internos que uma mulher faz quando acredita que está sozinha e não observada em seu trabalho: um *tch* quando ela não acerta o buraco da agulha; um gemido suave quando vê mais um lascado num prato bom; a discussão baixa, amigável com que saúda as galinhas. Nada feroz, nem surpreendente. Apenas aquela conversa eterna, particular, que ocorre entre as mulheres e suas tarefas.

Selo Pago levantou o punho para bater na porta, mas não chegou a bater (porque estava sempre aberta para ele) e simplesmente não conseguia fazê-lo. A dispensa dessa formalidade era todo o pagamento que esperava dos negros que lhe deviam alguma coisa. Se Selo Pago lhe trazia um casaco, uma mensagem, salvava sua vida ou consertava a cisterna, ele tomava a liberdade de entrar por sua porta como se estivesse em casa. Como todas as suas visitas eram benéficas, seu passo ou chamado numa porta era sempre saudado com um brilho de boas-vindas. Mas, em vez de se valer do privilégio que reclamava para si, ele baixou a mão e desceu da varanda.

Tentou e tentou, insistentemente; resolveu ir visitar Sethe; atravessou as altas vozes apressadas até o murmúrio além delas e parou, tentando resolver o que fazer à porta. Seis vezes em outros tantos dias ele abandonou sua rota normal e tentou bater na porta do 124. Mas o frio do gesto — o sinal de que ele era de fato um estranho no portão — o dominou. Voltou sobre seus passos na neve e suspirou. O espírito é forte, mas a carne é fraca.

Enquanto Selo Pago estava resolvendo se ia visitar o 124 por causa de Baby Suggs, Sethe estava tentando seguir o conselho dela: *baixar espada e escudo*. Não só admitir o conselho que Baby Suggs lhe dera, mas efetivamente segui-lo. Quatro dias depois de Paul D lembrar a ela quantas pernas tinha, Sethe revirou entre os sapatos de estranhos para encontrar os patins de gelo que tinha certeza de estarem lá. Enquanto cavoucava na pilha, ela desprezou a si mesma por ter sido tão confiante, tão apressada em se render no fogão quando Paul D lhe beijou as costas. Devia ter sabido que ele se comportaria como todo o resto da cidade na hora em que soubesse. Os vinte e oito dias de amigas mulheres, uma sogra, e todos os filhos juntos; de fazer parte de um bairro; de, na verdade, simplesmente ter vizinhos próprios — tudo aquilo terminara havia muito e jamais voltaria. Nunca mais danças da Clareira ou banquetes alegres. Nunca mais discussões, tormentosas ou calmas, sobre o verdadeiro sentido da Lei dos Fugitivos, da Taxa de Assentamento, dos Caminhos de Deus e dos bancos para negros; antiescravidão, alforria, voto pela cor da pele, Republicanos, Dred Scott, aprender nos livros, o carrinho de rodas altas de Sojourner, o Damas Pretas de Delaware, Ohio, e as outras questões de peso que as amarravam em cadeiras, esfregando o chão ou andando por ele em agonia ou excitação. Nunca mais a espera ansiosa pelo *North Star* ou pelas notícias de um espancamento. Nunca mais suspirar diante de uma nova traição ou bater palmas para uma pequena vitória.

Àqueles vinte e oito dias felizes seguiram-se dezoito anos de desaprovação e de uma vida solitária. Depois, alguns meses da vida ensolarada que as sombras de mãos dadas na estrada lhe prometeram; cumprimentos hesitantes de outros pretos na companhia de Paul D; vida na cama para ela. A não ser pela amiga de Denver, cada partícula daquilo havia desaparecido. Era esse o padrão?, perguntou a si mesma. A cada dezoito, vinte anos, sua vida invivível seria interrompida por uma glória de breve duração?

Bem, se era desse jeito, era desse jeito.

Ela estivera de joelhos, esfregando o chão, Denver seguindo atrás com os trapos secos, quando Amada apareceu, dizendo: "O que é isto aqui?". De joelhos, escova de chão na mão, Sethe levantou os olhos para a garota e para os patins que segurava. Ela não conseguia patinar nem um passo, mas naquele mesmo momento resolveu seguir o conselho de Baby Suggs: *deixe tudo de lado*. Largou o balde onde estava. Mandou Denver buscar os xales e começou a procurar os outros patins que tinha certeza de que estavam em algum lugar naquela pilha. Qualquer pessoa que estivesse com pena dela, qualquer pessoa que estivesse passando e desse uma espiada para ver como estava indo (inclusive Paul D), descobriria que aquela mulher procurava numa pilha de refugos pela terceira vez porque amava seus filhos — essa mulher estava deslizando contente por um ribeirão congelado.

Apressada, descuidada, jogava os sapatos para todo lado. Encontrou um pé de patim — de homem.

"Bom", disse. "A gente reveza. Dois patins para uma; um patim para outra; e a outra escorrega de sapato."

Ninguém as viu cair.

De mãos dadas, se apoiando, elas giraram em cima do gelo. Amada usando o par; Denver o pé sozinho, deslizando passo a passo sobre o gelo perigoso. Sethe achou que seus sapatos iam sustentá-la e ancorá-la. Estava errada. Dois passos no ribeirão e ela perdeu o equilíbrio e caiu em cima do traseiro. As garotas, chorando de rir, juntaram-se a ela no gelo. Sethe batalhou para se pôr de pé e descobriu não só que era capaz de abrir as pernas, uma para a frente e outra para trás, como também que isso doía. Seus ossos apareciam em lugares insuspeitados assim como a risada. Fazendo um círculo ou uma fila, as três não conseguiam ficar de pé nem um minuto inteiro, mas ninguém as viu cair.

Cada uma parecia ajudar as outras duas a se manter eretas, no entanto cada tombo duplicava o prazer. Os carvalhos e os pinheiros das margens as envolviam e absorviam a risada enquanto elas lutavam para manter a gravidade pelas mãos das outras. As saias voavam como asas e a pele parecia estanho no frio e na luz mortiça.

Ninguém as viu cair.

Exaustas, afinal, deitaram-se de costas para recuperar o fôlego. O céu acima delas era outro país. Estrelas de inverno, tão perto que dava para pegar, tinham aparecido antes do pôr do sol. Durante um momento, olhando para o alto, Sethe penetrou na paz perfeita que elas ofertavam. Então Denver se levantou e tentou uma longa deslizada independente. A ponta de seu único patim bateu numa saliência do gelo e, ao cair, ela oscilou os braços com tamanha agitação e desespero que as três — Sethe, Amada e a própria Denver — riram até tossir. Sethe levantou-se nas mãos e joelhos, o peito ainda sacudido de riso, os olhos umedecidos. Assim ficou um pouco, de quatro. A risada passou, só que as lágrimas não, e levou algum tempo para Amada e Denver perceberem a diferença. Quando perceberam, tocaram levemente os ombros dela.

Na volta pelo bosque, Sethe pôs um braço em volta de cada garota a seu lado. Ambas com os braços por sua cintura. Caminhavam sobre neve endurecida, tropeçavam e tinham de se segurar com força, mas ninguém as viu cair.

Dentro da casa, descobriram que estavam com frio. Tiraram os sapatos e as meias molhadas e colocaram meias secas, de lã. Denver alimentou o fogo. Sethe esquentou uma panela de leite, que misturou com xarope de cana e baunilha. Embrulhadas em colchas e cobertores diante do fogão, beberam, enxugaram os narizes e beberam de novo.

"A gente podia assar umas batatas", disse Denver.

"Amanhã", disse Sethe. "Hora de dormir."

Serviu para cada uma um pouquinho mais de leite quente e doce. O fogo do fogão rugia.

"Acabou com o seu olho?", perguntou Amada.

Sethe sorriu. "Acabei, sim, acabei com o meu olho. Beba tudo. Hora de dormir."

Mas nenhuma delas queria deixar o calor dos cobertores, do fogo, das xícaras, em troca de frio da cama não aquecida. Continuaram bebendo aos golinhos e olhando o fogo.

Quando se ouviu o clique, Sethe não sabia o que era. Depois, ficou claro como o dia que o clique veio bem no comecinho — um toque, quase, antes de começar; antes de ela ouvir três notas;

antes de a melodia estar sequer clara. Um pouco inclinada para a frente, Amada estava cantarolando suavemente.

Foi então, quando Amada terminou de cantarolar, que Sethe se lembrou do clique — a acomodação de peças em seus lugares determinados e feitos especialmente para elas. O leite não respingou nada da xícara porque sua mão não estava tremendo. Ela simplesmente virou a cabeça e olhou o perfil de Amada: queixo, boca, nariz, testa, copiados e exagerados na imensa sombra que o fogo lançava na parede atrás dela. O cabelo, que Denver prendera em vinte ou trinta tranças, curvado para os ombros, como braços. De onde estava sentada, Sethe não podia examinar nada, nem o desenho dos cabelos na testa, nem as sobrancelhas, os lábios, nem...

"Só me lembro", Baby Suggs havia dito, "é que ela gostava de comer a parte queimada de debaixo do pão. As mãozinhas eu não reconheceria nem que batessem em mim."

... a marca de nascença, nem a cor das gengivas, a forma das orelhas, nem...

"Aqui. Olhe aqui. Esta é a sua mãe. Se não consegue me reconhecer pela cara, olhe aqui."

... os dedos, nem as unhas, nem mesmo...

Mas haveria tempo. O clique tinha clicado; as coisas estavam onde tinham de estar ou estavam colocadas e prontas para se encaixar.

"Eu que inventei essa música", disse Sethe. "Inventei e cantava para meus filhos. Ninguém sabe essa música a não ser eu e meus filhos."

Amada virou para olhar para Sethe. "Eu sei", disse.

Uma caixa de joias marchetada de tachas encontrada num buraco de árvore deve ser acariciada antes de ser aberta. O fecho pode estar enferrujado ou solto do gancho. Mesmo assim você deve tocar as cabeças dos pregos e experimentar o peso. Não quebrar com as costas do machado antes de ela ser decentemente exumada do túmulo onde ficou escondida todo esse tempo. Nem admirar-se com um milagre que é verdadeiramente milagroso porque a mágica está no fato de que o tempo todo você sabia que estava lá para você.

Sethe enxugou a camada de cetim branco do interior da panela, trouxe travesseiros da despensa para a cabeça das garotas. Não havia tremor em sua voz quando ela mandou que mantivessem aceso o fogo — ou então subissem para os quartos.

Com isso, enrolou o cobertor nos cotovelos e subiu a escada branca de lírio como uma noiva. Lá fora, a neve se solidificava em formas graciosas. A paz das estrelas de inverno parecia permanente.

Com uma fita entre os dedos e sentindo cheiro de pele, Selo Pago aproximou-se do 124 de novo.

Estou cansado até o tutano, pensou ele. Passei todos os meus dias cansado, cansado até os ossos, mas agora é o tutano. Deve ter sido isso que Baby Suggs sentiu quando deitou e pensou em cor pelo resto da vida. Quando ela contou a ele qual era seu objetivo, ele pensou que estava envergonhada e muito envergonhada de dizer aquilo. A autoridade dela no púlpito, sua dança na Clareira, seu poderoso Chamado (ela não fazia sermões nem pregava — insistia que era ignorante demais para isso —, ela *chamava* e os ouvintes ouviam) — tudo aquilo havia sido ridicularizado e desmentido pelo derramamento de sangue em seu quintal. Deus a intrigava e ela estava com vergonha demais Dele para admitir uma coisa dessas. Em vez disso, contou a Selo que ia para a cama para pensar na cor das coisas. Ele tentou dissuadi-la. Sethe estava na cadeia com a bebê de peito, a que ele tinha salvado. Os filhos dela estavam de mãos dadas no quintal, apavorados para se soltar.

Estranhos e familiares estavam parando para ouvir mais uma vez e de repente Baby declarou a paz. Ela simplesmente desistiu. Quando Sethe foi solta, Baby havia esgotado o azul e estava bem mergulhada no amarelo.

De início, ele a via no quintal de vez em quando, ou entregando comida na cadeia, ou sapatos na cidade. Depois, menos e menos. Ele acreditava, então, que a vergonha a tinha posto de cama. Agora, oito anos depois de seu controverso enterro e dezoito anos depois da Miséria, ele havia mudado de ideia. O tutano dela estava cansado e era uma prova de que o coração que o alimentava havia demorado oito anos para finalmente encontrar a cor que ela tanto desejava. O ataque de sua fadiga, desse jeito, foi súbito, mas durou anos. Depois de sessenta anos perdendo filhos para as pessoas que mascavam sua vida e a cuspiam fora como uma espinha de peixe; depois de cinco anos da liberdade que lhe foi dada por seu último filho, que comprou o futuro dela com o dele, trocou, por assim dizer, para que ela pudesse ter um futuro independentemente de ele ter ou não — e para perdê-lo; e de adquirir uma filha e uma neta e ver essa filha matar os filhos (ou tentar matar); e de pertencer a uma comunidade de outros negros livres — para amar e ser amada por eles, aconselhar e ser aconselhada, proteger e ser protegida, alimentar e ser alimentada —, e então ver essa comunidade dar um passo atrás e se manter à distância — bem, isso era capaz de cansar até Baby Suggs, sagrada.

"Escute aqui, menina", ele dissera a ela, "você não pode largar a Palavra. Foi dada para você falar. Não pode largar a Palavra, não me interessa o que possa acontecer com você."

Estavam parados na rua Richmond, os pés cobertos de folhas secas. Lampiões iluminavam as janelas do térreo das casas espaçosas e faziam o começo da noite parecer mais escuro do que era. O cheiro de folhas queimando era brilhante. Por acaso total, quando estava guardando no bolso a gorjeta de uma entrega, ele tinha olhado do outro lado da rua e reconheceu a mulher que vinha mancando como a sua velha amiga. Ele não a via há semanas. Atravessou a rua depressa, arrastando folhas vermelhas ao andar. Quando a deteve com uma saudação, ela retribuiu com um rosto completamente limpo de interesse. Podia ser um prato. Com uma sacola de pano cheia de sapatos na mão, ela ficou esperando que ele começasse a falar, puxasse ou propusesse uma conversa. Se houvesse tristeza nos olhos dela, ele teria compreendido; mas havia indiferença aninhada onde devia estar a tristeza.

"Você faltou na Clareira três sábados seguidos", ele disse.

Ela virou a cabeça devagar e passou os olhos pelas casas da rua.

"Foi gente", ele disse.

"Gente vai; gente vem", ela respondeu.

"Olhe, deixe eu carregar isso." Ele tentou pegar a sacola dela, mas ela não deixou.

"Tenho de fazer uma entrega em algum lugar por aqui", disse ela. "O nome é Tucker."

"Ali", disse ele. "Castanheiras gêmeas no jardim. E doentes."

Andaram um pouco, o passo dele mais lento para acompanhar o manquejar.

"Bom?"

"Bom, o quê?"

"Sábado está chegando. Você vai Chamar ou não?"

"Se eu chamar e eles vierem, que diabo vou dizer para eles?"

"Diga a Palavra!" Ele controlou o grito tarde demais. Dois homensbrancos que queimavam folhas viraram a cabeça na direção deles. Bem curvado, ele sussurrou no ouvido dela: "A Palavra. A Palavra".

"Isso foi outra coisa que tiraram de mim", disse ela, e foi

quando ele a exortou, implorou a ela que não desistisse, por nada deste mundo. A Palavra tinha sido dada para ela e ela havia de falar. Tinha de.

Chegaram às castanheiras gêmeas e à casa branca que ficava atrás delas.

"Está vendo o que eu digo?", disse ele. "Árvores grandes desse jeito, as duas juntas não têm as folhas de uma bétula nova."

"Entendo o que você quer dizer", disse ela, mas olhou foi para a casa branca.

"Tem de falar", disse ele. "Tem. Ninguém Chama igual você. Você tem de ir lá."

"O que eu tenho de fazer é ir para a minha cama e deitar. Quero ficar com alguma coisa inofensiva neste mundo."

"De que mundo você está falando? Não tem nada inofensivo por aqui."

"Tem, sim. O azul. Isso não machuca ninguém. Nem o amarelo."

"Vai deitar na cama para pensar em cor?"

"Eu gosto de amarelo."

"E daí? Quando você acabar com o azul e o amarelo, aí o quê?"

"Não sei dizer. É uma coisa que não dá para planejar."

"Está pondo a culpa em Deus", disse ele. "Isso que você está fazendo."

"Não, Selo. Não estou."

"Está dizendo que a gentebranca venceu? É isso que você está dizendo?"

"Estou dizendo que eles foram até o meu quintal."

"Está dizendo que nada conta."

"Estou dizendo que eles foram até o meu quintal."

"Foi Sethe que fez aquilo."

"E se ela não tivesse feito?"

"Está dizendo que Deus desistiu? Não resta nada para nós a não ser derramar nosso próprio sangue?"

"Estou dizendo que eles foram até o meu quintal."

"Está faltando com Ele, não está?"

"Não como Ele faltou comigo."

"Não pode fazer isso, Baby. Não está direito."

"Teve um tempo que eu sabia o que era isso."

"Ainda sabe."

"O que eu sei é o que eu vejo: uma mulher negra arrastando os sapatos."

"Ah, Baby." Ele umedeceu os lábios, procurando com a língua as palavras que pudessem fazê-la dar a volta, aliviar sua carga. "A gente tem de ser firme. 'Essas coisas também vão passar.' O que você está querendo? Um milagre?"

"Não", disse ela. "Estou querendo é achar o que me mandaram achar: a porta dos fundos", e foi direto para ela. Não a deixaram entrar. Pegaram os sapatos enquanto ela esperava nos degraus, descansando o quadril na grade enquanto a mulherbranca ia buscar a moeda.

Selo Pago reformulou seu caminho. Zangado demais para acompanhá-la até em casa e ouvir mais, ele ficou olhando para ela um momento e virou para ir embora antes que a cara branca alerta na janela vizinha chegasse a alguma conclusão.

Ao tentar chegar ao 124 pela segunda vez agora, ele lamentou aquela conversa: o tom exaltado que ela assumiu; sua recusa em perceber o efeito de cansaço do tutano numa mulher que ele acreditava ser uma montanha. Agora, tarde demais, ele a entendia. O coração que pulsara amor, a boca que falara a Palavra não contavam. Eles foram mesmo até o quintal dela e ela não conseguia aprovar nem condenar a dura escolha de Sethe. Um ou outro podiam tê-la salvado, mas batida pelos argumentos de ambos ela fora para a cama. Os homensbrancos a tinham esgotado afinal.

E a ele. Mil oitocentos e setenta e quatro e homensbrancos ainda à solta. Negros eliminados de cidades inteiras; oitenta e sete linchamentos em apenas um ano em Kentucky; quatro escolas de pretos queimadas até o chão; homens adultos chicoteados como crianças; crianças chicoteadas como adultos; mulheres negras estupradas pela multidão; propriedades tomadas, pescoços quebrados. Ele sentiu cheiro de pele, pele e sangue quente. A pele era uma coisa, mas sangue humano cozido numa fogueira de linchamento era outra coisa completamente diferente. O fedor fedia. Fedia nas páginas do *North Star*, nas bocas de testemunhas, gravado em garranchos nas cartas entregues em mãos. Detalhado em documentos e petições cheios de *considerando* e apresentados a qualquer corpo legal que o lesse, fedia. Mas nada daquilo o havia cansado até o tutano. Nada daquilo. Tinha sido a fita. Ao amarrar sua barcaça na margem do rio Licking, ao apertar o melhor que podia, enxergara alguma coisa vermelha no fundo. Ao se abaixar para pegar, achou que era uma pena de cardeal presa ao seu barco. Puxou e o que se soltou em sua mão foi uma fita vermelha amarrada em volta de uma mecha de cabelo lanoso molhado, ainda preso a um pedaço de couro cabeludo. Desamarrou a fita e guardou no bolso, jogou a mecha no mato. A caminho de casa, parou, sem fôlego e tonto. Esperou até passar a crise e continuou seu caminho. Um momento depois, perdeu o fôlego de novo. Dessa vez, sentou-se junto a uma cerca. Descansado, pôs-se de pé, mas antes que conseguisse dar um passo virou para olhar a rua em que estava andando e disse, para a lama congelada e para o rio adiante: "O que *são* essas pessoas? Me diga, Jesus. O *que* elas são?".

Quando chegou em casa, estava cansado demais para comer a comida que a irmã e o sobrinho tinham preparado. Sentou na varanda, no frio, até muito depois de escurecer, e só foi para cama porque estava ficando nervoso com a voz da irmã a chamá-lo. Guardou a fita; o cheiro de pele o importunava e seu tutano cansado o fez pensar demoradamente no desejo de Baby Suggs de levar em conta o que era inofensivo no mundo. Ele esperava que ela ficasse com azul, amarelo, talvez verde, e nunca pensasse em vermelho.

Ele errara com ela, a censurara, ficara seu devedor, e agora precisava que ela soubesse que ele sabia, e se acertar com ela e sua família. Então, apesar do tutano cansado, ele continuou, atravessou as vozes e tentou novamente bater na porta do 124. Dessa vez, embora só conseguisse decifrar uma palavra, ele acreditou saber quem estava falando aquelas palavras. As pessoas de pescoço quebrado, o sangue cozido no fogo e as garotas negras que tinham perdido as fitas.

Que rugido.

Sethe tinha ido para a cama sorrindo, ansiosa para deitar e desvendar a prova para a conclusão à qual já havia saltado. Prezar o dia e as circunstâncias da chegada de Amada e o sentido daquele beijo na Clareira. Em vez disso, ela dormiu e acordou, ainda sorrindo, para uma manhã brilhante de neve, tão fria que dava para ver a respiração. Demorou um momento para reunir coragem para afastar os cobertores e pisar no chão frio. Pela primeira vez, ia se atrasar para o trabalho.

Embaixo, viu as garotas dormindo onde as tinha deixado, mas costas com costas agora, cada uma enrolada com força nos cobertores, respirando nos travesseiros. O par e meio de patins estava jogado junto à porta de entrada, as meias penduradas num prego atrás do fogão para secar não tinham secado.

Sethe olhou o rosto de Amada e sorriu.

Silenciosamente, cuidadosamente, contornou-a para avivar o fogo. Primeiro um pouco de papel, depois um pouco de gravetos — não demais —, só um gostinho até estar forte para mais. Alimentou a dança até o fogo estar agitado e rápido. Quando saiu para pegar mais lenha no abrigo, não notou as pegadas congeladas do homem. Contornou crepitando até os fundos, até a pilha coberta de neve alta. Depois de limpar a neve, encheu os braços com o máximo de lenha seca que conseguia. Até olhou diretamente para o abrigo, sorrindo, sorrindo para coisas que não teria de lembrar agora. Pensando: ela nem ficou brava comigo. Nem um pouco.

Evidentemente, as sombras de mãos dadas que tinha visto na estrada não eram Paul D, Denver e ela, mas "nós três". As três se apoiando para esquiar na noite anterior; as três bebendo leite aromatizado. E uma vez que era assim — se sua filha podia voltar para casa do espaço intemporal —, certamente seus filhos podiam, e viriam, voltariam de onde quer que tivessem ido.

Sethe cobriu os dentes da frente com a língua para protegê-los do frio. Curvada para a frente com a carga nos braços, deu a volta à casa até a varanda — sem notar nem por um momento as pegadas congeladas em que pisava.

Dentro, as garotas ainda dormiam, embora tivessem mudado de posição enquanto ela não estava, ambas atraídas pelo fogo. O ruído da lenha caindo na caixa fez as duas se mexerem, mas não acordar. Sethe acendeu o fogão o mais silenciosamente possível, relutante em acordar as irmãs, contente de elas estarem dormindo a seus pés enquanto preparava o café da manhã. Pena que ia se atrasar para o trabalho — pena mesmo. Uma vez em dezesseis anos? Uma pena, de fato.

Misturou dois ovos batidos com a canjica da noite anterior, modelou bolinhos com isso, que fritou com uns pedaços de presunto antes de Denver acordar completamente e gemer.

"Dor nas costas?"

"Aah, é."

"Dizem que dormir no chão faz bem para a saúde."

"Dói que é o diabo", disse Denver.

"Pode ser do tombo que você levou."

Denver sorriu. "Foi divertido." Virou para olhar Amada, que roncava ligeiramente. "Acordo ela?"

"Não, deixe ela descansar."

"Ela gosta de despedir de você de manhã."

"Deixe que eu cuido disso", disse Sethe, e pensou: seria bom pensar primeiro, antes de falar com ela, de contar para ela que eu sei. Pensar em tudo o que eu não tenho mais de lembrar. Fazer como Baby disse: pense bem depois deixe disso — para sempre. Paul D me convenceu que existe um mundo lá fora e que eu podia viver nele. Eu devia saber. Eu já *sabia*. Tudo o que acontece do lado de fora da minha porta não é para mim. O mundo está nesta sala. Isto aqui é tudo o que existe e tudo o que tem de existir.

Comeram como homens, vorazes e intensas. Falaram pouco, contentes com a companhia uma da outra e a oportunidade de se olharem nos olhos.

Quando Sethe envolveu a cabeça e se agasalhou para ir para a cidade, já era o meio da manhã. E quando saiu da casa nem viu as pegadas, nem ouviu as vozes que retiniam no 124 como um laço de forca.

Pisando os sulcos deixados antes pelas rodas, Sethe estava tonta de tão excitada com as coisas de que não precisava mais lembrar.

Não tenho de lembrar de nada. Não tenho nem de explicar. Ela entende tudo. Posso esquecer que o coração de Baby Suggs parou; que nós concordamos que era tuberculose sem nenhum sinal disso. Dos olhos dela quando levava minha comida, posso esquecer disso, e de ela me contar que Howard e Buglar estavam bem, mas um não largava da mão do outro. Brincavam assim: ficavam assim principalmente para dormir. Ela me entregava a comida da cesta; coisas embrulhadas, pequenas para passar pelas barras, cochichando as novidades: mr. Bodwin vai ver o juiz — no gabinete, ela disse, no gabinete, como se eu soubesse o que aquilo queria dizer, ou ela soubesse. O Damas Pretas de Delaware, Ohio, tinha feito uma petição para impedir de eu ser enforcada. Aqueles dois pregadores brancos vieram e queriam falar comigo, rezar por mim. Depois veio uma jornalista também. Ela me contou as notícias e eu disse para ela que precisava de alguma coisa para os ratos. Ela queria tirar Denver e batia as palmas das mãos quando não deixei ela ir. "Cadê seus brincos?", perguntou. "Eu guardo para você." Contei que o carcereiro tinha ficado com eles, para me proteger de mim mesma. Ele achou que eu podia fazer algum mal com o arame. Baby Suggs cobriu a boca com a mão. "O professor foi embora da cidade", disse ela. "Registrou queixa e foi embora a cavalo. Vão deixar você sair para o enterro", disse ela, "não para o velório, só para o enterro", e deixaram. O xerife foi comigo e olhou para o outro lado quando dei de mamar para Denver no carroção. Nem Howard nem Buglar deixavam eu chegar nem perto deles, nem encostar no cabelo deles. Acho que tinha muita gente lá, mas eu só via o caixão. O reverendo Pike falou com voz bem alta mesmo, mas eu não peguei nem uma palavra — só as duas primeiras, e três meses depois, quando Denver estava pronta para comer comida sólida e me deixaram sair de vez, eu fui e comprei uma lápide para você, mas o dinheiro não dava para gravar, então troquei (fiz um escambo, se pode dizer) com o que eu tinha e até hoje me arrependo de nunca ter pensado em pedir para ele a coisa inteira: tudo o que eu ouvi o reverendo Pike dizer. Bem Amada, que é o que você é para mim e não tenho de ter pena de conseguir só uma palavra, e não tenho de lembrar do matadouro e das meninas que trabalhavam lá no pátio aos sábados. Posso esquecer que o que eu fiz mudou a vida de Baby Suggs. Nada de Clareira, nada de gente. Só roupa para lavar e sapatos. Posso esquecer de tudo agora, porque assim que consegui pôr a lápide no lugar você revelou a sua presença na casa e preocupou todo mundo até perturbar. Eu não tinha entendido naquela hora. Achei que você estava zangada comigo. E agora sei que, se estava, não está mais, porque você voltou aqui para mim e eu tinha razão o tempo todo: não existe mundo nenhum do lado de fora da minha porta. Eu só preciso saber de uma coisa. Como é que está a cicatriz?

Enquanto Sethe caminhava para o trabalho, atrasada pela primeira vez em dezesseis anos e envolta numa presença intemporal, Selo Pago lutava contra a fadiga e o hábito de uma vida inteira. Baby Suggs se recusava a ir para a Clareira porque acreditava que *eles* tinham vencido; ele se recusava a admitir uma vitória dessas. Baby não tinha porta dos fundos; ele então enfrentou o frio e uma muralha de vozes para bater na porta que ela efetivamente possuía. Apertou a fita vermelha no bolso para ter força. Devagarinho primeiro, com força depois. Por fim, bateu furiosamente — desacreditando que pudesse acontecer. Que a porta de uma casa de pretos não se abrisse à sua presença. Foi até a janela e sentiu vontade de chorar. Sem sombra de dúvida, lá estavam elas, nenhuma das duas indo para a porta. Estraçalhando seu pedaço de fita, o velho virou e desceu a escada. Agora a curiosidade se juntava à sua vergonha e à sua dívida. Duas costas encolhidas para o outro lado quando ele olhou pela janela. Uma tinha uma cabeça que ele reconhecia; a outra o perturbava. Não conhecia aquela e não sabia quem poderia ser. Ninguém, ninguém visitava aquela casa.

Depois de um café da manhã desagradável, foi ver Ella e John para descobrir o que sabiam. Talvez lá conseguisse descobrir se, depois de todos esses anos de clareza, ele havia escolhido errado seu próprio nome e ainda tivesse mais uma dívida a pagar. Nascido Joshua, ele se rebatizou quando entregou a esposa ao filho de seu senhor. Entregou no sentido de que ele não matou ninguém, nem a si mesmo, porque sua esposa exigiu que ele ficasse vivo. Senão, ela raciocinou, para onde e para quem ela haveria de voltar quando o rapaz terminasse com ela? Com esse presente, ele resolveu que não devia nada a ninguém. Fossem quais fossem suas obrigações, aquele ato pagava todas. Achou que isso ia fazer dele um turbulento, um renegado — um bêbado até, a ausência de dívida, e de certa forma fez mesmo. Mas não havia nada a fazer a respeito. Trabalhar bem; trabalhar mal. Trabalhar um pouco; não trabalhar nada. Fazer sentido; não fazer nenhum. Dormir, acordar; gostar de alguém, desgostar de outros. Não parecia lá um jeito de viver muito bom e não lhe trazia nenhuma satisfação. Ele então ampliou essa ausência de dívida a outras pessoas, ajudando-as a pagar e ir embora sempre que elas deviam na miséria. Fugidos espancados? Ele os atravessava para o outro lado e considerava-se pago; lhes dava seus próprios recibos de venda, por assim dizer. "Você pagou; agora a vida te deve." E o recibo, de certa forma, era uma porta de boas-vindas em que ele não tinha de bater nunca, como a porta de John e Ella, na frente da qual estava e disse "Ó de casa" só uma vez e ela a abriu.

"Onde você tem se enfiado? Falei para John, deve estar muito frio se o Selo ficou dentro de casa."

"Ah, eu saio." Ele tirou o boné e massageou a cabeça.

"Sai onde? Por aqui não passou." Ella pendurou dois conjuntos de roupa de baixo numa corda atrás do fogão.

"Passei na Baby Suggs agora de manhã."

"O que você queria lá?", Ella perguntou. "Alguém convidou você para entrar?"

"Aquilo é parentes de Baby. Não preciso de convite nenhum para zelar pelo povo dela."

"Tch." Ella não se comoveu. Tinha sido amiga de Baby Suggs e de Sethe também até a hora bruta. A não ser por um aceno de cabeça na festa na cidade, não tinha dado a Sethe a menor confiança.

"Tem gente nova lá. Uma mulher. Achei que você podia saber quem é ela."

"Não tem negro novo nenhum nesta cidade que eu não esteja sabendo", disse ela. "Como é ela? Tem certeza que não era Denver?"

"Eu conheço Denver. Essa menina é estreitinha."

"Tem certeza?"

"Eu sei o que vejo."

"No 124 se vê qualquer coisa."

"Verdade."

"Melhor perguntar para Paul D", disse ela.

"Não consigo achar ele", disse Selo, o que era verdade, embora seus esforços para encontrar Paul D tivessem sido tênues. Ele não estava pronto para se confrontar com o homem cuja vida havia alterado com sua informação de cemitério.

"Ele está dormindo na igreja", disse Ella.

"Na igreja!" Selo ficou chocado e muito magoado.

"É. Perguntou para o reverendo Pike se podia ficar no porão."

"É frio como gelo lá!"

"Acho que ele sabe disso."

"Para que ele foi fazer isso?"

"Ele tem um toque de orgulho, parece."

"Ele não precisava fazer isso! Qualquer um aceitava ele em casa."

Ella virou-se para olhar para Selo Pago. "Ninguém lê mentes de longe. Ele só tinha era que pedir para alguém."

"Por quê? Por que tinha de pedir? Ninguém não pode oferecer? O que está acontecendo? Desde quando um negro que chega na cidade tem de dormir no porão feito cachorro?"

"Se acalme, Selo."

"Eu, não. Vou ficar bem nervoso até alguém mostrar que tem senso ou pelo menos agir como cristão."

"Faz só uns dias que ele está lá."

"Não devia ficar dia nenhum! Você sabia de tudo e não estendeu uma mão para ele? Isso não tem a sua cara, Ella. Você e eu estamos tirando os pretos da água faz mais de vinte anos. Agora você me diz que não pode oferecer uma cama para um homem? E um homem trabalhador! Um homem que pode pagar a despesa."

"Se ele pedir, eu dou qualquer coisa."

"Por que precisa disso de repente?"

"Não conheço ele assim tão bem."

"Você sabe que ele é preto!"

"Selo, não me amole agora de manhã. Não estou com vontade disso."

"É por causa dela, não é?"

"Ela quem?"

"Sethe. Ele se juntou com ela e ficou lá e você não quer saber de..."

"Espera aí. Não pule na água se não enxerga o fundo."

"Menina, eu desisto. A gente é amigo faz tempo demais para falar assim."

"Bom, quem pode saber tudo o que aconteceu lá dentro? Olhe aqui, eu não sei quem é essa Sethe, nem ninguém da gente dela."

"O quê?!"

"O que eu sei foi que ela casou com o menino de Baby Suggs e nem disso não tenho certeza. Onde é que *ele* está, hã? Baby nunca tinha visto a cara dela até John levar ela até a porta com um bebê amarrado no peito."

"*Eu* amarrei aquele bebê! E você está desviando muito do rumo pensando assim. Você pode não saber quem ela é, mas os filhos dela sabem quem ela é."

"E daí? Não estou dizendo que ela não era mãe deles, mas quem pode dizer que eles eram netos de Baby Suggs? Como é que ela embarcou e o marido dela não? E me diga uma coisa, como ela teve o bebê no bosque sozinha? Disse que uma mulherbranca saiu do meio das árvores e ajudou. Droga. Você acredita nisso? Uma mulher*branca*? Bom, eu sei que tipo de branco que era."

"Ah, não, Ella."

"Alguma coisa branca flutuando pelo bosque — se não tiver uma espingarda, eu não vou querer nada com essa coisa."

"Vocês eram tudo amigas."

"É, até ela mostrar quem era."

"Ella."

"Não tenho amiga nenhuma que passa os filhos no serrote."

"Está entrando em terreno perigoso, menina."

"Uhm-hum. Estou com o pé firme no chão e aqui vou ficar. Você que está na água."

"O que isso aí que você está dizendo tem a ver com Paul D?"

"O que fez ele ir embora? Me diga."

"Eu fiz ele ir embora."

"Você?"

"Contei para ele — mostrei para ele o jornal, sobre o... o que Sethe fez. Li para ele. Ele foi embora no mesmo dia."

"Isso você não me contou. Achei que ele sabia."

"Ele não sabia de nada. Só conhecia era ela, de quando moravam naquele lugar onde Baby Suggs morava."

"Ele conhecia Baby Suggs?"

"Claro que conhecia ela. E o Halle, o filho dela, também."

"E foi embora quando ficou sabendo do que Sethe fez?"

"Parece que ele podia ter um lugar para ficar afinal de contas."

"O que você está dizendo esclarece muita coisa. Eu achei..." Mas Selo Pago sabia o que ela havia achado.

"Você não veio aqui perguntar dele", disse Ella. "Veio por causa dessa tal de garota nova."

"Isso mesmo."

"Bom, Paul D deve saber quem ela é. Ou *o que* ela é."

"Sua cabeça está cheia de espíritos. Para onde olha, você vê um."

"Você sabe tão bem quanto eu que gente que morre mal não fica no chão."

Ele não podia negar aquilo. O próprio Jesus Cristo não tinha ficado, então Selo comeu um pedaço da carne de porco em conserva de Ella para mostrar que não guardava ressentimentos e foi procurar Paul D. Encontrou-o nas escadas do Sagrado Redentor, segurando os pulsos entre os joelhos e com os olhos vermelhos.

Sawyer gritou com ela quando entrou na cozinha, mas ela apenas virou as costas e foi pegar o avental. Não havia entrada agora. Nenhuma fresta, nenhum vão disponível. Tinha se empenhado em impedir isso, mas sabia muito bem que a qualquer momento podiam abalá-la, arrancá-la de suas amarras, mandar passarinhos cantarem de volta em seu cabelo. Secar seu leite de mãe, eles já tinham secado. Riscar vida vegetal em suas costas — isso também. Jogá-la barriguda no bosque — tinham feito isso. Toda notícia deles era decomposição. Esfregaram manteiga na cara de Halle, deram ferro para Paul D comer; torraram Seiso; enforcaram sua mãe. Ela não queria mais nenhuma notícia de gentebranca; não queria saber o que Ella sabia e John e Selo Pago, sobre o mundo que era feito do jeito que a gentebranca gostava. Toda notícia deles devia ter parado com os passarinhos em seu cabelo.

Um dia, muito tempo antes, ela era maleável, confiante. Confiou em mrs. Garner e no marido dela. Amarrou os brincos na anágua para levar com ela, não tanto para usar, mas para segurar na mão. Brincos que a fizeram acreditar que era capaz de discriminar entre eles. Que para cada professor haveria uma Amy; que para cada aluno haveria um Garner, ou Bodwin, ou mesmo um xerife, cujo toque em seu cotovelo havia sido gentil e que olhara para o outro lado enquanto ela amamentava. Mas ela passara a acreditar em todas as últimas palavras de Baby Suggs e enterrara toda lembrança delas e pronto. Paul D desenterrara tudo, lhe devolvera seu corpo, beijara suas costas riscadas, agitara sua relembrança e lhe trouxera mais notícias: de coalho, de ferro, de sorriso de galo, mas, quando soube a história *dela*, ele contou suas pernas e não disse nem até logo.

"Não fale comigo, mr. Sawyer. Não diga nada para mim hoje."

"O quê? O quê? O quê? Está falando comigo?"

"Estou dizendo para não falar nada para mim."

"É melhor você aprontar essas tortas."

Sethe tocou as frutas e pegou uma faca de corte.

Quando o suco das tortas caiu no fundo do forno e chiou, Sethe já estava no meio da salada de batata. Sawyer entrou e disse: "Não muito doce. Se ficar doce demais eles não comem".

"Vou fazer do jeito que sempre fiz."

"É. Doce demais."

Nenhuma das salsichas voltou. O cozinheiro tinha mão para salsichas e o Restaurante Sawyer nunca tinha sobras de salsichas. Se Sethe quisesse alguma, tinha de separar logo que ficassem prontas. Mas havia um guisado bem passável. O problema foi que todas as suas tortas venderam também. Só sobrou pudim de arroz e meia fôrma de bolo de gengibre que não tinha dado certo. Se estivesse prestando atenção em vez de sonhar acordada a manhã inteira, não teria de ficar procurando seu jantar como um caranguejo. Não sabia ver as horas muito bem, mas sabia que, quando os braços do relógio estavam fechados em oração no alto do mostrador, ela havia encerrado seu dia. Pegou um frasco com tampa metálica, encheu com guisado e embrulhou o bolo de gengibre em papel de açougueiro. Enfiou essas coisas nos bolsos externos da saia e começou a se lavar. Aquilo não era nada perto de tudo o que o cozinheiro e os dois garçons levavam embora. Mr. Sawyer incluía a refeição do meio--dia nos termos do trabalho — junto com os três dólares e quarenta centavos por semana — e ela deixara bem claro desde o começo que ia levar sua refeição para casa. Mas fósforos, às vezes um pouco de querosene, um pouco de sal, de manteiga também — essas coisas ela também levava, de vez em quando, e ficava com vergonha porque tinha dinheiro para comprá-las; simplesmente não queria era o embaraço de ficar esperando na frente da loja Phelps junto com os outros até todos os brancos de Ohio serem atendidos para aí o vendedor virar para o feixe de caras negras olhando pelo buraco da porta. Ela sentia vergonha também, porque aquilo era roubo e o argumento de Seiso a respeito do assunto a divertia, mas não alterava o que sentia; assim como não mudara a cabeça do professor.

"Você roubou esse leitão? Você roubou esse leitão." O professor falava baixo, mas firme, como falasse só por obrigação — não esperando uma resposta de verdade. Seiso sentado ali, sem se levantar nem para apelar, nem para negar. Simplesmente sentado ali, a carne de porco salgada na mão, as cartilagens juntas no prato de metal como pedras preciosas — ásperas, sem polir, mas um saque mesmo assim.

"Você roubou esse leitão, não foi?"

"Não, senhor", disse Seiso, mas ele teve a decência de não tirar os olhos da carne.

"Está me dizendo que não roubou, e comigo olhando bem na sua cara?"

"Não, senhor. Eu não roubei."

O professor sorriu: "Você matou o leitão?".

"Sim, senhor. Eu matei."

"Você limpou o leitão?"

"Sim, senhor."

"Cozinhou o leitão?"

"Sim, senhor."

"Bom, então. Comeu o leitão?"

'Sim, senhor. Comi, sim."

"E quer me dizer que isso não é roubar?"

"Não, senhor. Não é."

"O que é então?"

"É melhoria da sua propriedade, sim, senhor."

"O quê?"

"Seiso planta centeio para ter mais chance de preço alto. Seiso pega e cuida do chão, dá colheita maior para o senhor. Seiso pega e enche a barriga de Seiso para trabalhar mais."

Esperto, mas o professor bateu nele mesmo assim para mostrar que as definições pertencem aos definidores — não aos definidos. Depois que mr. Garner morreu com um buraco no ouvido, que mrs. Garner falou que era tímpano estourado pelo enfarte e

Seiso disse que era pólvora, tudo o que eles tocavam era considerado roubo. Não só um punhado de milho ou dois ovos do quintal que nem a galinha se lembrava mais de ter botado, mas tudo. O professor tirou as armas dos homens da Doce Lar e, privados de caça para complementar a dieta de pão, feijão, canjica, vegetais e um pequeno extra na época do abate, eles começaram a surrupiar de verdade, o que passou a ser não só seu direito como sua obrigação.

Sethe entendeu então, mas agora com um emprego pago e um patrão gentil a ponto de contratar uma ex-presidiária, ela se desprezava pelo orgulho que tornava o roubo melhor do que ficar na fila diante de um armazém junto com todos os outros negros. Não queria entrar em choque com eles, nem que entrassem em choque com ela. Sentir o julgamento deles ou sua piedade, principalmente agora. Ela tocou a testa com as costas do pulso e enxugou o suor. O dia de trabalho estava terminado e ela já sentia a excitação. Nunca desde aquela outra escapada ela se sentira tão viva. Ao dar os restos para os cachorros de rua e ver sua voracidade, ela apertou os lábios. Hoje seria um dia em que aceitaria uma carona, se alguém de carroça oferecesse. Ninguém ofereceria e durante dezesseis anos seu orgulho não lhe permitira pedir. Mas hoje. Ah, hoje. Agora ela queria ir depressa, pular a longa caminhada até em casa e *estar* lá.

Quando Sawyer a alertou para não atrasar de novo, ela mal lhe deu ouvidos. Ele costumava ser um homem bom. Paciente, delicado no trato com os ajudantes. Mas a cada ano, depois da morte de seu filho na Guerra, ficava mais e mais excêntrico. Como se a culpa fosse da cara escura de Sethe.

"Uhm-hum", disse ela, se perguntando como conseguiria apressar o tempo e chegar ao não tempo à sua espera.

Não precisava ter se preocupado. Bem agasalhada, curvada

para a frente, quando partiu para casa sua cabeça estava ocupada com as coisas que podia esquecer.

Graças a Deus não preciso rememorar, nem dizer nada, porque você já sabe. Tudo. Sabe que eu nunca deixaria você. Nunca. Foi tudo o que eu consegui pensar em fazer. Quando o comboio chegou, eu tinha de estar pronta. O professor estava ensinando coisas que a gente não podia aprender. Eu não ligava a mínima para a fita métrica. Todo mundo ria daquilo — menos Seiso. Ele não ria de nada. Mas eu não ligava. O professor enrolou aquela fita na minha cabeça toda, no meu nariz, no meu traseiro. Contou meus dentes. Achei que ele era um tonto. E as perguntas que ele fazia era a maior bobagem.

Aí, eu e seus irmãos fomos para a segunda plantação. A primeira era perto da casa, onde cresciam as coisas ligeiras: feijão, cebola, ervilha. A outra ficava mais adiante para as coisas demoradas, batata, abóbora, quiabo, fitolaca. Ainda não tinha muita coisa lá. Ainda era cedo. Um pouco de salada nova talvez, mas só isso. Arrancamos ervas daninhas e carpimos um pouco para aquilo tudo ter um bom começo. Depois, fomos para a casa. O chão subia na segunda plantação. Não era um morro mesmo, mas quase. O quanto bastava para Buglar e Howard ficarem correndo para cima e rolando para baixo, correndo e rolando. Era assim que eu via os dois nos meus sonhos, rindo, as perninhas curtas e grossas correndo morro acima. Agora só vejo é as costas deles indo pelo trilho do trem. Para longe de mim. Sempre para longe de mim. Mas naquele dia eles estavam contentes, corriam para cima e rolavam para baixo. Ainda era cedo — a gente já estava na estação de crescimento, mas não tinha muita coisa grande. Me lembro que as ervilhas ainda estavam com flor. Mas o mato rasteiro estava bem alto, cheio de botões brancos e daqueles botões vermelhos que as pessoas chamavam de cravina e alguma coisa lá com um pouquinho de nada de azul — claro, que nem uma centáurea, mas pálida, pálida. Pálida mesmo. Eu quem sabe devia ter ido mais depressa porque tinha deixado você em casa, dentro de um cesto no pátio. Longe do lugar onde as galinhas ciscavam, mas nunca se sabe. Mas eu fui voltando bem devagar mesmo, só que seus irmãos não tinham paciência comigo olhando as flores e o céu a cada dois ou três passos. Eles correram na frente e eu deixei. Alguma coisa doce mora no ar nessa época do ano e se o vento sopra certo é difícil ficar dentro de casa. Quando cheguei ouvi Howard e Buglar dando risada perto do barracão. Larguei a enxada e atravessei o pátio do lado para pegar você. A sombra tinha mudado de um jeito na hora que eu voltei que o sol estava batendo bem em cima de você. Bem na sua cara, mas você não acordou, não. Ainda dormindo. Eu queria pegar você no colo e queria olhar você dormindo também. Não sabia o que fazer; você tinha o rosto mais doce. Lá adiante, não longe, tinha um caramanchão de uvas que mr. Garner fez. Sempre cheio de grandes planos, ele queria fabricar o próprio vinho para ficar bêbado. Nunca conseguiu mais do que um caldeirão de geleia daquilo. Acho que a terra não era boa para uva. Seu pai achava que era a chuva, não a terra. Seiso dizia que eram os bichos. As uvas eram bem pequenas e durinhas. E azedas feito vinagre. Mas tinha uma mesinha lá. Então, eu peguei o seu cesto e levei você para o caramanchão de uvas. Era fresco lá, sombreado. Botei você em cima da mesinha e pensei que se tivesse um pedaço de véu os mosquitos e coisas não pegavam você. E se mrs. Garner não precisasse de mim na cozinha, eu podia pegar uma cadeira e você e eu, a gente podia ficar ali enquanto eu preparava as verduras. Fui até a porta dos fundos para pegar o véu limpo que a gente guardava na prensa da cozinha. A grama era gostosa de pisar. Cheguei perto da porta e ouvi vozes. O professor fazia os alunos dele sentar e aprender a soletrar nos livros toda tarde. Se o tempo estava bom, eles sentavam na varanda do lado. Os três. Ele falava e eles escreviam. Ou ele lia e eles escreviam o que ele dizia. Nunca contei isso para ninguém. Nem para seu pai, nem ninguém. Quase contei para mrs. Garner, mas ela estava tão fraca naquele tempo e ficando mais fraca. Esta é a primeira vez que estou contando isso e estou contando para você porque pode ajudar a explicar um pouco para você, se bem que eu sei que você não precisa que eu faça isso. Nem contar, nem pensar nisso. Você também não tem de ouvir, se não quiser. Mas eu não podia deixar de ouvir o que ouvi aquele dia. Ele estava sentado com os alunos dele e ouvi ele dizer: "Com quem vocês estão fazendo?". E um dos rapazes respondeu: "Com a Sethe". Foi quando eu parei porque ouvi meu nome e aí eu dei uns passos até onde dava para ver o que eles estavam fazendo. O professor estava de pé do lado de um deles, com a mão nas costas dele. Lambeu o dedo umas vezes e virou umas páginas. Devagar. Eu estava quase virando para ir embora e ir lá buscar o véu, quando escutei ele dizer: "Não, não. Não é desse jeito. Falei para você colocar as características humanas dela à esquerda; as animais à direita. E não esqueça de alinhar todas". Comecei a andar para trás, nem olhei para trás para ver onde estava indo. Só fui levantando o pé e indo para trás. Quando bati numa árvore estava com o cabelo arrepiado. Um dos cachorros estava lambendo uma panela no quintal. Fui depressa para o caramanchão, mas não tinha pegado o véu. Tinha moscas sentadas na sua cara toda, esfregando as mãos. Minha cabeça coçava que era o diabo. Como se alguém estivesse enfiando umas agulhas finas no couro cabeludo. Nunca contei para Halle, nem para ninguém. Mas naquele dia mesmo pedi para mrs. Garner um pedaço do véu. Ela estava mal. Não tão mal como quando ela acabou, mas fraquinha. Um tipo de um saco debaixo do queixo. Parece que não doía, mas deixava ela fraca. De primeiro, ela levantava e estava animada de manhã, e na hora da segunda ordenha não conseguia mais ficar em pé. Depois, começou a dormir tarde. No dia que eu subi lá, ela estava na cama o dia inteiro e pensei em levar para ela um pouco de sopa de feijão e perguntar então. Quando abri a porta do quarto, ela olhou para mim com a touca de dormir na cabeça. Já era difícil de ver a vida nos olhos dela. O sapato e a meia estavam no chão, então eu sabia que ela devia ter tentado se vestir.

"Trouxe uma sopa de feijão", eu falei.

Ela disse: "Acho que não consigo engolir isso".

"Experimente um pouco", falei para ela.

"Muito grossa. Tenho certeza que é muito grossa."

"Quer que deixe mais rala com um pouco de água?"

"Não. Leve embora. Me traga um pouco de água fresca, só isso."

"Sim, senhora. Dona? Posso perguntar uma coisa?"

"O que é, Sethe?"

"O que quer dizer característica?"

"O quê?"

"Uma palavra. Característica."

"Ah." Ela mexeu a cabeça em cima do travesseiro. "Traços. Quem ensinou isso para você?"

"Ouvi o professor falar."

"Troque a água, Sethe. Esta está quente."

"Sim, senhora. Traços?"

"Água, Sethe. Água fresca."

Coloquei a jarra na bandeja junto com a sopa de feijão-branco e desci. Quando voltei com a água fresca segurei a cabeça dela para ela beber. Demorou um pouco porque aquele caroço não deixava engolir direito. Ela deitou e limpei a boca dela. Ela pareceu satisfeita com a água, mas franziu a testa e disse: "Parece que não consigo acordar, Sethe. Parece que só quero é dormir".

"Então durma", eu disse. "Eu cuido das coisas."

Aí, ela continuou: e isto? e aquilo? Disse que sabia que não tinha problema com Halle, mas queria saber se o professor estava tratando os Pauls direito e Seiso.

"Está, sim, senhora", eu disse. "Parece que está."

"Eles fazem o que ele manda?"

"Não precisa ninguém mandar neles."

"Bom. Isso é uma bênção. Devo descer outra vez daqui um ou dois dias. Só preciso descansar mais. O médico vai voltar. Amanhã, não é?"

"A senhora disse traços, dona?"

"O quê?"

"Traços?"

"Uhm. Como um traço do verão é o calor. Uma característica é um traço. Uma coisa que é natural para a coisa."

"Dá para ter mais de um?"

"Você pode ter muitos, sabe. Digamos que um bebê chupa o dedo. Isso é um, mas ele tem outros também. Deixe Billy longe da Cora Vermelha. Mr. Garner nunca deixava ela emprenhar um ano sim, outro não. Sethe, está me ouvindo? Saia dessa janela e me escute."

"Sim, senhora."

"Peça para meu cunhado subir depois do jantar."

"Sim, senhora."

"Se você lavasse o cabelo se livrava desses piolhos."

"Não tem piolho nenhum na minha cabeça, dona."

"Seja o que for, está precisando é de uma boa esfregada, não de coçar. Não me diga que está sem sabão."

"Não, senhora."

"Tudo bem agora. Já chega. Falar me deixa cansada."

"Sim, senhora."

"E obrigada, Sethe."

"Sim, senhora."

Você era muito pequena para lembrar do barracão. Seus irmãos dormiam embaixo da janela. Eu, você e seu pai perto da parede. Na noite depois que ouvi por que o professor tinha tirado minhas medidas, foi difícil dormir. Quando Halle entrou, perguntei para ele o que achava do professor. Ele disse que não tinha de achar nada. Disse: "Ele é branco, não é?". Eu disse: "Mas o que eu quero saber é se ele é igual mr. Garner".

"O que você quer saber, Sethe?"

"Ele e ela", eu disse, "não são igual os brancos que eu conheci antes. Aqueles daquele lugar grande onde eu estava antes de chegar aqui."

"Como diferentes?", ele perguntou.

"Bom", eu disse, "eles falam manso, para começar."

"Isso não interessa, Sethe. O que eles falam é a mesma coisa. Duro ou manso."

"Mr. Garner deixou você comprar sua mãe", eu disse.

"É. Deixou."

"Então?"

"Se ele não deixasse, ela ia acabar caindo em cima do fogão da cozinha dele."

"Mesmo assim, ele deixou. Deixou você trabalhar para isso."

"Uhm-hum."

"Acorde, Halle."

"Eu disse uhm-hum."

"Ele podia ter falado não. Ele não disse não para você."

"Não, ele não disse não para mim. Ela trabalhou aqui dez anos. Se trabalhasse mais dez, você acha que ela ia conseguir? Eu paguei para ele pelos últimos anos dela e em troca ele ficou com você, eu, e mais três chegando. Tenho mais um ano de trabalho para pagar; mais um. O professor disse para eu parar com isso. Disse que não está mais certo esse trabalho. Que eu devia fazer hora extra era aqui na Doce Lar."

"Ele vai pagar você a hora extra?"

"Não."

"Então como é que você vai pagar a dívida? Quanto é?"

"Cento e vinte e três dólares e setenta centavos."

"Ele não quer que devolva?"

"Ele quer alguma coisa."

"O quê?"

"Eu não sei. Alguma coisa. Mas ele não quer que eu saia mais da Doce Lar. Disse que não paga a pena eu trabalhar fora daqui com os meninos ainda pequenos."

"E o dinheiro que você deve?"

"Ele deve ter algum jeito de conseguir de volta."

"Que jeito?"

"Não sei, Sethe."

"Então só tem uma questão: como? Como ele vai conseguir isso?"

"Não. Essa é uma questão. Tem outra."

"Qual?"

Ele levantou o corpo e virou para mim, tocou meu rosto com os nós dos dedos. "A questão agora é: quem vai comprar você? Ou eu? Ou ela?" E apontou para o lugar onde você estava.

"O quê?"

"Se o meu trabalho é na Doce Lar, até as horas extras, o que eu tenho para vender?"

Ele virou para o outro lado e dormiu de novo e eu achei que não ia conseguir, mas dormi um pouco também. Alguma coisa que ele disse, quem sabe, ou alguma coisa que ele não disse me acordou. Sentei na cama como se alguém tivesse me batido e você acordou também e começou a chorar. Eu balancei você um pouco, mas não tinha muito espaço, então eu saí para andar com você. Para lá e para cá eu ia. Para lá e para cá. Tudo escuro, só um lampião aceso na janela de cima da casa. Ela devia estar acordada ainda. Eu não conseguia tirar da cabeça a coisa que tinha me acordado: "Com os meninos ainda pequenos". Foi isso que ele disse e foi isso que me acordou de estalo. Eles andavam atrás de mim o dia inteiro, capinando, ordenhando, pegando lenha. Por enquanto. Por enquanto.

Nessa hora a gente devia ter começado a planejar. Mas não começou. Não sei o que pensamos — mas ir embora era uma coisa de dinheiro para nós. Comprar a liberdade. Fugir era coisa que não existia na nossa cabeça. De nós todos? Alguns? Para onde? Como? Foi Seiso quem puxou o assunto, afinal, depois de Paul F. Mrs. Garner vendeu ele, para segurar as coisas. Ela tinha vivido já dois anos com o preço dele. Mas o dinheiro acabou, acho, então ela escreveu para o professor para ele tomar conta das coisas. Quatro homens da Doce Lar e ela ainda acreditava que precisava do cunhado e dos dois rapazes porque as pessoas diziam que ela não devia ficar sozinha lá sem ninguém além de negros. Então ele veio com um chapéu grande e óculos, e uma carroça cheia de papel. Fala mansa e olho duro. Bateu em Paul A. Não forte, nem muito, mas foi a primeira vez que alguém bateu, porque mr. Garner não deixava. Da próxima vez que vi, ele estava pendurado no meio das árvores mais lindas que já se viu. O Seiso começou a olhar para o céu. Era o único que saía de noite e o Halle disse que foi assim que ele ficou sabendo do comboio.

"Lá." O Halle estava apontando para o estábulo. "Lá onde ele levou minha mãe. O Seiso disse que a liberdade fica para lá. Um comboio inteiro está indo, e se a gente conseguir chegar lá não tem de se comprar mais."

"Comboio? O que é isso?", perguntei.

Eles pararam de falar na minha frente então. Até o Halle. Mas cochichavam um com o outro e Seiso olhava o céu. Não a parte do alto, a parte baixa onde o céu toca nas árvores. Dava para ver que a cabeça dele estava longe da Doce Lar.

O plano era bom, mas quando chegou a hora eu estava barriguda da Denver. Então a gente mudou um pouco. Um pouco. Só o quanto bastou para o Halle passar manteiga na cara, pelo que Paul D me contou, e fazer o Seiso rir afinal.

Mas tirei você, *baby*. E os meninos também. Quando chegou o sinal para o comboio, vocês todos eram os únicos prontos. Eu não conseguia encontrar o Halle, nem ninguém. Não sabia que tinham queimado o Seiso, e Paul D estava com um colar que você nem imagina. Só soube depois. Então mandei vocês todos no carroção com a mulher que esperou no milharal. Ha-ha. Nada de caderno para os meus bebês e nada de fita métrica também. O que eu tive de enfrentar depois, eu enfrentei por causa de vocês. Passei direto por aqueles rapazes pendurados das árvores. Um tinha a camisa de Paul A, mas não tinha os pés nem a cabeça dele. Passei direto porque só eu tinha o seu leite e, Deus querendo ou não, eu ia levar meu leite para você. Você lembra disso, não lembra?; do que eu fiz? Que quando cheguei aqui eu tinha leite para todos?

Mais uma curva na estrada, e Sethe podia enxergar a chaminé de sua casa; não parecia mais solitária. A fita de fumaça era de um fogo que esquentava um corpo devolvido a ela — como se nunca tivesse ido embora, nunca tivesse precisado de uma lápide. E o coração que batia dentro dele nunca tivesse parado nem por um momento em suas mãos.

Ela abriu a porta, entrou e trancou bem ao passar.

No dia em que Selo Pago viu as duas costas pela janela e desceu depressa os degraus, achou que a linguagem indecifrável em torno da casa era o resmungar de mortos negros e zangados. Poucos tinham morrido na cama, como Baby Suggs, e nenhum que ele conhecesse, inclusive Baby, tinha vivido uma vida suportável. Mesmo os pretos educados: os sujeitos escolados, os doutores, os professores, os jornalistas e os homens de negócios tinham uma longa linhagem de enxada. Além de usarem a cabeça para progredir, tinham o peso da presença de uma raça inteira. Era preciso duas cabeças para isso. Gentebranca acreditava que, fossem quais fossem as maneiras, por baixo de toda pele escura havia uma selva. Águas rápidas que não dava para navegar, babuínos gritando e balançando, cobras adormecidas, gengivas vermelhas prontas para seu doce sangue branco. De certa forma, ele pensou, tinham razão. Quanto mais a gentepreta gastava suas forças tentando convencer os brancos de que eram bons, inteligentes, amorosos, humanos, quanto mais usavam a si mesmos para convencer os brancos de alguma coisa que os negros achavam que não podia ser questionada, mais profunda e mais impenetrável crescia a selva interior. Mas não era a selva que os pretos tinham trazido com eles para aquele lugar do outro lugar (onde se podia viver). Era a selva que a gentebranca plantara neles. E que crescia. Se expandia. Por dentro, na vida e depois da vida, ela se espalhava, até invadir os brancos que tinham inventado ela. Tocava todo mundo. Mudava e alterava todos. Deixava todos sanguinários, bobos, piores do que eles mesmos queriam ser, tão apavorados eram da selva que tinham feito. O babuíno gritador vivia por baixo de sua própria pele branca; as gengivas vermelhas eram deles mesmos.

Enquanto isso, a expansão secreta desse novo tipo de selva da gentebranca era escondida, silenciosa, só que de vez em quando dava para ouvir seu resmungar em lugares como o 124.

Selo Pago abandonou seus esforços para cuidar de Sethe, depois da dor de bater na porta e não poder entrar na casa, e quando o fez o 124 estava abandonado a seus próprios recursos. Quando Sethe trancou a porta, as mulheres lá dentro estavam livres afinal para ser o que quisessem, ver o que vissem e dizer o que tivessem na cabeça.

Quase. Misturados às vozes que cercavam a casa, reconhecíveis porém indecifráveis para Selo Pago, estavam os pensamentos das mulheres do 124, pensamentos indizíveis, inexprimidos.

Amada, ela minha filha. Ela minha. Veja. Ela veio para mim por sua livre vontade e não tenho de explicar coisa nenhuma. Não tive tempo de explicar antes porque tinha de fazer depressa. Depressa. Ela precisava estar segura e eu coloquei ela onde tinha de estar. Mas meu amor era forte e ela está de volta agora. Eu sabia que ela voltava. Paul D expulsou ela de forma que ela não teve escolha a não ser voltar para mim em carne e osso. Aposto que você, Baby Suggs, do outro lado, ajudou. Não vou nunca deixar ela ir embora. Vou explicar para ela, mesmo que não precise. Por que eu fiz aquilo. Como, se eu não tivesse matado, ela teria morrido e isso é uma coisa que eu não ia aguentar que acontecesse com ela. Quando eu explicar ela vai entender, porque ela já entende tudo. Vou cuidar dela como nenhuma mãe nunca cuidou de uma filha, uma menina. Ninguém nunca mais vai receber o meu leite a não ser meus próprios filhos. Nunca tive de dar meu leite para ninguém mais — e da única vez que dei foi tirado de mim, eles me seguraram e tiraram. Leite que era da minha bebê. Nan teve de amamentar crianças brancas e eu junto porque minha mãe estava no arroz. Os bebezinhos brancos mamavam primeiro e eu mamava o que sobrava. Ou nada. Não tinha leite de mãe que fosse para mim. Eu sei o que é ficar sem o leite que é seu; ter de brigar e gritar por ele, e receber tão pouco do que sobra. Vou contar para Amada; ela vai entender. Ela minha filha. Essa para quem eu consegui ter leite e dar para ela mesmo depois de roubarem; depois que me pegaram como se eu fosse uma vaca, não, uma cabra, atrás do estábulo porque era horrendo demais para ficar no meio dos cavalos. Mas eu não era horrenda demais para fazer a comida deles ou tomar conta de mrs. Garner. Cuidei dela como se fosse minha própria mãe se ela precisasse de mim. Se tivessem deixado ela sair do campo de arroz, porque eu fui a única que ela não tirou fora. Eu não podia ter feito mais para aquela mulher do que para a minha própria mãe se ela ficasse doente e precisasse de mim e eu ficaria com ela até ela sarar ou morrer. E teria ficado com ela, só que Nan me arrancou de volta. Antes de eu poder conferir o sinal. Era ela, sim, mas durante muito tempo eu não acreditei. Procurei aquele chapéu em toda parte. Depois disso fiquei gaga. Não parou até eu ver o Halle. Ah, mas isso tudo acabou agora. Estou aqui. Eu sobrei. E minha menina voltou para casa. Agora posso olhar as coisas de novo porque ela está aqui para olhar também. Depois do barracão, eu parei. Agora, de manhã, quando acendo o fogo quero olhar para fora da janela e ver o que o sol está fazendo com o dia. Vai bater no cabo da bomba primeiro ou na torneira? Ver se a grama está cinza-esverdeada, marrom, ou como? Agora eu sei por que Baby Suggs pensou em cor nos seus últimos anos. Ela nunca teve tempo de ver, muito menos de aproveitar antes. Levou muito tempo para terminar com o azul, depois o amarelo, depois o verde. Estava bem no meio do rosa quando morreu. Acho que ela não queria chegar até o vermelho e entendo por quê, porque eu e a Amada a gente exagerou com o vermelho. Na verdade, isso e a lápide rosada dela são as últimas cores que eu lembro. Agora, vou ficar prestando atenção. Pense no que a primavera vai ser para nós! Vou plantar cenoura só para olhar para elas, e rabanete. Já viu um rabanete, *baby*? Deus nunca fez coisa mais bonita. Branco e púrpura com um rabo macio e uma cabeça dura. Gostoso de segurar na mão e tem o cheiro do ribeirão quando inunda, ardido, mas alegre. Vamos cheirar os rabanetes juntas, Amada. Amada. Porque você é minha e tenho de mostrar essas coisas para você e vou ensinar você o que uma mãe tem de ensinar. Engraçado como a gente perde de vista umas coisas e lembra de outras. Eu nunca vou esquecer as mãos daquela moçabranca. Amy. Mas esqueci a cor de todo aquele cabelo na cabeça dela. Só acho é que o olho era cinzento. Parece que isso eu relembro. O da mrs. Garner era castanho-claro — quando ela estava boa. Ficava escuro quando ela caía doente. Uma mulher forte, ela era. E, quando se punha a falar pelos cotovelos, dizia: "Eu era forte feito uma mula, Jenny". Me chamava de "Jenny" quando estava tagarela e posso provar isso. Alta e forte. Nós duas com uma vara de lenha a gente era tão boa como dois homens. Magoava ela que era o diabo não conseguir levantar a cabeça do travesseiro. Mas não consigo entender por que ela pensou que precisava do professor. Eu me pergunto se ela durou, como eu. Da última vez que vi, ela não conseguia fazer mais nada além de chorar, e eu não podia fazer nada por ela a não ser enxugar a cara dela quando contei o que tinham feito comigo. Alguém tinha de ficar sabendo. Escutar. Alguém. Talvez ela durou. O professor não ia tratar ela do jeito que me tratou. Primeira surra que levei foi a última. Ninguém ia me afastar dos meus filhos. Se não fosse eu tomar conta dela, eu até podia ter sabido o que aconteceu. Talvez o Halle estava tentando me encontrar. Fiquei do lado da cama esperando ela terminar com o penico. Quando levei ela de volta para a cama, ela disse que estava com frio. Quente que era um inferno e ela queria colchas. Mandou fechar a janela. Eu disse para ela que não. Ela precisava de coberta; eu precisava de vento. Contanto que aquela cortina amarela estivesse batendo, eu estava boa. Devia ter ouvido ela. Talvez o que parecia barulho de tiro fosse mesmo. Talvez eu tinha visto alguém ou alguma coisa. Talvez. De todo jeito levei meus filhos para o milharal, com Halle ou sem Halle. Nossa. Quando ouvi aquela mulher se mexer. Ela disse: "Mais algum?". Eu disse para ela que não sabia. Ela disse: "Estou aqui a noite inteira. Não dá para esperar". Tentei fazer ela esperar. Ela disse: "Não dá. Vamos, Hu!". Nem um homem por perto. Os meninos com medo. Você dormindo nas minhas costas. Denver dormindo na minha barriga. Parecia que eu ia quebrar em duas. Disse para ela levar vocês todos; tinha de voltar. No caso de alguma coisa. Ela só olhou para mim. Disse: "Mulher?". Mordi fora um pedaço da minha língua quando eles abriram minhas costas. Ficou pendurado por uma pelinha. Foi sem querer. Mordi, saiu fora. Pensei: meu Deus, vou me comer viva. Eles cavaram um buraco para encaixar minha barriga para não machucar a bebê. Denver não gosta que eu fale disso. Ela detesta qualquer coisa da Doce Lar, menos como ela nasceu. Mas você estava lá, e mesmo sendo pequena demais para lembrar posso contar para você. O caramanchão de uva. Lembra disso? Corri tão depressa. As moscas chegaram antes em você. Eu devia ter entendido na hora quem você era quando o sol ofuscou sua cara do jeito que ofuscou quando eu levei você para o caramanchão. Eu devia ter entendido na hora quando minha bexiga vazou. No minuto que vi você sentada no toco, vazou. E quando vi a sua cara, tinha mais que um sinal da cara que você devia ter depois de todos esses anos. Eu devia ter sabido quem você era na hora, porque aquelas xícaras mais xícaras de água que você bebeu provava e ligava com o fato de você ter babado saliva clara na minha cara no dia que eu cheguei no 124. Devia ter entendido na hora, mas Paul D me distraiu. Senão eu teria visto as marcas das minhas unhas ali na sua testa para todo mundo ver. Da hora que eu levantei a sua cabeça, lá no barracão. E depois, quando você me perguntou dos brincos que eu segurava para você brincar, eu devia ter reconhecido você de cara, se não fosse o Paul D. Parece que ele queria que você fosse embora desde o começo, mas eu não deixei ele fazer isso. O que você acha? E olhe como ele fugiu quando ficou sabendo de mim e de você no barracão. Duro demais para ele ficar sabendo. Grosso demais, ele disse. Meu amor é grosso demais. O que é que ele sabe disso? Por quem no mundo ele está disposto a morrer? Ele entregava as vergonhas dele para um estranho em troca de um entalhe na pedra? De algum outro jeito, ele disse. Devia existir algum outro jeito. Deixar o professor levar a gente embora, quem sabe, para medir a sua bunda antes de arrebentar você? Eu senti como é isso e ninguém, nem em pé, nem que já esticou as canelas, vai me fazer sentir aquilo, não. Nem você, nem nenhum dos meus, e quando eu digo que você é minha quero dizer também que eu sou sua. Eu nem respirava sem meus filhos. Falei isso para Baby Suggs e ela ajoelhou e pediu perdão a Deus por mim. Mas assim é. Meu plano era levar nós todos para o outro lado, onde está a minha mãe. Eles não deixaram eu chegar lá, mas você eles não conseguiram impedir de chegar lá. Ha-ha. Você voltou direto, como uma boa menina, como uma filha, que é o que eu queria ser e teria sido se a minha mãe tivesse conseguido escapar do arroz a tempo, antes de enforcarem ela e me deixarem sozinha. Sabe de uma coisa? Botaram o freio nela tantas vezes que ela sorria. Quando não estava sorrindo ela sorria, e eu nunca vi o sorriso dela mesmo. Eu me pergunto o que eles estavam fazendo quando pegaram eles. Correndo, você acha? Não. Isso não.

Porque ela era minha mãe, e mãe de ninguém não foge e deixa a filha, deixa? Deixa, acha? Deixa ela no quintal com uma mulher de um braço só? Mesmo ela não tendo podido amamentar a filha por mais de uma semana ou duas e ter de entregar ela para a teta de outra mulher que nunca tinha suficiente para todos. Diziam que era o freio que fazia ela sorrir quando não queria sorrir. Como as garotas de sábado que trabalham no pátio do matadouro. Quando eu saí da cadeia vi elas direito. Elas vinham na mudança de turno no sábado quando os homens recebiam e elas trabalhavam atrás da cerca, nos fundos da privada. Algumas trabalhavam de pé, encostadas na porta do depósito de ferramentas. Elas davam umas moedas de vintém e tostão para o capataz quando iam embora. Algumas não bebiam nem uma gota — iam direto para a Phelps para comprar aquilo que os filhos precisavam, ou as mães. Trabalhavam no pátio dos porcos. Isso deve ser difícil para uma mulher fazer, e cheguei perto disso eu mesma quando saí da cadeia e comprei, digamos, o seu nome. Mas os Bodwin me arrumaram trabalho de cozinheira no Sawyer e me fizeram ser capaz de sorrir sozinha como agora quando penso em você.

 Mas você sabe de tudo isso porque você é esperta como todo mundo disse porque quando cheguei aqui você já estava engatinhando. Tentando subir a escada. Baby Suggs mandou pintar a escada de branco para você enxergar onde ia até lá em cima no escuro, onde a luz do lampião não chegava. Nossa, você gostava da escada.

 Cheguei perto. Cheguei perto. De ser uma garota de sábado. Já tinha trabalhado assim na loja do entalhador de pedra. Era só um passinho curto até o matadouro. Quando coloquei aquela lápide eu queria deitar ali junto com você, pôr a sua cabeça no meu ombro e manter você aquecida, e teria ficado mesmo se Buglar, Howard e Denver não precisassem de mim, porque minha cabeça estava sem teto naquela hora. Não podia ficar lá deitada com você. Por mais que eu quisesse. Não podia deitar em paz em lugar nenhum, naquela hora. Agora eu posso. Eu posso dormir como os afogados, que bênção. Ela voltou para mim, minha filha, e ela é minha.

Amada é minha irmã. Engoli o sangue dela junto com o leite de minha mãe. A primeira coisa que ouvi depois de não ouvir nada foi o barulho dela engatinhando pela escada. Ela era a minha companheira secreta até Paul D chegar. Ele expulsou ela. Desde que eu era pequena ela era minha companheira e me ajudou a esperar o meu pai. Eu e ela esperamos ele. Amo minha mãe, mas sei que ela matou sua própria filha e, mesmo tão terna comigo, tenho medo dela por causa disso. Ela não conseguiu matar meus irmãos e eles sabiam disso. Me contavam histórias de morra-bruxa! para me mostrar como fazer isso, se eu precisasse. Talvez ter chegado tão perto da morte foi o que fez eles quererem lutar na Guerra. Foi o que me disseram que iam fazer. Acho que eles preferiam matar homens do que matar mulheres, e com certeza tem nela alguma coisa que faz ser tudo bem matar os seus. O tempo todo, tenho medo que possa acontecer de novo a coisa que aconteceu que fez ser tudo bem minha mãe matar minha irmã. Não sei o que é, não sei quem é, mas talvez exista alguma outra coisa tão terrível que faça ela fazer aquilo de novo. Preciso saber que coisa poderia ser, mas não quero saber. Seja o que for, vem de fora desta casa, de fora do quintal, e pode entrar direto no quintal se quiser. Então eu nunca saio desta casa e vigio o quintal, para não acontecer de novo e minha mãe não ter de me matar também. Desde que ia na casa de miss Lady Jones, eu nunca mais saí do 124 sozinha. As únicas outras vezes — duas vezes no total —, foi junto com minha mãe. Uma vez, para ver vovó Baby ser enterrada do lado de Amada, ela é minha irmã. Da outra vez, Paul D foi também, e quando a gente voltou achei que a casa ainda ia estar vazia de quando ele expulsou o fantasma da minha irmã. Mas não. Quando eu voltei para o 124, ela estava lá. Amada. Me esperando. Cansada da longa viagem de volta. Pronta para cuidarem dela; pronta para eu proteger ela. Desta vez, tenho de fazer minha mãe ficar longe dela. É difícil, mas tenho de conseguir. Só depende de mim. Vi minha mãe num lugar escuro, com barulhos de arranhar. Um cheiro que vinha do vestido dela. Estive com ela num lugar onde alguma coisa pequena espiava a gente dos cantos. E tocava. Às vezes, eles tocavam. Eu não lembrei disso durante muito tempo até Nelson Lord me fazer lembrar. Perguntei para ela se era verdade, mas não podia escutar o que ela respondeu e não tinha por que voltar na Lady Jones se eu não conseguia escutar nada do que ninguém dizia. Tão quieto. Me obrigou a ler rostos e aprender a entender o que as pessoas estavam pensando, então eu não precisava ouvir o que elas diziam. Era desse jeito que dava para eu e Amada brincar juntas. Sem falar. Na varanda. No ribeirão. Na casa secreta. Depende tudo de mim agora, mas ela pode contar comigo. Achei que ela estava tentando matar minha mãe aquele dia na Clareira. Matar por vingança. Mas aí ela beijou o pescoço dela e tive de falar disso para ela. Não amar ela tanto. Não. Talvez ainda esteja dentro dela a coisa que faz ser tudo bem matar os filhos. Tenho de contar para ela. Tenho de proteger ela.

Ela cortava minha cabeça fora toda noite. Buglar e Howard disseram que ela ia cortar e ela cortou. Os olhos bonitos dela olhando para mim como se eu fosse uma estranha. Não ruins nem nada, mas como se eu fosse alguém que ela encontrou e tivesse pena. Como se não quisesse fazer aquilo, mas tivesse de fazer e que não ia machucar. Que era só uma coisa que gente grande fazia — que nem tirar uma farpa da mão; encostar a ponta da toalha no olho quando tem um cisco dentro. Ela cuida de Buglar e Howard — olha se eles estão bons. Aí, ela vem para o meu lado. Eu sei que ela vai ser boa no que faz, cuidadosa. Então quando ela corta fora a minha cabeça faz bem-feito; não vai doer. Depois que ela corta, eu fico lá um minuto só com a minha cabeça. Então ela leva minha cabeça para baixo e trança meu cabelo. Eu tento não chorar, mas dói tanto pentear o cabelo. Quando ela termina de pentear e começa a trançar, eu fico com sono. Quero dormir, mas sei que se dormir não vou acordar. Então tenho de ficar acordada enquanto ela termina meu cabelo, depois posso dormir. A parte que dá medo é esperar ela vir e cortar. Não quando ela corta, mas enquanto eu espero ela cortar. O único lugar onde ela não consegue me pegar de noite é no quarto da vovó Baby. O quarto onde a gente dorme no andar de cima era o quarto onde dormiam os empregados quando gente-branca morava aqui. E tinham uma cozinha lá fora. Mas vovó Baby transformou num depósito de lenha e ferramentas quando ela mudou para cá. E fechou com tábuas a porta de trás que dava para lá, porque disse que não queria fazer esse caminho mais. E construiu em volta para fazer um depósito, de forma que se você quiser entrar no 124 tem de passar por ela. Disse que não ligava de as pessoas dizerem que ela arrumou uma casa de dois andares como se fosse uma cabana onde se cozinha dentro. Ela disse que disseram que as visitas de roupa boa não querem sentar na mesma sala que o fogão, as cascas, a gordura e a fumaça. Ela não ligou a mínima para eles, ela disse. Era seguro de noite lá com ela. Eu só escutava era eu respirando, mas às vezes, durante o dia, eu não sabia dizer se era eu respirando ou alguém perto de mim. Eu sempre olhava a barriga de Aqui Rapaz subir e descer, subir e descer, para ver se combinava com a minha, prendia o fôlego para escapar do ritmo dele, soltava para pegar. Só para ver de quem era — aquele som igual quando a gente assopra devagar dentro de uma garrafa, sempre igual, igual. Estou fazendo aquele som? É o Howard? Quem é? Isso era quando estava todo mundo quieto e eu não conseguia ouvir nada que eles diziam. Eu também não ligava porque o silêncio deixava eu sonhar melhor com meu pai. Eu sempre soube que ele vinha. Alguma coisa estava segurando ele. Ele tinha um problema com o cavalo. O rio inundava; o barco afundava e ele tinha de fazer um novo. Às vezes, era um bando linchador ou uma tempestade de vento. Ele vinha vindo e isso era segredo. Eu gastava toda a minha pessoa de fora amando minha mãe para ela não me matar, amando mesmo quando trançava meu cabelo de noite. Nunca deixei ela saber que meu pai vinha me buscar. Vovó Baby também achava que ele vinha. Durante um tempo ela pensou assim, depois ela parou. Eu não parei nunca. Nem quando Buglar e Howard fugiram. Aí, Paul D veio para cá. Ouvi a voz dele lá embaixo e a mãe rindo, então achei que era ele, o meu pai. Ninguém mais vinha nesta casa. Mas quando cheguei lá embaixo era Paul D e ele não veio por minha causa; ele queria minha mãe. Primeiro. Depois ele queria minha irmã também, mas ela botou ele para fora daqui e eu estou muito contente de ele ter ido embora. Agora é só a gente e eu posso proteger ela até meu pai chegar para me ajudar a vigiar a mãe e qualquer coisa que entre no quintal.

Meu pai faz tudo por ovos fritos com a gema mole. Molha o pão na gema. Vovó me contava as coisas dele. Ela disse que toda vez que conseguia fazer para ele um prato de ovos fritos moles era Natal, deixava ele tão contente. Ela disse que sempre tinha um pouco de medo do meu pai. Ele era bom demais, ela disse. Desde o começo, ela disse, ele era bom demais para o mundo. Dava medo nela. Ela pensava: ele nunca vai dar em nada. A gentebranca deve ter pensado isso também, porque nunca separou os dois. Então ela teve chance de conhecer ele, cuidar dele e ele assustava ela com o jeito como gostava das coisas. Bicho, ferramenta, plantação e o alfabeto. Ele sabia contar no papel. O patrão ensinou para ele. Se ofereceu de ensinar todos os rapazes, mas só meu pai quis. Ela disse que os outros rapazes disseram que não. Um deles com nome de número disse que ia mudar a cabeça dele — fazer ele esquecer coisas que não queria esquecer e lembrar de coisas que não queria lembrar, e ele não queria que mexessem com a cabeça dele. Mas meu pai disse: "Se você não sabe contar eles te enganam. Se você não sabe ler eles te batem". Eles acharam que isso era engraçado. Vovó disse que ela não sabia, mas era porque meu pai sabia contar no papel e calcular que comprou ela de lá. E ela disse que sempre quis poder ler a Bíblia como os pregadores de verdade. Então foi bom para mim aprender a ler e aprendi até ficar tudo quieto e eu só conseguir ouvir a minha respiração e uma outra que derrubou a jarra de leite que estava em cima da mesa. Ninguém por perto. A mãe bateu no Buglar, mas ele nem tocou na jarra. Depois, ela misturou toda a roupa passada e pôs as mãos no bolo. Parece que eu era a única que entendeu na hora quem era. Como também na hora que ela voltou eu entendi quem ela era também. Não na hora, mas logo que ela disse o nome dela — não o nome de batismo, mas aquele que a mãe pagou para o entalhador entalhar — eu entendi. E quando ela perguntou dos brincos da mãe — uma coisa que eu nem sabia —, bom, isso só deixava as coisas mais gostosas: minha irmã veio me ajudar a esperar meu pai.

Meu pai era um homem-anjo. Ele podia olhar para a pessoa, dizer onde estava doendo e curar. Ele fez uma coisa pendurada para vovó Baby, para ela poder levantar do chão quando acordava de manhã, e fez um degrau que quando ela levantava ficava nivelada. Vovó disse que ela sempre tinha medo que um homembranco batesse nela na frente dos filhos. Ela se comportava e fazia tudo direito na frente dos filhos porque não queria que vissem ela apanhar. Ela disse que as crianças ficavam loucas de ver aquilo. Na Doce Lar ninguém batia nem falava em bater, então meu pai nunca viu isso e nunca ficou louco e agora mesmo aposto que ele está tentando vir para cá. Se Paul D conseguiu, meu pai consegue também. Homem-anjo. A gente devia estar todo mundo junto. Ele, eu e Amada. A mãe podia ficar ou ir embora com Paul D se ela quisesse. A não ser que o pai quisesse ela para ele, mas acho que ele não ia querer, agora que ela deixou Paul D subir na cama dela. Vovó Baby disse que as pessoas desprezavam ela porque teve oito filhos com homens diferentes. Tanto gentepreta como gentebranca desprezava ela por causa disso. Escravo não tem de ter prazer próprio; o corpo deles não é para ser assim, mas eles têm de ter quantos filhos puderem para agradar quem for o dono deles. Mesmo assim, acham que não devem sentir prazer lá no fundo. Ela disse para eu não dar ouvidos para nada disso. Que eu devia sempre ouvir o meu corpo e amar o meu corpo.

A casa secreta. Quando ela morreu eu fui lá. A mãe não me deixou sair no quintal para comer com os outros. Nós ficamos dentro de casa. Aquilo doeu. Eu sei que vovó Baby ia gostar da festa e das pessoas que vieram, porque ela ficava triste de não ver ninguém nem ir em lugar nenhum — só se queixando e pensando em cores e que tinha feito um erro. Que o que ela pensou que o coração e corpo deviam fazer era errado. Que a gentebranca vinha de qualquer jeito. Entrar no quintal dela. Tinha feito tudo direito e eles entraram no quintal dela mesmo assim. E ela não sabia o que pensar. Só restava para ela o coração dela e eles acabaram com ele de um jeito que nem com a Guerra ela se animava.

    Ela me contou tudo do meu pai. Como ele trabalhou duro para comprar ela. Depois que o bolo estragou e roupa passada misturou, depois que ouvi minha irmã engatinhando na escada para voltar para a cama dela, ela me contou coisas também. Que eu era encantada. Meu nascimento era encantado e eu me salvava sempre. E que não precisava ter medo da fantasma. Ela não ia me fazer mal porque eu tinha provado o sangue dela quando minha mãe me amamentou. Ela disse que a fantasma estava atrás da mãe e dela também porque não fizeram nada para impedir aquilo. Mas que nunca ia me machucar. Eu só tinha de tomar cuidado porque era uma fantasma gananciosa que precisava de muito amor, o que até era natural, pensando bem. E eu amo. Amo, sim. Amo. Ela brincava comigo e sempre vinha para ficar comigo toda vez que eu precisava dela. Ela é minha, Amada. Ela é minha.

Eu sou Amada e ela é minha. Vejo ela separar flores de folhas   ela coloca as flores numa cesta redonda as folhas não são para ela   ela enche a cesta   ela abre a grama   eu podia ajudar mas as nuvens estão atrapalhando   como posso contar coisas que são imagens   não sou separada dela não tem lugar para eu parar   o rosto dela é meu e quero estar ali no lugar onde o rosto dela está e olhar para ele também   uma coisa quente

Tudo é agora   é sempre agora   não vai existir nunca um tempo em que eu não esteja agachada e olhando outros agachados também   estou sempre agachada   o homem no meu rosto está morto   o rosto dele não é meu   a boca dele tem cheiro doce mas os olhos são travados

uns que comem ficam ruins   eu não como   os homens sem pele trazem a água da manhã deles para a gente beber   a gente não bebe   de noite não consigo ver o homem morto no meu rosto   a luz do dia entra pelas frestas e eu consigo ver os olhos travados dele   não sou grande   os ratos pequenos não esperam a gente dormir   alguém está batendo mas não tem espaço para bate   se a gente bebesse mais podia fazer lágrimas   não podemos fazer suor nem água da manhã   então os homens sem pele trazem a deles para nós   uma vez trouxeram para nós pedras doces para chupar   estamos todos tentando deixar nossos corpos para trás   o homem na minha cara fez isso   é difícil fazer a pessoa morrer para sempre   a gente dorme pouco e depois volta   no começo a gente consegue vomitar   agora não vomitamos

agora não conseguimos   os dentes dele são pontas brancas bonitas   alguém está tremendo   posso sentir daqui   ele está lutando com força para sair do corpo dele que é um passarinho tremendo   não tem espaço para tremer então ele não consegue morrer   o meu homem morto é arrancado da minha cara   sinto saudade das pontas brancas bonitas

Não estamos agachadas agora   estamos de pé mas minhas pernas são como os olhos do meu homem morto   não posso cair porque não tem espaço para isso   os homens sem pele estão fazendo barulho alto   eu não estou morta   o pão é cor do mar   estou com fome demais para comer ele   o sol fecha os meus olhos   os que conseguem morrer estão numa pilha   não consigo encontrar meu homem   aquele que tinha os dentes que eu gostava   uma coisa quente   o morrinho de gente morta   uma coisa quente   os homens sem pele empurram eles com paus   a mulher está lá com o rosto que eu quero   o rosto que é meu   eles caem no mar que é da cor do pão   ela não tem nada nas orelhas   se eu tivesse os dentes do homem que morreu na minha cara eu podia morder um círculo no pescoço dela   morder e arrancar fora   sei que ela não gosta disso   agora não tem espaço para agachar e olhar os outros   agachados é o agachar que é agora sempre agora   dentro   a mulher com meu rosto está no mar uma coisa quente

    No começo eu podia ver ela   não podia ajudar porque as nuvens atrapalhavam   no começo eu podia ver ela   o brilho na orelha dela   ela não gosta do aro em volta do pescoço   eu sei disso   olho firme para ela para ela saber que as nuvens estão atrapalhando   tenho certeza que ela me viu   estou olhando para ela enquanto me olha   ela esvazia os olhos dela   estou lá no lugar onde está o rosto dela e digo para ela que as nuvens barulhentas estão atrapalhando   ela quer os brincos   ela quer o cesto redondo   eu quero o rosto dela   uma coisa quente

    no começo as mulheres estão sempre longe dos homens e os homens longe das mulheres   tempestades sacodem a gente e misturam os homens nas mulheres e as mulheres nos homens   é quando eu começo a estar nas costas do homem   por um longo tempo só vejo o pescoço dele e os ombros largos em cima de mim   eu sou pequena   amei ele porque ele tem uma música   quando ele virou para morrer eu vi os dentes com que ele cantava   o canto dele era manso   o canto dele é de um lugar onde uma mulher separa flores de suas folhas e coloca dentro de um cesto redondo   antes das nuvens   ela está agachada perto de nós   mas não vejo ela até ele travar os olhos e morrer na minha cara   somos assim   não tem alento saindo da boca dele e o lugar onde devia ter alento tem cheiro doce   os outros não sabem que ele está morto   eu sei   a música dele terminou   agora eu amo os dentinhos bonitos dele no lugar

    Não posso perder ela de novo   meu homem morto estava atrapalhando como nuvens barulhentas   quando ele morre na minha cara posso ver a cara dela   ela vai sorrir para mim   ela vai   os brincos duros sumiram   os homens sem pele estão fazendo barulhos altos   eles empurram meu homem   eles não empurram a mulher com a minha cara   ela entra   eles não empurram ela   ela entra   o morrinho desapareceu   ela ia sorrir para mim ela ia   uma coisa quente

    Eles não estão agachados agora   nós estamos   eles estão boiando na água   eles aparecem em cima do morrinho e empurram   não consigo encontrar meus dentes bonitos   vejo o rosto escuro que vai sorrir para mim   é o meu rosto escuro que vai sorrir para mim   o aro de ferro está em volta do nosso pescoço   ela não tem brincos duros na orelha nem um cesto redondo   ela entra na água com a minha cara

    estou   parada na chuva que cai   os outros estão tomados   eu não estou tomada   estou caindo igual a chuva cai   vejo ele comer dentro estou agachada para não cair com a chuva   vou me quebrar em pedaços   onde eu durmo machuca   ele coloca o dedo em mim   derrubo a comida e quebro em pedaços   ela levou embora a minha cara
    não tem ninguém para me querer   para me dizer o meu nome   eu espero na ponte porque ela está embaixo   tem a noite e tem o dia
    mais uma vez   mais uma vez   noite dia   noite dia   estou esperando nenhum aro de ferro no meu pescoço   nenhum barco passa nesta água   nenhum homem sem pele   meu homem morto não está boiando aqui   os dentes estão lá embaixo onde está o azul e a grama   como está também o rosto que eu quero   o rosto que vai sorrir para mim   vai sorrir   de dia

tem diamantes na água onde ela está e tartarugas   de dia ouço mastigar e engolir e risadas   minhas   ela é a risada   eu sou a risada   vejo o rosto dela que é meu   é o rosto que ia sorrir para mim no lugar onde a gente estava agachada   agora ela vai   o rosto dela vem pela água   uma coisa quente   o rosto dela é meu   ela não está sorrindo   ela está mastigando e engolindo   eu tenho de ter o meu rosto   vou entrar   a grama se abre   ela abre a grama   estou na água e ela vem vindo sem cesto redondo   sem aro de ferro no pescoço   ela vai até onde estão os diamantes   eu vou atrás   estamos nos diamantes que são os brincos dela agora   meu rosto está chegando   tenho de ter o rosto   estou esperando a junção   estou amando tanto o meu rosto   meu rosto escuro está perto de mim   eu quero me juntar ela sussurra para mim   ela sussurra   estendo a mão para ela   mastigando e engolindo   ela me toca   ela sabe que eu quero me juntar   ela mastiga e me engole   eu desapareço   agora sou o rosto dela   meu próprio rosto me deixou   me vejo ir nadando embora   uma coisa quente   vejo a parte de baixo dos meus pés   estou sozinha   quero ser nós duas   quero me juntar

    saio da água azul   depois as partes de baixo dos meus pés nadam   para longe de mim eu saio   preciso encontrar um lugar para ficar   o ar está pesado   não estou morta   não estou existe uma casa   existe o que ela sussurra para mim   estou onde ela me disse   não estou morta   sento   o sol fecha os meus olhos   quando abro os olhos então vejo o rosto que perdi   o rosto de Sethe   é o rosto que me abandonou   Sethe me vê vendo ela e eu vejo o sorriso   o rosto sorridente dela é o lugar para mim   é o rosto que eu perdi   ela é meu rosto sorrindo para mim   sorrindo afinal   uma coisa quente   agora podemos nos juntar   uma coisa quente

Eu sou Amada e ela é minha. Sethe é aquela que apanhava flores, flores amarelas no lugar antes do agachamento. Separou as flores das folhas verdes. Estão na colcha agora onde a gente dorme. Ela ia sorrir para mim quando os homens sem pele vieram e levaram a gente para o sol com os mortos e jogaram eles no mar. Sethe entrou no mar. Ela foi lá. Eles não empurraram Sethe. Ela foi lá. Ela estava se preparando para sorrir para mim e quando viu os mortos empurrados para o mar ela foi também e me deixou lá sem rosto meu ou dela. Sethe é o rosto que encontrei e perdi na água debaixo da ponte. Quando entrei, vi o rosto dela vindo para mim e era meu rosto também. Eu queria me juntar. Tentei me juntar, mas ela boiou para os pedaços de luz em cima da água. Perdi ela de novo, mas encontrei a casa que ela me cochichou e lá estava ela, sorrindo afinal. É bom, mas não posso perder ela de novo. Tudo o que eu quero saber é por que ela entrou na água no lugar onde a gente agachava? Por que ela fez aquilo quando estava para sorrir para mim? Eu queria me juntar com ela no mar, mas não consegui me mexer; queria ajudar quando ela estava colhendo as flores, mas as nuvens de pólvora me cegaram e perdi ela. Três vezes perdi Sethe: uma vez com as flores por causa das nuvens barulhentas de fumaça; uma vez quando ela entrou no mar em vez de sorrir para mim; uma vez debaixo da ponte quando entrei para me juntar com ela e ela veio para mim mas não sorriu. Ela sussurrou para mim, me mastigou e nadou para longe. Agora encontrei Sethe nesta casa. Ela sorri para mim e é minha própria cara sorrindo. Não vou perder ela de novo. Ela é minha.

    Me diga a verdade. Você não veio do outro lado?
    Vim. Eu estava do outro lado.
    Voltou por minha causa?
    É.
    Você lembra de mim?
    É. Lembro de você.
    Nunca me esqueceu?
    Seu rosto é meu.
    Você me perdoa? Vai ficar? Está segura aqui agora.
    Onde estão os homens sem pele?
    Lá fora. Bem longe.
    Eles podem entrar aqui?
    Não. Tentaram uma vez, mas eu não deixei. Não vão voltar nunca mais.
    Um deles estava na casa em que eu estava. Ele me machucou.
    Não podem mais nos machucar.
    Cadê seu brinco?
    Tiraram de mim.
    Os homens sem pele tiraram?
    É.
    Eu ia ajudar você, mas as nuvens atrapalharam.
    Não tem nuvens aqui.

Se botarem um aro de ferro no seu pescoço eu mordo e tiro fora.
Amada.
Vou fazer um cesto redondo para você.
Você voltou. Você voltou.
Vamos sorrir para mim?
Não está vendo que estou sorrindo?
Adoro seu rosto.

Brincamos no ribeirão.
Eu estava lá na água.
No tempo sossegado, a gente brincava.
As nuvens eram barulhentas e atrapalhavam.
Quando precisei de você, você veio ficar comigo.
Eu precisava que o rosto dela sorrisse.
Só podia ouvir respiração.
A respiração sumiu; só sobraram os dentes.
Ela disse que você não ia me machucar.
Ela me machucou.
Eu protejo você.
Quero o rosto dela.
Não ame ela demais.
Eu amo ela demais.
Cuidado com ela; ela pode fazer você sonhar.
Ela mastiga e engole.
Não durma quando ela trançar seu cabelo.
Ela é o riso; eu sou o riso.
Olho a casa; olho o quintal.
Ela me deixou.
Papai vai chegar para nós.
Uma coisa quente.

Amada
Você é minha irmã
Você é minha filha
Você é meu rosto; você é eu
Encontrei você outra vez; você voltou para mim
Você é minha Amada
Você é minha
Você é minha
Você é minha

Tenho seu leite
Tenho seu sorriso
Vou cuidar de você

Você é meu rosto; eu sou você. Por que você me deixou, eu que sou você?
Nunca mais vou deixar você outra vez
Nunca mais me deixe outra vez
Nunca mais vai me deixar outra vez
Você entrou na água
Eu bebi seu sangue
Eu trouxe o seu leite
Você esqueceu de sorrir
Eu amei você
Você me machucou
Você voltou para mim
Você me deixou

Eu esperei você
Você é minha
Você é minha
Você é minha

Era uma igrejinha minúscula, não maior que a saleta de um homem rico. Os bancos não tinham encosto, e como a congregação era também o coro não precisavam de tablado para o coro. Alguns membros tinham recebido o encargo de construir uma plataforma para levantar o pregador alguns centímetros acima da congregação, mas era uma tarefa menos urgente, uma vez que a elevação maior, uma cruz de carvalho branco, já havia ocorrido. Antes de ser a igreja do Sagrado Redentor, era uma loja de tecidos que não tinha necessidade de janelas laterais, só as da frente para vitrine. Essas foram empapeladas enquanto os membros pensavam se pintavam ou colocavam cortinas nelas — como ter mais privacidade sem perder a pouca luz que poderia brilhar para eles. No verão as portas eram deixadas abertas para ventilar. No inverno, um fogão de ferro no corredor fazia o que podia. Na frente da igreja havia uma varanda sólida onde os clientes costumavam sentar e as crianças riam do menino que prendia a cabeça entre as grades. Num dia ensolarado e sem vento de janeiro, ali era até mais quente do que dentro, se o fogão de ferro estava frio. O porão úmido era bem quente, mas não havia luz para iluminar o catre, a bacia, nem o prego de pendurar as roupas de um homem. E um lampião de óleo no porão era triste, então Paul D sentava nos degraus da varanda e conseguia mais algum calor de uma garrafa de bebida guardada num bolso do casaco. Calor e olhos vermelhos. Ele segurava os pulsos entre os joelhos, não para manter as mãos quietas, mas porque não tinha mais nada para segurar. A lata de fumo, com a tampa arrebentada, despejava conteúdos que flutuavam soltos e faziam dele um joguete.

Ele não conseguia entender por que demorava tanto. Podia ter pulado no fogo junto com Seiso e os dois podiam ter dado uma boa risada. A rendição haveria de vir de qualquer jeito, então por que não ir ao encontro dela com uma risada, gritando Sete-O! Por que não? Por que a demora? Ele já tinha visto seu irmão acenar adeus da parte de trás de uma carreta, galinha frita no bolso, lágrima nos olhos. Mãe. Pai. Não lembrava de um. Nunca viu o outro. Era o mais novo de três meio-irmãos (mesma mãe — pais diferentes) vendidos para Garner e lá mantidos, proibidos de sair da fazenda, durante vinte anos. Uma vez, em Maryland, encontrou quatro famílias de escravos que estavam todas juntas havia cem anos: bisavós, avós, mães, pais, tias, tios, primos, filhos. Meio brancos, parte brancos, todos pretos, misturados com índios. Olhou para eles com espanto e inveja, e cada vez que descobria família grande de gentepreta fazia cada um identificar muitas vezes quem era, que parentesco tinha, quem, de fato, pertencia a quem.

"Aquela ali é minha tia. Este aqui é o filho dela. Lá adiante é o primo do meu pai. Minha mãe casou duas vezes — esta é minha meio-irmã e estes dois são filhos dela. Agora, minha esposa..."

Jamais tivera nada igual àquilo e de crescer na Doce Lar ele não sentia saudade. Tinha seus irmãos, dois amigos, Baby Suggs na cozinha, um patrão que ensinava para eles a atirar e ouvia o que tinham a dizer. Uma patroa que fazia sabão para eles e nunca levantava a voz. Durante vinte anos, eles todos viveram naquele berço, até Baby ir embora, Sethe chegar e Halle ficar com ela. Ele construiu uma família com ela, e Seiso estava mais que disposto a construir uma com a Mulher dos Cinquenta Quilômetros. Quando Paul D acenou adeus a seu irmão mais velho, o patrão estava morto, a patroa nervosa e o berço já partido. Seiso disse que o médico deixou mrs. Garner doente. Disse que estava dando para ela tomar o que os cavalos tomam quando quebram uma perna e não havia pólvora para desperdiçar, e, se não fosse pelas regras novas do professor, ele teria dito isso para ela. Riram dele. Seiso sempre sabia tudo sobre tudo. Inclusive o derrame de mr. Garner, que ele dizia que era um tiro na orelha dele dado por um vizinho ciumento.

"Cadê o sangue?", perguntaram para ele.

Não havia sangue. Mr. Garner voltou para casa curvado em cima do pescoço da égua, suando e branco-azulado. Sem uma gota de sangue. Seiso deu um grunhido, o único deles que não sentiu ele ir embora. Depois, porém, ele ficou muito triste; todos ficaram.

"Por que ela chamou ele?", Paul D perguntou. "Por que ela precisava do professor?"

"Ela precisava de alguém que saiba fazer conta", disse Halle.

"Você sabe fazer conta."

"Não daquele jeito."

"Não, meu irmão", disse Seiso. "Ela precisava de outro branco no lugar."

"Para quê?"

"O que você acha? O que você acha?"

Bem, assim é que era. Ninguém contava com a morte de

Garner. Ninguém pensou que ele pudesse morrer. E então? Tudo dependia de Garner estar vivo. Sem a vida dele cada um dos seus caía aos pedaços. Ora, se não é isso a escravidão, o que é? No pico da força, mais alto que homens altos e mais forte que a maioria, pegaram a ele, Paul D. Primeiro, sua arma, depois seus pensamentos, porque o professor não aceitava conselho de negro. A informação que eles forneciam ele chamava de malcriação e inventou uma porção de corretivos (que anotava no caderno) para reeducá-los. Reclamava que comiam demais, descansavam demais, falavam demais, o que decerto era verdade comparado com ele, porque o professor comia pouco, falava menos e não descansava nada. Uma vez os viu jogando — um jogo de arremesso —, e seu ar de profundamente ofendido bastou para fazer Paul D piscar. Ele era tão duro com seus alunos quanto era com eles — a não ser nos corretivos.

Durante anos, Paul D acreditou que o professor transformara em crianças o que Garner havia transformado em homens. E foi isso que fez eles fugirem. Agora, infernizado pelo conteúdo de sua lata de fumo, ele se perguntava que diferença havia de verdade entre antes e depois do professor. Garner os chamava e anunciava como homens — mas só na Doce Lar e por ordem sua. Estava dando nome ao que via ou criando o que não via? Era isso que Seiso perguntava e até Halle; para Paul D sempre foi muito claro que esses dois eram homens, quer Garner dissesse que eram ou não. O que o incomodava era que, quanto a sua própria hombridade, ele não se satisfazia nessa questão. Ah, ele fazia coisas de homem, mas aquilo era presente de Garner ou sua própria vontade? O que ele seria mesmo — antes da Doce Lar — sem Garner? Na terra de Seiso ou de sua mãe? Ou, Deus nos livre, no barco? Um homembranco dizer que era fazia ser? E se Garner acordasse um dia de manhã e mudasse de ideia? Retirasse o que tinha dito? Eles teriam fugido então? E, se não fizesse isso, os Pauls teriam ficado lá a vida inteira? Por que os irmãos precisaram de uma noite inteira para decidir? Para discutir se iam se juntar a Seiso e Halle? Porque eles tinham sido isolados numa linda mentira ao desprezar como má sorte a vida de Halle e de Baby Suggs antes da Doce Lar. Ignorando ou se divertindo com as histórias sombrias de Seiso. Protegidos e convencidos de que eram especiais. Sem nunca suspeitar do problema de Alfred, Georgia; tão apaixonados pela aparência do mundo, aguentando tudo e qualquer coisa, só para continuar vivos num lugar onde uma lua à qual não tinham direito ainda estava lá mesmo assim. Amando pequeno e em segredo. Seu pequeno amor era uma árvore, claro, mas não como Irmão — velha, grande e farfalhante.

Em Alfred, Georgia, havia um choupo-tremedor novo demais para ser chamado de árvore. Apenas um broto, não mais alto que sua cintura. O tipo de coisa que um homem podia cortar para usar como chicote do cavalo. Música-morte e o choupo. Ele ficou vivo para cantar músicas que matavam a vida e olhar o choupo que confirmava a vida e nunca por um minuto acreditou que pudesse escapar. Até que choveu. Depois, quando os cherokees apontaram e mandaram ele correr atrás das flores, ele queria simplesmente circular, ir, levantar um dia e estar em outro lugar no dia seguinte. Conformado com uma vida sem tias, primos, filhos. Nem mesmo uma mulher, até Sethe.

E aí ela o fez mudar. Bem no momento em que dúvidas, pesares e toda e qualquer pergunta não feita estavam eliminados, muito depois de ele acreditar que tinha resolvido viver, no exato momento e lugar onde queria deitar raízes — ela o fez mudar. De quarto em quarto. Como uma boneca de pano.

Sentado na varanda de uma igreja de tecidos, um pouco bêbado e sem muita coisa para fazer, ele podia ter esses pensamentos. Pensamentos lentos, do tipo e-se, que cortavam fundo, mas não chegavam a nada sólido em que um homem pudesse se segurar. Então ele segurava os pulsos. Passar pela vida daquela mulher, entrar nela e deixar ela entrar nele, tinha dado início à sua queda. Querer viver o resto da vida com uma mulher boa era coisa nova, e perder esse sentimento lhe dava vontade de chorar e de ter pensamentos profundos que não chegavam em nada sólido. Quando ele estava vagando e pensava apenas na próxima refeição e no sono da noite, quando tudo estava apertado dentro de seu peito, ele não tinha nenhuma sensação de fracasso, de que as coisas não funcionavam. Qualquer coisa que funcionasse, funcionava. Agora ele se perguntava o quê — tinha dado tudo errado a começar pelo Plano, tudo tinha dado errado. E era um bom plano. Elaborado em detalhes com as possibilidades de erros eliminadas.

Seiso, guardando os cavalos, fala inglês de novo e conta para Halle o que a sua Mulher dos Cinquenta Quilômetros lhe contou. Que sete negros do seu lugar estavam se juntando com outros dois para ir para o Norte. Que os outros dois já tinham ido antes e sabiam o caminho. Que um dos dois, uma mulher, ia esperar por eles no milharal quando estivesse alto — uma noite e metade do dia seguinte ela ia esperar, e se eles viessem ela os levava para o comboio, onde estariam escondidos os outros. Que ela ia bater um chocalho e que isso seria o sinal. Seiso ia, a mulher dele ia e Halle ia levar a família inteira. Os dois Pauls disseram que precisavam de um tempo para pensar. Tempo para se perguntar onde iriam parar; como iriam viver. E trabalho; quem ia aceitá-los; deviam tentar encontrar Paul F, cujo dono, eles lembravam, vivia em alguma coisa chamada "caminho batido"? Levam uma noite conversando para decidir.

Agora tudo o que têm de fazer é esperar a primavera inteira, até o milho estar o mais alto que ficava e a lua bem gorda.

E planejar. É melhor ir embora no escuro para garantir um

bom começo, ou ir ao amanhecer para poder enxergar melhor o caminho? Seiso cospe na sugestão. A noite lhes dá mais tempo e a proteção da cor. Ele não pergunta se estão com medo. Ele consegue dar umas corridas até o milharal à noite, enterra dois cobertores e duas facas perto do riacho. Será que Sethe consegue nadar no riacho?, perguntam a ele. Vai estar seco, diz ele, quando o milho estiver alto. Não há comida para armazenar, mas Sethe diz que consegue uma jarra de xarope de cana ou melado, e um pouco de pão quando estiver chegando a hora de ir. Ela só quer ter certeza de que os cobertores estão onde devem estar, porque vai precisar deles para amarrar sua bebê nas costas e cobri-la durante a viagem. Nenhuma roupa além da que vestem. E, é claro, nada de sapato. As facas vão ajudar a comer, mas eles enterram corda e uma panela também. Um bom plano.

Observam e memorizam as idas e vindas do professor e de seus alunos: o que é necessário, quando e onde; quanto tempo dura cada coisa. Mrs. Garner, inquieta à noite, está mergulhada em sono a manhã inteira. Alguns dias, os alunos e o professor fazem lição até o café da manhã. Um dia por semana, pulam o café da manhã completamente, viajam quinze quilômetros até a igreja e esperam uma grande refeição ao voltar. O professor escreve no caderno depois do jantar; os alunos limpam, consertam e afiam as ferramentas. O trabalho de Sethe é o mais incerto porque ela está às ordens de mrs. Garner a qualquer hora, inclusive durante a noite, quando a dor, a fraqueza ou a mera solidão são demais para ela. Então: Seiso e os Pauls vão sair depois do jantar e esperar no riacho a Mulher dos Cinquenta Quilômetros. Halle vai levar Sethe e os três filhos antes do amanhecer — antes do sol, antes das galinhas e da vaca leiteira precisarem de atenção, de forma que quando for hora de sair fumaça do fogão eles vão estar no riacho, ou perto dele, junto com os outros. Assim, se mrs.

Garner precisar de Sethe durante a noite e chamar, Sethe vai estar lá para atender. Só precisam esperar a primavera passar.

Mas. Sethe estava grávida na primavera e em agosto está tão pesada que talvez não consiga acompanhar os homens, que podem carregar as crianças, mas ela não.

Mas. Vizinhos, evitados por Garner quando estava vivo, agora têm liberdade de visitar a Doce Lar e podem aparecer no lugar certo na hora errada.

Mas. Os filhos de Sethe não podem mais brincar na cozinha, então ela fica correndo entre a casa e o quarto dela inquieta e frustrada, tentando cuidar deles. São novos demais para trabalho de homem e a bebezinha tem nove meses. Sem a ajuda de mrs. Garner seu trabalho aumenta, assim como as exigências do professor.

Mas. Depois da conversa sobre o leitão, Seiso fica amarrado com o gado a noite inteira, e colocam trancas em depósitos, currais, abrigos, viveiros, na selaria e na porta do celeiro. Não tem lugar para se entrar ou congregar. Seiso anda com um prego na boca agora, para ajudar a desamarrar a corda quando ele precisar.

Mas. Halle recebe ordem de fazer seu trabalho extra na Doce Lar e não tem ordem de ir a lugar nenhum que não seja o que o professor disser para ele. Só Seiso, que tem escapado para ir ver sua mulher, e Halle, que tem sido alugado para fora há anos, sabem o que existe fora da Doce Lar e como chegar lá.

É um bom plano. Pode ser realizado bem debaixo da vigilância dos alunos e de seu professor.

Mas. Eles têm de alterar o plano — só um pouquinho. Primeiro, mudam a partida. Memorizam a orientação que Halle lhes dá. Seiso, que precisa de tempo para se soltar e arrombar a porta sem perturbar os cavalos, vai partir mais tarde, encontra com eles no riacho junto com a Mulher dos Cinquenta Quilômetros. Os quatro irão direto para o milharal. Halle, que agora também precisa de mais tempo por causa de Sethe, resolve levar a mulher e os filhos à noite; não esperar até a primeira aurora. Vão direto para o milharal e não se encontrar no riacho. O milharal chega até os ombros deles — nunca vai ficar mais alto. A lua está ficando cheia. Eles mal conseguem colher, ou cortar, ou limpar, ou catar, ou arrastar, atentos para um chocalho que não é nem pássaro nem cobra. Então, no meio de uma manhã, eles escutam. Ou Halle escuta e começa a cantar para os outros: "Quieto, quieto. Alguém chama meu nome. Quieto, quieto. Alguém chama meu nome. Oh meu Senhor, Oh meu Senhor, o que devo fazer?".

Na pausa para comer ele deixa o campo. Tem de deixar. Tem de dizer para Sethe que ouviu o sinal. Ela passou duas noites seguidas com mrs. Garner e ele não pode correr o risco de ela não saber que esta noite não vai poder passar. Os Pauls veem quando ele vai. Debaixo da sombra da Irmão, onde estão mastigando bolo de milho, o veem, gingando. O pão é gostoso. Eles lambem o suor dos lábios para dar ao pão um sabor mais salgado. O professor e seus alunos já estão na casa, comendo. Halle passa gingando. Não está cantando agora.

Ninguém sabe o que aconteceu. A não ser pelo batedor de manteiga, que foi a última vez que alguém viu Halle. O que Paul D soube foi que Halle desapareceu, nunca disse nada para Sethe, e foi visto em seguida agachado na manteiga. Talvez quando chegou ao portão e pediu para ver Sethe, o professor tenha ouvido um toque de ansiedade em sua voz — o toque que o faria pegar sua arma sempre pronta. Talvez Halle tenha cometido o erro de dizer "minha esposa" de algum jeito que acendeu o olhar do professor. Sethe diz agora que ouviu tiros, mas não olhou pela janela do quarto de mrs. Garner. Mas Halle não foi morto nem ferido naquele dia, porque Paul D o viu depois, depois de ela ter fugido sem a ajuda de ninguém; depois que Seiso riu e seu irmão desapareceu. Viu Halle besuntado e de olhos arregalados como um peixe. Talvez o professor tenha atirado nele, atirado em seus pés, para lembrá-lo da invasão. Talvez Halle tenha chegado ao celeiro, se escondido lá e ficado trancado lá com o resto do gado do professor. Talvez qualquer coisa. Ele desapareceu e todo mundo ficou abandonado.

    Paul A volta a transportar madeira depois da comida. Devem se encontrar no barracão para o jantar. Ele nunca aparece. Paul D parte para o riacho na hora, acreditando, esperando, que Paul A tenha ido na frente; decerto o professor ficou sabendo de alguma coisa. Paul D chega ao riacho e ele está seco como Seiso prometeu. Ele, ao lado da Mulher dos Cinquenta Quilômetros, espera lá por Seiso e Paul A. Só Seiso aparece, os punhos sangrando, a língua lambendo os lábios como uma chama.

"Viu o Paul A?"

"Não."

"O Halle?"

"Não."

"Nenhum sinal deles?"

"Nenhum sinal. Ninguém no barracão, só as crianças."

"A Sethe?"

"Os filhos dela estão dormindo. Ela deve estar lá ainda."

"Não posso ir sem Paul A."

"Não posso fazer nada por você."

"Será que eu volto e procuro eles?"

"Não posso fazer nada."

"O que você acha?"

"Acho que eles foram direto para o milharal."

Seiso se volta, então, para a mulher e eles se agarram e sussurram. Ela está acesa agora com algum brilho, algum reluzir que vem de dentro dela. Antes, ajoelhada no cascalho do ribeirão ao lado de Paul D, ela não era nada, uma forma no escuro, respirando de leve.

    Seiso vai sair engatinhando, procurar as facas que enterrou. Ouve alguma coisa. Não ouve nada. Esquece as facas. Agora. Os três sobem pela margem e o professor, os alunos e mais quatro homensbrancos estão vindo na direção deles. Com lampiões. Seiso empurra a Mulher dos Cinquenta Quilômetros e ela corre mais para a frente do leito do riacho. Paul D e Seiso correm na direção oposta, para o bosque. Ambos são cercados e amarrados.

    O ar fica doce então. Perfumado pelas coisas que as abelhas de mel adoram. Amarrado como uma mula, Paul D sente como a relva está orvalhada e convidativa. Está pensando nisso e em onde Paul A pode estar quando Seiso se vira e agarra o cano do rifle mais próximo. Ele começa a cantar. Dois outros empurram Paul D e o amarram a uma árvore. O professor está dizendo: "Vivo, Vivo. Quero esse vivo". Seiso gira o corpo e quebra as costelas de um, mas com as mãos amarradas não consegue colocar a arma em posição para usá-la de nenhum outro jeito. Tudo o que os homensbrancos têm a fazer é esperar. Pelo fim de sua música, talvez? Cinco armas estão apontadas para ele enquanto escutam. Paul D não consegue vê-los quando saem da luz do lampião. Por fim, um deles atinge Seiso na cabeça com o rifle e, quando ele volta a si, uma fogueira de nogueira está acesa diante dele e está amarrado pela cintura a uma árvore. O professor mudou de ideia: "Esse aí não vai dar certo". A canção deve tê-lo convencido.

    O fogo apaga toda hora e os homensbrancos ficam frustrados consigo mesmos por não estarem preparados para essa emergência. Vieram para capturar, não matar. O que eles conseguem juntar é suficiente apenas para cozinhar canjica. Gravetos secos são escassos e a relva está molhada de orvalho.

À luz do fogo da canjica, Seiso se endireita. Ele terminou de cantar. Ele ri. Um som ondulado como os que fazem os filhos de Sethe quando rolam no feno ou chapinham na água da chuva. Os pés dele estão cozinhando: o pano da calça solta fumaça. Ele ri. Alguma coisa é engraçada. Paul D adivinha o que é quando Seiso interrompe a risada para gritar: "Sete-O! Sete-O!".

Fogo fumacento, teimoso. Atiram nele para calar sua boca. Têm de fazer isso.

Algemado, Paul D caminha em meio às coisas perfumadas que as abelhas de mel adoram e ouve os homens falando, pela primeira vez descobre o seu valor. Ele sempre soube, ou acreditou saber, seu valor — como um braço, como um trabalhador que podia dar lucro para um fazenda —, mas agora ele descobre seu valor, o que quer dizer que ele fica sabendo seu preço. O valor em dólar por seu peso, sua força, seu coração, seu cérebro, seu pênis e seu futuro.

Assim que os homensbrancos chegam onde amarraram os cavalos e montam neles, estão mais calmos, conversando entre si sobre as dificuldades que enfrentam. Os problemas. As vozes relembram o professor do mimo que esses escravos em particular receberam nas mãos de Garner. Existem leis contra o que ele fez: deixar negros alugarem o próprio tempo para comprarem a si mesmos. Ele deixava até eles terem armas! E acha que ele acasalava os negros para ter mais alguns? Não, senhor! Ele planejava casamento para eles! Não é mesmo demais? O professor suspira e diz: "Pois eu não sei, então?". Ele veio para pôr ordem no lugar. Agora está encarando ruína ainda maior do que Garner deixou, por causa da perda de dois negros, pelo menos, talvez três, porque não tem certeza de que vão encontrar um chamado Halle. A cunhada está fraca demais para ajudar e Deus o perdoe se não está agora com um estouro da manada completo na mão. Ia ter de trocar aquele ali por novecentos dólares se conseguisse esse preço, e tratar de garantir a parideira, a cria dela e aquele outro, se conseguir encontrar. Com o dinheiro "deste um aqui" podia conseguir dois jovens, de doze ou quinze anos. E talvez com a parideira, os três negrinhos dela e o que nascer de cria, ele e os sobrinhos pudessem contar com sete negros e a Doce Lar valeria o trabalho que estava lhe dando.

"Acha que a Lillian vai sarar?"

"É difícil. É difícil."

"O senhor era casado com a cunhada dela, não era?"

"Era."

"Ela era doente também?"

"Um pouco. Morreu de febre."

"Bom, o senhor não precisa ficar viúvo por aqui."

"Minha preocupação agora é a Doce Lar."

"Não posso dizer nada. É uma boa propriedade."

Colocaram nele uma gola de três varas para ele não poder deitar e acorrentaram os tornozelos um no outro. O número que ele ouviu com o ouvido está agora em sua cabeça. Dois. Dois? Dois negros perdidos? Paul D pensa que seu coração está pulando. Vão procurar Halle, não Paul A. Devem ter encontrado Paul A, e se um homembranco encontra você isso quer dizer que você com certeza está perdido.

O professor olha para ele um longo tempo antes de fechar a porta da cabana. Cuidadosamente, ele olha. Paul D não olha de volta. Está chuviscando agora. Uma chuva de agosto provocante que desperta expectativas que não pode cumprir. Ele pensa que devia ter cantado junto. Alto, alguma coisa alta e com balanço para acompanhar a música de Seiso, mas as palavras o fizeram desistir — não entendeu as palavras. Embora isso não devesse ter importância porque entendeu o som: ódio tão solto que era uma dança.

O chuvisco quente vem e vai, vem e vai. Ele acha que ouve

choro que parece vir da janela de mrs. Garner, mas podia não ser nada, ninguém, até mesmo uma gata anunciando seu desejo. Cansado de sustentar a cabeça, ele deixa o queixo pousar na gola e pensa como vai fazer para se arrastar até a grelha, ferver um pouco de água e jogar dentro um punhado de farinha de milho. É o que está fazendo quando Sethe entra, molhada de chuva e barriguda, dizendo que vai embora. Ela acaba de voltar do milharal, aonde levou os filhos. Os brancos não estão por perto. Ela não conseguiu encontrar Halle. Quem foi pego? Será que Seiso escapou? Ou Paul A?

Ele conta para ela o que sabe: Seiso está morto; a Mulher dos Cinquenta Quilômetros fugiu e ele não sabe o que aconteceu com Paul A e Halle. "Onde ele pode estar?", ela pergunta.

Paul D dá de ombros porque não pode balançar a cabeça.

"Você viu o Seiso morrer? Tem certeza?"

"Tenho certeza."

"Ele estava acordado quando aconteceu? Viu que ia acontecer isso?"

"Estava acordado. Acordado e rindo."

"O Seiso riu?"

"Você devia ter ouvido ele, Sethe."

O vestido de Sethe solta fumaça diante do foguinho no qual ele está fervendo água. É difícil se mexer com os tornozelos acorrentados e o enfeite no pescoço o atrapalha. Em sua vergonha, ele evita os olhos dela, mas quando não evita vê só preto neles — nada de branco. Ela diz que vai, e ele pensa que ela não vai conseguir chegar ao portão, mas não a dissuade. Sabe que nunca a verá de novo e naquele exato momento seu coração parou.

Os alunos devem tê-la levado para o celeiro para brincar logo depois e, quando ela contou para mrs. Garner, eles pegaram o chicote. Quem no céu ou na terra haveria de pensar que ela iria fugir mesmo assim? Eles devem ter achado que, bem, com a barriga e as costas ela não iria a parte alguma. Ele não ficou surpreso de saber que a tinham localizado em Cincinnati porque, quando pensava nisso agora, o preço dela era mais alto do que o dele; propriedade que se reproduzia sem custo.

 Ao lembrar seu próprio preço, até o último centavo, que aquele professor podia conseguir por ele, perguntou a si mesmo qual seria o preço de Sethe. Qual teria sido o preço de Baby Suggs? Quanto mais Halle devia, ainda, além de seu trabalho? O que mais Garner recebeu por Paul F? Mais que novecentos dólares? Quanto mais? Dez dólares? Vinte? O professor devia saber. Ele sabia o valor de tudo. O que explicava a tristeza verdadeira em sua voz ao declarar que Seiso não tinha jeito. Quem haveria de ser enganado a ponto de comprar um negro cantor com uma arma? Gritando Sete-O! Sete-O!, porque sua Mulher dos Cinquenta Quilômetros escapou com sua semente germinando. Que engraçado. Tamanho balanço, tamanha alegria que apagava o fogo. E era a risada de Seiso que ele tinha na cabeça, não o freio em sua boca, quando o içaram para a carroça. Então, ele viu Halle, depois o galo, sorrindo como se dissesse: você ainda não viu nada. Como um galo podia saber de Alfred, Georgia?

"Oi."

Selo Pago ainda estava com a fita entre os dedos e ela se mexia dentro do bolso de sua calça.

Paul D levantou os olhos, notou a agitação do bolso lateral e bufou. "Não sei ler. Se trouxe mais algum jornal para mim está perdendo tempo."

Selo tirou a fita e sentou nos degraus.

"Não. Isto aqui é uma outra coisa." Alisava o pano vermelho entre polegar e indicador. "Outra coisa."

Paul D não disse nada, de forma que os dois homens ficaram sentados em silêncio durante vários minutos.

"Isto é difícil para mim", disse Selo. "Mas tenho de enfrentar. Duas coisas eu tenho de te dizer. Vou falar a mais fácil primeiro."

Paul D deu uma risada baixa. "Se é difícil para você, é capaz de me matar."

"Não, não. Nada disso. Vim procurar você para pedir seu perdão. Me desculpar."

"De quê?" Paul D pegou a garrafa no bolso do casaco.

"Você escolha qualquer casa, qualquer uma onde more um preto. Em Cincinnati inteira. Escolha qualquer uma e vai ser bem recebido nela. Estou pedindo desculpas porque eles não ofereceram nem disseram isso para você. Mas você vai ser bem-vindo em qualquer lugar que escolher. Minha casa é sua casa. John e Ella, miss Lady, Woodruff Capaz, Willie Picareta — qualquer um. Você escolhe. Você não vai dormir em porão nenhum e eu peço desculpas por todas as noites que dormiu aí. Não sei como esse pregador deixou você fazer isso. Conheço ele desde que era menino."

"Chega, Selo. Ele ofereceu."

"Ofereceu? Bom?"

"Bom. Eu queria, não queria, só queria ficar sozinho um pouco. Ele ofereceu. Toda vez que encontro com ele, ele oferece de novo."

"Já é um alívio. Achei que todo mundo tinha ficado louco."

Paul D balançou a cabeça. "Só eu."

"Está pensando em fazer alguma coisa a respeito?"

"Ah, estou. Tenho grandes planos." Engoliu dois goles da garrafa.

Qualquer plano numa garrafa é pequeno, pensou Selo, mas sabia por experiência própria que não adiantava dizer a um homem que bebe para não beber. Limpou os sínus e começou a pensar em como tocar na segunda coisa que tinha vindo dizer. Muito pouca gente na rua hoje. O canal estava congelado, então aquele tráfego também tinha parado. Ouviram o clop de um cavalo se aproximando. O cavaleiro montava uma sela alta, oriental, mas todo o resto nele era vale do Ohio. Ao passar, olhou para os dois e de repente puxou a rédea do cavalo e subiu o caminho que levava à igreja. Inclinou-se para a frente.

"Oi", disse.

Selo guardou a fita no bolso. "Pois não, meu senhor?"

"Estou procurando uma garota chamada Judy. Trabalha lá no matadouro."

"Acho que não conheço ela, não. Não, senhor."

"Disse que morava na rua Plank."

"Rua Plank. Sim, senhor. Fica meio longe. Um quilômetro e meio, quem sabe."

"Não conhece? Judy. Trabalha no matadouro."

"Não, senhor, mas conheço a rua Plank. Mais ou menos um quilômetro e meio para aquele lado."

Paul D levantou a garrafa e engoliu. O cavaleiro olhou para ele e de novo para Selo Pago. Soltou a rédea certa, virou o cavalo para a estrada, depois mudou de ideia e voltou.

"Escute aqui", disse para Paul D. "Tem uma cruz ali em cima, então acho que isto aqui é uma igreja, ou era. Me parece que você devia ter um pouco de respeito, está me entendendo?"

"Sim, senhor", disse Selo. "O senhor tem razão. Foi isso mesmo que eu vim conversar com ele. Isso mesmo."

O cavaleiro estalou a língua e trotou embora. Selo fez pequenos círculos na palma da mão esquerda com dois dedos da direita. "Você tem de escolher", ele disse. "Escolha qualquer um. Eles recebem você se você quiser. Minha casa. Ella. Willie Picareta. Nenhum de nós tem muita coisa, mas nós tudo temos lugar para mais um. Pague alguma coisinha quando puder, não pague se não puder. Pense um pouco. Você é adulto. Não posso forçar a fazer o que não quer, mas pense um pouco."

Paul D não disse nada.

"Se eu te fiz algum mal, estou aqui para consertar."

"Não precisa disso. Não precisa disso de jeito nenhum."

Uma mulher com quatro crianças passou do outro lado da rua. Acenou, sorrindo. "Hu-uu. Não posso parar. Te vejo na reunião."

"Já vou lá", Selo retribuiu o cumprimento. "Essa é outra", disse a Paul D. "Escritura Woodruff, irmã do Capaz. Trabalha na fábrica de cerda e sebo. Você vai ver. Se ficar parado aí um pouco, vai ver que não existe um bando de pretos melhor do que o que existe bem aqui. Orgulho, bom, isso incomoda eles um pouco. Eles podem ficar meio bravos quando acham que alguém é muito orgulhoso, mas, quando chega no vamos ver, são gente boa e qualquer um aceita você."

"E a Judy? Ela me aceita?"

"Depende. O que você está pensando?"

"Você conhece a Judy?"

"Judith. Conheço todo mundo."

"Na rua Planck?"

"Todo mundo."

"Bom? Ela me aceita?"

Selo curvou-se e desamarrou o sapato. Doze colchetes de gancho pretos, seis de cada lado na parte de baixo, levavam a quatro pares de casas na parte de cima. Ele soltou os cadarços até embaixo, arrumou a língua cuidadosamente e prendeu tudo de novo. Quando chegou às casas, enrolou as pontas do cadarço com os dedos antes de inserir nos buracos.

"Deixe eu te contar como ganhei esse nome." O nó estava firme e o laço também. "Me chamavam de Joshua", disse ele. "Eu mudei meu nome", disse, "vou te contar por que fiz isso", e contou de Vashti. "Nunca toquei nela aquele tempo todo. Nem uma vez. Quase um ano. A gente estava plantando quando começou e colhendo quando acabou. Pareceu mais tempo. Eu devia ter matado ele. Ela disse não, mas eu devia ter matado. Eu não tinha a paciência que tenho agora, mas pensei que alguém talvez também não tivesse tanta paciência — a mulher dele. Botei na cabeça de descobrir se ela estava aceitando melhor do que eu. Vashti e eu a gente estava no campo juntos durante o dia e de vez em quando ela passava a noite fora. Nunca toquei nela e um raio caía na minha cabeça se falava três palavras com ela no dia. Aproveitava toda chance que eu tinha para chegar perto da casa-grande para ver ela, a esposa do senhor moço. Não era mais que um menino. Dezessete, vinte quem sabe. Enfim, enxerguei ela, parada no quintal perto da cerca com um copo de água. Estava bebendo e só olhando o quintal. Cheguei perto. Parei meio longe e tirei o chapéu. Eu disse: 'Desculpe, miss. A senhora me desculpa?'. Ela virou para olhar. Eu sorrindo. 'Me desculpe. A senhora viu a Vashti? Minha mulher, Vashti?' Uma coisinha miúda, ela era. Cabelo preto. A cara não era maior do que a minha mão. Ela disse: 'O quê? Vashti?'. Eu digo: 'Sim, senhora, Vashti. Minha mulher. Ela disse que está devendo uns ovos para vocês. Sabe se ela trouxe? Vai saber quem é se a senhora encontrar. Tem uma fita preta no pescoço'. Ela ficou vermelha então e eu entendi que ela sabia. Ele tinha dado aquilo para Vashti usar. Um camafeu com uma fita preta. Ela punha aquilo toda vez que ia com ele. Botei o chapéu de volta na cabeça. 'Se encontrar com ela a senhora diga para ela que eu preciso dela. Obrigado. Obrigado, dona.' Fui embora antes de ela conseguir dizer alguma coisa. Não tive nem coragem de olhar para trás até sumir no meio de umas árvores. Ela estava parada lá onde eu tinha deixado, olhando o copo de água. Achei que eu ia ficar mais satisfeito do que fiquei. Achei também que ela daria um fim naquilo, mas continuou. Até que uma manhã Vashti entrou e sentou na frente da janela. Um domingo. A gente trabalhava os canteiros da gente no domingo. Ela sentou na janela, olhando para fora. 'Voltei', disse. 'Voltei, Josh.' Olhei a nuca do pescoço dela. Tinha um pescoço pequenininho mesmo. Resolvi quebrar o pescoço dela. Sabe, que nem um galho — um estalo. Já tinha afundado na vida, mas nunca fiquei tão fundo como eu estava."

"E você fez? Quebrou o pescoço dela?"

"Uhm-hum. Mudei o meu nome."

"Como você saiu de lá? Como chegou aqui?"

"Barco. Subi o Mississippi até Memphis. A pé de Memphis até Cumberland."

"Junto com a Vashti?"

"Não. Ela morreu."

"Ah, meu irmão. Amarre seu outro sapato!"

"O quê?"

"Amarre a porcaria do outro sapato! Estou sentado bem na sua frente! Amarre!"

"Vai se sentir melhor?"

"Não." Paul D jogou a garrafa no chão e olhou a carruagem dourada que havia no rótulo. Sem cavalos. Só uma carruagem dourada envolta em pano azul.

"Falei que tinha duas coisas para contar para você. Só contei uma. Tenho de falar a outra."

"Não quero saber. Não quero saber de nada. Só se a Judy me recebe ou não."

"Eu estava lá, Paul D."

"Estava onde?"

"Lá no quintal. Quando ela fez aquilo."

"A Judy?"

"A Sethe."

"Nossa."

"Não é o que você está pensando."

"Você não sabe o que eu estou pensando."

"Ela não é maluca. Ela ama aqueles filhos. Ela estava tentando era machucar antes de ser machucada."

"Não quero saber."

"E desmanchar."

"Selo, me deixe. Eu conhecia ela quando era menina. Ela me dá medo e eu conhecia ela quando era menina."

"Você não tem medo da Sethe. Não acredito."

"A Sethe me dá medo. Eu me dou medo. E aquela garota na casa me dá mais medo que todos."

"Quem é aquela garota? De onde ela veio?"

"Não sei. Apareceu um dia, sentada num toco."

"Hum. Parece que eu e você somos os únicos dois fora do 124 que botamos os olhos nela."

"Ela não vai a lugar nenhum. Onde você viu ela?"

"Dormindo no chão da cozinha. Espiei para dentro."

"No primeiro minuto que olhei para ela não queria ficar nem perto. Tem alguma coisa esquisita nela. Fala esquisito. Age esquisito." Paul D enfiou os dedos debaixo do boné e esfregou o couro cabelo acima da têmpora. "Ela me lembra alguma coisa. Alguma coisa, parece, que eu tenho de lembrar."

"Ela nunca disse de onde é? Quem é a gente dela?"

"Ela não sabe, ou diz que não sabe. Só sei é que ela falou alguma coisa que roubou a roupa que estava usando e morava debaixo de uma ponte."

"Que tipo de ponte?"

"Para quem você está perguntando?"

"Não tem nenhuma ponte por aqui que eu não conheça. Mas não tem ninguém morando nelas. Nem em cima nem embaixo. Quanto tempo faz que ela está lá com a Sethe?"

"Desde agosto. O dia da festa."

"Isso é mau sinal. Ela estava na festa?"

"Não. Quando a gente voltou, ela estava lá — dormindo num toco. Vestido de seda. Sapato novinho. Preta feito petróleo."

"Não diga? Hum. Tinha uma moça trancada numa casa com um homembranco lá no ribeirão Creek. Encontraram ele morto no verão passado e a moça sumida. Quem sabe é ela. O povo diz que ele guardava ela lá desde filhotinha."

"Bom, ela agora já é uma cadela."

"Foi ela que fez você ir embora? Não o que eu contei da Sethe?"

Paul D sentiu um arrepio pelo corpo. Um espasmo frio nos ossos que o fez apertar os joelhos. Ele não sabia se era do uísque ruim, das noites do porão, febre de porco, freio de ferro, galos sorridentes, pés queimados, mortos risonhos, grama ciciante, chuva, flores de macieira, colar de pescoço, Judy no matadouro, Halle na manteiga, escada branca fantasma, árvores de arônia, broche de camafeu, álamo tremedor, a cara de Paul A, salsicha ou a perda de um coração vermelho, vermelho.

"Me diga uma coisa, Selo." Os olhos de Paul D estavam congestionados. "Me diga uma coisa. Até que ponto um negro tem de aguentar? Me diga. Até que ponto?"

"Até onde ele conseguir", disse Selo Pago. "Até onde ele conseguir."

"Por quê? Por quê? Por quê? Por quê? Por quê?"

III

O 124 estava quieto. Denver, que achava saber tudo sobre silêncio, ficou surpresa de descobrir que a fome podia fazer aquilo: aquietar e esgotar a pessoa. Nem Sethe nem Amada sabiam ou se importavam de um jeito ou de outro. Estavam ocupadas demais racionando as próprias forças para se enfrentarem. Então foi ela que teve de pular fora para o mundo e morrer porque, se não morresse, todos morreriam. A carne entre o polegar e o indicador de sua mãe era fina como seda da China e não havia uma peça de roupa na casa que não ficasse pendurada nela. Amada sustentava a cabeça com as palmas das mãos, dormia onde estivesse e choramingava por doces embora estivesse ficando maior, mais gorda, dia a dia. Tudo havia se acabado a não ser duas galinhas poedeiras e alguém logo ia ter de resolver se um ovo de vez em quando era melhor que duas galinhas fritas. Quanto mais fome tinham, mais fracas ficavam; quanto mais fracas ficavam, mais quietas estavam — o que era melhor que as discussões furiosas, o atiçador batido contra a parede, toda a gritaria e o choro que veio depois daquele janeiro feliz em que brincaram. Denver se juntara à brincadeira, um pouco reservada, como de hábito, embora fosse mais divertido do que jamais imaginara. Mas assim que Sethe viu a cicatriz, a pontinha da qual Denver estivera vendo toda vez que Amada se despia — a pequena sombra recurva de um sorriso no lugar das coceguinhas embaixo do queixo —, assim que Sethe viu aquilo, que passou o dedo em cima e ficou de olhos fechados por muito tempo, as duas cortaram Denver de seus brinquedos. A brincadeira de cozinhar, a brincadeira de costurar, a brincadeira dos cabelos e das roupas. Brincadeiras de que sua mãe começou a gostar tanto que passou a ir cada vez mais tarde para o trabalho até que o que era de se esperar aconteceu: Sawyer disse para ela não voltar. E, em vez de procurar outro emprego, Sethe brincava ainda mais com Amada, que nunca se saciava com nada: canções de ninar, pontos novos, a parte do fundo da assadeira do bolo, a parte de cima do leite. Se a galinha botava apenas dois ovos, ela ficava com ambos. Era como se sua mãe tivesse perdido a cabeça, igual a vovó Baby pedindo cor-de-rosa e não fazendo as coisas que costumava fazer. Mas diferente porque, ao contrário de Baby Suggs, ela cortava Denver completamente. Até a canção que costumava cantar para Denver, cantava apenas para Amada: "Johnny alto, Johnny forte, não saia do meu lado, Johnny".

De início, brincavam juntas. Um mês inteiro, e Denver adorou aquilo. Desde a noite em que patinaram no gelo debaixo do céu juncado de estrelas e tomaram leite doce junto ao fogão, até os quebra-cabeças de cordão que Sethe fazia para elas à luz da tarde, e os jogos de sombras ao anoitecer. Nas garras do inverno e Sethe, olhos brilhantes e febris, planejava um canteiro de verduras e flores — falava, falava sobre as cores que teria. Brincava com o cabelo de Amada, trançava, estufava, experimentava, passava óleo, até deixar Denver nervosa de olhar. Trocaram de camas e trocaram roupas. Andavam de braços dados e sorriam o tempo todo. Quando o tempo abriu, estavam de joelhos no quintal dos fundos, desenhando um jardim na terra dura demais para cavar. Os trinta e oito dólares economizados ao longo da vida inteira foram embora para alimentá-las com coisas gostosas e enfeitá-las com fitas e adereços que Sethe cortava e costurava como se elas estivessem indo às pressas para algum lugar. Roupas coloridas — com listras azuis e estampas berrantes. Ela andou seis quilômetros até a loja de John Shillito para comprar fita amarela, botões brilhantes e pedaços de renda preta. No final de março, as três pareciam mulheres de festa de feira sem nada para fazer. Quando ficou claro que só estavam interessadas em si mesmas, Denver começou a se afastar da brincadeira, mas observava, alerta para qualquer sinal de Amada que estivesse em perigo. Convencida por fim de que não havia perigo nenhum e vendo sua mãe tão alegre, tão risonha — como podia dar errado? —, ela baixou a guarda e aconteceu. Seu problema de início foi tentar encontrar quem era a culpada. Seu olhar pousava na mãe, em busca de um sinal de que a coisa que nela havia estava de fora, e que ela mataria de novo. Mas era Amada que fazia exigências. Tudo o que queria ela conseguia e, quando Sethe ficou sem nada para dar, Amada inventou o desejo. Queria a companhia de Sethe durante horas para ficar olhando a camada de folhas secas que acenava para elas do fundo do ribeirão, no mesmo lugar onde, quando pequena, Denver brincava em silêncio com ela. Agora as jogadoras estavam trocadas. Assim que terminou o degelo, Amada olhou seu rosto que olhava, ondulando, se dobrando, se espalhando, desaparecendo nas folhas abaixo. Deitou estendida no chão, sujou as listras ousadas e tocou os rostos ondulantes com o seu. Encheu cesto após cesto com as primeiras coisas que o tempo mais quente soltava no solo — dentes-de-leão, violetas, forsítias — e dava de presente a Sethe, que fazia arranjos com eles, guardava, espalhava por toda a casa. Usando os vestidos de Sethe, alisava sua pele com a palma da mão. Imitava Sethe, falava do jeito que ela falava, ria o riso dela e usava o corpo do mesmo jeito no caminho, o jeito de Sethe mexer as mãos, suspirar pelo nariz, levantar a cabeça. Às vezes, ao chegar perto delas enquanto faziam biscoitos de homenzinhos e mulherzinhas e acrescentavam retalhos de pano na velha colcha de Baby Suggs, era difícil para Denver dizer quem era quem.

Então, o clima mudou e as discussões começaram. Aos poucos, no início. Uma reclamação de Amada, umas desculpas de Sethe. Uma redução de prazer em algum esforço especial que a mulher mais velha fazia. Estava frio demais para ficar lá fora? Amada dava um olhar que dizia: "E daí?". Já passava da hora de dormir, a luz não era boa para costurar? Amada não se mexia e dizia: "Faça", e Sethe obedecia. Ela pegava sempre o melhor de tudo — antes. A melhor cadeira, o pedaço maior, o prato mais bonito, a fita de cabelo mais brilhante e, quanto mais pegava, mais Sethe começava a falar, explicar, descrever o quanto tinha sofrido e enfrentado por seus filhos, espantando moscas em caramanchões, engatinhando para um abrigo. Nada disso alcançava o efeito que pretendia alcançar. Amada a acusava de deixá-la para trás. De não ser boa com ela, de não sorrir para ela. Dizia que elas eram a mesma pessoa, tinham o mesmo rosto, como ela podia tê-la abandonado? E Sethe chorava, dizendo que nunca a abandonara, ou não quisera abandonar — que tivera de tirá-los, afastá-los, que guardara o leite o tempo todo e o dinheiro também para a lápide, embora não o bastante. Que seu plano tinha sido de todos estarem juntos do outro lado, para sempre. Amada não estava interessada. Dizia que quando chorava não tinha ninguém. Que homens mortos deitavam em cima dela. Que não tinha nada para comer. Fantasmas sem pele enfiavam os dedos nela e diziam amada no escuro e vagabunda no claro. Sethe implorava perdão, contava, mais uma vez e outra mais, listava as suas razões: que Amada era mais importante, significava mais para ela do que sua própria vida. Que trocaria de lugar com ela a hora em que ela quisesse. Que desistia de sua vida, de cada minuto e hora de sua vida, para evitar uma única lágrima de Amada. Sabia que ela sentia dor quando os mosquitos picavam sua bebê? Que deixá-la no chão para correr à casa-grande a deixava louca? Que antes de ir embora da Doce Lar, Amada dormia toda noite em cima do peito dela ou enrolada em suas costas? Amada negava. Sethe nunca fora até ela, nunca lhe dissera uma palavra, nunca sorrira e, pior de tudo, nunca acenara adeus, nem olhara para onde ia antes de se afastar correndo dela.

Quando, uma ou duas vezes, Sethe tentou se afirmar — ser a mão inquestionável cuja palavra é lei e que sabe o que é melhor —, Amada atirou coisas, jogou longe os pratos da mesa, derrubou sal no chão, quebrou uma vidraça.

Ela não era como elas. Era selvagem e ninguém lhe dizia: Saia daqui, menina, e só volte quando tiver colocado a cabeça no lugar. Ninguém dizia: Levante a mão para mim e eu acabo com você até o meio da semana que vem. Cortado o tronco, o galho morre. Honra pai e mãe para que teus dias sejam longos na terra que o Senhor teu Deus deu a ti. Enrolo você naquela maçaneta, ninguém vai livrar você e Deus não gosta de mau comportamento.

Não, não. Colavam os pratos, varriam a sala e pouco a pouco Denver foi entendendo que, se Sethe não acordasse uma manhã e pegasse uma faca, Amada faria isso. Temerosa como era da coisa dentro de Sethe que podia sair, sentia vergonha de ver sua mãe servir uma garota não muito mais velha que ela própria. Quando a viu levando para fora o balde noturno de Amada, Denver correu para tirar aquilo de sua mão. Mas a dor se tornou insuportável quando ficaram sem comida, e Denver olhava sua mãe passar sem nada — catando farelos das beiras da mesa e do fogão: a canjica que grudava no fundo; as crostas, cascas e bagaço das coisas. Uma vez, viu quando ela enfiou o dedo maior num frasco vazio de geleia antes de lavar e guardar.

 Elas se cansaram e até mesmo Amada, que estava engordando, parecia tão exausta quanto elas. De qualquer modo, em vez de um rosnado ou de um sugar entredentes, ela passou a sacudir um atiçador e o 124 se aquietou. Indiferente e sonolenta, Denver viu a carne entre o indicador e o polegar de sua mãe desaparecer. Viu os olhos de Sethe brilhantes, mas mortos, alertas, mas vazios, prestando atenção em tudo que dizia respeito a Amada — suas palmas sem linhas, a testa, o sorriso debaixo do queixo, torto e longo demais —, tudo a não ser a barriga gorda como um balaio. Viu também as mangas de seu próprio vestido de festa de feira cobrir seus dedos; barras que um dia mostraram seus tornozelos agora arrastarem pelo chão. Ela viu a elas próprias adornadas com fitas, adornadas, fracas e morrendo de fome, mas trancadas num amor que esgotava todas. Então Sethe cuspiu alguma coisa que não tinha comido e isso abalou Denver como um tiro de arma de fogo. Seu trabalho inicial, proteger Amada de Sethe, mudou pra proteger sua mãe de Amada. Agora estava óbvio que sua mãe podia morrer e deixar ambas, e o que Amada faria então? Fosse o que fosse que estava acontecendo, só funcionava com três — não com duas —, e como nem Amada nem Sethe pareciam se importar com o que o dia seguinte podia lhes reservar (Sethe contente quando Amada estava contente; Amada bebendo devoção como creme), Denver sabia que dependia dela. Ia ter de sair do quintal; dar um passo além do limite do mundo, deixar as duas para trás e ir pedir ajuda a alguém.

 Quem seria? Quem ela poderia enfrentar que não fosse envergonhá-la ao saber que sua mãe ficava sentada como uma boneca de pano, quebrada, finalmente, por tentar cuidar e prover? Denver conhecia coisas *sobre* muita gente, de ouvir sua mãe e avó conversarem. Mas pessoalmente só conhecia duas: um velho de cabelo branco chamado Selo e Lady Jones. Bem, e Paul D, claro. E aquele menino que lhe contou sobre Sethe. Mas eles não serviam em absoluto. O coração dela dava chutes e uma coceira na garganta a fazia engolir toda a saliva. Ela não sabia nem para que lado ir. Quando Sethe trabalhava no restaurante e ainda tinha dinheiro para fazer compras, virava à direita. Muito antes, quando Denver ia à escola de Lady Jones, era para a esquerda.

O tempo estava quente; o dia, lindo. Era abril e tudo que era vivo atraía. Denver agasalhou o cabelo e os ombros. Usando o mais colorido dos vestidos de festa de feira e calçada com os sapatos de uma estranha, ficou parada na varanda do 124 pronta para ser engolida pelo mundo além do limite da varanda. Lá fora, onde coisas pequenas arranhavam e às vezes tocavam. Onde palavras podiam ser ditas que fariam os ouvidos se fecharem. Onde, se se estava sozinho, podia-se ser dominado pelo sentimento que grudava como uma sombra. Lá fora, onde havia lugares em que coisas tão ruins haviam acontecido que quando se chegava perto delas ela podiam acontecer de novo. Como a Doce Lar, onde o tempo não passava e onde, como dizia sua mãe, o mal estava esperando por ela também. Como ela conheceria esses lugares? Acima de tudo — de tudo —, lá fora havia gentebranca, e como avaliar essa gente? Sethe dizia que pela boca e às vezes pelas mãos. Vovó Baby dizia que não havia como se defender — eles podiam espreitar à vontade, mudar de uma atitude para outra, e, até quando pensavam que estavam se portando bem, ficavam muito longe do que humanos de verdade fariam.

"Eles me tiraram da cadeia", Sethe disse uma vez para Baby Suggs.

"Eles também botaram você lá", ela respondeu.

"Eles atravessaram você para o outro lado do rio."

"Nas costas de meu filho."

"Te deram esta casa."

"Ninguém me *deu* nada."

"Tenho um emprego com eles."

"Ele arrumou uma cozinheira para os brancos, menina."

"Ah, alguns são bons com a gente."

"E toda vez isso é uma surpresa, não é?"

"Você não falava assim antes."

"Não discuta comigo. Tem mais de nós que eles afogaram do que deles que jamais viveu desde o começo dos tempos. Baixe a espada. Isto não é uma guerra; é uma debandada."

Parada na varanda, ao sol, Denver lembrou dessas conversas e das últimas palavras, finais, de sua avó, e não conseguiu sair. Sentiu a garganta coçando; o coração aos chutes — e então Baby Suggs riu, mais claro que tudo. "Está me dizendo que nunca contei para você nada da Carolina? Do seu pai? Você não lembra nada de por que eu ando do jeito que eu ando e dos pés de sua mãe, sem falar das costas dela? Nunca te contei nada disso? Por isso é que você não consegue descer a escada? Minha Nossa. Nossa."

Mas você disse que não tem defesa.

"Não tem."

Então o que eu faço?

"Saiba, e saia desse quintal. Vá."

Voltou. Doze anos tinham se passado e o caminho lhe voltou. Quatro casas à direita, apertadas numa fileira como passarinhos. A primeira casa tinha dois degraus e uma cadeira de balanço na varanda; a segunda tinha três degraus, uma vassoura encostada na viga da varanda, duas cadeiras quebradas e uma touceira de forsítias do lado. Sem janela na frente. Um menino pequeno sentado no chão mastigando um graveto. A terceira casa tinha venezianas amarelas em duas janelas da frente, vaso após vaso de folhagem verde com corações brancos ou vermelhos. Denver conseguia ouvir as galinhas e um portão mal encaixado batendo. Na quarta casa, as flores de sicômoro tinham chovido em cima do telhado e parecia que o quintal estava cheio de grama crescendo. Uma mulher, parada na porta aberta, levantou um pouco a mão num cumprimento, e congelou o gesto perto do ombro quando ela se virou para ver para quem estava acenando. Denver baixou a cabeça. Ao lado, havia um terreno minúsculo cercado, com uma vaca dentro. Ela se lembrava do terreno, mas não da vaca. Debaixo do pano de cabeça, seu couro cabeludo estava molhado de tensão. Além dela, vozes, vozes de homem flutuavam, mais próximas a cada passo que dava. Denver manteve os olhos na rua para o caso de serem homensbrancos; para o caso de estar passando onde eles quisessem passar; para o caso de eles dizerem alguma coisa e ela ter de responder. Suponhamos que pulassem em cima dela, a agarrassem e amarrassem. Estavam chegando mais perto. Talvez ela devesse atravessar a rua — agora. Será que a mulher que tinha meio acenado para ela ainda estava na porta aberta? Viria em seu socorro ou, zangada por Denver não ter acenado de volta, negaria sua ajuda? Talvez devesse virar para trás, ir mais para perto da casa da mulher que acenou. Antes que pudesse se decidir, era tarde demais — eles estavam bem na frente dela. Dois homens, negros. Denver respirou. Ambos os homens tocaram os bonés e murmuraram: "'Mdia. 'Mdia". Denver achou que seus olhos falaram de gratidão, mas não conseguiu abrir a boca a tempo para responder. Eles passaram à esquerda dela e seguiram.

Fortalecida e animada com aquele encontro fácil, ela ganhou

velocidade e começou a olhar determinadamente para o bairro à sua volta. Ficou chocada de ver como eram pequenas as coisas grandes: a pedra na beira da estrada cuja altura ela um dia não conseguia enxergar era uma pedra de sentar. Caminhos levavam a casas que não ficavam a quilômetros. Cachorros não chegavam nem a seus joelhos. Letras entalhadas por gigantes em faias e carvalhos estavam agora na altura de seus olhos.

Ela reconheceria aquilo em qualquer parte. O poste e a cerca de restos de madeira estavam cinzentos agora, não brancos, mas ela reconheceria aquilo em qualquer lugar. A varanda de pedra pousada numa saia de hera, cortinas amarelo-pálido nas janelas; o caminho de tijolos até a porta da frente e as pranchas de madeira que levavam ao fundo, passando debaixo das janelas onde ela havia ficado na ponta dos pés para enxergar acima do peitoril. Denver estava quase fazendo a mesma coisa de novo, quando se deu conta de como seria bobo ser encontrada mais uma vez espiando a saleta de mrs. Lady Jones. O prazer que sentiu ao encontrar a casa de repente se dissolveu em dúvida. E se ela não morasse mais ali? Ou não se lembrasse de sua antiga aluna depois de todo esse tempo? O que ela diria? Denver tremeu por dentro, enxugou o suor da testa e bateu.

Lady Jones foi até a porta esperando passas. Uma criança, provavelmente, pela suavidade da batida, mandada pela mãe com as passas de que ela precisava se era para valer a pena a sua contribuição ao jantar. Haveria uma porção de bolos simples, tortas de batata. Relutante, ela oferecera sua criação especial, mas dissera que não tinha passas, então passas foi o que a presidente disse que ia providenciar — e cedo, para não haver desculpas. Mrs. Jones, detestando o cansaço de ter de bater massa, estava esperando que ela tivesse esquecido. O forno de assar estava frio havia uma semana — ia ser um horror conseguir que atingisse a temperatura certa. Desde que seu marido morrera e sua visão piorara, abandonara os cuidados domésticos adequados. Hesitava entre duas posições quanto a preparar alguma coisa para a igreja. Por um lado, queria que todo mundo se lembrasse do que ela era capaz em termos de cozinha; por outro, não queria ter essa obrigação. Quando ouviu a batida na porta, suspirou e foi abrir, esperando que as passas pelo menos já estivessem limpas.

Ela estava mais velha, claro, e vestida como uma prostituta, mas a garota era imediatamente reconhecível para Lady Jones. Os filhos de todos estavam naquele rosto: olhos redondos como moedas, ousados, mas ao mesmo tempo desconfiados; os dentes grandes e fortes entre lábios escuros e esculpidos que não os cobriam. Alguma vulnerabilidade na ponte do nariz, acima das faces. E a pele. Sem marca nenhuma, econômica — apenas o bastante para cobrir os ossos e nem um pouquinho a mais. Devia ter dezoito ou dezenove anos agora, pensou Lady Jones, olhando o rosto tão jovem que podia ter doze. Sobrancelhas pesadas, cílios grossos de bebê e o inconfundível chamado de amor que fulgurava em torno das crianças até elas aprenderem diferente.

"Nossa, Denver", disse ela. "Como você está."

Lady Jones teve de pegá-la pela mão e puxá-la para dentro, porque a garota só parecia capaz de sorrir. Outras pessoas diziam que aquela menina era simplória, mas Lady Jones nunca acreditou nisso. Tinha lhe dado aulas, observado como devorava uma página, uma regra, um número, e sabia muito bem. Quando parara de vir repentinamente, Lady Jones tinha pensado que era por causa do dinheiro. Abordou a avó ignorante um dia na rua, uma pregadora do bosque que consertava sapatos, para dizer que não tinha importância se ela ficasse devendo o dinheiro. A mulher dissera que não era por causa disso; que a menina ficara surda, e surda Lady Jones pensou que ela ainda fosse ao convidá-la para sentar, e isso Denver ouviu.

"Gentileza sua vir me visitar. O que traz você aqui?"

Denver não respondeu.

"Bom, ninguém precisa de uma razão para visitar. Vamos fazer chá."

Lady Jones era mestiça. Olhos cinzentos e cabelo amarelo encaracolado, que ela detestava fio por fio — embora não soubesse se era por causa da cor ou da textura. Havia se casado com o homem mais preto que encontrou, tinha cinco filhos das cores do arco-íris e mandara todos para Wilberforce, depois de lhes ensinar tudo o que ela sabia junto com os outros que sentavam em sua saleta. A pele clara valera-lhe a seleção para uma escola normal de meninas pretas na Pennsylvania, e ela retribuiu ensinando os não selecionados. As crianças que brincavam na terra até terem idade suficiente para fazer trabalhos, essas ela ensinava. A população preta de Cincinnati tinha dois cemitérios e seis igrejas, mas, como nenhuma escola nem hospital era obrigado a atender esse povo, os negros aprendiam e morriam em casa. Ela acreditava no fundo do coração que, a não ser por seu marido, o mundo inteiro (inclusive seus filhos) a desprezava, e ao seu cabelo. Tinha ouvido "todo aquele loiro desperdiçado" e "negra branca" desde que era menina em uma casa cheia de crianças pretas como carvão, então desgostava um pouquinho de todo mundo, porque acreditava que odiavam seu cabelo tanto quanto ela. Com essa educação bem assentada, ela era desprovida de rancor, era indiscriminadamente polida, economizando seu afeto real para as crianças não selecionadas de Cincinnati, uma das quais estava ali sentada na sua frente com um vestido tão berrante que até envergonhava o bordado da almofada da cadeira.

"Açúcar?"

"Sim, senhora. Obrigada." Denver bebeu tudo.
"Mais?"
"Não, senhora."
"Ora. Tome mais."
"Sim, senhora."
"Como vai sua família, meu bem?"

Denver parou no meio do gole. Não sabia de que jeito explicar como estava sua família, então falou o que estava mais presente em sua cabeça.

"Quero trabalho, miss Lady."
"Trabalho?"
"Sim, senhora. Qualquer coisa."

Lady Jones sorriu. "O que você sabe fazer?"

"Não sei fazer nada, mas posso aprender com a senhora, se a senhora tiver um pouquinho extra."

"Extra?"

"Comida. Minha mãe, ela não está boa."

"Ah, *baby*", disse mrs. Jones. "Ah, *baby*."

Denver olhou para ela. Ela não sabia ainda, mas foi a palavra *baby*, dita com delicadeza e tamanha gentileza, que inaugurou sua vida no mundo como mulher. O caminho que seguiu para chegar àquele doce lugar espinhoso era feito de pedaços de papel contendo os nomes de outros escritos à mão. Lady Jones lhe deu um pouco de arroz, quatro ovos e um pouco de chá. Denver disse que não podia ficar longe de casa muito tempo por causa do estado de sua mãe. Podia trabalhar de manhã? Lady Jones disse que ninguém, nem ela, nem ninguém que ela conhecia, poderia pagar alguém para fazer um trabalho que faziam sozinhas. "Mas se tudo o que vocês precisam é comer até sua mãe sarar, basta dizer isso." Mencionou que o comitê de sua igreja tinha sido inventado para ninguém passar fome. Isso agitou sua convidada, que disse: "Não, não", como se pedir a ajuda de estranhos fosse pior do que a fome. Lady Jones se despediu dela e falou para ela voltar a hora que quisesse. "A hora que quiser."

Dois dias depois, Denver estava na varanda e notou alguma coisa em cima do toco de árvore na beira do jardim. Foi olhar e encontrou um saco de feijão-branco. De outra vez, um prato de carne de coelho fria. Uma manhã, havia ali uma cesta de ovos. Ao levantá-la, um pedaço de papel voejou para o chão. Ela pegou e olhou. "M. Lucille Williams" estava escrito em grandes letras tortas. Nas costas, uma bola de pasta de farinha. Então, Denver fez uma segunda visita ao mundo fora da varanda, só que tudo o que disse ao devolver a cesta foi "Obrigada".

"De nada", disse M. Lucille Williams.

De vez em quando, ao longo de toda a primavera, apareciam nomes ao lado ou dentro de presentes de comida. Evidentemente para a devolução da panela, do prato ou da cesta; mas também para a garota saber, se estivesse interessada, quem estava dando, porque alguns volumes vinham embrulhados em papel e embora não houvesse nada a devolver o nome estava lá mesmo assim. Muitos tinham marcas de X e Lady Jones tentava identificar o prato ou o pano que os cobria. Quando ela não podia mais que adivinhar, Denver seguia sua orientação e ia agradecer mesmo assim — fosse o benfeitor real ou não. Quando estava errada, quando a pessoa dizia: "Não, querida. Essa tigela não é minha. A minha tem uma risca azul", ocorria uma pequena conversa. Todos conheciam sua avó e alguns tinham até dançado com ela na Clareira. Outros lembravam dos dias em que o 124 era um centro de intercâmbio, o lugar onde se reuniam para se informar das notícias, provar sopa de rabada, deixar as crianças, cortar uma saia. Uma se lembrava do remédio lá preparado que havia curado um parente. Outra mostrava a borda de uma fronha, cujas flores azuis pálidas tinham estames bordados na cozinha de Baby

Suggs, à luz do lampião de óleo enquanto se discutia a Taxa de Assentamento. Lembravam da festa com doze perus e banheiras de morangos amassados. Uma disse que pegara Denver no colo quando tinha um dia de vida e cortara sapatos para servir nos pés inchados de sua mãe. Talvez tivessem pena dela. Ou de Sethe. Talvez tivessem pena pelos anos de seu próprio desprezo. Talvez fossem simplesmente gente boa capaz de guardar ressentimento durante algum tempo e, quando os problemas atacavam, depressa e com facilidade faziam o que podiam para ajudar os outros. De qualquer forma, o orgulho pessoal, a arrogância praticada no 124 lhe parecia ter chegado ao fim. Murmuravam, naturalmente, se perguntavam, balançavam a cabeça. Alguns até riam abertamente das roupas de vagabunda de Denver, mas isso não os impedia de cuidar de que ela comesse e não impedia o prazer de seu delicado "Obrigada".

Pelo menos uma vez por semana ela visitava Lady Jones, que se animara a ponto de fazer um bolo de passas especialmente para ela, uma vez que Denver tendia para as coisas doces. Deu-lhe um livro de versículos da Bíblia e ficou ouvindo enquanto ela resmungava as palavras, ou gritava bastante. Em junho, Denver já havia lido e aprendido de cor as cinquenta e duas páginas — uma para cada semana do ano.

À medida que a vida externa de Denver melhorava, a vida doméstica deteriorava. Se a gentebranca de Cincinnati admitisse negros em seu manicômio, poderiam encontrar candidatas no 124. Fortalecida pelos presentes de comida, cuja origem nem Sethe nem Amada questionavam, as mulheres tinham chegado a uma trégua de juízo final concebida pelo diabo. Amada sentava, comia, ia de cama em cama. Às vezes, gritava: "Chuva! Chuva!", e unhava o pescoço até rubis de sangue ali se abrirem, ainda mais brilhantes contra sua pele de meia-noite. Então Sethe gritava: "Não!", e derrubava cadeiras para chegar até ela e limpar as joias. Outras vezes, Amada se encolhia no chão, os punhos entre os joelhos, e lá ficava horas. Ou ia até o ribeirão, esfriava os pés na água e molhava as pernas. Depois ia até Sethe, passava os dedos pelos dentes da mulher enquanto lágrimas escorriam de seus grandes olhos negros. Então, Denver achava que as coisas tinham chegado ao fim: Amada curvada sobre Sethe parecia a mãe, Sethe a criança que trocava de dentes, pois, fora os momentos em que Amada precisava dela, Sethe se confinava em uma cadeira no canto. Quanto mais Amada engordava, menor Sethe ficava; quanto mais brilhantes os olhos de Amada, mais aqueles olhos que costumavam nunca se desviar iam se transformando em fendas insones. Sethe não penteava mais o cabelo, nem lavava o rosto com água. Ficava sentada na cadeira lambendo os lábios como uma criança castigada, enquanto Amada devorava sua vida, tomava, inchava com aquilo, ficava mais alta com aquilo. E a mulher mais velha cedia sem um murmúrio.

Denver servia a ambas. Lavava, cozinhava, com lisonjas forçava sua mãe a comer um pouquinho de vez em quando, provendo coisas doces para Amada sempre que possível, para mantê-la calma. Era difícil saber o que ela faria de minuto a minuto. Quando o calor ficava forte, ela podia andar pela casa nua ou enrolada num lençol, a barriga saliente como uma melancia de concurso.

Denver pensou entender a ligação entre sua mãe e Amada: Sethe estava tentando compensar o serrote; Amada estava fazendo Sethe pagar por aquilo. Mas era uma coisa que nunca teria fim, e ver sua mãe diminuída a deixava envergonhada e furiosa. Porém ela sabia que o maior medo de Sethe era o mesmo de Denver no começo — que Amada pudesse ir embora. Que antes de Sethe conseguir fazê-la entender o que queria dizer — o que era preciso para passar os dentes daquela serra debaixo do queixinho; sentir o sangue do bebê jorrar como petróleo em suas mãos; segurar o seu rosto para que a cabeça continuasse no lugar; apertá-la para poder absorver ainda os espasmos da morte que sacudiam aquele corpo adorado, rechonchudo e doce de vida —, Amada pudesse ir embora. Ir embora antes de Sethe poder se dar conta de que pior do que aquilo — muito pior — era aquilo de que morrera Baby Suggs, o que Ella sabia, o que Selo vira e que fez Paul D estremecer. Que qualquer branco podia pegar todo o seu ser para fazer qualquer coisa que lhe viesse à mente. Não apenas trabalhar, matar ou aleijar, mas sujar também. Sujar a tal ponto que não era possível mais gostar de si mesmo. Sujar a tal ponto que a pessoa esquecia quem era e não conseguia pensar nisso. E, embora ela e os outros tivessem sobrevivido e superado, nunca poderia permitir que aquilo acontecesse com os seus. O melhor dela eram seus filhos. Os brancos podiam sujar a *ela*, sim, mas não ao melhor dela, aquela coisa bela, mágica — a parte dela que era limpa. Nenhum sonho impossível de sonhar se para saber se aquele corpo sem cabeça, sem pés, pendurado numa árvore com uma placa era seu marido ou Paul A; se entre as meninas que borbulharam no calor do incêndio da escola negra, ateado por patriotas, estava a sua filha; se um bando de brancos invadira as partes pudendas de sua filha, sujaram as coxas de sua filha e atiraram sua filha para fora da carroça. *Ela* podia trabalhar no pátio do matadouro, não sua filha.

E ninguém, ninguém neste mundo, enumeraria as características de sua filha no lado animal do papel da lição. Não. Ah, não. Talvez Baby Suggs pudesse se preocupar com aquilo, viver com a aparência daquilo; Sethe se recusara — e ainda se recusava.

Isso e muito mais Denver a ouviu dizer de sua cadeira no canto, tentando convencer Amada, primeira e única pessoa que achava que tinha de convencer de que aquilo que fizera estava certo porque vinha de amor verdadeiro.

Amada, os novos pés, gordos, apoiados no assento da cadeira em frente à sua, as mãos sem linhas pousadas na barriga, olhava para ela. Sem entender nada a não ser que Sethe era a mulher que tirara seu rosto, deixando-a agachada num lugar escuro, escuro, esquecida de sorrir.

Filha de seu pai, afinal, Denver resolveu fazer o que era necessário. Resolveu parar de contar com a bondade que deixava coisas no toco. Ia se empregar em algum lugar e, embora tivesse medo de deixar Sethe e Amada sozinhas o dia inteiro sem saber qual calamidade qualquer uma das duas podia inventar, ela veio a se dar conta de que sua presença naquela casa não tinha nenhuma influência no que qualquer das duas mulheres fazia. Ela as mantinha vivas e as duas a ignoravam. Rosnavam quando queriam; se zangavam, explicavam, exigiam, se empinavam, se acovardavam, gritavam e se provocavam até o limite da violência, e paravam. Ela havia começado a notar que mesmo quando Amada estava quieta, sonhadora, imersa em suas próprias questões, Sethe começava de novo. Sussurrava, resmungava alguma justificativa, alguma pequena informação esclarecedora a Amada, para explicar como tinha sido, por que e como. Era como se Sethe não quisesse realmente o perdão aceito; quisesse a recusa. E Amada a ajudava.

Alguém tinha de ser salvo, mas, a menos que Denver conseguisse trabalho, não haveria ninguém para salvar, ninguém para quem voltar para casa e nenhuma Denver também. Era uma ideia nova, ter um eu para cuidar e preservar. E isso poderia não lhe ter ocorrido se não tivesse encontrado Nelson Lord saindo da casa de sua avó quando Denver entrava para agradecer uma metade de torta. Tudo o que ele fez foi sorrir e dizer: "Cuide-se, Denver", mas ela ouviu aquilo como se fosse o objetivo de existir a linguagem. Da última vez que falara com ela, suas palavras tinham bloqueado os ouvidos dela. Agora, abriam a mente dela. Tirando ervas daninhas do quintal, colhendo verduras, cozinhando, lavando, ela planejava o que e como fazer. Os Bodwin eram os mais prováveis de ajudar, uma vez que já haviam feito isso duas vezes. Uma vez a Baby Suggs, outra a sua mãe. Por que não a uma terceira geração também?

Ela se perdeu tantas vezes nas ruas de Cincinnati que já era meio-dia quando chegou, embora tivesse partido antes do amanhecer. A casa ficava longe da calçada, com grandes janelas que davam para a rua barulhenta e movimentada. A mulher negra que atendeu a porta disse: "Pois não?".

"Posso entrar?"

"O que você quer?"

"Quero ver mr. e mrs. Bodwin."

"Miss Bodwin. Eles são irmãos."

"Ah."

"O que você quer com eles?"

"Estou procurando trabalho. Estava pensando que eles podiam saber de alguma coisa."

"Você é parente de Baby Suggs, não é?"

"Sim, senhora."

"Entre. Está deixando as moscas entrarem." Levou Denver para a cozinha, dizendo: "A primeira coisa que você tem de saber é em que porta bater". Mas Denver só ouviu pela metade porque estava pisando em alguma coisa macia e azul. À volta toda, grosso, macio e azul. Caixas de vidro lotadas de coisas cintilantes. Livros em mesas e estantes. Abajures perolados com bases de metal brilhante. E um cheiro igual ao da colônia que ela usava na casa esmeralda, só que melhor.

"Sente", disse a mulher. "Sabe meu nome?"

"Não, senhora."

"Janey. Janey Carroção."

"Como vai?"

"Mais ou menos. Ouvi dizer que sua mãe ficou doente, é verdade?"

"Sim, senhora."

"Quem está cuidando dela?"

"Eu. Mas tenho de encontrar trabalho."

Janey riu. "Sabe de uma coisa? Estou aqui desde que tinha catorze anos e me lembro como se fosse hoje quando Baby Suggs, sagrada, veio aqui e sentou bem aí onde você está. Um homem-branco trouxe ela. Foi assim que ela conseguiu aquela casa onde você mora. E outras coisas também."

"Sim, senhora."

"Qual é o problema da Sethe?" Janey debruçou sobre uma pia interna e cruzou os braços.

Era um pequeno preço a pagar, mas pareceu alto a Denver. Ninguém ia ajudá-la a menos que ela contasse — contasse tudo. Era claro que Janey não ia ajudar e não deixaria que visse os Bodwin se não contasse. Então, Denver contou à estranha o que não havia contado a Lady Jones, e, em troca disso, Janey admitiu que os Bodwin precisavam de empregada, embora não soubessem. Ela estava sozinha na casa e, agora que seus patrões estavam ficando mais velhos, não conseguia cuidar deles como antes. Mais e mais vezes era obrigada a passar a noite na casa. Talvez pudesse convencê-los a deixar que Denver fizesse o turno da noite, chegasse logo depois do jantar, digamos, e, talvez, preparar o café da manhã. Assim, Denver poderia cuidar de Sethe durante o dia e ganhar alguma coisa durante a noite, não é?

Denver identificou a garota que infernizava sua mãe em casa como uma prima em visita, que ficara doente e incomodava ambas. Janey parecia mais interessada no estado de Sethe e, a partir do que Denver lhe contara, parecia que a mulher tinha perdido o juízo. Aquela não era a Sethe de que se lembrava. Essa Sethe tinha perdido o juízo, afinal, como Janey sabia que ia acontecer — tentando fazer tudo sozinha com o nariz empinado. Denver se retorcia na cadeira ouvindo as críticas a sua mãe, mudava de posição e mantinha os olhos na pia interna. Janey Carroção continuou falando de orgulho até chegar a Baby Suggs, para quem não tinha nada além de palavras doces. "Nunca fui àquelas rezas no bosque que ela fazia, mas ela sempre foi boa comigo. Sempre. Nunca vai existir outra como ela."

"Eu também sinto falta dela", disse Denver.

"Aposto que sim. Todo mundo sente falta dela. Aquela era uma mulher boa."

Denver não disse mais nada e Janey olhou para o rosto dela um momento. "Nenhum de seus dois irmãos nunca voltou para ver como vocês estão?"

"Não, senhora."

"Não sabe deles?"

"Não, senhora. Nada."

"Acho que eles sofreram muito naquela casa. Me diga, essa mulher aí na sua casa. A prima. Ela tem linhas nas mãos?"

"Não", disse Denver.

"Bom", disse Janey. "Acho que Deus existe, afinal."

A entrevista terminou e Janey lhe disse para voltar dentro de alguns dias. Precisava de tempo para convencer os patrões do que precisavam: de uma criada noturna porque a família de Janey estava precisando dela. "Não quero deixar esta gente, mas eles não podem contar comigo de dia e de noite também."

O que Denver tinha de fazer à noite?

"Estar aqui. No caso de alguma emergência."

Qual emergência?

Janey deu de ombros. "No caso de a casa pegar fogo." Ela sorriu então. "Ou se o mau tempo estragar tanto as ruas que não consigo chegar aqui cedinho para atender eles. No caso de precisar servir algum convidado noturno e arrumar tudo depois. Qualquer coisa. Não me pergunte o que gentebranca precisa de noite."

"Eles eram brancos bons."

"Ah, são. Eles são bons. Não posso dizer que não são bons. Eu não trocava esses dois por nenhuma outra dupla, pode crer."

Com todas essas declarações, Denver saiu, mas não antes de ver, em cima de uma prateleira ao lado da porta dos fundos, a boca de um meninopreto cheia de dinheiro. A cabeça dele estava virada para trás mais do que uma cabeça consegue ir, as mãos enfiadas nos bolsos. Saltados como duas luas, os dois olhos ocupavam toda a cara que sobrava acima da boca vermelha escancarada. O cabelo era um tufo de pontos feitos com pregos salientes, bem espaçados. E ele estava de joelhos. A boca, grande como uma xícara, continha as moedas necessárias para pagar uma entrega ou algum outro pequeno serviço, mas podia também conter botões, alfinetes ou geleia de maçã. Pintadas no pedestal onde se ajoelhava, havia as palavras: "A seu serviço".

As notícias que Janey coletou espalharam-se entre outras mulherespretas. A filha morta de Sethe, aquela cuja garganta ela havia cortado, voltara para se vingar. Sethe estava esgotada, manchada, morrendo, com um parafuso de menos, mudando de forma e, no geral, possuída pelo diabo. A filha batia nela, amarrava a mãe na cama e arrancara todo o seu cabelo. Levou dias para aumentar a história convenientemente e pô-las agitadas, e depois para acalmá-las e avaliar a situação. Elas se classificavam em três grupos: aquelas que acreditavam no pior; aquelas que não acreditavam em nada daquilo; e aquelas, como Ella, que pensaram a respeito.

"Ella. O que é tudo isso que estou ouvindo sobre a Sethe?"

"Disseram que está lá com ela. Só disso que eu sei."

"A filha? A que foi morta?"
"Foi o que me disseram."
"Como sabem que é ela?"
"Fica sentada lá. Dorme, come e apronta o diabo. Bate de chicote em Sethe todo dia."
"Nossa. Bebê?"
"Não. Crescida. A idade que ia ter se tivesse vivido."
"Está falando em carne e osso?"
"Estou falando em carne e osso."
"Chicoteando ela?"
"Como se ela fosse massa de pão."
"Acho que ela sabia que ia acontecer."
"Ninguém sabe o que vai acontecer."
"Mas Ella..."
"Mas nada. Só porque é justo não quer dizer que é direito."
"Ninguém pode pegar assim e matar os filhos."
"Não, e os filhos não podem pegar e matar a mãe."

Foi Ella, mais que qualquer outra pessoa, quem convenceu os outros de que estava na hora de um resgate. Era uma mulher prática, que achava que em todo sofrimento havia uma raiz a se aceitar ou evitar. Cogitar, como ela dizia, deixava as coisas turvas e impedia a ação. Ninguém a amava e ela não teria gostado se a amassem, porque considerava o amor uma séria incapacidade. Passara a puberdade numa casa em que era repartida entre pai e filho, que ela chamava de "os mais baixos". Esses "mais baixos" é que lhe deram uma repulsa pelo sexo e era por eles que ela media todas as atrocidades. Um assassinato, um sequestro, um estupro — tudo o que ela ouvia e a que balançava a cabeça. Nada se comparava aos "mais baixos." Ela entendia a fúria de Sethe no barracão vinte anos antes, mas não sua reação depois, que considerava orgulhosa, desorientada, e a própria Sethe complicada demais. Quando saiu da cadeia e não fez nem um gesto na direção de ninguém, vivendo como se fosse sozinha, Ella a desprezara e não lhe daria um minuto de seu tempo.

A filha, porém, parecia ter algum bom senso. Pelo menos tinha saído de casa, procurado a ajuda de que precisava e queria trabalhar. Quando Ella ouviu dizer que o 124 estava tomado por alguma coisa que batia em Sethe, isso a enfureceu e lhe deu mais uma oportunidade para comparar com "os mais baixos" aquilo que podia muito bem ser o próprio diabo. Havia também algo de muito pessoal na fúria dela. Independentemente do que Sethe fizera, Ella não gostava da ideia de erros passados tomarem posse do presente. O crime de Sethe era inacreditável e seu orgulho ia ainda mais longe; mas não podia encarar a possibilidade de o pecado se mudar para aquela casa, solto e insolente. A vida diária exigia tudo o que ela possuía. O futuro era o ocaso; o passado algo a deixar para trás. E se não ficasse lá atrás, bem, talvez fosse preciso chutá-lo para fora. Vida escrava; vida libertada — cada dia era um teste e uma prova. Com nada se podia contar num mundo onde em que mesmo sendo uma solução você era um problema. "Basta a cada dia o seu mal" e ninguém precisava mais; ninguém precisava de um mal adulto sentado à mesa com ressentimento. Contanto que o fantasma aparecesse de seu lugar fantasmagórico — sacudindo coisas, gritando, quebrando e que tais —, Ella o respeitava. Mas, se ele assumisse carne e osso e viesse para o mundo dela, bem, aí a coisa era diferente. Ela não se importava com uma certa comunicação entre os dois mundos, mas aquilo era uma invasão.

"Vamos rezar?", perguntaram as mulheres.

"Uhm-hum", disse Ella. "Antes. Depois temos de tratar de negócios."

Na data que era para Denver passar sua primeira noite nos Bodwin, mr. Bodwin tinha negócios a tratar nos limites da cidade e disse a Janey que pegaria a menina nova antes do jantar. Denver ficou sentada na escada da varanda com uma trouxa no colo, o vestido de festa de feira desbotado pelo sol num arco-íris mais tranquilo. Estava olhando para a direita, para a direção de onde viria mr. Bodwin. Não viu as mulheres se aproximando, se juntando devagar em grupos de duas ou três, à esquerda. Denver estava olhando para a direita. Estava um pouco ansiosa, pensando se os Bodwin iam achá-la satisfatória, e inquieta também porque acordara chorando de um sonho sobre um par de sapatos que corria. A tristeza do sonho ela não conseguira espantar, e o calor a oprimia enquanto cuidava de suas tarefas. Cedo demais tinha embrulhado uma camisola e uma escova de cabelo. Nervosa, brincava com o nó e olhava para a direita.

Algumas trouxeram o que podiam e o que achavam que poderia funcionar. Enfiado no bolso do avental, pendurado no pescoço, escondido no espaço entre os seios. Outras trouxeram sua fé cristã — como escudo e espada. A maioria trouxe um pouco de cada. Não faziam ideia do que iriam fazer quando chegassem lá. Simplesmente foram, seguiram pela rua Bluestone e chegaram juntas na hora marcada. O calor mantivera em casa algumas mulheres que tinham prometido ir. Outras que acreditavam na história não queriam ter nada a ver com o confronto e não viriam, fosse qual fosse o tempo. E havia aquelas como Lady Jones, que não acreditavam na história e odiavam a ignorância das que acreditavam. Então, trinta mulheres compuseram uma companhia e seguiram devagar, devagar, para o 124.

Eram três da tarde de uma sexta-feira tão úmida e quente que o fedor de Cincinnati tinha viajado até o campo: do canal, da carne pendurada e das coisas apodrecendo em frascos; dos pequenos animais mortos nos campos, dos esgotos e fábricas da cidade. O fedor, o calor, a umidade — o diabo sempre faz notar sua presença. Não fosse por isso, parecia quase um dia de trabalho comum. Elas podiam estar indo lavar roupas no orfanato ou no manicômio; descascar milho no moinho; ou limpar peixe, lavar tripas, cuidar de bebêsbrancos, varrer lojas, raspar pele de porco, prensar banha, empacotar salsichas ou se esconder em cozinhas de tavernas para a gentebranca não ter de vê-las quando manipulavam sua comida.

Mas não hoje.

Quando se encontraram, todas as trinta, e chegaram ao 124, a primeira coisa que viram não foi Denver sentada nos degraus, mas elas mesmas. Mais jovens, mais fortes, até como meninas pequenas dormindo deitadas na grama. Lampreias espirravam óleo nas frigideiras e elas se viram servindo-se de salada de batata nos pratos. Bolo de frutas vertendo xarope roxo coloria seus dentes. Estavam sentadas na varanda, correndo até o ribeirão, brincando com os homens, filhos montados nos quadris ou, se ainda eram crianças, trepadas nos tornozelos de homens mais velhos que seguravam suas mãozinhas ao cavalgar com elas. Baby Suggs ria e deslizava entre elas, pedindo mais. Mães, agora mortas, dançavam com os ombros ao som de harpas de boca. A cerca onde se encostavam e em que trepavam não existia mais. O toco da nogueira branca tinha se aberto como um leque. Mas lá estavam elas, jovens e felizes, brincando no quintal de Baby Suggs, sem sentir a inveja que ia aflorar no dia seguinte.

Denver ouviu murmúrios e olhou para a esquerda. Pôs-se de pé quando as viu. Elas se juntaram, murmurando e sussurrando, mas não pisaram no quintal. Denver acenou. Algumas acenaram de volta, mas não se aproximaram. Denver tornou a sentar, se perguntando o que estava acontecendo. Uma mulher se ajoelhou. Metade das outras fez a mesma coisa. Denver viu cabeças baixas, mas não conseguia escutar a oração guia — apenas as empenhadas sílabas de concordância que lhe faziam coro: Sim, sim, sim, oh, sim. Escuta. Escuta. Atende, Criador, atende. Sim. Entre as que não estavam de joelhos, as que estavam em pé com um olhar fixo no 124, achava-se Ella, tentando enxergar através das paredes, atrás da porta, o que havia realmente lá dentro. Seria verdade que a filha morta voltara? Ou uma charlatã? Estaria chicoteando Sethe? Ella tinha apanhado de todo jeito, mas nunca fora derrotada. Lembrava-se dos dentes de baixo que havia perdido para o freio e das cicatrizes do cinto, grossas como cordas em sua cintura. Ela havia parido, mas não amamentado, uma coisa branca e cabeluda, filha dos "mais baixos." Viveu cinco dias sem nunca fazer um som. A ideia daquele filhote voltar para chicoteá-la também fazia seu maxilar funcionar, e então Ella gritou.

Imediatamente as mulheres de joelhos e as de pé juntaram-se a ela. Pararam de rezar e voltaram ao começo. No começo, não havia palavras. No começo havia o som e elas todas sabiam como soava aquele som.

Edward Bodwin vinha de carroça pela rua Bluestone. Isso o desgostava um pouco porque preferia sua figura montada na Princesa. Segurando as rédeas, curvado sobre as próprias mãos, ele aparentava a idade que tinha. Mas havia prometido a sua irmã um desvio para pegar a menina nova. Nem tinha de pensar no caminho — ia para a casa onde havia nascido. Talvez o seu destino é que tivesse voltado seus pensamentos para o tempo — a forma como ele gotejava ou corria. Não via a casa havia trinta anos. Nem a nogueira na frente, o ribeirão nos fundos, nem o depósito entre os dois. Nem mesmo o campo do outro lado da rua. Lembrava de poucos detalhes do interior porque tinha três anos quando a família se mudou para a cidade. Mas lembrava, sim, que a comida era feita atrás da casa, era proibido brincar perto do poço e que mulheres morreram ali: sua mãe, avó, uma tia e uma irmã mais velha, antes de ele nascer. Os homens (seu pai e avô) mudaram-se com ele e sua irmã mais nova para a rua Court, sessenta e sete anos atrás. A terra, claro, oitenta acres de ambos os lados da Bluestone, era o principal, mas ele sentia alguma coisa mais doce e mais profunda a respeito da casa e por isso a alugara por uma coisinha, se conseguisse receber, mas não se incomodava de não receber aluguel nenhum, contanto que os moradores ao menos cuidassem de evitar a dilapidação que o abandono total permitiria.

Houve tempo em que ele enterrava coisas ali. Coisas preciosas que queria proteger. Como uma criança, cada coisa que ele possuía estava disponível, às ordens de sua família. Privacidade era um prazer adulto, mas, quando se tornou adulto, pareceu-lhe não precisar daquilo.

O cavalo trotava e Edward Bodwin resfriava o belo bigode com o alento. As mulheres da Sociedade de Amigos dos Escravos concordavam, no geral, que a não ser por suas mãos o bigode era o traço mais atraente que ele tinha. Escuro, veludoso, sua beleza realçada pelo queixo forte e bem barbeado. Mas o cabelo era branco, igual ao de sua irmã — e assim era desde que ele era moço. Isso o transformava na pessoa mais visível e mais memorável de todas as reuniões, e caricaturistas se agarravam à teatralidade do cabelo branco e do grande bigode preto toda vez que representavam o antagonismo político local. Vinte anos antes, quando a Sociedade estava em seu ápice, opondo-se à escravatura, era como se o seu colorido fosse em si próprio o cerne da questão. "Negro desbotado" era como seus inimigos o chamavam, e numa viagem a Arkansas, uns barqueiros do Mississippi, com raiva dos barqueiros negros com quem competiam, o haviam pegado e enegrecido com graxa de sapatos seu rosto e seu cabelo. Aqueles dias inebriantes eram passado agora; o que restava era a borra da má vontade; as esperanças eliminadas e as dificuldades impossíveis de superar. Uma República tranquila? Bem, não até o fim de sua vida.

Até o clima estava ficando demais para ele. Estava sempre

ou quente demais ou congelado, e aquele dia estava uma pústula. Baixou o chapéu para cobrir o sol no pescoço, onde um choque térmico era uma possibilidade real. Essas ideias de mortalidade não eram novas para ele (tinha mais de setenta anos agora), mas ainda tinha o poder de incomodar. Ao se aproximar da velha casa natal, o lugar que continuava a aflorar em seus sonhos, estava ainda mais consciente da forma como se move o tempo. Medido pelas guerras a que ele havia assistido, mas de que não participara (contra os miamis, os espanhóis, os secessionistas), o tempo era lento. Mas medido pelo enterro de suas coisas particulares era um piscar de olhos. Onde, exatamente, estava a caixa de soldadinhos de chumbo? A corrente de relógio sem relógio? E de quem escondia essas coisas? De seu pai, é provável, um homem profundamente religioso que sabia o que Deus queria e contava para todo mundo o que era. Edward Bodwin considerava-o um homem estranho de muitas maneiras, porém tinha uma clara diretiva: a vida humana é sagrada, toda. E nisso seu filho ainda acreditava, embora tivesse cada vez menos razão para tal. Nada, desde então, era tão estimulante quanto os velhos tempos de cartas, petições, reuniões, debates, recrutamento, discussões, resgates e sedição pura e simples. No entanto, funcionara, mais ou menos, e quando não funcionara ele e sua irmã se disponibilizavam para contornar obstáculos. Como haviam feito quando uma escrava fugida vivera em sua casa natal com a sogra e se metera numa grande encrenca. A Sociedade conseguira contornar o grito de infanticídio e selvageria, e abrira mais um caso para a abolição da escravatura. Bons anos aqueles, cheios de saliva e convicção. Agora, ele só queria saber onde estavam seus soldadinhos e sua corrente sem relógio. Isso bastaria para aquele dia de calor insuportável: levar a menina nova e lembrar exatamente onde estava o seu tesouro. Depois, para casa, jantar e, se Deus quiser, o sol se porá uma vez mais para lhe dar uma boa noite de sono.

A estrada fazia uma curva em cotovelo e quando se aproximou ele ouviu as cantoras antes de enxergá-las.

Quando as mulheres se reuniram na frente do 124, Sethe estava picando um bloco de gelo em pedaços menores. Largou o picador de gelo no bolso do avental para recolher os pedaços numa bacia de água. Quando a música entrou pela janela, ela estava torcendo um pano fresco para colocar na testa de Amada. Amada, suando profusamente, estava jogada na cama da saleta, uma pedra de sal na mão. Ambas as mulheres ouviram o canto ao mesmo tempo e ambas levantaram a cabeça. As vozes ficaram mais altas, Amada sentou-se, lambeu o sal e foi para a sala maior. Sethe e ela trocaram olhares e foram à janela. Viram Denver sentada nos degraus e, além dela, onde o quintal encontrava a rua, viram as faces tomadas de trinta mulheres do bairro. Algumas estavam de olhos fechados; outras olhavam o céu quente, sem nuvens. Sethe abriu a porta e pegou a mão de Amada. Juntas, ficaram paradas na porta aberta. Para Sethe, era como se a Clareira tivesse vindo a ela com todo o seu calor e folhas balouçantes, onde as vozes das mulheres buscavam a combinação certa, a chave, o código, o sol que domava as palavras. Crescendo voz após voz até encontrarem isso e quando encontravam era uma onda de som tão grande que soava como água profunda e derrubava as vagens das castanheiras. Aquilo irrompeu sobre Sethe e ela estremeceu como uma batizada dentro da água.

As mulheres cantoras reconheceram Sethe de imediato e se surpreenderam com a ausência de medo em si próprias quando viram o que estava parado ao lado dela. A criança-diabo era esperta, pensaram. E linda. Tinha assumido a forma de uma mulher grávida, nua e sorrindo no calor do sol da tarde. Preta como um trovão e reluzente, ereta sobre longas pernas retas, a barriga grande e esticada. Trepadeiras de cabelos se retorciam por toda a sua cabeça. Nossa. Seu sorriso era deslumbrante.

Sethe sente os olhos queimarem e pode ter sido para mantê--los em foco que olha para cima. O céu está azul e limpo. Nem um toque de morte no verde definido das folhas. É quando baixa os olhos para olhar de novo os rostos amorosos à sua frente que ela o vê. Conduzindo a égua, reduzindo a marcha, o chapéu preto largo o bastante para esconder seu rosto, mas não seu propósito. Ele está vindo para o seu quintal e está vindo em busca de sua melhor coisa. Ela ouve asas. Pequenos beija-flores espetam os bicos como agulhas no pano de sua cabeça e batem as asas. E se ela pensa em alguma coisa, é não. Nãonão. Nãonãonão. Ela voa. O picador de gelo não está em sua mão; ele é a sua mão.

Parada sozinha na varanda, Amada está sorrindo. Mas agora sua mão está vazia. Sethe está correndo para longe dela, correndo, e ela sente o vazio na mão que Sethe estava segurando. Agora ela está correndo para os rostos das pessoas ali paradas, se juntando a elas e deixando Amada para trás. Sozinha. De novo. Aí, Denver, correndo também. Para longe dela, na direção de uma porção de gente ali parada. Formam um morro. Um morro de gente preta caindo. E acima de todas, se elevando em seu lugar com um chicote na mão, o homem sem pele, olhando. Ele está olhando para ela.

Pé descalço na camomila correu.
Tirei o sapato; tirei o chapéu.
Pé descalço na camomila correu.
Me devolva o sapato; me devolva o chapéu.

No saco de batata eu deitei pra dormir,
Veio o diabo escondido atrás de mim.
A locomotiva geme de solidão;
Ame essa mulher até perder a visão.

Perder a visão; perder a visão.
A moça da Doce Lar rouba a sua razão.

A vinda dele segue a rota contrária da sua ida. Primeiro a câmara fria, o depósito, depois a cozinha antes de chegar nas camas. Aqui Rapaz, fraco e com falhas no pelo que cai, está dormindo junto da bomba, então Paul D sabe que Amada foi mesmo embora. Desapareceu, dizem alguns, explodiu bem diante de seus olhos. Ella não tem certeza. "Talvez", diz ela, "talvez não. Pode estar escondida nas árvores, esperando outra chance." Mas quando Paul D vê o cachorro antigo, dezoito anos um dia a menos talvez, tem certeza de que o 124 está livre dela. Mas abre a porta da câmara fria até a metade esperando ouvir a voz dela. "Toque em mim. Toque em mim. Lá por dentro e chame o meu nome."

Há um catre coberto com jornais velhos mordiscados por ratos nas beiradas. A lata de banha. Os sacos de batata também, mas agora vazios, estão amontoados no chão de terra. À luz do dia, ele pode imaginar o lugar na escuridão com o luar se infiltrando pelas frestas. Não o desejo que o sufocou ali e o forçou a subir para a superfície, para dentro daquela garota, como se ela fosse o ar limpo em cima do mar. Copular com ela não era nem divertido. Era mais como uma urgência sem cérebro para ficar vivo. Cada vez que ela vinha, levantava as saias, uma fome de vida o dominava e ele não tinha mais controle sobre isso do que sobre seus pulmões. E depois, caído na praia e engolindo o ar, em meio à repulsa e à vergonha pessoal, ele agradecia por ter sido acompanhado até algum lugar no fundo do oceano de que fizera parte um dia.

A luz do dia filtrada dissolve a lembrança, transforma-a em ciscos flutuando na luz. Paul D fecha a porta. Olha para a casa e, surpreendentemente, a casa não retribui seu olhar. Descarregado, o 124 é apenas mais uma velha casa que precisa de reparos. Quieta, como Selo Pago havia dito.

"Antes tinha vozes por tudo ali. Está quieto agora", disse Selo. "Passei lá algumas vezes e não ouvi nada. Foi castigada, acho, porque mr. Bodwin disse que vai vender assim que puder."

"É esse o nome daquele que ela quis esfaquear? Esse?"

"É. A irmã dele diz que a casa é cheia de problema. Disse para Janey que vai se livrar dela."

"E ele?", perguntou Paul D.

"A Janey disse que ele é contra, mas não vai impedir."

"Quem eles acham que vai querer uma casa lá longe? Quem tem dinheiro não vai querer viver lá longe."

"Isso não sei", Selo respondeu. "Vai levar um tempo, eu acho, para ele se livrar da casa."

"Ele não pensa entregar ela para a lei?"

"Não parece. A Janey disse que ele só quer saber quem era a mulherpreta pelada parada na varanda. Ele estava olhando tanto para ela que nem notou o que a Sethe estava aprontando. Só viu foi algumas mulherespretas brigando. Achou que Sethe estava atrás de uma delas, Janey disse."

"A Janey contou para ele que era outra coisa?"

"Não. Ela disse que ficou tão contente do patrão dela não morrer. Se a Ella não tivesse proibido, ela disse que falava. Ficou morrendo de medo daquela mulher matar o patrão dela. Ela *e* a Denver terem de procurar outro emprego."

"A Janey falou que a mulher nua era quem?"

"Disse para ele que não viu ninguém."

"Você acredita que viram mesmo?"

"Bom, elas viram alguma coisa. Eu acredito na Ella mesmo, e ela disse que olhou a coisa bem de frente. Estava parada bem do lado da Sethe. Mas, pelo jeito que elas descrevem, não parece com a moça que eu vi lá. A moça que eu vi era estreita. Essa uma era grande. Ela disse que estavam de mãos dadas e a Sethe parecia uma menininha do lado dela."

"Menininha com um picador de gelo. Ela chegou muito perto dele?"

"Bem em cima dele, dizem. Antes da Denver e elas agarrarem e a Ella mandar um soco no queixo dela."

"Ele tem de saber que a Sethe estava atrás dele. Tem de saber."

"Talvez. Não sei. Se ele achou isso, calculo que resolveu não saber. É bem o jeito dele, sim. Ele é uma pessoa que nunca falhou com a gente. Firme como uma rocha. Vou te dizer uma coisa, se ela tivesse pegado ele, seria a pior coisa do mundo para a gente. Você sabe, não sabe?, que foi principalmente ele que impediu de Sethe ir presa daquela vez."

"É. Droga. Aquela mulher é louca. Louca."

"É, bom, todo mundo não é?"

Os dois riram então. Uma risada baixa primeiro, depois mais, mais e mais alto até Selo tirar do bolso o lenço e enxugar os olhos, enquanto Paul D apertava a base da mão nos olhos. À medida que a cena que nenhum dos dois tinha presenciado tomava forma na frente deles, a seriedade e o embaraço da cena os faziam sacudir de rir.

"Toda vez que algum homembranco chega na porta ela tem de matar alguém?"

"Para ela, o homem podia estar lá pelo aluguel."

"Boa coisa não entregarem correio por lá."

"Ninguém ia receber carta nenhuma."

"A não ser o carteiro."

"Ia ser uma carta bem difícil."

"E a última dele."

Quando a risada se acabou, os dois respiraram fundo e balançaram a cabeça.

"E ele ainda vai deixar Denver passar a noite na casa dele? Ha!"

"Ah, não. Ei. Não mexa com a Denver, Paul D. Ela mora no meu coração. Tenho orgulho daquela menina. Ela foi a primeira a enfrentar a mãe. Antes de qualquer um saber que diabo estava acontecendo."

"Ela salvou a vida dele então, se pode dizer."

"Se pode. Se pode", disse Selo, pensando de repente no pulo, no grande balanço e no alcance de seu braço ao resgatar a menininha de cabelos cacheados a um milímetro de ter o crânio rachado. "Tenho orgulho dela. Está mostrando que é muito boa. Boa."

Era verdade. Paul D a viu na manhã seguinte quando estava a caminho do trabalho e ela saindo do dela. Mais magra, olhar firme, mais do que nunca parecia com Halle.

Ela foi a primeira a sorrir. "Bom-dia, mr. D."

"Bom, agora." O sorriso dela, não mais aquele esgar de que se lembrava, continha boas-vindas e fortes traços da boca de Sethe. Paul D tocou o boné. "Como vai?"

"Não posso reclamar."

"Está indo para casa?"

Ela disse que não. Tinha ouvido falar de um trabalho no período da tarde na fábrica de camisas. Esperava que, com seu trabalho noturno nos Bodwin e mais um, pudesse economizar alguma coisa e ajudar sua mãe também. Quando ele perguntou se a tratavam bem na casa, ela disse que mais do que bem. Miss Bodwin ensinava coisas a ela. Ele perguntou que coisas e ela riu, disse que coisas de livro. "Ela diz que eu posso ir para Oberlin. Está experimentando comigo." E ele não disse: Cuidado. Cuidado. Nada no mundo é mais perigoso que um professor branco. Em vez disso, balançou a cabeça e fez a pergunta que queria fazer.

"Sua mãe está boa?"

"Não", disse Denver. "Não. Não está nada boa."

"Acha que eu devia passar lá? Ela ia me receber bem?"

"Não sei", disse Denver. "Acho que perdi a minha mãe, Paul D."

Ficaram os dois em silêncio um momento e ele disse, então: "Ah, aquela garota. Você sabe, Amada?".

"Sei."

"Tem certeza mesmo que era sua irmã?"

Denver olhou os sapatos. "Às vezes. Às vezes acho que ela era... mais." Ela mexeu no cós da saia, esfregando um ponto de alguma coisa. De repente, olhou nos olhos dele. "Mas quem poderia saber melhor do que você, Paul D? Quer dizer, você com certeza conheceu ela."

Ele lambeu os lábios. "Bom, se quer saber a minha opinião..."

"Não quero", disse ela. "Tenho a minha."

"Você cresceu", disse ele.

"Sim, senhor."

"Bom. Bom, boa sorte com o trabalho."

"Obrigada. E, Paul D, você não tem que ficar longe, mas tome cuidado como fala com minha mãe, ouviu?"

"Não se preocupe", disse ele e deixou-a então, ou melhor, ela o deixou porque um rapaz veio correndo na direção dela, dizendo: "Ei, miss Denver. Espere aí".

Ela se virou, o rosto parecendo que alguém tinha ligado o gás.

Ele lamentou deixá-la porque queria conversar mais, entender melhor as histórias que estava escutando: o homembranco veio pegar Denver para o trabalho e Sethe o cortou. O bebê fantasma voltou mau e mandou Sethe para cima do homem que a salvara do enforcamento. Um ponto em que todos concordavam era o seguinte: primeiro eles a viram, depois não viram mais. Quando derrubaram Sethe no chão e tiraram o picador de gelo de suas mãos, olharam para a casa e ela havia desaparecido. Mais tarde, um menininho contou que estava procurando iscas nos fundos do 124, perto do ribeirão, e vira, correndo pelo bosque, uma mulher nua com peixe na cabeça.

Na verdade, Paul D não se importa nada com a maneira como a Coisa havia desaparecido, nem por quê. Ele se importa é com a maneira como ele foi embora e por quê. Quando olha para si mesmo com os olhos de Garner, vê apenas uma coisa. Com os olhos de Seiso, outra. Um o faz sentir direito. Outro o faz sentir vergonha. Como no tempo em que trabalhou para ambos os lados na Guerra. Ao fugir da Bancária e Ferroviária Northpoint para se juntar ao 44º Regimento Preto de Tennessee, ele pensou que tinha conseguido escapar, mas descobriu apenas que tinha chegado a outro regimento de pretos, formado sob as ordens de um comandante de Nova Jersey. Lá ficou quatro semanas. O regimento se desintegrou antes mesmo de resolver se os soldados deviam portar armas ou não. Não, foi decidido, e o comandante branco teve de resolver o que comandar a eles em lugar de matar outros homensbrancos. Alguns dos dez mil ficaram para limpar, carregar e construir coisas; outros se mudaram para outros regimentos; a maior parte foi abandonada, largada à própria sorte, remunerados com amargura. Ele estava tentando decidir o que fazer quando um agente da Bancária Northpoint o alcançou e mandou-o de volta a Delaware, onde trabalhou como escravo durante um ano. Então, a Northpoint recebeu trezentos dólares em troca de seus serviços no Alabama, onde ele trabalhou para os rebeldes, primeiro separando os mortos e depois minerando ferro. Quando ele e seu grupo vasculhavam os campos de batalha, sua tarefa era empurrar os confederados feridos para longe dos confederados mortos. Cuidado, diziam para eles. Tomem muito cuidado. Homens pretos e brancos, com os rostos escondidos de olhos, percorriam os campos com lampiões, ouvindo no escuro pelos gemidos de vida em meio ao silêncio indiferente dos mortos. A maioria jovem, algumas crianças, e ele se envergonhava um pouco de sentir pena daqueles que imaginava serem os filhos dos guardas de Alfred, Georgia.

Em cinco tentativas, não teve nenhum sucesso permanente. Cada fuga sua (da Doce Lar, de Brandywine, de Alfred, Georgia, de Wilmington, da Northpoint) se frustrara. Sozinho, sem disfarce, com a pele visível, o cabelo memorável e nenhum homembranco para protegê-lo, ele nunca passava sem ser capturado. O período mais longo foi quando fugiu com os presos, ficou com os cherokees, seguiu o conselho deles e viveu escondido com a mulher tecelã em Wilmington, Delaware: três anos. E em todas essas escapadas ele não conseguia deixar de se surpreender com a beleza daquela terra que não era dele. Escondia-se em seu seio, cavava seu solo em busca de comida, debruçava-se às suas margens para beber água e tentava não amá-la. Nas noites em que o céu era pessoal, enfraquecido pelo peso de suas próprias estrelas, ele se forçava a não amá-la. Seus cemitérios e rios baixos. Ou apenas uma casa — solitária debaixo de uma árvore de cinamomo; talvez uma mula amarrada e a luz tocando sua pele de um jeito assim. Qualquer coisa o comovia e ele tentava muito não amá-la.

Depois de alguns meses nos campos de batalha do Alabama, havia sido recrutado por uma fundição em Selma junto com trezentos pretos capturados, emprestados ou tomados. Foi onde o fim da Guerra o encontrou e sair do Alabama quando foi declarado livre devia ter sido uma coisa simples. Ele devia ter sido capaz de ir a pé da fundição em Selma direto para Philadelphia, tomando as estradas principais, um trem, se quisesse, ou comprando passagem num barco. Mas não foi assim. Quando ele e dois soldados pretos (que tinham sido capturados do 44º que ele procurara) foram a pé de Selma a Mobile, viram doze pretos mortos nos primeiros trinta quilômetros. Dois eram mulheres, quatro eram meninos pequenos. Ele achou que, com certeza, aquela seria a caminhada de sua vida. Os ianques no controle tinham deixado os rebeldes descontrolados. Chegaram aos arrabaldes de Mobile, onde pretos estavam assentando para a União trilhos que, antes, tinham arrancado para os rebeldes. Um dos homens que estava com ele, um soldado raso chamado Keane, estivera com o 54º de Massachusetts. Ele contou a Paul D que tinham recebido menos do que os soldados brancos. Para ele, era um ponto delicado eles, como um grupo, terem recusado a oferta que o Massachusetts fez de compensar a diferença no pagamento. Paul D ficou tão impressionado com a ideia de receber dinheiro para lutar que olhou para o soldado com espanto e inveja.

Keane e seu amigo, um tal de sargento Rossiter, confiscaram um barco a remo e os três flutuaram até a baía Mobile. Lá, o soldado acenou para um barco armado da União, que os recebeu a bordo. Keane e Rossiter desembarcaram em Memphis para procurar seus comandantes. O capitão do barco armado deixou Paul D ficar a bordo até Wheeling, Virginia Ocidental. Ele foi sozinho até Nova Jersey.

Quando chegou a Mobile, tinha visto mais mortos do que vivos, mas quando chegou a Trenton as multidões de gente viva, nem caçando, nem caçada, lhe deram uma amostra da vida livre tão saborosa que ele nunca esqueceu. Andando por uma rua movimentada, cheia de gentebranca que não exigia nenhuma explicação de sua presença, os olhares que recebia eram por causa de suas roupas nojentas e cabelo imperdoável. Parado numa rua, na frente de uma fileira de casas de tijolos, ouviu um homembranco chamar ("Você aí! Você!") para ajudar a descarregar dois baús de uma carruagem de aluguel. Depois, o homem-branco lhe deu uma moeda. Paul D ficou andando com aquilo durante horas — sem saber o que devia comprar (um terno?, uma refeição?, um cavalo?) e se alguém lhe venderia alguma coisa. Por fim, viu um verdureiro vendendo verduras numa carroça. Paul D apontou um maço de rabanetes. O verdureiro pegou sua moeda e devolveu-lhe várias outras. Perplexo, ele recuou. Olhou em torno, viu que ninguém parecia interessado nem no "erro", nem nele, e afastou-se, mastigando alegremente os rabanetes. Só umas mulheres demonstraram uma vaga repulsa ao passar. Seu primeiro ganho tinha lhe comprado brilho, não importava que os rabanetes estivessem murchos. Foi quando concluiu que comer, andar e dormir em qualquer lugar era a vida no melhor que tinha a oferecer. E foi o que fez durante sete anos, até se encontrar no sul de Ohio, para onde tinham ido uma velha e uma garota que ele conhecia.

Agora sua vinda é o oposto de sua ida. Primeiro, ele fica nos fundos, perto da câmara fria, surpreso pelo tumulto de flores de fim do verão onde as verduras deviam estar crescendo. Cravinas, ipomeias, crisântemos. A colocação estranha das latas amontoadas com caules apodrecidos de coisas, as flores murchas como chagas. Hera morta enrolada em estacas de feijão e maçanetas de porta. Fotos de jornal desbotadas presas com pregos na privada e nas árvores. Uma corda, curta demais para qualquer coisa que não pular, jogada perto de uma banheira; e frascos e frascos de vaga-lumes mortos. Como uma casa de criança; a casa de uma criança muito alta.

Ele vai até a porta da frente e abre. Silêncio de pedra. No lugar onde, antes, um facho de triste luz vermelha o banhara, paralisando-o onde estava, não há nada. Um nada desolado e negativo. Mais uma ausência, como uma ausência que ele tivesse de atravessar com a mesma determinação que tivera de usar quando confiara em Sethe e entrara pela luz pulsante. Ele olha depressa para a escada branco-relâmpago. Todo o corrimão está enfeitado com fitas, laços, buquês. Paul D entra. A brisa de fora que traz com ele agita as fitas. Cuidadoso, não exatamente com pressa, mas sem perder tempo, sobe a escada luminosa. Entra no quarto de Sethe. Ela não está lá e a cama parece tão pequena que ele se pergunta como os dois dormiam ali. Não tem lençóis, e como as janelas do teto não se abrem, o quarto está abafado. Há roupas de colorido berrante pelo chão. Pendurado num prego na parede está o vestido que Amada usava quando ele a viu pela primeira vez. Um par de patins de gelo aninhado num cesto no canto. Ele volta os olhos para a cama e fica olhando. Parece-lhe um lugar onde ele não está. Com um esforço que o faz suar, ele se esforça para evocar uma imagem de si mesmo ali deitado, e quando enxerga isso levanta seu ânimo. Vai para o outro quarto. O quarto de Denver é tão arrumado quanto o outro é desordenado. Mas nada de Sethe. Talvez ela tenha voltado a trabalhar, tenha melhorado nos dias que passaram desde que ele falara com Denver. Ele desce a escada de volta, deixando a imagem de si mesmo firme no lugar na cama estreita. Senta-se à mesa da cozinha. Está faltando alguma coisa no 124. Alguma coisa maior do que as pessoas que viviam ali. Alguma coisa maior que Amada ou que a luz vermelha. Ele não consegue identificar o que é, mas parece, no momento, que um pouco além de seu conhecimento existe o clarão de uma coisa externa que abraça ao mesmo tempo que acusa.

À direita dele, onde a porta da saleta está semiaberta, ele ouve cantarolar. Alguém está cantarolando uma canção. Algo suave e doce, como um acalanto. Depois, algumas palavras. Sons como "Johnny alto, Johnny forte. Doce cravina baixo se inclina". Claro, pensa ele. É ali que ela está — e ela está. Deitada debaixo da colcha de cores alegres. O cabelo, como as raízes escuras delicadas de plantas boas, se espalha e se anela em cima do travesseiro. Os olhos, fixos na janela, são tão desprovidos de expressão que ele não tem certeza se ela saberá quem ele é. Há luz demais ali naquele quarto. As coisas parecem sólidas.

"A trepadeira a trepar", ela canta. "O pelego no meu ombro, flor e trevo a voar." Está enrolando no dedo um cacho longo de cabelo.

Paul D pigarreia e interrompe. "Sethe?"

Ela vira a cabeça. "Paul D."

"Ah, Sethe."

"Eu fiz uma tinta, Paul D. Ele não podia ter feito aquilo se eu não tivesse feito a tinta."

"Que tinta? Quem?"

"Você raspou a barba."

"É. Ficou ruim?"

"Não. Você está muito bom."

"Confusão do diabo. Que história é essa que eu ouvi que você não sai da cama?"

Ela sorri, deixa o sorriso se apagar e volta os olhos para a janela.

"Preciso conversar com você", ele diz.

Ela não responde.

"Vi a Denver. Ela contou?"

"Ela vem durante o dia. Denver. Ainda está comigo, a minha Denver."

"Você tem de levantar daí, menina." Ele está nervoso. Isso o faz lembrar de alguma coisa.

"Estou cansada, Paul D. Tão cansada. Tenho de descansar um pouco."

Agora ele sabe do que está lembrando e grita para ela: "Você não morra! Essa cama é de Baby Suggs! É isso que você está planejando?". Está tão zangado que poderia matá-la. Controla-se, lembra do aviso de Denver e sussurra: "O que você está querendo, Sethe?".

"Ah, não tenho plano nenhum. Nenhum plano, não."

"Olhe", diz ele, "a Denver fica aqui durante o dia. Eu fico durante a noite. Vou tomar conta de você, está ouvindo? A começar de agora. Primeiro de tudo, você não está cheirando bem. Fique aqui. Não se mexa. Deixe eu esquentar um pouco de água."

Ele se detém. "Tudo bem, Sethe, se eu esquentar um pouco de água?"

"E contar minhas pernas?"

Ele chega mais perto. "E fazer massagem nos seus pés."

Sethe fecha os olhos e aperta os lábios. Está pensando: não. Este lugarzinho diante de uma janela é o que eu quero. E descansar. Não tem nada de massagem agora e nem razão para isso. Não tem nada para dar banho, se é que ele sabe dar banho. Será que vai fazer por partes? Primeiro o rosto, depois as mãos, as coxas, os pés, as costas? Terminando por seus seios exaustos? E se ele lhe der banho por partes, será que as partes se mantêm juntas? Ela abre os olhos e vê — a coisa nele, a bênção, que fez dele o tipo de homem capaz de entrar numa casa e fazer as mulheres chorarem. Por causa dele, da presença dele, elas podiam chorar. Chorar e contar coisas para ele que só contavam uma para a outra: que o tempo não parava; que ela havia chamado, mas Howard e Buglar tinham continuado a andar pelo trilho do trem e não podiam ouvir sua voz; que Amy tinha medo de ficar com ela porque seus pés eram feios e suas costas pareciam muito desagradáveis; que sua mãe tinha magoado seus sentimentos e ela não conseguia encontrar seu chapéu em parte alguma e "Paul D?".

"O que foi, *baby*?"

"Ela me abandonou."

"Ah, menina. Não chore."

"Ela era a minha melhor coisa."
Paul D senta na cadeira de balanço e examina a colcha remendada com cores de carnaval. As mãos dele estão largadas entre os joelhos. É tanta coisa a sentir por essa mulher. Ele sente dor de cabeça. De repente, lembra-se de Seiso tentando descrever o que sentiu pela Mulher dos Cinquenta Quilômetros. "Ela é uma amiga da minha cabeça. Ela me junta, meu irmão. Os pedaços que eu sou, ela junta todos e me devolve todos na ordem certa. É bom, sabe, quando se encontra uma mulher que é amiga da sua cabeça."

Ele está olhando a colcha, mas pensando em suas costas de ferro batido; na boca deliciosa ainda inchada no canto por causa do soco de Ella. Os olhos pretos duros. O vestido molhado fumegando na frente do fogo. A ternura dela com a grade de pescoço dele — as três varas, como pequenos chocalhos, curvando dois pés no ar. Como ela nunca mencionou nem olhou aquilo, de forma que ele não precisou sentir vergonha de estar atrelado como uma fera. Só essa mulher, Sethe, era capaz de fazê-lo sentir sua virilidade desse jeito. Ele quer colocar sua história ao lado da dela.

"Sethe", diz ele, "eu e você, nós temos mais passado que qualquer um. Precisamos de algum tipo de amanhã."

Ele se inclina e pega sua mão. Com a outra, toca seu rosto. "Você é a melhor coisa que existe, Sethe. Você é." Seus dedos seguram os dela.

"Eu? Eu?"

Existe uma solidão que pode ser embalada. Braços cruzados, joelhos encolhidos; contendo, contendo mais, esse movimento, diferente do de um navio, acalma e contém o embalador. É uma coisa interna — que envolve, justa como a pele. Depois, existe a solidão que vaga. Nenhum embalo pode contê-la. Ela é viva, independente. Uma coisa seca e espalhada que faz o som dos próprios pés da pessoa indo parecer vir de um lugar distante.

Todo mundo sabia como ela se chamava, mas ninguém sabia seu nome. Desmemoriada e inexplicada, ela não pode se perder porque ninguém está procurando por ela, e, mesmo que estivessem, como poderiam chamá-la se não sabem seu nome? Embora ela tenha querência, não é querida. No lugar onde a grama alta se abre, a garota que esperava ser amada e clamar vergonha explode em suas partes separadas, para facilitar à risada devoradora engoli-la inteira.

* * *

Não era uma história para passar adiante.

Esqueceram dela como de um pesadelo. Depois de inventarem suas histórias, de modelarem e decorarem suas histórias, aqueles que a viram aquele dia na varanda depressa e decididamente a esqueceram. Levou mais tempo para quem tinha falado com ela, vivido com ela, se apaixonado por ela, esquecer, até se darem conta de que não podiam lembrar nem repetir uma única coisa que ela tivesse dito e começaram a acreditar que, além daquilo que eles próprios estavam pensando, ela não havia dito absolutamente nada. Então, por fim, a esqueceram também. Lembrar parecia insensato. Nunca souberam onde ou como ela agachou, ou de quem era o rosto embaixo da água de que ela precisava daquele jeito. No lugar onde a lembrança do sorriso debaixo do queixo podia estar e não estava, um cadeado se fechou e liquens grudaram suas flores verdes-maçã no metal. O que a fez pensar que seus dedos podiam abrir cadeados em que a chuva havia chovido?

Não era uma história para passar adiante.

Então a esqueceram. Como um sonho desagradável durante um sono agitado. De vez em quando, porém, o farfalhar de uma saia soa quando acordam, e os nós dos dedos que roçam uma face no sono parecem pertencer a quem dorme. Às vezes, a fotografia de um amigo próximo ou parente — quando olhada por muito tempo — muda, e alguma coisa mais familiar que a face querida em si ali se instala. Podem tocar aquilo se quiserem, mas não tocam, porque sabem que as coisas nunca mais serão as mesmas se tocarem.

Esta não é uma história para passar adiante.

Lá no ribeirão nos fundos do 124, as pegadas dela vêm e vão, vêm e vão. São tão conhecidas. Se uma criança, um adulto colocar o pé nela, encaixará. Tira-se o pé e elas desaparecem de novo como se ninguém tivesse andado ali.

Pouco a pouco todo traço desaparece, e o que é esquecido não são apenas as pegadas, mas a água também e o que há lá embaixo. O resto é o clima. Não o alento da desmembrada e inexplicada, mas o vento nos beirais, ou o gelo da primavera derretendo depressa demais. Apenas o clima. Certamente não o clamor por um beijo.

Amada.

1ª EDIÇÃO [2007] 9 reimpressões

ESTA OBRA FOI COMPOSTA EM ELECTRA PELO ESTÚDIO O.L.M.
E IMPRESSA EM OFSETE PELA GEOGRÁFICA SOBRE PAPEL PÓLEN
DA SUZANO S.A. PARA A EDITORA SCHWARCZ EM SETEMBRO DE 2025

A marca FSC® é a garantia de que a madeira utilizada na fabricação do papel deste livro provém de florestas que foram gerenciadas de maneira ambientalmente correta, socialmente justa e economicamente viável, além de outras fontes de origem controlada.